Das Wetter Buch für Text und Musik

Katharina Holzmann | Sascha Ehlert (Hg.)

Das Wetter Buch für Text und Musik

Kiepenheuer & Witsch

Katharina Holzmann &
Sascha Ehlert

Es kann nur besser werden

(Est. 2013)

SE Sascha Ehlert
KH Katharina Holzmann

SE: Ihr Lieben, als ich Anfang 2013 zum ersten Mal glaubte, es sei möglich, eine eigene Kulturzeitschrift zu beginnen, war ich unglücklich. Ich hatte mich zwar befreit von der mir als junger Mensch beigebrachten Logik, dass es bei der erwerblichen Arbeit in erster Linie um die Sicherwirtschaftliche Sicherheit der Liebsten zu gehen habe. Ich war Journalist geworden – beziehungsweise war dabei, ein Musikjournalist zu werden. Ich durfte also Platten besprechen, auf Konzerte gehen, manchmal im Backstage abhängen, Musizierende kennenlernen. Alles Dinge, von denen ich als schüchterner Jugendlicher nie zu träumen gewagt hatte. Ich hatte begonnen, mich mit Leuten anzufreunden, die Bühnenpersonas hatten. Und doch fühlte ich eine Perspektivlosigkeit. 25 Euro für eine Plattenrezension, Zeichenvorgaben und das heilige Feuilleton in weiter Ferne. Einsam war ich auch noch – und irgendwie hatte ich das Gefühl, das Schreiben sei das Einzige, was half. Also: einen Roman schreiben? »Schriftsteller« werden? I won't lie, das wäre schon ein Träumchen gewesen, hab ich mich damals aber nicht getraut. Aber ein Magazin? Ja, warum eigentlich nicht? Jedenfalls hatte ich eh gerade angefangen, hier und dort und immer, wenn ich mal auf Flughäfen oder an Bahnhöfen war, internationale Magazine wie den Fader, die 032C, i-d und vieles mehr zu kaufen. Die waren schlicht: schöner, unterhaltsamer, nahbarer und zugleich cooler als die deutschen Musikzeitschriften. Als ich dann auch noch die erste Ausgabe von Der Freund fand, wurden die Dinge plötzlich ganz eindeutig.

Wir, also die Herausgeber*innen dieses Bandes, haben uns lange gefragt, wie es beginnen sollte – und sind letztlich bei dem Versuch gelandet, einander zu interviewen. Mal schauen. Jedenfalls, Katharina, wir haben uns ja kurz nach dem Erscheinen der ersten Wetter-Ausgabe kennengelernt und ich glaube nicht, dass ich dich das jemals gefragt habe: Warum hat dich *Das Wetter* damals angesprochen und warst du eigentlich, so wie ich, eine emsige Zeitschriftenleserin, bevor du beim Wetter angefangen hast?

KH: Ja, also ob ich jetzt so eine emsige Zeitschriftenleserin war oder bin? Ich lese eigentlich schon immer alles. Teilweise ist das fast schon neurotisch, zum Beispiel muss ich an der Supermarktkasse jedes Preisschild Wort für Wort lesen. Meine Mama hat mir, als ich klein war, viel vorgelesen, das war ihr wichtig, weil sie selbst nicht in einem Umfeld aufgewachsen ist, in dem viel gelesen wurde. Und meine Eltern waren beide sehr passionierte Taucher (meine Mama war die zweite Frau in Deutschland, die Tauchlehrerin geworden ist), deswegen habe ich als Kind recht viel Zeit damit verbracht, an irgendwelchen Buchten und Stränden darauf zu warten, dass sie wieder aus dem Wasser kamen. Und in der Zeit habe ich meistens gelesen (oder mich mit herumstreunenden Tieren angefreundet). Worauf ich hinaus will: Ich habe bestimmt bis ich Mitte zwanzig war, fanatisch alles querbeet gelesen – von allen bis dahin erschienenen Lustigen Taschenbüchern über den dtv-Atlas zur deutschen Literatur bis hin zu Arno Schmidt. Aber halt auch alle Magazine und Zeitschriften, die immer bei uns zu Hause rumflogen. Zum Beispiel habe ich jede Fernsehzeitschrift inklusive gesamten TV-Programm von vorne bis hinten gelesen und fast alle Geos der Neunzigerjahre. Und als wir uns kennengelernt haben, sehr viel später, steckte ich ganz tief in der Literatur der Weimarer Republik und dem Expressionismus und der Neuen Sachlichkeit. Ich habe mich der Literatur, die sagen wir nach 1990 erschienen ist, damals einfach komplett verweigert und nur so ganz unlesbare Nischenautor*innen und -texte aus der Weimarer Zeit gelesen, nachdem ich die Großen alle durch hatte. Einfach weil ich, wenn ich mich einem Thema gewidmet habe, auch immer den Ehrgeiz hatte, wirklich *alles* aus jener Zeit oder von dieser Strömung gelesen zu haben. Und da fängt man dann halt auch irgendwann an, auf irgendwelche Kurztexte zu stoßen, die in Zeitschriften veröffentlicht wurden – und die Zeitschriften haben so wunderschöne pathetische und manchmal auch scheinbar banale Namen wie Der Feuerreiter, Der Fischzug, Die Pille, Der Sturm, Die Fackel oder etwas bekannter: Die Weltbühne. Wenn man sich mal anschaut, wer für diese Zeitschriften geschrieben (und auch gezeichnet) hat, dann ist da wirklich jede*r Autor*in oder Künstler*in, den oder die man heutzutage so kennt, vertreten. Die streiten sich da teilweise durch mehrere Ausgaben über irgendwelche Genre-Feinheiten, daneben steht aber dann ein Vorabdruck vom neuen Brecht-Stück, ein Kokoschka-Holzschnitt und eine politische Streitschrift von Tucholsky unter Pseudonym. Und das fand ich fantastisch: was für ein Wille, die Welt zu formen durch Text, durch öffentlich gemachte Kunst und Gedankenaustausch, alles geballt auf vielleicht acht zeitungsgroßen Seiten.

Na ja, ich finde, das erklärt schon ganz gut, warum mich *Das Wetter* angesprochen hat. Das war dann quasi meine Brücke zurück in die Jetzt-Zeit, plötzlich gab es ganz viele Möglichkeiten!

Apropos Möglichkeiten: Welche Möglichkeiten hast du denn gesehen, im Wetter? Hättest du gedacht, dass es möglich ist, zehn Jahre später ein *richtiges* Buch zu veröffentlichen?

SE: Es ist für mich gerade noch sehr unwirklich, dass wir uns hier am Anfang eines Buches befinden, das dreißig Ausgaben zusammenfassen soll. Was natürlich ganz und gar unmöglich ist. An diesem Ding, an *Das Wetter*, haben von 2013 bis 2023 ja bestimmt mehrere Hundert Menschen mitgewirkt – und ich bin allen dankbar dafür, dass sie uns ihre kreative Energie und ihre Arbeitskraft zu anfangs gar nicht und mittlerweile dürftig bezahlten Bedingungen zur Verfügung gestellt haben. Ganz gleich, ob wir heute noch Kontakt haben oder nicht. Ich erinnere mich an alles: Die tollen Erfahrungen, aber, wie das immer so ist, auch an die eigenen Fehler, wo man Autor*innen mal mehr schlecht als recht betreuen konnte, weil man heillos damit überfordert war, gleichzeitig erwerbstätig und Magazinschaffend tätig zu sein, die Wut, die Tränen – alles.

Um etwas konkreter auf deine Frage zu antworten: Selbstredend hätte ich, als ich an meiner Zeitschriftenidee saß, nicht gedacht, dass ein großer Verlag mit uns mal ein Buch machen würde. Aus heutiger Perspektive mag es naheliegend erscheinen, aber am Anfang des Wetters fühlte ich mich noch so weit weg von Leuten, die in solchen Verlagen arbeiten und noch mehr von der Vorstellung, etwas zu schaffen, das zehn Jahre hält. Umso schöner, dass wir nun dieses Buch vor unseren Augen haben, in dem in zahlreichen Texten unter anderem vom Vergehen der Zeit geschrieben und gesprochen wird und darüber, was bleibt und was geht. Das 2013 beginnt und sich bis ins Jahr 2023 tastet, mehrere Dutzend Menschen zu Wort kommen lässt und somit von Natur aus Differenz auslotet – obwohl es uns beim Wetter immer ein Anliegen war, jene Gemeinsamkeiten zu betonen, die es uns ermöglichen, beieinanderzubleiben und einander vielleicht sogar näher zu rücken. Es ist nicht so, als hätten wir so ein hochtrabendes Anliegen je formuliert, ein Wetter-Manifest gibt es allen anderslautenden Meinungen zum Trotz nämlich gar nicht. Was auch daran liegt, dass *Das Wetter* immer ein möglichst weit geöffnetes und dehnbares Gefäß sein sollte, in dem Emo und Analyse, Wut und Hass, Liebe und Zuneigung und ganz vieles mehr Platz hat. Was glaubst du denn eigentlich, was dieses Buch erzählt?

KH: Puh, das ist natürlich wieder eine weitreichende Frage. Gerade jetzt, da wir das Editorial schreiben, stecke ich wie eigentlich vor jeder Wetter-Druckabgabe viel zu tief drin, um das reflektieren zu können. Gerade macht mir eher Bauchschmerzen, was das Buch nicht erzählt. Wie du schon sagtest: Zehn Jahre lang drei- bis viermal im Jahr eine Zeitschrift mit über hundert Seiten veröffentlichen, das sind eine Menge Menschen, die geschrieben, gestaltet, illustriert, fotografiert, Shirts designt, beim Heftversand mitgeholfen, aufgelegt, für 'nen Fuffi die Tür auf Partys gemacht, Kontakte hergestellt oder einfach irgendwas organisiert haben. Sehr oft waren das ja auch einfach Leute, die noch studiert haben oder ihre Kunst neben dem Broterwerb gemacht haben oder einfach Freund*innen, und teilweise ist man dann irgendwie zusammengewachsen – im beruflichen Sinne, aber halt auch in real life. Und ich hoffe, das Buch transportiert trotz der unzähligen Texte und Bilder und Anekdoten und Namen, für die schlichtweg einfach kein Platz war, was für eine Gemeinschaftsleistung dieses Magazin von Anfang an war. (Danke!)

Als ich mit der Arbeit an dem Buch hier begonnen habe, habe ich wie du wahrscheinlich auch die ganzen alten Ausgaben noch mal durchgeblättert. Das ist total verrückt, manche Texte sind wie kleine Zeitkapseln, andere total zeitlos und manche auf seltsame Weise wahrgewordene Zukunftsprognosen. Und dazu diese Bild- und Textdichte, auch gestalterisch waren wir manchmal zurückhaltend, klassisch, schlicht und dann wieder völlig ballaballa.

Das macht mich alles schon ein bisschen stolz, aber das ist das seltsame an diesem Zu-tief-in-etwas-stecken-Modus: Man merkt sich mittendrin meistens nur die Sachen, die nicht geklappt haben oder die man vergeigt hat. Da hat sich bestimmt auch ein kleines Häufchen angesammelt. Aber um zurück zu deiner Frage zu kommen: Eigentlich hoffe ich nur, dass dieses Buch von der Kunst und von der Sprache und der Zeit erzählt, möglichst direkt und für alle zugänglich. Halt ein Buch für Text und Musik.

Auf jeden Fall wünsche ich mir gerade, dass wir demnächst noch mal völlig frei drehen und noch mal was ganz anderes aus dem Wetter rausholen. Wir werden sehen. Wird es jemals enden?

SE: Oh. Diese Frage bringt mich so sehr in Verlegenheit, dass ich erst mal kurz abschweifen und ablenken muss. Sorry. Beziehungsweise möchte ich noch etwas zu dem hinzufügen, was du eben zur Sprache, zur Kunst und zur Zeit gesagt hast (und was ich sehr gut finde). Dazu hatte ich mir letztens eine Beobachtung notiert, als ich den ersten Satzlauf dieses Buches noch mal gelesen habe: »Natürlich sind wir notwendigerweise, ohne dass uns das gefällt, egal wie sehr wir uns manchmal von ihr abgrenzen wollten, irgendwie doch sehr stark in diesem Dings namens »deutschsprachige Literatur« verhaftet. Das merke ich beim Lesen daran, wie die Leute, die in diesem Buch erzählen, doch irgendwie dann und wann wieder bei Goethe, Celan, Böll oder Müller landen.« Mir gefällt, dass die in diesem Buch hier und da aufgerufen, dann aber fix wieder weggelegt werden, um Platz für Neues zu machen. Gleichzeitig trägt dieses Neue, ob die das Schreibenden und Sagenden nun Düzgün, Defounga, Kaufmann, Gruber, Maci, Krafft, Hieronymi, Biller, Hierse, Sternburg oder Hinzundkunz heißen, immer Splitter aus der Vergangenheit in sich. Und aus dieser Synthese aus Vergangenheit, Gegenwart sowie den stummen Hoffnungen und Träumen der Autor*innen und noch mehr aller Menschen, die an der »Idee« *Das Wetter* mit gewerkelt haben und es weiter tun, ist jetzt, nach zehn Jahren, so eine Art Wortschatz entstanden.

Um also schlussendlich doch noch auf deine Frage zu antworten: Natürlich wird es, wird das nie zu Ende geh'n!

Berlin, 29. Juni 2023

Jan Kedves ist Autor und Redakteur. Er schreibt viel über Pop, elektronische Musik, Mode-Phänomene und Queeres für die Süddeutsche Zeitung, hat aber lange als Redakteur für Musikmagazine wie *Groove* und *Spex* gearbeitet. Bei letzterer war er von 2010 bis 2012 auch Chefredakteur.

Jan Kedves

Ein Vorwort

Essay | 2023

Ein gedrucktes Magazin für Pop und Zeitgeist herausgeben? Nichts leichter als das! Dachte man zumindest früher, als die Anzeigengelder noch sprudelten aus den Budgets von Plattenfirmen, Konzertveranstaltern, Verlagen, Filmverleihen und anderen Kulturbetrieben. Sie alle waren darauf angewiesen, die Informationen, die sie an ihre Kundschaft bringen wollten, in passendem Umfeld auf Papier drucken zu lassen. Das Internet und Social-Media-Marketing waren noch nicht so weit. Die Verlagskassen klingelten also, oder zumindest deckte die Werbung Druck und Vertriebskosten. Und wenn sie nicht gestorben sind … dann gibt es heute *Das Wetter*.

Das Magazin, dessen Zehnjähriges in diesem Buch gefeiert wird und das entgegen aller Printmarktprognosen gedeiht und wächst, wurde von Sascha Ehlert zu einem Zeitpunkt gegründet, als bei den anderen längst das große Sterben eingesetzt hatte. Zwar sollen diese Zeilen hier mit wenig »früher dies, früher das« auskommen, immerhin ist das Jubiläum von *Das Wetter* ja ein erfreulicher Anlass, trotzdem müssen wir zu Beginn eine kurze Runde über den Friedhof der deutschen Pop- und Kulturhefte drehen: *Spex* (1980–2018), *Intro* (1992–2018), *De:Bug* (1997–2014), *Juice* (1997–2022) und viele andere gibt es nicht mehr, noch dazu jene, die sich zwar nicht dezidiert Musik widmeten, aber doch kultureller Jetztzeit-Erfassung, etwa *Block Magazin* (2014–2018) und *Die Epilog* (2013–2023).

Für ihr Sterben werden tausend verschiedene Gründe genannt, wobei dieser eine Grund immer dazugehört: das Internet. Weil es die Werbegelder ansauge, habe das Internet Printjournalismus wirtschaftlich schwierig bis unmöglich gemacht, heißt es. *Das Wetter* aber hat einen treuen Abonnent*innenstamm und Anzeigenkund*innen und läuft nicht trotz, sondern gerade wegen des Internets so gut. Das ist jedenfalls meine These, über die wir im März 2023 im Schwarzen Café in Berlin-Charlottenburg sprechen: Sascha Ehlert, Chefredakteur und Herausgeber, Katharina Holzmann, Lektorin und Leiterin des *Das-Wetter*-Literaturressorts, und ich. Es ist nicht unsere erste Begegnung, ich besuchte schon einmal 2018 die Redaktion zum Fünfjährigen, um für die Medienseite der *SZ* ein Porträt über das Magazin zu schreiben. Solche Storys mag man ja in großen Zeitungen gern: Wie ein antizyklisch gegründetes Printheft »für Text & Musik«, so die Unterzeile auf den Covern, sich ohne großes Finanzbacking oder fette Erbschaften im Hintergrund behaupten kann, während drumherum fast alles den Bach runtergeht.

Aber zurück zur These: *Das Wetter* hebt sich dadurch hervor, dass es ein Langstreckenmagazin für die Offline-Zeit ist. Die Redaktion entschied von Anfang an, auf alle kleinteiligen Textformate zu verzichten, die man früher noch in ein Magazin druckte, von denen aber spätestens zu Beginn der Zehnerjahre klar war, dass sie im Internet besser aufgehoben sind als auf Papier. Printmagazine, die vor *Das Wetter* gegründet wurden, halten bis heute oft an ihnen fest – aus Gewohnheit, oder weil sie mental in analogen Zeiten feststecken, oder weil die wenigen verbliebenen Anzeigenkunden es so wollen. Im *Wetter* aber gibt es weder einen Vermischtes-Teil noch Rezensionen noch einen Serviceteil mit Terminlisten oder Event-Tipps – ich finde das wahnsinnig angenehm, denn das Heft wirkt dadurch großzügig und entschleunigt. Ehlert, der sich im Schwarzen Café Assam-Tee bestellt hat, sagt dazu: »Ich fand die Kleinteiligkeit in Printmagazinen und den Versuch der Redaktionen, alles abzudecken und sogar News zu machen, nicht mehr zeitgemäß. Zehn Jahre später, im Zeitalter von Instagram und TikTok, zeigt sich das ja noch viel mehr als richtige Entscheidung, auf Papier zu setzen als Alternative zu dem ganzen schnelllebigen Content.« Holzmann, die Kakao ohne Extra-Zucker trinkt, ergänzt: »Wir dachten, dass Rezensionen im *Wetter* nichts bringen, weil man die ja immer schon woanders konsumieren kann, vor allem im Internet. Und weil man ihnen meist anmerkt, dass es da um Marketing geht. Das fanden wir doof und unangenehm, und wir haben gesagt: Unsere Inhalte brauchen immer einen Storytelling-Mehrwert.«

Dieser Storytelling-Mehrwert – oft erstrecken sich die Beiträge über sechs, acht, zehn, zwölf Seiten – erfordert von den Musiker*innen, Künstler*innen, Schauspieler*innen und anderen Kulturschaffenden, die interviewt und porträtiert werden, dass sie sich Zeit nehmen. Die *Das-Wetter*-Autor*innen kommen nämlich mit zur Tattoo-Session, zum Waldspaziergang, sie klingeln an der Wohnungstür und gehen dann nicht mehr, sie saufen die ganze Nacht mit durch. Das heißt, es gibt im *Wetter* keine dieser 15-Minuten-Standard-Promo-Interviews aus Hotelzimmern zu lesen, die man aus anderen Heften zu Genüge kennt. Anzeigen verkauft die Redaktion trotzdem, nicht wahnsinnig viele, aber immerhin: Theater, Kunst, Streetwear, Fashion. Zehn Prozent Werbung, neunzig Prozent Inhalt, so ungefähr ist das Verhältnis. Das Verhältnis zwischen Schreibenden und Beschriebenen ist derweil oft innig. Man ist per Du, steigt mit »Hey, wie geht's?« ins Interview ein, erinnert sich daran, wie es war, als man sich das erste Mal traf.

Man könnte das auch maximal unjournalistisch finden, im Sinne von: distanzlos. Mir scheint es nur ehrlich. Sonst kommt es im deutschsprachigen Kulturjournalismus jedenfalls auch häufiger vor, dass Personen, von denen man weiß, dass sie entweder gut befreundet sind oder im Borchardt, im Grill Royal, in der Paris Bar oder im Schumann's schon x-mal beim Dinner zusammengesessen haben, sich plötzlich wieder ganz förmlich siezen, wenn die eine Person die andere für ein Magazin oder eine Zeitung trifft. Als ließe sich so der gebotene journalistische Abstand einfach wiederherstellen. Die Betonung des Subjektiven im *Wetter* durch das Du im Gespräch und das Ich in Texten ist meinem Verständnis nach eine Maßnahme, so eine Simulation von Objektivität gar nicht erst zu versuchen. Abgesehen davon verabschiedet die Redaktion mit den Dus und Ichs etwas, das sich »Gatekeeperismus« nennen ließe. Ein Relikt der analogen Zeit.

Was ich damit meine: Früher, in Zeiten vor Social Media, mochte man in der Redaktion eines Kulturmagazins noch dem Phantasma anhängen, man sei allein zuständig dafür, aus der Flut der Promo-Zusendungen und Vorabinformationen, die einem von verschiedenen Akteur*innen des Betriebs (Labels, Museen, Galerien, Filmproduktionen usw.) zugespielt wurden, einen verbindlichen Kanon an neuen Platten, Büchern, Filmen und so weiter für die Leser*innenschaft zu destillieren. Man verwaltete, so wurde das hier und da auch genannt, das »coole Wissen«, das ein Herrschaftswissen war. Man entschied, was man von diesem Wissen an die Leserschaft vermitteln wollte und was nicht. Dieses Modell des Kulturjournalismus wurde aber spätestens 2013, im Jahr der Gründung von *Das Wetter*, hart auf die Probe gestellt, als Beyoncé ihr Album *Beyoncé* ohne jegliche Ankündigung und vorige Presse-Einbindung veröffentlichte. *Surprise release* nennt man so etwas seitdem, ermöglicht wird es durch die digitalen Streaming-Plattformen, auf denen ein neues Werk von der einen auf die andere Sekunde global verfügbar sein kann. Der Kulturjournalismus, der früher wochen- bis monatelange Sperrfristen einhalten musste, zugleich aber deren Nutznießer war (weil so eben genug Zeit blieb, all diese schönen, großen Texte zur Diskursbestimmung zu verfassen), ist seitdem nicht mehr derselbe.

Der Gatekeeperismus wählt meist das »man« als angeblich neutrale, sachliche Schreibperspektive: »Diese fünf neuen Alben muss man gehört haben«, und so weiter. Im englischsprachigen Kulturjournalismus ist hingegen das »I«, die Ich-Perspektive, gar nicht so unüblich. *Das Wetter* scheint sich hier eine Scheibe abzuschneiden, was mir in der digitalisierten Welt, in der zwar nicht alle, aber doch sehr viele Menschen zeitgleich auf dieselben neuen Informationen zugreifen können, als die ehrlichere Schreibperspektive erscheint. Abgesehen davon ist das »man« ja auch oft eine totale Anmaßung, oder: nur eine schlechte Tarnung für ganz individuelle Ressentiments – etwa dieser Art: »Trifonov spielt, das muss man ab und an mal sagen, in einer völlig anderen Liga als Levit.« Das steht dann gedruckt in einer Zeitung, wenn der Autor den Pianisten Igor Levit schlicht nicht leiden kann, aber er traut sich nicht, »Ich« zu schreiben. Vielleicht soll er auch gar nicht Ich schreiben, weil sich das in einer großen Zeitung oder einem großen Magazin nicht gehört. In *Das Wetter* aber gehört es sich.

Zugleich ist *Das Wetter* aber ein Magazin für Text, und das schließt Literatur explizit mit ein, sodass man vermuten muss, dass die vielen Ichs auf den Seiten sicher nicht immer hundertprozentig authentische Journalist*innen-Ichs, sondern dass es mehr oder weniger literarisierte Ichs sind, möglicherweise sogar mit autofiktionalen Anteilen. Das gehört zum Reiz mit dazu. Hier wird vielleicht noch etwas von dem Spannungsverhältnis deutlich, aus dem heraus *Das Wetter* geboren wurde: Auf der einen Seite das total dandyistische Literaturmagazin *Der Freund*, das einst von den Autoren Christian Kracht und Dr. Eckhart Nickel vierteljährlich herausgegeben wurde. Es kam dank Vertriebs- und Budget-Support des Axel-Springer-Verlags ganz ohne Anzeigen aus, war allerdings sehr kurzlebig (2004-2006). »Als wir anfingen, ernsthaft über eine Magazingründung nachzudenken, stand vor allem eine Zeitschrift Pate: *Der Freund*«, schrieb Sascha Ehlert einmal auf Facebook. Auf der anderen Seite dann die HipHop-Magazine, in denen Ehlert seine ersten Schreib- und Redaktionserfahrungen sammelte. HipHop und Rap sind ja interessante Sprechformen, weil in ihnen oft stark der Anspruch auf *realness* und Authentizität betont wird, während ebenso stark mit den Mitteln der Stilisierung und Übertreibung gearbeitet wird - sodass dann eine Art *superrealness* oder Superauthentizität entsteht.

Aber zurück zum Magazinmachen: Mir fällt sehr positiv auf, dass *Das Wetter* in den vergangenen Jahren immer wieder Menschen ausführlich gefeaturet hat, die in Deutschland aus einer (post-)migrantischen Perspektive heraus Themen wie Dekolonialisierung, Antirassismus, Queerness und/oder Feminismus zur Sprache bringen. Şeyda Kurt, Hengameh Yaghoobifarah, Fatma Aydemir, Enissa Amani, um nur einige zu nennen. Im Grunde musste man nur auf die jeweils neuen Cover von *Das Wetter* schauen, um zu ahnen, wer in Deutschland schon bald den weißen Kartoffeldiskurs, der so lange von den geisteswissenschaftlich studierten Boys des Bürgertums in den Feuilletons bestimmt wurde, verschieben würde in Richtung einer wirklich multiperspektivischen, intersektionalen Diskussion.

Katharina Holzmann sagt zu dem Thema: »Wir haben diesen Schwerpunkt zwar nicht von Anfang an bewusst gesetzt, aber 2015 ging das ja schon los mit den Pegida-Demonstrationen, und das hat uns noch mal ganz konkret vor Augen geführt, welche Schräglage es in Deutschland gesellschaftlich und politisch gibt in Richtung rechts. Und generell fiel uns auf dem Zeitschriften- und Zeitungsmarkt auf, dass zum Beispiel über Haftbefehl damals noch mit der Kneifzange geschrieben wurde, im Sinne von: Das ist Unterschichtsmusik. Das hat uns mega gestört. Nur weil ein Künstler ein paar Wörter benutzt, die der weiße deutsche Mittelstand nicht kennt, heißt das ja nicht, dass das kein kluger und fähiger Künstler ist. Wir wollten, dass möglichst viele Menschen, die in Deutschland leben, im *Wetter* eine Plattform bekommen.« Sascha Ehlert ergänzt: »Bei mir kommt hinzu, dass ich die ersten anderthalb Jahre ja parallel noch fest angestellter Chefredakteur eines HipHop-Magazins war. Da habe ich die Coverpolitik mitbekommen. Bei Coverdiskussionen wurde von Verlagsseite gesagt: Schwarze Menschen auf dem Cover verkaufen sich nicht. Um beim Beispiel Haftbefehl zu bleiben: Als *Russisch Roulette* erschien, das Album, mit dem er zum Feuilleton-Star wurde und plötzlich überall als Goethe unserer Generation gefeiert wurde, mussten wir uns in der Redaktion meines damaligen Arbeitgebers entscheiden zwischen einem Cover mit Haftbefehl und einem mit Kool Savas. Beide haben Türkei-Background, aber der Verleger sagte, Savas würde sich besser verkaufen, weil ... – heute würde man sagen: weil Kool Savas *white passing* ist. Während Haftbefehl eben ein kurdisch-türkischer Typ ist, dem man das vielleicht auch ansieht. Solche Diskussionen wollte ich nicht mehr. Das Magazin, das wir selber machen, sollte eine Alternative bieten.«

Die Sprache in *Das Wetter* reflektiert ganz diesen Anspruch. Man liest hier einen sehr modernen deutschen Sound, in dem zum Beispiel das *Gendern* mit Sternchen für alle Menschen selbstverständlich dazugehört und der mit Anglizismen nicht fremdelt, sondern sie umarmt. Ja, die Sätze sind oft zu lang, manchmal schreiben die Autor*innen auch ganz ohne Punkt und Komma, die Gedanken sind frei, die Themen sind heiß. Wenn Schreiben über Pop schon immer die Freiheit hatte, gewisse Standards des sogenannten guten Schreibens hinter sich zu lassen, oder gar zur Geheimsprache zu werden, dann formt sich in *Das Wetter* ein neues, unter anderem (post-)migrantisch geprägtes Deutsch, sozusagen ein Update von Deutsch – oder, wie es der Schriftsteller Senthuran Varatharajah in einem Beitrag in Ausgabe #29 fasste: Imperativ sei, die deutsche Sprache zu »biegen« und »an ihre Ränder« zu bringen, dorthin, »wo die Asylbewerberheime stehen, an die Stadtränder. Wir müssen die Grammatik aufbrechen, die Wörter, die Formen aufbrechen, damit in dieser Sprache etwas gesagt werden kann, was in dieser Sprache vorher so noch nicht ausgedrückt worden ist.«

Für dieses zukünftige Deutsch ist in *Das Wetter* schon jetzt viel Platz, und ob man diese Texte Literatur nennt, Popjournalismus, Zeitgeistbestimmung oder *New Alman Écriture* oder irgendwie anders, *who the fuck cares*. Sicher ist: Während der alte, auf dem Friedhof der deutschen Magazine liegende Gatekeeper-Popjournalismus sich zwar deutlich von Feuilleton-Deutsch unterschied, vermittelte er auch oft den Eindruck, dass nur die Richtigen ihn verstehen sollen. Man musste die Deleuze-Referenzen zwischen den Zeilen schon mitlesen, um das Gefühl zu bekommen, irgendetwas verstehen zu dürfen. Die Sprache in *Das Wetter* hingegen ist weniger akademisch, zugänglicher, offener, fast niemand gibt mit Fachbegriffen an.

Und dies nun also schon seit zehn Jahren. Wunderbar! Wobei so ein Jubiläum ja nicht nur auf das Vergangene und Erreichte blicken lässt, sondern auch zum Projizieren in die Zukunft einlädt. Stell dir *Das Wetter* in zehn Jahren vor. Wird das Magazin dann noch mehr auf Englisch sein und weltweit gelesen werden? Seit einer Weile stellt die Redaktion wie selbstverständlich Interviews, die auf Englisch geführt und belassen wurden, und Texte, die auf Englisch geschrieben wurden, neben Porträts und Reportagen auf Deutsch. Diese Zweisprachigkeit ist zielgruppengerecht und zeitgemäß, sie eigne sich aber nicht unbedingt dazu, noch weiter ausgebaut zu werden, sagen Ehlert und Holzmann mir im Schwarzen Café. Zum einen wäre ein internationaler Vertrieb mit erheblichem wirtschaftlichem Risiko verbunden. Man müsste dann nämlich mehr Hefte drucken, der Vertrieb wäre viel teurer und, so Ehlert: »Man bräuchte dann mehr Geld aus Anzeigenverkäufen, sprich: Man müsste mehr dieses *game* mitspielen und Kompromisse machen. Und davor habe ich ein bisschen Angst.« Außerdem fänden sie in der Redaktion gerade die Mischform reizvoll, sagt Holzmann: »Wenn wir einen Text auf Englisch belassen, dann aus dem Grund, dass wir denken: Ok, Englisch kann eh jeder, und eine Übersetzung würde dem Text nur die Authentizität nehmen.«

Andersherum wären demzufolge englische Übersetzungen von deutschen Texten dann auch nicht mehr ganz authentisch, oder wie Ehlert es formuliert: »Wir wollen ja aus dem deutschsprachigen Literaturbereich die Sachen rauspicken, die wir cool und fördernswert finden – im Sinne von: Hey, das ist für uns auch Pop. Und ich glaube, es wäre schwierig bis unmöglich, das auf Englisch einem internationalen Publikum zu vermitteln. Außerdem würde sich, wenn wir alles komplett auf Englisch machen würden, ja auch irgendwann die Frage stellen, warum wir diesen Job noch machen – oder ob den nicht Leute besser machen könnten, die englische Muttersprachler*innen sind.«

Ja, stimmt: Es ist schon gut, dass genau diese Menschen *Das Wetter* machen und weitermachen. Einen donnernden Glückwunsch an alle Beteiligten. Und danke für den Kaffee.

Paulina Czienskowski ist Schriftstellerin und Journalistin. 2018 erschien ihr Debüt als Autorin, *Manifest gegen die Emotionale Verkümmerung,* im Korbinian Verlag, 2020 veröffentlichte Czienskowski ihren ersten Roman *Taubenleben* bei Aufbau. *Sich erinnern, man selbst zu sein* erschien 2021 wieder im Korbinian Verlag.

Mein damaliger boyfriend erzählte mir das erste Mal vom *Wetter*. Das muss so neun Jahre her sein. Ich war schüchtern und konnte mir nicht vorstellen, dass wir jemals zusammen arbeiten würden. Sie wohnten in Kreuzberg, im selben Haus wie sein Bandkollege, wo wir eh manchmal waren und alle zusammen in der WG saßen. Kurz darauf waren wir bei dem Release von einem neuen Heft, in Mitte. Vielleicht eine Handvoll Menschen waren da. Darunter eine Person, die später mal sehr wichtig für mich werden sollte. Es gab da einen Blickwechsel, der sich einprägte. Etwa zwei Jahre vergingen, bis wir uns wiedersahen: auf einer *Wetter*-Party. In einem zum Abriss bereiten Kaufhaus am Ku'damm versuchten wir uns zwischen 1000 anderen Menschen schweißgebadet und betrunken auf ein Gespräch zu konzentrieren. Es folgte meine bisher schönste Beziehung und ein paar Textarbeiten fürs *Wetter*. Im Erinnern wurde mir bewusst, wie ich das Magazin beim Aufwachsen begleitet hab und das *Wetter* irgendwie mich. Der Kosmos ist unprätentiös, so nahbar wie möglich und auf eine warme Weise professionell. In den knapp 400 Minuten Gespräch für diesen Text mit zwölf verschiedeneren Protagonist*innen habe ich genau diese Mischung erfahren, während wir alle ziemlich nostalgisch wurden.

Paulina Czienskowski

Gründungs-mythos

Eine kleine
Oral History von
Das Wetter

Gespräch | 2023

[Sascha]	Sascha Ehlert, Gründer und Chefredakteur von *Das Wetter*
[Max]	Max Richard Leßmann, Musiker und Autor
[Jan]	Jan Wehn, Autor und Redakteur für *Das Wetter*
[Onkel Dirk]	Dirk Ehlert, Onkel des Magazingründers
[Heike]	Heike Ehlert, gute Seele von *Das Wetter* und Mutter des Magazingründers
[Anne und Hanna]	Anne Stiefel und Hanna Osen, seit Ausgabe #01 die Gestalterinnen der Zeitschrift
[Katharina]	Katharina Holzmann, leitende *Wetter*-Redakteurin und Lektorin.
[David]	David Rabolt, Freund des Hauses, hat mit Katharina und Sascha den Korbinian Verlag gegründet.
[Hendrik]	Hendrik Otremba, Musiker (solo, sowie als Teil der Gruppe Messer), Autor und Künstler. Im ersten *Wetter* waren einige seiner Songtexte abgedruckt.
[Valentin]	Valentin Hansen, Musiker und Künstler. Hat für *Das Wetter* unter anderem bereits fotografiert und diverse Grafiken für *Wetter*-Merch produziert – und war dann später auf dem Cover.
[Jonas]	Jonas Höschl, Bildender Künstler und Fotograf, hat für *Das Wetter* bereits mehrere Cover fotografiert.
[Juri]	Juri Sternburg, Autor, der bereits viel zu *Das Wetter* und zum Korbinian Verlag beigesteuert hat.

[Sascha] In meiner Erinnerung war es so: Ich war auf 2012 auf einer Releaseparty der Musikgruppe Vierkanttretlager, weil ich mich damals gerade mit Max Richard Leßmann, dem Sänger und Texter der Gruppe, angefreundet hatte.

[Max] Wir haben damals unser erstes Album rausgebracht, *Die Natur greift an*, und in der Ankerklause in Berlin in den Release reingefeiert, wo auch viele Menschen aus dem Journalismus waren. Unter anderem Sascha und Jan, die ich zu dem Zeitpunkt schon kannte. Danach haben wir noch Getränke getrunken, mehrere, und es wurde so ein bisschen bierselig.

[Sascha] Und irgendwann, nach der Geburt des Albums, nach null Uhr also, standen dann Jan, Max und ich zusammen.

[Max] Wir waren gemeinsam pinkeln.

[Sascha] Und Max, der zu dieser Zeit sehr begeistert und auch begeisterungsfähig war und irgendwie einfach mit Ideen um sich geschmissen hat, hat gesagt: So Leute, wir drei müssen eigentlich eine Rap-Gruppe gründen, inkognito, und uns dann selber hochschreiben. Weil Jan da gerade bei der *Spex* war, Max für die Visions schrieb und ich für die *Juice*.

[Sascha] Und wir nennen die dann: *Das Wetter*, so Max. Ich weiß nicht mehr genau, was seine Erklärung war, warum das ein guter Name für eine Rap-Band wäre.

[Jan] Diese Idee »Alle reden immer übers Wetter« war da glaube ich noch nicht so präsent. Ich habe aber überlegt: Mit seiner Band hat Max zu der Zeit ein Album veröffentlicht, auf dem sind die Natur und *Das Wetter* omnipräsent ... Das müsste man noch mal mit ihm klären.

[Max] [...] Ich kann gar nicht mehr so genau sagen, warum. Ich weiß, dass ich einfach immer auf der Suche bin, nach Namen, nach Titeln und mir jeden Tag mehrere aufschreibe.

[Sascha] Ein Jahr vorgespult, saß ich dann bei Max in der Küche.

[Max] Zum Glück haben wir dann keine Rap-Gruppe gegründet. Stattdessen entstand die Idee, den Texten, die in den Magazinen, für die wir gearbeitet haben, keinen Platz gefunden haben, die den Leuten nicht wichtig genug vorkamen, die Sachen, die untergrundiger, abseitiger waren, dass wir alldem gerne einen Ort geben würden. Wir haben gedacht: Lass uns doch irgendwie Texte sammeln zu Themen, die uns bewegen, vielleicht auch literarische Texte einbinden und ein Magazin machen, was ein bisschen anders ist.

[Sascha] Damals war es so, dass ich beim Schreiben das erste Mal in meinem Leben richtig Ambition entwickelt habe, mehr zu machen, einfach längere Texte zu schreiben, nicht nur Rezensionen und so. Und das war halt bei den verschiedenen Zeitschriften nicht so möglich. [...] Die für mich attraktiven Aufträge, Interviews führen, Porträts schreiben und so, die wurden immer nur von den fest angestellten Redakteuren [red. Anm. bewusst nicht gegendert] übernommen. Ich hatte schnell das Gefühl, an die Glasdecke zu stoßen. [...] Und ich dachte mir so: Okay, wenn ich offensichtlich in die etablierten Medien erst mal nur so halb reingelassen werde, dann muss ich es wohl selber machen.

[Max] Und da kam wieder der Titel *Das Wetter* von unserem nächtlichen Toilettenbesuch auf, und ich fand, dass das zu einem Magazin sogar noch viel besser passt als zu einer Rapcrew.

[Sascha] Es gab nur diese Schnapsidee [...]. Und dann wurde die nachträglich mit Inhalt gefüllt. Was mir auf jeden Fall wichtig war: Dass der Name zeitlos ist und das Heft nicht festlegt auf einen bestimmten Inhalt, sondern dass es ein Gefäß ist, was irgendwie potenziell mit allem gefüllt werden könnte. [...] Und natürlich ist einem die Tragweite dessen in dem Moment, wenn man so zu zweit in Hamburg in der Küche sitzt und Tee trinkt, nicht bewusst. Aber ja, das ist auf jeden Fall eine Entscheidung, die ich nie bereut habe.

[Max] Der Titel funktioniert natürlich auch in Anlehnung an so was wie »Zeit«, als allumfassendes Ding, was immer da ist, sich verändert. Und ich finde, das ist wirklich auch jetzt ein schönes Bild für das, was Kultur und die Kulturlandschaft sind.

[Sascha] Ich habe das alles dann meiner ganzen Family am Esstisch erzählt.

[Onkel Dirk] Das war eine Situation, wo Sascha, ich sage jetzt mal, eine kleine Krise hatte und da kam irgendwie alles Mögliche zusammen, soweit ich mich erinnere. Und da kam ich dann mit ihm ins Gespräch und wollte wissen, was da los ist, weil es war ihm deutlich anzusehen, dass es ihm nicht gut geht. Und dann kamen wir auch auf das Thema Job zu sprechen und was ihm da so alles nicht gefällt. Da war mir schon relativ deutlich, dass er eine Vorstellung hatte, wie es denn wäre, wenn alles so laufen würde, wie er sich das vorstellt. Da habe ich dann so ein bisschen nachgebohrt und nachgehakt und habe gesagt: Wie müsste denn der Job aussehen, damit er dir richtig Spaß machen würde? Und dann hat er auf einmal so ein Leuchten in den Augen bekommen [...]. Und wie das dann so meine Art ist, habe ich sehr direkt gefragt: Was hindert dich denn daran, diesem Ziel nachzugehen und das umzusetzen? Und seine Antwort war: das Geld.

[Sascha] Ich war, glaube ich, sehr realistisch.

[Onkel Dirk] Wie viel brauchst du denn? Und da war er dann halt sehr perplex ob dieser Frage und konnte mir die natürlich in dieser Situation auch gar nicht beantworten. Und dann habe ich gesagt: Na, dann mach dir doch mal Gedanken, ich könnte mir vorstellen, dich dabei zu unterstützen. [...] Also ich habe ihm da jetzt nicht einfach Geld auf den Tisch gelegt und gesagt: Hier, mach! Ich wollte schon, dass da ein konkretes Konzept hinter steht.

[Sascha] Also, ich habe ja auch nicht versucht, einen Bankkredit aufzunehmen oder so. Ich war so: Ich nehme nur dieses Geld, was mir mein Onkel geliehen hat, damit ich nicht Gefahr laufe, mich zu verschulden, weil ich zwar einerseits aus einer Familie komme, in der ich noch nie wirklich existenziell bedroht war oder arm, aber andererseits auch nicht auf Rücklagen, eine Lebensversicherung oder ein prall gefülltes Sparkonto hätte zurückgreifen können. Umso mehr war und bin ich natürlich meinem Onkel dankbar und dafür, dass ich eine Familie habe, in der es möglich ist, sich Geld für den Druck einer Kulturzeitschrift zu leihen. Wenn das nicht so gegangen wäre: Vermutlich würde *Das Wetter* heute nicht existieren.

[Onkel Dirk] Ich war fasziniert davon, wie konkret das Bild davon war, wo Sascha hinwollte mit diesem Magazin. Dass es zum Beispiel eine haptische Qualität haben sollte, die Spaß in den Händen macht. Neben der ganzen inhaltlichen Geschichte – ich bin ja nicht unbedingt die Zielgruppe – konnte ich sehr viel mit diesem Produkt, was er mir da so skizziert hat, anfangen.

[Heike] Ich fand es eine sehr gute Idee von Sascha. Und von Anfang an hat die ganze Familie gesagt, dass das auf alle Fälle unterstützt werden muss und dass er das natürlich mit seiner Erfahrung auch schaffen wird. Nur die Großeltern haben gezweifelt. Wegen des damals noch parallel laufenden Studiums.

[Onkel Dirk] Ich habe selber auch viel probiert im Leben, bin gescheitert und habe dann wieder neue Sachen probiert, deshalb hatte ich sozusagen auch erst mal ein Grundvertrauen.

[Jan] Irgendwann offenbarte Sascha mir dann mal in einem Google-Chat, damals waren, glaube ich, WhatsApp und so nicht so präsent, dass eben aus diesem Rapcrew-Gedanken jetzt dieses Magazin werden sollte und ob ich nicht Lust hätte, da auch mitzumachen.

[Sascha] Jan ist seit Ausgabe zwei dabei als Redakteur, aber nicht wie bei einem klassischen Magazin. Er wohnt 500 Kilometer entfernt von mir und steuert zu jeder Ausgabe was bei.

[Jan] Ich habe mich sofort in diesen Titel verliebt und der hat, glaube ich, meine Sicht darauf auch so ein bisschen verklärt. Ich fand's einfach geil, da kommt ein Magazin mit fast quadratischem Format. Das heißt auch noch *Das Wetter*. Gleichzeitig war da aber auch ein bisschen Skepsis, weil ich nicht so recht daran geglaubt habe, dass im Jahr 2013 die Gründung eines Printmagazins über Musik und vielleicht auch ein bisschen Literatur in irgendeiner Art und Weise von Erfolg gekrönt sein könnte. Aber ich sollte nach und nach eines Besseren belehrt werden.

[Sascha] Mir wurde auf jeden Fall schon als Kind von meinen Großeltern nachgesagt, dass ich ein Genießer bin. Und Genuss und Digitales, das passt nicht zusammen. Ich habe noch nie jemanden davon erzählen hören, wie er oder sie es »genießt«, im Internet zu sein. Deshalb musste es unbedingt eine gedruckte Zeitschrift sein.
Ich habe immer mehr recherchiert, was könnten so Vorbilder sein [...] und bin dann über eine Zeitschrift namens Der Freund gestolpert, die in der Konzeptionsphase total wichtig für mich war, weil die sehr reduziert schien. [...] Mit einer möglichst großen Freigeis-

tigkeit in der Frage, was für Textformen darin vorkommen können und mit einer bewussten Entscheidung für viel Text. Also das war ja ein Magazin, in dem es gar keine Fotos gab. Nur Zeichnungen. Und aus der Not fand ich das auch erst mal interessant als Idee, ein Magazin zu machen, das eher Buchcharakter hat und vor allem über Text funktioniert. Der Freund hat *Das Wetter* in der Anfangsphase extrem geformt. Gar nicht so von der Attitüde, die da verkörpert wurde. Christian Kracht und Eckhart Nickel hatten das Heft ja gegründet und dementsprechend haben damals ganz viele Leute aus dieser vor allem in Berlin-Mitte verorteten Popliteratur-Blase geschrieben. Die ganzen Moritz von Uslars dieser Welt eben. Der Snobismus und das Elitäre, das im Popjournalismus und der Pop-Literatur so zur Schau gestellt wurde, das war nie meins, das war nicht meine Haltung zur Welt - auch wenn ich Kracht und Nickel als Autoren sehr liebe. Bei der *Spex* ging es mir ganz ähnlich. Natürlich war das für mich als Möchtegern-Popjournalist ein wichtiger Fixpunkt, weil so Leute wie Rainald Goetz und Wolfgang Tillmans für die gearbeitet haben - und weil ich natürlich welche kannte, die Diedrich Diederichsen total verehrt hatten. Also hab ich mir die *Spex* auch gekauft und gelesen, mich dabei aber immer zu dumm gefühlt, weil ich nicht der Mensch bin, der als Jugendlicher angefangen hat, die Poststrukturalisten zu lesen oder so. Ich war halt geprägt von Aggro Berlin, Kid Cudi und Haruki Murakami - also von Dingen, die die Leute, die ich damals im universitären und journalistischen Kontext kennenlernte, total verachtet haben. Ich hatte zwar längst viel Liebe und eine große Neugier für Popkultur und Literatur in mir, also auch für die verquasten Intellektuellen, für French House oder diese ganze Bon-Iver-Musik aus dieser Zeit, aber der kulturelle Referenzrahmen, von dem aus ich gestartet bin, war ein anderer.

[Jan] Wir haben von Anfang an schon darüber gesprochen, dass es eigentlich Magazin für Text und Musik heißen soll, um die Möglichkeit zu haben, auch jede andere Form von Texten da unterzubringen [...] ich glaube, diese Offenheit, die sich dieses Magazin immer bewahrt hat, macht seinen Charakter aus.

[Sascha] Größtmögliche Freiheit war generell am Anfang die Idee, auch in direkter Bezugnahme auf dieses ganze Gonzo-Journalismus-Ding und generell eine Schreibe, die stark mit dem Ich arbeitet, mit dem Autor. [...] Ich glaube, das hat sich dann erst im Laufe der Zeit zu der Maxime entwickelt, die uns immer noch leitet: Dass *Das Wetter* eine Spielwiese sein soll, für die unterschiedlichsten Autor*innen und Textformen.

[Hendrik] Mir und Philipp Wulf, dem Schlagzeuger von unserer Band Messer, wurde damals von Henning Mues, der zu der Zeit gerade angefangen hatte, die Band Trümmer zu managen, erzählt, dass es da einen jungen Typen gibt, der irgendwie als Musikjournalist rumprobiert, und der die Gelegenheit hat, ein Magazin zu machen, als Pilotprojekt. Ich glaube, es hieß damals, für die Erstausgabe hätte er Geld von seinem Onkel bekommen und danach müsse es sich selbst tragen. Und der habe vor allem Interesse, auch längere, tiefer gehende Texte zu machen, die woanders nicht erscheinen können. Und das fand ich natürlich total interessant.

[Sascha] In der ersten Ausgabe war der Coverstar Casper, und das kam ja, weil ich ihn vorher schon kannte durch ein Covershooting für die *Juice*. Benjamin (Griffey, Anm. d. Verf.) ist ein ziemlich zugänglicher Mensch. Er war dann auch eine der ersten Personen, der ich erzählt habe, dass ich ein eigenes Magazin machen will. Natürlich auch mit dem Hintergedanken, ihn zu fragen, ob er Lust hätte, darin vorzukommen. Und er hat quasi sofort Ja gesagt und war einfach so very encouraging, als einer der wenigen von den Menschen, mit denen ich damals drüber gesprochen habe.

[Hendrik] Die vom Wetter fragten mich, ob ich nicht Lust hätte, Benjamin [Casper] zu malen für die Erstausgabe. Weil ich damals auch die Cover für meine Band gemalt habe und das so ein bisschen die Runde gemacht hat.

Ich habe dann ein Bild gemalt, aber da kam Ben nicht so gut bei weg. Bei meinen Bildern wird oft auch das Kaputte in den Leuten betont. Da gefiel er sich nicht drauf. Ich hatte aber auch noch ein anderes angefertigt, und das wurde dann abgenommen.

[Sascha] Ein zugkräftiges erstes Cover!

[Hendrik] Ich habe dann der ersten Ausgabe dieses Motto gestiftet, das auch auf der ersten Seite steht: »Es kann nur besser werden.« Und wahrscheinlich war *Das Wetter* einfach scheiße zu der Zeit. Und ich dachte damals: Gut, es gibt Nachwuchs, es gibt junge Leute, die das irgendwie anpacken wollen, die auch nicht einfach auf so einer Ebene von Sexyness und schnell und cool und überall dabei sein arbeiten wollen, sondern die Raum einnehmen möchten. Die vielleicht auch irgendwie tiefer gehende Geschichten erzählen wollen. Und das war mir alles sehr sympathisch. Und ich dachte mir dann nur: Ja, es kann ja nur besser werden. Auch als eine Art Standortbestimmung des Musikjournalismus damals in Deutschland, als sich schon einiges hier und da ankündigte.

[Sascha] Ich hatte eine Idee davon, wie dieses Magazin aussehen soll. Und habe halt so selber mit Gimp, einer damaligen Gratis-Alternative zu Adobe Indesign, versucht zu skizzieren, wie das Logo aussehen kann. Das Ergebnis sah auf jeden Fall nicht so gut aus wie unser letztliches Logo. Aber: Ich wusste, dass es mit dieser simplen Art von Serifenschrift arbeiten und dass der Untertitel Magazin für Text und Musik in der Unterzeile stehen soll. Ich konnte das aber nicht schick designen – generell konnte ich kein Grafikdesign. Aber dann wurde mir, so ungefähr zwei Monate bevor die erste Ausgabe in Druck gegangen ist, auf Empfehlung der Hamburger Musikerin Pola Lia Schulten Anne Stiefel vorgestellt – und die hat dann auch Hanna Osen mitgebracht. Die beiden waren damals noch an der Uni.

[Hanna und Anne] Wir saßen da in dieser Bar in Hamburg, und er hatte seinen Hund dabei, und dann haben wir auf leger ein, zwei Bier getrunken.

[Sascha] Diese Skizzen, die ich angefertigt hatte, hab ich den beiden dann gezeigt, im Saal II, einer Indie-Artist-Kneipe, die es leider nicht mehr gibt, die aber lange für viele Hamburger Kreative irgendwie eine Relevanz hatte. Ich wüsste gerne, was die beiden eigentlich dachten, als ich da mit meinen Blättern ankam – ich hatte besagte Design-Skizzen zu Hause auf normalem Kopierpapier ausgedruckt.

[Hanna und Anne] Es war auf jeden Fall sofort angenehm mit ihm, und wir fanden es voll cute, wie er da mit dieser Idee kam. [...] Ehrlich gesagt haben wir am Anfang aber nicht so sehr dran geglaubt. Also wir dachten, wir machen da jetzt mal so zwei, drei Magazine und schauen mal. Und es war tatsächlich auch so, dass wir die allererste Ausgabe live mit Sascha zusammen nachts zusammengeflickt haben – in unseren Uni-Räumen.

[Sascha] Ich musste irgendwann dann in der Abgabephase wieder zurück nach Berlin, weil ich ein Jobangebot der *Juice* hatte, da ziemlich schnell anfangen musste und dann auf Wohnungssuche war und parallel dazu dieses Heft auf der Couch und am Schreibtisch von meinen Eltern fertig gemacht habe.

[Heike] Da kann ich mich noch dran erinnern, dass wir die Texte der wunderschönen ersten Ausgabe dann irgendwann ausgedruckt und gemeinsam in unserem Wohnzimmer korrigiert und gegengelesen haben.

[Sascha] Weil ich zu der Zeit wirklich redaktionell komplett alleine war, war das quasi die erste Amtshandlung, die meine Mutter, Heike, für dieses Magazin getätigt hat. Mein Plan war eigentlich, das Heft zu zweit zu machen, redaktionell zusammen mit Max. Aber ...

[Max] Ich war zu dem Zeitpunkt dabei, mit meiner Band das zweite Album aufzunehmen, und das war sehr, sehr intensiv. [...] Wir haben uns von unserem Management getrennt, von unserem Label. Es war wirklich jeden Tag Stress. Als es mit dem Magazin aus dem schwelgerisch Euphorischen ins Handfeste ging, habe ich gemerkt, dass ich nicht in der Lage bin, auf dem Level, auf dem Sascha meine Unterstützung gebraucht hätte, dabei zu sein.

[Sascha] Max hat mich dann anderthalb Monate vor Druckunterlagenschluss, glaube ich, angerufen, da war ich gerade in Mannheim, und gesagt, dass er das nicht machen kann, dass er nicht fest dabei sein kann, weil er glaubt, dass sowohl das Musikerdasein als auch das Redakteursdasein jeweils zu zeitintensiv sind, um beides gut machen zu können.

[Max] Also bin ich noch vor Fertigstellung des ersten Heftes schon wieder ausgestiegen aus der Operation. [...] Da ist der Schmerz, dass ich einen Freund im Stich gelassen habe, dass wir was gemeinsam angefangen haben und ich das dann nicht durchziehen konnte. Das tut mir immer noch leid.

[Sascha] Die erste Ausgabe ist ja in einem ziemlich aufwendigen Prozess entstanden. Eine fünfmonatige Phase, in der ich viel mit Leuten geredet habe und in der sehr viel passiert ist. [...] Ich kann heute auch gar nicht zusammenfassen, wie sich das angefühlt hat, als ich die erste Ausgabe dann aus dem Druck bekommen habe. Wenn du so was machst und dann zum ersten Mal in den Händen hältst, bist du natürlich erst mal total überfordert von der Gleichzeitigkeit deiner Gefühle. Aber irgendwie war das In-Druck-Gehen mit dem ersten Wetter generell eine Art Scheidepunkt in meinem Leben.

[Hendrik] Diese Erstausgabe ist für mich ein Dokument dieser Zeit, da lag irgendwas in der Luft. Also bin ich da auch so ein bisschen nostalgisch.

[Sascha] Ich war dann kurz nach der Veröffentlichung der ersten Ausgabe mit Sebi verabredet, weil seine damalige Firma, die Easy-Does-It-Videoproduktion, in der ersten Ausgabe gefeatured wurde. Und ich glaube, wir haben uns verabredet, um eine Heftübergabe zu machen. Und Sebi hat Katharina mitgebracht.

[Katharina] Es war ein Dienstag, regnerisch, und ich kam gerade direkt aus der Uni und bin mit Sebi ins RIAS (Anm. d. Red.: Nicht mehr existierende Bar in Berlin-Kreuzberg) was trinken. Sascha hatte da *Das Wetter* dabei. Und dann haben wir darüber geredet und uns kennengelernt.

[Sascha] Katharina ist seit der dritten Ausgabe, also fast seit Beginn, Teil der leitenden Redaktion.

[Katharina] Mein Studium hat mich so frustriert, und dann fing das mit dem Wetter so organisch an zu wachsen, und irgendwie habe ich da halt auch meine Energie reinstecken wollen. Das hat mich auf jeden Fall so ein bisschen von der Depression befreit.

[David] Hops [Katharinas Spitzname, Anm. d. Red.] kenne ich ja schon ultralange, seit Schulzeiten. Wir sagen immer: Wir kennen uns vom Rauchen. So als wir vierzehn waren. Irgendwann hat sie erzählt, dass sie einen Typen kennengelernt hat, ganz belesen, und der hätte auch sein Literaturstudium abgebrochen und so, wie sie.

[Katharina] Es gab dann eine Phase, in der Sascha und ich uns viel damit auseinandergesetzt haben, was wir anders machen wollen als andere Musikmedien, weil Sascha auch, sagen wir mal, mega angepisst war von seinen Brotjobs.

[Sascha] Der Musikjournalismus wurde damals eigentlich wie so ein erweitertes Marketing-Tool benutzt. Oder er war mega akademisch à la *Spex* oder nur für so richtige Musiknerds. Es gab nichts dazwischen, was Künstler*innen auch einfach mal so porträtiert und auch eben nicht nur das neue Album promotet, sondern sich mit diesen Menschen auseinandersetzt und die auch mal sprechen lässt, statt über sie zu urteilen.

[Katharina] Dass der Interviewende keine objektive Instanz ist, sondern ein Mensch, dessen Meinung man ja auch hören will, dessen Blick auf die Welt den Text färbt, und es ist ja spannend, dieses Spannungsverhältnis offenzulegen. [...]

[Jan] Also es gab damals eigentlich überall strikte Vorgaben, was die Zeichenzahl angeht, ein sehr rigoroses Lektorat, bei dem einem komplette Absätze gestrichen wurden, weil sie nicht in die Agenda passen oder weil man ein Foto noch besonders groß darstellen wollte. Oder weil der Verlag zum Beispiel auch vorgegeben hat, dass ein Thema nicht so groß sein darf, weil sie einen bestimmten Anzeigenkunden hatten und deswegen dessen Thema größer gefeatured werden musste. So was gibt es alles nicht beim Wetter.

[David] Beim Wetter steckt ultra viel Leidenschaft drin, weil da einfach von allen, die in der Redaktion sind oder Texte beisteuern, sehr viel Herzblut und Bock investiert wird. Da lässt man die Texte irgendwie einfach sein und doktert nicht so viel dran rum, sondern lässt die Autor*innen und Perspektiven, die vertreten sind, zu Wort kommen.

[Katharina] Ich glaube, ich war damals auch so depri im Studium, weil ich mich nirgendwo in dieser Literaturwelt gesehen habe. Und dann war *Das Wetter* eben voller Möglichkeiten, weil man da halt machen kann, was man möchte.

[Jan] Ich habe das erste Mal die Möglichkeit bekommen, eine Kurzgeschichte zu veröffentlichen, ohne literarische Vorerfahrung. [...] Oder habe mal ein komplettes Porträt über die Screenshots einfach erfunden. Was wahrscheinlich bis heute niemand weiß. [Anm. Red.: Wenigstens die Band wusste davon.]

[Sascha] Als Magazin sind wir immer so aufgebaut gewesen, dass wir möglichst offen sein wollen für die Vorschläge unserer freien Autor*innen. [...] Wir verstehen uns vielleicht auch als eine Art Kollektiv. [...] Viele steuern ihre Interessen bei, aber im Kern sind es schon Katharina und ich, die das zusammenführen. Und weil das so wenig Leute sind, macht es das dann wiederum noch persönlicher.

[Jan] Also diese Offenheit generell, nicht nur gegenüber den Themen, sondern auch gegenüber den Menschen, die zu dem Heft beitragen, macht es aus.

[Hanna und Anne] Wir alle vertrauen einander. Ich glaube, anders würde es auch gar nicht gehen, weil es halt immer noch ein ziemliches DIY-Ding ist. Es steht ja keine fette Institution dahinter, und es gibt keine richtigen Hierarchien. Das ist alles so half friendship, half work, also das geht, wie gesagt, auch gar nicht anders. Sonst würde wahrscheinlich alles zusammenbrechen.

[Sascha] Katharina, David und ich haben parallel den Korbinian Verlag gegründet. Der und *Das Wetter* sind sehr familiäre Unternehmen. Beide leben davon, dass die Leute, die daran mitarbeiten, nicht nur talentierte Redakteur*innen oder Autor*innen sind, sondern einfach friends. Natürlich sind wir trotzdem nicht so ein eingeschworener weltabgewandter Haufen, sondern immer dafür offen, uns auch um neue Stimmen zu erweitern und dass da immer wieder Leute zukommen. Und natürlich fallen immer wieder auch andere Leute weg, was viel damit zu tun hat, dass das Schreiben eine sehr prekäre Profession ist.

[Jan] Ich glaube, das Vertrauen in die Menschen, die für dieses Heft schreiben, ist sehr, sehr groß. Ich habe nie das Gefühl gehabt, dass Sascha Menschen, die für *Das Wetter* schreiben, irgendwie misstraut oder denen nicht zugetraut hat, daraus etwas Schönes zu machen. Man bekommt sozusagen den Auftrag, und dann kann man machen, was man möchte.

[Katharina] Wenn man Leuten größere Freiheit lässt, kommt auch meistens interessanterer Stuff heraus. Wir haben mal Kat Kaufmann, die Schriftstellerin, zu einem Interview mit dem Rapper Taktlo$$ geschickt, weil wir dachten, das könnte eine interessante Mischung sein. Und dieses Interview ist, glaube ich, vollkommen in die Hose gegangen. Also er hat fast gar nicht mit ihr geredet oder so. Aber sie hat daraus die absolut verrückteste Kurzgeschichte gemacht. Mit einem Kern Wahrheit, aber auch viel Fantasie. Das hat aber auch zu Taktlo$$, dem Künstler, gepasst. So kann es laufen, wenn man aus einer eigentlich schiefgegangenen Sache was Cooles machen kann, einfach, weil man sich nicht an irgendwelche Konventionen halten muss.

[Jan] Es ist einfach auf eine ganz angenehme Art und Weise, irgendwie entkoppelt von allem, was so passiert. [...] Da ist ein Vertrauen in die Lesenden [...]. *Das Wetter* sieht heute ja auch ganz anders aus als damals und hat ganz andere Themen. Aber die Menschen lesen es immer noch gerne, weil ihnen die Grundidee dahinter gefällt.

[Jonas] Ich glaube, *Das Wetter* ist einfach aus diversen Perspektiven betrachtet spannend und sehr, sehr ambitioniert gemacht. Ich habe auch, obwohl ich jetzt seit drei, vier Jahren regelmäßig mitmache, lange nicht gecheckt, dass die alle paar Jahre irgendwie eine komplett neue CI und Grafikdesign machen, dass das die ganze Zeit im Wandel ist und überarbeitet wird.

[Hanna und Anne] Ich glaube, es hat sich da sehr viel getan mit der Zeit und auch mit dem wachsenden Vertrauen, so als Team. Am Anfang waren wir stark orientiert am Freund. Das war damals auch so ein Vorbild, was Sascha uns mitgebracht hatte. So ein quadratisches Format, nur Schrift. Ich glaube, es war damals sogar auch die Garamond. Es sollte ein ans Buch angelehntes Medium werden. Deswegen haben wir versucht, die Texte nicht so in dem Editorial-Sinne zu erzählen, von wegen: alles total verspielt und flashig und klein, sondern wirklich mit Konzentration auf Text, Konzentration auf Bild, auf Inhalt und nicht auf dieses Masse-Entertainment-Produkt zu gehen. Das haben wir aber irgendwann ein bisschen aufgelockert. Wir wurden dann auch ein bisschen freier und spielerischer mit den Texten und Inhalten. Und mittlerweile haben wir wieder alles runtergebrochen auf eine Schriftgröße im Fließtext und sind wieder viel mehr bei dem Gedanken, dass es mehr um den Text geht und der Text so gleichförmig, also demokratisch, nebeneinander steht von Artikel zu Artikel.

[Jonas] Diese Wechsel funktionieren einfach dadurch, dass sie eben nicht so krass zum Thema gemacht werden, sondern einfach mit so einer Selbstverständlichkeit passieren. Es ist vielleicht auch eine spannende Frage, was so das klassische Wetter-Publikum ist. Die Leute scheinen Lust zu haben, immer wieder neu herausgefordert zu werden oder sich auf neue Sachen einzulassen und sind nicht komplett überfordert wie *JUICE*-Leser*innen, wenn da plötzlich eine Coverstory über Bilderbuch drin ist und es heißt, dass Bilderbuch Cloudrap erfunden haben.

[Hanna und Anne] Wir sind ja alle beeinflusst von Trends, sind Kinder unserer Zeit. Und dadurch, dass wir da auch einfach alle zusammen quasi mit groß geworden sind, Sascha und Katharina natürlich mehr auf der Textseite, wir mehr auf dieser Gestaltungsseite, haben wir uns dann natürlich auch persönlich weiterentwickelt und haben das in das Heft reintragen können. Sascha war immer super offen, was Experimente und Gestaltung angeht. [...] Also, solange das irgendwie auch Sinn gemacht hat, war er immer bereit.

[Jan] Dadurch, dass so ein Magazin eben nicht jeden Tag aufs Neue erscheint, sondern nur alle drei Monate, ist ja die Anzahl der Cover-Geschichten limitiert. Wir haben uns dem so ein bisschen entzogen, indem wir auch mal mehrere Cover gleichzeitig veröffentlichen.

[Sascha] Coverentscheidungen sind traditionellerweise immer krass Politik, von Seiten der Künstler*innen, der Labels und Managements. Wir haben es geschafft, uns davon zu lösen und damit auch irgendwie ein Statement zu setzen: dass für uns nicht ein Thema viel wichtiger ist als die anderen.

[Hanna und Anne] Es geht nicht um den oder die, die den ultimativen Verkaufshit landen werden. Da ist Sascha auch zum Glück relativ frei von solchen Gedanken, dass er eben auch so sagt, er hat Bock drauf, und deswegen will er vielen eine Chance geben.

[Valentin] Irgendwann hab ich angefangen, selbst Musik rauszubringen und hab dann so die leise Hoffnung gehegt, dass vielleicht mal ein Text über mich im Wetter erscheinen wird. Und dann stand da irgendwann eine Ausgabe mit mir vorne drauf in den Bahnhofskiosken in ganz Deutschland.

[Sascha] Ich finde diese Unterscheidung zwischen Indie-Underground-Sachen und dem Mainstream immer doof. Und ich finde es wichtig, dass in dem Magazin eine Enissa Amani stattfinden kann, die irgendwie ein Millionenpublikum hat und Comedian ist. Aber trotzdem will ich dann in der nächsten Ausgabe genauso eine Haiyti auf dem Cover haben können – zu einem Zeitpunkt, an dem sie vielleicht gerade mal einem kleinen Insider-Publikum bekannt ist.

[Katharina] Es hieß im Magazin-Business lange, eine nicht weiße Frau auf dem Cover verkauft sich nicht. Oder jemand Nichtschlankes. Abgesehen von dem offensichtlichen Rassismus, Sexismus und so weiter, der in diesen, na ja, Konventionen liegt, haben wir dagegen immer die Erfahrung gemacht, dass sich unser Heft, wenn wir genau diese Regeln gebrochen haben, gut verkauft hat. Ich verstehe wirklich nicht, wie wenig in den letzten Jahrzehnten von deutschen Medien reflektiert wurde, dass man natürlich durch Auswahl und Platzierung seiner Themen ein Publikum beeinflusst, aber vor allem auch viele andere ausschließt. Na ja, aber das war dann auch immer so ein Beweis für uns: Nee, die Welt ist auch bereit für Veränderungen.

[Jonas] Wahrscheinlich ist das auch einfach so eine Zeitenwende, aber ich kann mich nicht daran erinnern, dass woanders regelmäßig Female Acts oder BPoC-Artists auf dem Cover waren. Und das merke ich schon, dass ich das wahnsinnig wichtig finde, über wen geschrieben und wer abgelichtet wird. Wer wie viel Raum bekommt.

[Sascha] Wir haben auch bewusst junge Artists aufs Cover gepackt, die teilweise noch nicht mal ein Label hatten, als wir sie vorne drauf hatten. So wie Symba und Pashanim zum Beispiel, wo man nach konventioneller Zeitschriftenlogik eigentlich nur sagen könnte: Wir waren viel zu früh dran, weil die zu der Zeit noch so gut wie niemand auf dem Schirm hatte. Aber das trotzdem zu machen, war uns als Redaktion einfach aus idealistischen Gründen total wichtig.

[Katharina] Ich glaube, der Mensch, der Kunst konsumiert, ist schon in der Lage, weiter zu denken als: Oh, das glitzert oder das ist, was alle machen. Im Gegenteil, je weiter man die Facetten aufblättert, desto öfter finden Leute die Sachen auch cool.

[Valentin] Die beiden sind ja auch immer am Suchen, was so der neue Scheiß ist. [...] Ich hab ja mit Sascha und Katharina vor fünf Jahren oder so angefangen Wetter-Merch zu gestalten und dann manchmal neue Namen für das Motiv vom »Inhalt«-Hoodie gelesen – das ist ja ein Print, für den ich das Magazin-Cover als Druck adaptiert habe – und drei Monate später war der Name plötzlich voll präsent.

[Juri] Ich weiß noch, dass Sascha und ich Pashanim und Symba gesehen haben, da hatten die gerade ein Video draußen, und wir waren uns einig, dass die dringend aufs Cover müssen. Ich traf die Jungs dann wenig später für eine Wetter-Coverstory. Danach haben sie nie wieder ein Interview gegeben ...

[Jonas] Vielleicht ist *Das Wetter* auch deshalb so identitätsstiftend, weil das alles so Leute sind, die viel wühlen und nach neuer Musik suchen. Außerhalb vom Wetter ist es eigentlich sehr unüblich, dass Female Artists, die eine EP veröffentlicht haben, straight auf dem Cover landen. Vielleicht ist aber genau das Leser*innen und so krassen Musikfans wichtig, dass sie nicht erst nach dem Super-Hype mit dabei sind, sondern einen Artist früh entdecken und begleiten.

[Sascha] Aus dieser eigentlichen Verweigerung gegenüber einer Marktmechanik haben wir eine totale Stärke auch im kommerziellen Sinne entwickelt, weil die uns unterschieden hat von anderen Zeitschriften.

[Hanna und Anne] Generell besteht der Wetter-Inhalt ja aus einer super persönlichen Auswahl an Themen, die Sascha und Hops [Katharina] sich überlegen. Dadurch bekommt das Heft eben auch so eine Seele oder so. Und man hat ja heutzutage auch die Möglichkeit, solche Entscheidungen unabhängig von Majorlabels zu treffen.

[Sascha] Es gibt jetzt irgendwie in den letzten zwei Jahren immer mehr Künstler*innen, die wir fürs Wetter treffen und interviewen, die einem dann erzählen, dass sie seit ein paar Jahren auch Leser*innen oder Fans von *Das Wetter* sind. Aus dieser neuen »Generation«, zu der junge Künstler*innen wie Paula Hartmann oder Nils Keppel oder Salò gehören, gibt es ganz viele, die *Das Wetter* vielleicht auch in einer Phase gelesen haben, in der sich ihre eigenen künstlerischen Aspirationen rauskristallisiert haben. Daran vielleicht auch nur vielleicht einen winzig kleinen Anteil gehabt zu haben, in Sachen Inspiration, ist natürlich extrem toll und vielleicht das beste Kompliment, was ich mir für *Das Wetter* vorstellen kann.

[Valentin] Wenn ein Label einen Artist konzipiert, sich überlegt, wie gestalten wir den Kosmos, in dem diese*r stattfinden soll, dann ist *Das Wetter* mittlerweile eine wichtige Komponente. Also der Artist soll am besten genau in dieser Welt stattfinden.

[Juri] *Das Wetter* war nie zum Geldverdienen da und hat sich irgendwie immer so nach einem Prestige-Ding angefühlt, weil man wusste: Das lesen jetzt nicht fünf Millionen, aber die, die es lesen, das sind die richtigen Leute. Das sind so genau die, die man erreichen will. [...] Mein erster Text war direkt eine Coverstory mit K. I. Z. Das war, als dieses *Hurra-die-Welt-geht-unter*-Album noch gar nicht draußen war, was ja auch deren Riesendurchbruch war. [...] Das war schon so ein Text, den jetzt so nicht jeder hätte schreiben können, weil ich einfach schon persönliche Sachen mit eingebracht habe, dadurch, dass wir uns halt kennen.

[Katharina] Uns wurde ja, wenn wir Kritiken bekommen haben, relativ oft vorgeworfen, dass wir so affirmativ und nett sind. Wir kritisieren halt wenig, aber das liegt meistens einfach daran, dass wir gar nicht erst über Leute berichten, die wir nicht mögen. Warum sollten wir uns mit denen treffen? [...]

[Sascha] Unsere ganze Arbeitsweise hat sehr wenig mit der von großen Wochenzeitungen oder so zu tun, sondern viel mit einem Idealismus, glaube ich, den ich mit den Leuten, die *Das Wetter* am meisten prägen, also Katharina und meine Mutter, teile. Auch wenn meine Mutter nicht schreibt: Ohne sie würde das alles gar nicht gehen. Und das kriegen die wenigsten Leute mit. Also, so richtig kriege eigentlich nur ich mit, wie unersetzlich sie fürs Wetter ist.

[Heike] Für alles, was man inhaltlich nicht sieht, für alle Dienstleistungen, bin ich verantwortlich. Viele Mails gehen über mich, und natürlich beschwert sich mal jemand, weil eine Bestellung zu lange dauert, weil sie manchmal über eine Woche warten müssen. Da weiß jemand dann nicht, dass da immer nur zwei, drei Leute am Verpacken oder Vorbereiten sind.

[Valentin] Ich glaube, dass man denkt, dass das ein riesiger Apparat ist, weil es ja auch vom Stellenwert diese Größe hat. [...] Für mich war es damals schon ein richtiges Upgrade, als Sascha in den Wedding gezogen ist und dann so einen eigenen Raum hatte für *Das Wetter*-Merch und die Ausgaben. Weil vorher war es ja einfach nur so im Flur gelagert.

[Heike] Als Sascha noch im dritten Stock gewohnt hat, habe ich mit ihm zusammen die Magazine, die aus der Druckerei angeliefert wurden, nach oben gebracht und dann dort im Wohnzimmer in die einzelnen Versandtüten und Kisten gepackt.

[Sascha] Und da wird man jetzt vielleicht esoterisch, aber man spürt bei gedruckten Magazinen schon den Geist der Leute, die dahinter stecken. Der ist bei uns vielleicht mehr vom Familiären und Privaten geprägt und nicht so sehr von Professionalität.

[Katharina] So eine gewisse Art von Unprofessionalität, finde ich, steht einem ja auch ganz gut zu Gesicht, weil es eben dadurch einfach nicht so glatt und ernst ist.

[Heike] Ich kümmere mich jeden Tag darum, dass es dem Magazin und damit auch dem Macher und allen, die daran beteiligt sind, gut geht. [...] Ich will jetzt nicht übertreiben, aber ohne den Charakter eines Familienunternehmens wäre es vielleicht auch nicht so lange möglich gewesen. In zehn Jahren gibt es natürlich Höhen und Tiefen.

[Valentin] Der Wetter-Kosmos war so nah, als ich nach Berlin gekommen bin, vor über neun Jahren, es hat sich wirklich so klein angefühlt alles. Man kannte alle, und er war so gespickt aus deren Freund*innen. Und sie haben ja auch Partys veranstaltet, also Release gefeiert und so. Die waren wie so kleine Hauspartys immer, halt im Monarch am Kotti zum Beispiel. Es wurde da so sichtbar, wer diese Welt prägt und ausmacht. Man kannte wirklich jeden, und das ist dann natürlich irgendwann auch voll gewachsen, es kamen immer mehr Menschen. Vor allem in der ersten Zeit hat es sich halt super freundschaftlich und familiär angefühlt. Da saßen dann David und Joe an der Kasse, Hops [Katharina] hat noch schnell Poster im Treppenhaus aufgehängt, und ich hab für fünfzig Euro Partyfotos gemacht.

[Sascha] Im Sommer 2017 haben wir zum zweiten Mal eine größere Party veranstaltet [...], im alten Westberlin [...] in einer Location, die, wie viele von den Orten, die wir über die Jahre bespielt haben, nicht mehr existiert, wo jetzt ein neues Hochhaus hingesetzt wird – am Kurfürstendamm. Und damals stand dort noch ein schon abrissbereites altes Hochhaus – das Kudamm-Karree, und da haben wir im 15. Stock unseren vierten Geburtstag gefeiert.

[Katharina] Das war auch so ein Moment, der richtig intensiv war und wo man gemerkt hat, es geht aufwärts mit dem Wetter. [...] Mitten im Sommerloch, das weiß ich noch. Es war warm, und alle waren so gelangweilt in Berlin. Das war so die Stimmung. Und deswegen war die Party, glaube ich, auch so voll. Wir wurden richtig überrannt.

[Sascha] [...] So 800 bis 1000 Leute oder so. Mehr als wir händeln konnten.

[Katharina] So gern ich auch feiere, haben mich diese Partys auch immer überfordert. Es ist dann so eine Selbstaufgabe, weil man das natürlich auch irgendwie alles zu zweit gemacht hat, also an der Gästeliste sitzen und irgendwie gleichzeitig die DJs und Artists betreuen und zwischendurch der Bar noch Wechselgeld vorbeibringen ...

[Sascha] Einmal war ich gerade oben und sah dann den Rapper Luciano mit seiner Entourage. Zwei Jahre später war er auf dem Cover. Und irgendwann habe ich unten auch noch Capital Bra abkassiert, damals war auch der noch nicht der erfolgreichste Single-Künstler seit den Beatles in Deutschland, und er drückte mir einen Zwanni in die Hand und meinte: Den Rest kannste behalten. Und stürmte an mir vorbei. In so einer Situation habe ich das alles gar nicht so gecheckt. Wo die Synapsen eh die ganze Zeit am Explodieren sind und man viel Alkohol trinkt, in der Hoffnung, dass der hilft, einen zu beruhigen, aber man nicht mal betrunken wird, sondern einfach nur krass wach und hektisch bleibt. Im Nachhinein war das natürlich irgendwie so ein Moment, wo man sagt: Wie ist das passiert? Ich bin mir sicher, dass die zu dem Zeitpunkt nicht wussten, was *Das Wetter* ist. Und trotzdem werde ich natürlich für immer die Geschichte erzählen können, dass die beiden heute erfolgreichsten Rapper Deutschlands 2017 mal auf unserer Party waren.

[Hanna und Anne] Es hat sich alles irgendwie einfach so entwickelt, das hat wahrscheinlich auch Sascha nie gedacht, dass es diese Dimensionen annehmen könnte.

[Valentin] Am Anfang war das wirklich eine Mini-Auflage. Da kann man schon stolz sein, wenn man jetzt darauf schaut, dass Menschen sonst wo das Magazin kennen und Wetter-Caps tragen.

[Jan] Ich wohne an der Bergstraße in der Nähe von Heidelberg. Da gibt es viele kleinere Orte, und einmal war ich in Heppenheim, im Rewe, an einem Samstag, und da lief jemand mit einem Wetter-Shirt vor mir. Das war krass. Das war fast schon surreal. Man trägt das ja wie ein Fußballtrikot, das Zusammengehörigkeit markiert und ein Identifikationsgefühl vermittelt.

[Onkel Dirk] Was daraus geworden ist, ist jenseits dessen, was ich mir da jemals erträumt hätte. Eine etablierte Marke mit dem ganzen Merchandising drum herum.

[Katharina] Mir ist oft gar nicht so bewusst, dass es irgendwen gibt, der dieses Magazin kennt, der jetzt nicht explizit in dieser Szene ist oder was damit zu tun hat.

[Hanna und Anne] Ich lehre mittlerweile im Magazinbereich, und da kommt *Das Wetter* natürlich auch immer auf den Tisch. Und die ganzen Kids da laufen mit diesem Wetter-Merch rum und so, und das ist auf jeden Fall eine Marke, die sich voll etabliert hat, das ist so ein Produkt geworden, und mir ist das, ehrlich gesagt, nie so klar gewesen, weil ich eine ganz andere Bindung dazu habe. Mir fällt es voll schwer zu realisieren, was eigentlich daraus geworden ist. Mir fällt es dann immer wieder in solchen Momenten auf, wo ich eben so in der Mensa sitze, und dann sind da fünf Wetter-Shirts oder -Jutebeutel. Und erst da merke ich dann wieder, wie wichtig und groß das ist.

[Katharina] Uns war ja auch immer wichtig, dass *Das Wetter* kein Medium ist, das Leuten eine unrealistische Welt vorgaukelt. Mit realistisch meine ich vielleicht nahbar, also dass es von einem Künstler nicht so ein Bild schafft, das eine Art Stardom kreiert, sondern ihn oder sie als Menschen zeigt, der eine Meinung hat und Gefühle und alles, was zu so einem Menschen dazugehört. Und das gelingt natürlich besser und mal schlechter. Aber klar, selbst wenn es dann halt sehr persönlich ist, kreiert man damit ein Bild, etwas, dem junge Menschen nacheifern wollen. Aber ich meine, wenn sie vielleicht zum Beispiel verstehen, dass diese*r eine Musiker*in zwar die ganze Zeit auf TikTok rumhängt, aber auch über Politik und Gesellschaft nachdenkt und dass das vielleicht auch was sein könnte, ist das ja gut.

[Jan] Diese Freiheit, dieses Vertrauen, das man hier bekommt, übrigens auch von den Menschen, die man für das Magazin interviewt. Dass Rin mich einen ganzen Tag mit auf Tour nimmt und man da einfach Mäuschen spielen darf, ist auch nicht selbstverständlich in der heutigen Zeit, in der Rapper gerne ihr eigenes Narrativ vorantreiben.

[Katharina] Viele Leute fühlen sich in diesen extrem professionellen Bedingungen ja auch gar nicht so wohl. Die meisten Menschen fühlen sich da ja eher so, als könnten sie nicht die Person sein, die sie sind. Und diese lockere Art des Interviewführens gibt einem, glaube ich, auch so ein gewisses Gefühl, dass man irgendwie gesehen wird oder auch ernst genommen wird. Und dass man eben auch nicht nur die fünf gleichen Fragen gestellt bekommt, um seine Sache zu promoten, sondern einfach mal als Mensch gefragt wird, was bewegt dich, was interessiert dich?

[Juri] Warum sind die Musikmagazine denn alle down gegangen?! Weil du über Social Media und so deine eigene Promo machen kannst. Du brauchst niemanden mehr, auch nicht den Verriss von Linus Volkmann. Du hast ja deine Fans. *Das Wetter* war halt nie so ein Promo-Magazin.

[Jan] Wir sind nie zum verlängerten Arm der Plattenindustrie oder Presseagenturen geworden. Haben das Heft nie verwässert. Es ist einfach auf eine ganz angenehme Art und Weise irgendwie entkoppelt von allem, was so passiert.

[Sascha] In der Zeit, wo dieses Magazin gegründet wurde, hatte ich eine Zeit lang extrem den Wunsch, mich dem Zeitgeist und der Schnelligkeit zu entziehen. Ich wollte was machen, was langlebig ist und was man zehn Jahre später immer noch im Regal stehen hat und was man auch mit einer anderen Langsamkeit konsumiert.

[Juri] Eine *Spex* vom März 2017 oder so will man ja nicht mehr lesen, aber ein Wetter safe noch zehn Jahre später.

[Jonas] Für mich ist *Das Wetter* halt genau in diese Lücke, die die *Spex* hinterlassen hat, gerutscht. Ich kenne aktuell zumindest kein anderes Magazin, das so breit und vielleicht auch politisch Popkultur verhandelt wie *Das Wetter*.

[Juri] Gerade in der Zeit, wo alle meinten: Print ist tot oder so – dass man einfach genau da mit dem Gegenteil reingesteuert ist, zeigt sich auch einfach durch so prominente Fans des Magazins, die immer wieder positiv darüber reden. Wenn ein Christian Kracht denen eins von zwei Interviews gibt, die er macht …

[Katharina] Dass man so aus dem Nichts ein Interview mit Kracht hat, das war schon ziemlich cool.

[Jan] Es gab ja im Heft irgendwann auch mal eine Fotostrecke von Leonhard Hieronymi und Philipp Levinger über die Redaktionsräume von Der Freund in Kathmandu. Nickel und Kracht wussten überhaupt nicht, dass diese Fotostrecke existiert.

[Sascha] Wir haben Kracht das Heft damals irgendwohin geschickt.

[Jan] Die haben dann eine sehr berührende Mail von Kracht bekommen, bei der ich auch so gedacht habe: Offensichtlich machen wir hier irgendwas richtig, weil das ist nicht das erste Mal, dass jemand so voller Erstaunen darüber spricht, mit was für einer Liebe hier an Texten und Bildern gearbeitet wird. […] Einfach so gesehen zu werden, hat sich einfach gut angefühlt.

[Katharina] Vor ein paar Monaten erst hat Rainald Goetz *Das Wetter* bei seinem ersten Auftritt seit Jahren mehrmals hochgehalten und das so gelobt. Also das war wirklich … Ich hab mir so vorgestellt, wie ich als depressive, von Panikattacken geplagte vierundzwanzigjährige Literaturstudentin da saß und dachte, aus mir wird nie was [...]. Ich würde meinem damaligen Ich so gerne erzählen, dass zehn Jahre später Rainald Goetz unser Magazin hochhalten wird. Also nicht nur, weil der irgendwie 'nen berühmter Schriftsteller ist, sondern weil das in meinen damaligen Maßstäben so völlig undenkbar gewesen ist.

[Jan] Das ist etwas, was mich erstaunt und berührt und auch mit einer gewissen Zufriedenheit erfüllt hat. Denn bei dieser Veranstaltung waren sehr wahrscheinlich das deutschlandweite Feuilleton und irgendwelche Rainald-Goetz-Fans zugegen.

[Sascha] Ich glaube, noch bis mindestens zur zehnten Ausgabe habe ich die Reaktionen aus diesem Kulturkreis, aus dieser Elite des Schreibens über Kultur, eher als abschätzig wahrgenommen.

[Jan] Ich erinnere mich daran, dass ich relativ zu Beginn von *Das Wetter* mal einen Menschen, von dem ich weiß, dass er auf jeden Fall auch bei dem Goetz-Vortrag gewesen ist, gefragt habe, ob er Lust hätte, für unser Magazin einen Text zu schreiben. Und er hat damals gesagt: Ich schreib nicht mehr, ohne dafür Geld zu nehmen.

[Sascha] Also das ist ja total der legitime Punkt, zu sagen, man schreibt nicht mehr gratis. Nur: Wir konnten zu dem Zeitpunkt noch keine Honorare zahlen.

[Jan] Mich hat das damals krass irritiert, weil ich so vollkommen idealistisch unterwegs war, natürlich hab ich an jeder Ausgabe for free mitgearbeitet. Natürlich habe ich nach meinem eigentlichen Feierabend noch die Wetter-Sachen korrekturgelesen. Ich konnte überhaupt nicht verstehen, dass dieser Mensch sagt, ich arbeite nicht mehr gratis. Aber dass er nun da in diesen Reihen saß und Rainald Goetz vorne das alles andere überlebende Magazin in den Händen hielt ...

[Sascha] Also das bringt mich vor allem zum Lächeln. Ich kann gar nicht sagen, dass es mir Genugtuung gibt oder so, aber es ist so interessant, wie man vor allem dadurch, dass man immer bei der Sache bleibt und sehr leidensfähig ist und einfach sehr lange durchhält, sich entwickelt, von: man wird belächelt, hin zu: alle respektieren einen.

[Katharina] Man hat halt zwischendurch immer wieder Zusammenbrüche. Dadurch, dass es ja auch so lange gar kein Geld gebracht hat, man parallel irgendwie noch zwei Jobs fahren musste, um sein Leben zu finanzieren, und dann mitten in so einer Sieben-Arbeitstage-Woche auch so Sachen passieren, die man mit 27, 28 noch gar nicht überschauen kann, und man auch in so einer Situation noch nicht war und es auch keinen Chef gibt, der in dieser Situation schon mal war oder so, da hat es sich dann zwischendurch schon immer mal so angefühlt: Fuck, jetzt geht es nicht weiter, wir müssen damit jetzt aufhören. Finanziell. Oder aus Erschöpfung. Oder manchmal einfach, weil irgendwelche Leute die Druckdatei nicht rausgeben wollten.

[Hanna und Anne] Da haben dann eben auch immer wieder so einzelne Egos zutage geschlagen, die dann plötzlich doch nicht mehr wollten, diese oder jene Formulierung oder irgendein Foto. Und das ist dann natürlich ätzend für uns, weil wir dann am Ende alles neu setzen müssen. Oder auch weil ein Riesenskandal um irgendeine Person entbrannt ist, die wir im Heft fest geplant hatten. Und dann kann man auf eigene Verantwortung sozusagen drucken, aber läuft dann Gefahr, es sich mit sehr wichtigen Menschen zu versauen.

[Katharina] Es gab auf jeden Fall Dramen aller Art, auch persönlich.

[David] Es geht wirklich an die Substanz, ob beim Korbinian Verlag oder beim Wetter. Da werden Tränen vergossen ...

[Katharina] So wie wir [red. Anm. Katharina, Sascha, David] einfach kurz vor Pandemiebeginn nachts vor Beginn der kurz zuvor abgesagten Buchmesse Leipzig vorm Hotel standen und alle drei geweint haben.

[David] Das war so schlimm. Da war die Firma, also der Verlag, wieder mal kurz vor dem Ende. Es hat einfach sehr hart gescheppert. Und wir haben uns gefragt: Wollen wir das eigentlich noch machen? Das ist natürlich ultra kitschig, aber natürlich hat dann so eine Freundschaft wie die, die wir drei haben, das überdauert.

[Sascha] Super viel davon ist wirklich durchhalten, trotz widriger Bedingungen. Was übrigens nie zur Debatte stand, war, es bei der ersten Ausgabe zu belassen. Also ich hab schon an die nächste gedacht, als ich die erste in den Händen gehalten hatte. Weil wenn du nur ein Heft machst, dann ist es ja kein Magazin.

Mia Morgan, oder auch:
Lisa Marie Grosse, ist Songwriterin und Musikerin. 2019 erschien ihre erste EP *Gruftpop,* 2022 dann ihr erstes Album *Fleisch.* Der in diesem Buch erscheinende Text ist ihr Debüt als Autorin.

Mia Morgan

Die Jungsfabrik

Melissa Myhrr
im Gespräch mit
Valentin Glas

Gespräch | 2023

Ich treffe Valentin Glas an einem diesigen Sonntag im April. Der Himmel ist verhangen, schimmert silbrig zwischen fadenziehenden Wolken, aus denen sich jeden Moment bleierner Regen ergießen könnte. Oder sie weichen einer gleißend hellen und drückend heißen Frühsommersonne, jeden Moment, jetzt gleich, vielleicht.

Schwer zu ahnen, was bevorsteht, auch, was mein Gespräch mit Glas anbelangt. Unser letztes liegt mehr als ein Jahrzehnt zurück: Flacher Small Talk zu Aperol Spritz im Backstagezelt eines Festivals. Kurz darauf begann es zu enden für Glas. Sieben Morde beschrieben das Aus für **** und Glas' Fabrik.

Es war einer der obskursten Kriminalfälle des Landes, eine Gruselmär von Ruhm, Korruption, Fanatismus und unerwiderter Liebe in einer sich selbst gentrifizierenden Untergrundszene, für die sich die breite Masse erst interessierte, als unschuldiges Blut aus den Fugen der Nische in die nationalen, dann internationalen Schlagzeilen zu tropfen begann. Trotz der schrecklichen, unbestreitbaren Wahrheit scheint, was geschehen ist, heute mehr urbane Legende denn Tatbestand. Um die »Jungsfabrik« ranken sich Gerüchte, vermeintliche Verschwörungstheorien. Und das Genre **** scheint seither behaftet mit einem Fluch.

Valentin Glas, der als Manager und Labelchef der sieben ermordeten Künstler zunächst als dringender Tatverdächtiger galt, bis seine Unschuld bewiesen und statt seiner Amelie Brückner, ein ****-Fan, schuldig gesprochen wurde, verließ Deutschland nach der finalen Verhandlung und kehrte für siebzehn Jahre nicht zurück. Heute erwartet er mich im Penthouse eines gerade fertiggestellten, hundertvierzigstöckigen Hotels an der Spree. Und zum ersten Mal will Valentin Glas sprechen. Über das, was passiert ist, ****, die Fabrik, seine Schützlinge und, wie sich im Laufe unserer Unterhaltung herausstellt, ein neues Projekt.

Dass er jedoch wirklich zu unserem für elf Uhr angesetzten Gespräch erscheint, glaube ich erst, als ich ihn vor mir sehe. Ganz in Schwarz gekleidet steht er da, eine hochgewachsene

Silhouette im Gegenlicht einer Fensterfront, durch die man auf die Dächer Berlins herabsieht. Er durchkreuzt den Raum mit wenigen Schritten, reicht mir die Hand und stellt sich vor, als wisse ich nicht, wer er sei. Wir sind alleine im Penthouse, wie ich nach einem prüfenden Blick bemerke. Glas lächelt und sagt: »Die Zeiten, in denen ich Schutzpersonal brauchte, sind lang vorbei.«

Dass siebzehn Jahre vergangen sind, sieht man ihm kaum an. Bloß die Tiefe seiner markanten Grübchen und graue Strähnen im rotblonden Haar verweisen auf das hastige Preschen der Zeit. Das Haar trägt er noch wie 2023: kinnlang und hinter die beringten Ohren gesteckt.

Er bietet mir einen Platz auf einem lachsfarbenen Sofa in der Mitte des Raumes an und lässt sich, sobald ich sitze, mir gegenüber in einen smaragdgrünen Sessel fallen.

»Also«, fragt er, »was willst du wissen?«

M elissa Myhrr
V alentin Glas

M Wo waren Sie?

V Bis vor einer Stunde noch im Fitnessbereich dieses Etablissements. Vierzig Minuten auf dem Laufband, danach zog ich ein paar Bahnen im Pool. Im Anschluss war ich kurz in der Sauna. Es gab Obst zum Aufguss, geschnittene Birnen, Himbeeren und Physalis. Und bitte, bitte sag Du.

M Meine Frage bezog sich auf deinen Verbleib nach deinem Rückzug aus der Öffentlichkeit vor siebzehn Jahren.

V Hätte mir etwas daran gelegen, die Öffentlichkeit an meinem Verbleib in den vergangenen Jahren teilhaben zu lassen, hätte ich das sicherlich getan. Stand jetzt ist es egal, oder? Ich bin wieder hier.

M Und zum ersten Mal bereit, über das zu sprechen, was die Presse damals als die »Jungsfabrik-Morde« bezeichnet hat. Wieso jetzt, im Jahr 2040?

V Ich brauchte eben genau diese Zeit, um zu heilen. Ich war in Therapie. Ich leide unter einer posttraumatischen Belastungsstörung, ein bis heute akutes Symptom sind wiederkehrende Panikattacken sowie Phasen der Schlaflosigkeit. Erst seit wenigen Monaten fühle ich mich bereit, emotional vom Geschehen distanziert und stark genug, um offen darüber zu reden. Therapie habe ich früher für lächerlich gehalten. Fremde Rollkragenträger in ihren bedielten Praxen im Prenzlauer Berg mit dem Klagen ob der eigenen Irrelevanz und den daraus resultierenden Depressionen zu behelligen, das erschien mir albern und selbstsüchtig. Heute muss ich sagen, ohne Therapie säße ich nicht hier, im Penthouse dieser Unart von Hotel, nach ätherischen Ölen duftend.

M Elias Rot, Niklas Käufer, David Dahlie, Robert Page, die Gruppe WUND, bestehend aus Ilyas Demir, Michael Von Hopf und Simon Ulrich-Geiger, sowie pisces rising alias Emil Ritter, all das waren Künstler, die du zwischen 2020 und 2023 bei der Fabrik gesigned und als Manager betreut hast. Nur einer von ihnen, Elias Rot, der als Erfinder der **** galt, lebt heute noch. Kaum erinnert, widmet er sich in Norddeutschland der Landwirtschaft. Die Namen der übrigen sieben Künstler jedoch sind in die deutsche Musikgeschichte eingegangen, da sie alle hintereinander binnen zweier Wochen ermordet wurden. Hilft eine gewöhnliche Psychotherapie, zu verarbeiten, als ehemaliger Manager der sieben toten jungen Männer Teil dieses desaströsen Kriminalfalls und vorübergehend sogar Hauptverdächtiger gewesen zu sein?

V Erst einmal, die deutsche und die globale Musikgeschichte hatte sich lang vor **** auserzählt und das nicht nur einmal. Ich kann mich an nichts von großem Wert erinnern, in das ich nicht emotional involviert war, und für dessen fehlenden Mehrwert ich darum blind gewesen war. Selbst **** erschien mir nur deswegen irgendwie anders als der schnöde Rest, weil mich dieses Genre in den wenigen Jahren, in denen es relevant war, ernährt hat. Ich habe schon damals gesagt; alles, was sich neu und nie da gewesen schimpft, ist tausendfach ausgekackte Scheiße aus demselben riesigen, faltigen, hängenden Arsch, der jede Radioballade, jedes neue absurde Genre ausscheidet. Man muss das Beste aus der Scheiße machen.

Es gibt nichts, was es nicht schon gab, es wird nie etwas geben, was es nicht schon gegeben hat … Wir leben in der Zukunft und in der Vergangenheit zugleich. Deswegen habe ich **** geliebt. Die Jungs haben sich nicht angemaßt, **** brandneu oder innovativ oder eben nie dagewesen zu nennen. Es war von Beginn an eine bewusste Hommage an Altes. Auch, wenn Elias der Erste war, der diese Musik hierzulande auf Bühnen gesungen und wieder beliebt gemacht hat, waren da immerhin die 1980er. Und irgendwelche Russen und brutalistische Gebäude auf, wie hieß die App, TikTok? Außerdem gab es Jahre vor Elias' Debüt schon einen Künstler, den Elias immer wieder als seine größte Inspiration nannte, dessen erstes Album den Grundstein für **** gelegt hatte. A copy of a copy of a copy of a copy.

**** war eben eine gute Kopie, die Anklang fand. Dennoch, all das ist bis zu den Morden nur im Indie-Untergrund passiert. Bei allem Respekt vor den Opfern, wären sie noch am Leben, würde sich niemand an ihre Namen erinnern. Das ist der Lauf der Dinge. **** passierte zu ihren Lebzeiten in einer Nische, auch wenn die für mich und all die Fans die Welt bedeuteten. Es waren Indie-Artists, as independent as it gets, auch noch, nachdem ich sie gesigned hatte. Kleine Pfützen am Spülsaum eines wellenwerfenden Mikrotrends, dessen Momentum früher oder später vergangen wäre. Das war uns klar. So lief es, so läuft es, so wird es weiterhin laufen. Nenn mir ein Genre, das in den letzten Jahren groß geworden und geblieben ist. Ich bin mir sicher, ein paar der Fabrik-Jungs hätten mit der Zeit gehen und etwas Neues, zumindest etwas auf den ersten Takt neu Klingendes, kreieren können. Die Chance darauf wurde ihnen genommen.

M Du sprichst von Mikrotrends, dabei wird **** noch immer als prägend für eine Generation deutscher Pandemie-Teenager bezeichnet. Für die damals geltenden Maßstäbe hat **** fantastische Zahlen geschrieben. Elias Rot hat Hallen ausverkauft. So etwas hat es seit **** hier nicht mehr gegeben.

V Und dennoch. Ich komme nicht umhin, mich immer wieder zu fragen, ob **** als Genre und Niklas Käufer, WUND und all jene damals wirklich so groß gewesen sind, wie sie uns rückblickend erscheinen. Die Morde haben die Fabrik-Jungs, so unnötig und abscheulich sie waren, mit einem schnellen Tod davor bewahrt, über die folgenden Jahre quälend langsam zu sterben, mit jeder mies laufenden Single mehr. Musik zu dieser Zeit wurde mit rapider Geschwindigkeit immer und immer mehr zu nichts als austauschbarem Content für soziale Medien. Wir standen an der Schwelle eines großen Umbruchs in der Industrie. Die wollten keine Kunst für ihre Algorithmen, die wollten nur noch Bauschaum für Hörmuscheln. Musik als Content sollte lediglich stopfen, auf Abruf und in Hülle und Fülle verfügbar sein, und wie das so ist, mit Dingen, die es im Überfluss gibt, die Leute haben sie irgendwann satt, ja, ja. Irgendwann hätte sich niemand mehr für **** interessiert. Meine Fabrik hat bloß ein Exempel statuiert, weil die **** auf ihrem Höhepunkt im Keim erstickt wurde, bevor sie in Vergessenheit geraten konnte. Es gab doch schon damals diese Massen an Musik, es wurde immer schwerer, sich Gehör zu verschaffen, und wir hatten Mühe, uns daran zu gewöhnen. Ob man nun Talent hatte oder nicht, es wurde immer schwerer bis unmöglich, wirklich berühmt zu werden, nahezu unmöglich, weil alles, was hundert Jahre lang funktioniert hatte, in den 2020ern nicht mehr funktionierte. Wir alle waren frustriert, hatten Angst vor der Zukunft, in der wir jetzt leben. Und dann ist Elias 2021 ganz unverhofft etwas Gutes gelungen. *Verlier dich selbst* ging viral. Was für ein Song. So simpel und so wunderschön. Er stach in seiner Einfachheit aus der Masse heraus. Die dürftige Produktion, rauschendes Gewummer direkt aus Elias' Schlafzimmer, die knappen und doch so klug gesetzten Lyrics … *Verlier dich selbst* war der perfekte Song für den ersten Sommer nach der Quarantäne. **** war für einen kurzen Augenblick Elias' Ding, dann, auf einmal, haben alle in der Szene dieselbe Musik gemacht. Typen, die vorher Trap gemacht hatten, haben auf einmal über ****-Beats gerappt. Sogar damalige Radioheuler wie Mike Jäger tauschten das blecherne Studio-Schlagzeug gegen eine LinnDrum. Ha! All jene haben **** mal schlecht, mal besser, aber sehr selten grandios interpretiert. Ich maße mir an, zu behaupten, dass ich die wenigen, auf die letzteres zutrifft, gesigned, gefördert und durch Amelie Brückner verloren habe.

M Das klingt, als sei deine Begeisterung für **** mittlerweile einer Ernüchterung gewichen. Dabei haben du und Produzenten wie Adrian Stahlbauer jahrelang Kapital daraus geschlagen und posthum streamen sich pisces rising, WUND, Niklas Käufer und Co besser denn je. Davon profitierst am allermeisten du.

V Versteh mich bitte nicht falsch, ich bin erfüllt von Dankbarkeit. Aber ich war und bin und bleibe trotz Therapie und Yoga-Retreats oder vielleicht genau darum Realist durch und durch. Über die Wirkung meiner harschen Worte bin ich mir darüber hinaus bewusst. Als ich damals verdächtigt wurde, war ich kein bisschen überrascht. Es passte doch ins Narrativ. Das tut es noch immer. Der sinistre Manager, der sich und sein kleines Label, für das sich bis **** niemand interessiert hat, an der Musik und der Schönheit gerade mal zwanzigjähriger Jungs in Perlen und Satin bereichert. Es gab, lang vor den Morden, einen albernen Artikel in eurem Magazin, in dem man mich »Gepetto« nannte. Weil ich all diese »Fast-noch-Kinder« in meine Fabrik holte und an ihnen »herumschnitzte«, bis sie »richtige Jungs« waren. Meine Stick-N-Poke-tätowierten, backstage von Kosmetikspiegeln koksenden Pinocchios. Hübsch waren sie, Robert und Ilyas sind damals in Paris und Mailand gelaufen, bei Niklas haben Teenager aller Pronomen vor Verzückung den Verstand verloren. Er konnte sich nicht retten vor anstandslosen Angeboten. Das konnten sie alle nicht. Es erinnerte mich beizeiten an die bizarren Bilder von Konzerten amerikanischer, später dann koreanischer Boybands. Den »Lou Pearlman der Indie-Szene« hat mich meine damalige Partnerin Selma Silk mal geschimpft. Waren oder sind WUND nun annähernd so berühmt wie K-Pop Idols? Keinesfalls. Die Popularität, der sich ihre Musik nach den Morden erfreute, war zum Höhepunkt ihrer aktiven Karriere ein staubtrockener Traum. Und ist trotzdem noch immer nicht annähernd vergleichbar mit klassischem Mainstream-Erfolg, wie es ihn 2023 gerade noch so gab. Nicht vergessen, wir sprechen doch immer viel höher von Menschen, wenn sie tief unter der Erde liegen. Und wir trauern am liebsten um Schönheit und Jugend und Talent, das nie ganz erschöpft werden konnte.

M Der »Lou Pearlman«-Vergleich ist amüsant, weil du tatsächlich all diese objektiv attraktiven jungen Männer auf Bühnen geschickt hast. In den frühen 2020ern wurden indes endlich Stimmen laut, die verlangten, mehr Acts eine Bühne zu geben, die nicht cis-männlich waren. Da haben Frauen oder nicht binäre Artists noch protestieren müssen, zu gleichen Anteilen gebucht zu werden. Heutzutage erscheint das glücklicherweise absurd. Doch da warst du, eigentlich als progressiv geltend, öffentlich mit vielen nicht cis-männlichen Artists befreundet, damals mit Selma Silk, einer Transfrau und bekannten Musikerin, liiert und kaum älter als die Artists, die du vertreten hast – mit ausschließlich männlichen Artists im Raster der Fabrik. **** war durch und durch maskulin. Etwas, das viele an dir und dem Genre kritisiert haben.

V So, wie sie es an anderen Manager*innen in anderen Genres ebenso hätten kritisieren müssen! **** war, wenn du mich fragst, alles andere als maskulin. Das waren Männer, ja, aber sie haben sich verletzlich und sanft gegeben. Ihre Maskulinität war, wenn überhaupt, eine spielerische, beinahe satirisch, nur ohne Biss. Ihr Auftreten war queer coded, nicht etwa, weil sie alle queer waren, ebenso wenig jedoch, um Vorteile aus einer Scharade zu ziehen. Sie wollten einfach Kleider tragen, sich die Nägel lackieren, die Augen mit Glitzerpuder schminken und weinen, wenn ihnen danach war. Die probierten sich aus. Brachen Regeln, die es seither nicht mehr gibt. Das deckt sich nicht mit dem Bild toxischer Maskulinität, von dem wir alle angewidert waren, sind und bleiben, oder? Die frühen 2020er waren in vielen Belangen geprägt von Umbrüchen. Ich kann mich zum Beispiel nicht erinnern, dass sich einer der Fabrik-Jungs als heterosexuell identifizierte.

M Kalkuliertes Queercoding, vielleicht auch queerbaiting, absichtliches Kokettieren mit Gender-Stereotypen, all das wurde dir und insbesondere der Band WUND oft als Masche unterstellt, um ein bestimmtes Publikum zu generieren.

V Das Publikum hat sich selbst generiert. Ich bin Geschäftsmann und habe erkannt, dass die meisten Personen, die auch heute noch auf Konzerte kommen, sich dort nach stundenlangem Schlangestehen die Kehlen wund schreien und ihr Geld aus beschissenen, seelenfressenden Teilzeitjobs hinter Franchise-Theken für Merchandise und Tonträger ausgeben, junge Frauen sind, die auf Männer stehen. Von dieser Erkenntnis aus zu agieren, ist keine niederträchtige Masche, sondern ein logischer Schritt. Junge Frauen in den 2020ern wollten eben nicht diese toxischen, bösen Haudrauf-Kerle. Die wollten Romantiker, Künstler, verletzte Seelen in mageren Körpern, an denen Secondhand-Netzhemden, Perlenohrringe und Nietengürtel hingen. Ich erinnere mich an etwas, das meine gute Freundin Alyssa Leander damals gesagt und für das man sie (Valentin Glas legt den Kopf in den Nacken und stößt einen gedehnten Seufzer aus) auf Twitter gecancelt hat. Ha! Ich glaube, sie sagte in etwa: »Weibliche Artists verkaufen sich heutzutage (Anm. d. Red.: in den 2020ern) schlechter, weil der Feminismus uns gerade so weit gebracht hat, dass alle sich zwar schuldig fühlen, öffentlich nach einer Frau zu geiern, nicht aber weit genug, als dass Sex sich nicht mehr verkauft. Wenn dir eine Frau auf der Bühne etwas anderes als Sex verkaufen will, gibst du dein Geld lieber für die Männerband aus, auf deren Konzert du dich nicht räudig fühlen musst … Auf dem du nicht mit deiner Unfähigkeit, Frauen als etwas anderes als Sexobjekte wahrzunehmen, konfrontiert wirst.« Heute kein Thema mehr. Aber 2022 … Die Band BRÜNETT hatte doch sogar diesen Song über Männer auf Festivals, und, und. Zu denen haben die ****-Jungs nicht gehört. Wenn überhaupt, wurden auch sie objektiviert. Niklas wurde regelmäßig sexuell belästigt. Aber man musste sich ja damals nicht schlecht fühlen, wenn man Männer zu Objekten machte, weil es kein institutionelles Problem, sondern eine in sich selbst ironische Reaktion auf Sexismus war, hm? Wie dem auch sei … Die Art, wie sich die Fabrik-Jungs präsentiert haben, war ein erfrischender Kontrast zu heute antik anheimelnden, damals aber noch topaktuellen Feindbildern.

M Das klingt, als seien deine unter Vertrag genommenen Künstler allesamt beispielhafte Feministen gewesen. Dabei gab es gegen Robert Page mehrere Vorwürfe sexueller Gewalt.

V Und es gab mehrere Statements unserer Seite dazu. Es waren falsche Anschuldigungen. Wie die, denen ich in den Prozessen später selbst zum Opfer gefallen bin.

M Wer dir und **** nicht wohl gesonnen war, warf dir außerdem noch die »Gentrifizierung« des Untergrunds vor. Es wurde darüber gespottet, dass alle ****-Künstler dieselbe Musik machen. Darüber, dass ein kleiner Trend plötzlich große Wellen und einzelne Personen in Machtpositionen reich machte. »**** ist alles, was an der deutschen Musikszene falsch ist«, postete der Rockmusiker Paul Mühlbach 2022.

V Und ein halbes Jahr später brachte eben jener Paul Mühlbach ein Album heraus, das klang wie ein billiger Abklatsch von der ersten WUND-Platte, und flehte David Dahlie um ein Feature an. Was ist heute mit Paul Mühlbach? Er spielt Akustik-Sessions in Livestreams, die in mir nichts als den Wunsch auslösen, euthanasiert zu werden. Da kann ich nur lachen. Nächste Frage, bitte.

M Sieben der acht bei dir unter Vertrag stehenden Künstler wurden im März 2023 binnen zweier Wochen auf brutalste Weise ermordet. Während dieser schrecklichen Tage warst du in Mexiko. Erst nach dem siebten und letzten Mord, dem an Emil Ritter, wurdest du in deiner Hamburger Wohnung gefasst und verhaftet. Du warst derjenige, der die Ermittler*innen dann auf Amelie Brückner hinwies. Lange Zeit schien jedoch alles, zunächst auch die Belastung Brückners, auf deine Schuld zu deuten.

V Vermeintliche Ablenkung. Ha! Amelie Brückner ist schuldig. Und das war mir sofort klar. Wie ich schon sagte, dass ich der Böse sein sollte, hat ins Narrativ gepasst und das tut es noch immer. Ich war zum ersten Mal seit Ewigkeiten im Urlaub, als all das geschah, und hörte erst von den Morden, als die WUND-Jungs schon kalt waren. Da saß ich gerade am Flughafen, auf dem Weg zurück nach Hause. Elias Rot war an meiner Seite. Er hat einen Nervenzusammenbruch erlitten, wir konnten unseren Flug nicht nehmen. Wir hatten zusammen drei Wochen in Mexiko verbracht, er hatte Songs geschrieben und mit mir über die Zukunft der Artists und vor allem über seine in der Fabrik gesprochen. Glück im Unglück, dass er mitgekommen war. Ich bin mir sicher, wäre er in diesen Wochen in Deutschland geblieben, wäre auch er jetzt tot.

M Rot war maßgeblich am beruflichen Erfolg der sieben Mordopfer beteiligt. Er nahm Teil an jeder Writing Session für WUND, Niklas Käufer und David Dahlie, war somit nicht nur kreativ, sondern auch finanziell involviert in das Schaffen seiner eigentlichen Konkurrenz. Kurz vor dem Ende der Fabrik wurde er ihr Co-Teilhaber. Bist du noch heute mit ihm befreundet?

V Bedauerlicherweise nicht, nein. Elias war ein großzügiger, wohlwollender Mensch, dessen Mühe, das Beste aus den Projekten, an denen er beteiligt war, zu holen, ich mehr als nur zu schätzen wusste. Es ging ihm nie um seinen eigenen Profit. Er wollte nicht reich werden, und der

Ruhm war ihm, schien mir, beizeiten fast peinlich. Er war der Einzige, der nie auf jene anstandslosen Angebote einging. Er hatte eine Freundin damals, das ist, wenn ich mich nicht irre, mittlerweile seine Ehefrau und die Mutter seiner Kinder. Das Geld, das er mit **** gemacht hat, hat er zur Seite gelegt, während die anderen Jungs, so wie man es mit Anfang zwanzig tut, alles für Drogen, Klamotten und Trips nach Gott weiß wo ausgegeben haben. Elias hat sich die Farm gekauft, auf der er heute lebt. Ich musste ihn überreden, mit mir nach Mexiko zu kommen, und auch seine Teilhabe an der Fabrik war meine Idee. Ich hatte mir seine, meine, unser aller Zukunft ganz, ganz anders vorgestellt.

M Es kursieren dennoch immer noch Gerüchte, Theorien, nach denen Elias Rot der Täter war.

V Von Mexiko aus? Natürlich! Ha! All diese Theorien sind mir geläufig. In keiner Welt, in keinem Leben, wäre Elias zu so etwas in der Lage gewesen. So spannend und witzig ich all diese Gerüchte auch finde, es ist doch so: Die Wahrheit ist nicht diskutabel. Amelie Brückner hat gestanden. Ihre Schuld wurde bewiesen.

M Amelie Brückner hat kurz nach ihrer Verurteilung um Revision gebeten, angeblich, weil sie ihr Geständnis zurückziehen wollte. Und dann in regelmäßigen Abständen immer wieder. Dieser Antrag wurde stets abgelehnt, da die Beweislage laut des Gerichts eindeutig bleibt. Was löst die Vorstellung, noch einmal wegen der Morde vor Gericht zu müssen, in dir aus?

V Angst. Unverständnis. Ich kann mir vorstellen, dass Amelie Brückner, von der mir, nebenbei bemerkt, seit unserer ersten Begegnung klar war, dass sie offensichtlich und massivst an einer psychischen Erkrankung und/oder Persönlichkeitsstörung litt, wobei dies als Laie zu diagnostizieren natürlich anmaßend gewesen wäre, in Haft leidet und schreckliche Zustände innerer Zerrüttung sowie die nagende Qual der Reue aushalten muss. Was sie getan hat, ist unverzeihlich. Das weiß sie, ganz gleich, wie es um ihre Psyche steht, sicherlich selbst. Ich denke, es ist nur logisch, dass sie versucht, einen Ausweg zu finden. Das würde ich auch! Das

Geständnis zurückzuziehen und mich wieder zu beschuldigen, ist offenbar der leichteste. Doch ich habe Vertrauen in die Justiz. Amelie Brückner ist eine Mörderin. Sie hat mir sieben der mir liebsten Menschen genommen, sie ihren liebenden Familien und Freundeskreisen auf brutalste Art entrissen, und dafür wird sie, so hoffe ich, lebenslang in Haft bleiben.

M Brückner war nicht der erste »Fan«, der die überbordende Liebe für verehrte Idole zu kompensieren versuchte, indem sie, befeuert von Eifersucht und diagnostizierter Schizophrenie, tödliche Gewalt angewendet hat. Vor Gericht erklärtest du, dass Amelie Brückner zwar sichtlich emotional involviert in **** und die Fabrik-Jungs war, sich jedoch in ihrem fanatischen Verhalten bis dato kaum von anderen Konzertbesucher*innen und Fans unterschied. **** hat in immer größer werdenden Kreisen für Manie gesorgt. Wie seid ihr als Künstler und Manager damit umgegangen?

V Dass **** im Untergrund und vorerst in kleinen Klubs passierte, schaffte eine Intimität zwischen den Künstlern und dem Publikum, die auf Hallenkonzerten internationaler Superstars nie entstehen kann. Hinter Barrikaden, vor Gräben, fühlen sich Fans zwar freier zu weinen, zu kreischen, die Hände nach ihren Idolen zu recken und ihnen fragwürdige Obszönitäten entgegenzubrüllen, aber das nur, weil sie wissen, sie werden sie nie zu greifen bekommen. Und ihre Idole können über ihr In-Ear-Monitoring nicht hören, wie sie da unten schreien: »Fick mich!« oder wie auch immer. Ein typischer Fan von **** hat sich, einen halben Meter entfernt von pisces rising in der ersten Reihe stehend, nach außen hin betont entspannt und umgänglich gegeben, weil sie es sich mit jemandem wie Emil nicht vermiesen wollen. Wenn sie dann mit ihm redeten, wurde klar, dass sie an sich hielten, nicht zu manisch oder eben überhaupt wie »Fans« zu wirken, um ihm zu gefallen. Meine Fabrik-Jungs hätten fünfzig Jahre früher Rockstars werden können, aber sind, statt mit einer großen Band, mit Laptops aufgetreten, maximal noch eine Gitarre oder einen Bass dabei, das war Elias' Ding. WUND wollten unbedingt eine richtige Band sein, aber es haben sich alle immer nur für Ilyas interessiert, weil er Miniröcke trug und sich bei den Shows immer zwischen die Beine packte. Sie haben auf kleine Bühnen gepasst, sind nach den Shows in der Venue geblieben, um mit den Fans zu rauchen, ihren selbst bemalten Merch zu verkaufen. Die Leute haben sich die Lyrics von *Verlier dich selbst*, *Glaswolle* oder *RE17* en masse tätowieren lassen. Die Nähe zu ihren Idolen bekam den meisten gut, Personen wie Amelie Brückner jedoch nicht. Ich schätze, da sind Grenzen verschwommen, und weil sie auf so gut wie jedem Fabrik-Konzert war, glaubte sie, einen gewissen Anspruch auf die Zeit und sogar die Körper der Künstler zu haben. Bei dieser ganzen damaligen Feminismusdebatte fand ich es auf perfide Weise fast witzig, dass eine Frau die Täterin war. Das sind ja sonst nie die Bösen.

M Statistisch gesehen tatsächlich nicht.

V Und wie sage ich so gern? Ausnahmen bestätigen die Regel. In diesem Fall war die Täterin eine Frau. Aber diese ganze Mann-Frau-Thematik spielt heute keine Rolle mehr, oder? Ich habe kürzlich angefangen, mit einer jungen Künstlerin zu arbeiten, die angefangen hat, ******** selbst zu produzieren. Wir haben lange darüber gesprochen, ob wir thematisieren, dass sie die erste weibliche und queere Person ist, die sich in ******** probiert, und dann beschlossen, dass es nichts zur Sache tut.

M Heißt also, deine Rückkehr nach Deutschland hat einen guten Grund: Du arbeitest wieder mit einer Künstlerin zusammen, und wieder geht es um ein gerade aufsteigendes, neues Genre, dass es mal ähnlich, aber noch nie genau so gegeben hat. Hast du die kreative Zusammenarbeit mit Musiker*innen vermisst?

V So sehr, wie man nur vermissen kann. Ich bin mehr als gespannt auf alles, was kommt. Sharis erste Single erscheint am 27.04.2040. Ich bin dankbar, eine neue Chance zu bekommen. Ich hätte niemals gedacht, dass ich mich abermals an einem Projekt wie der

Fabrik versuchen würde, aber ich sehe es als einen Neustart auf mehr als eine Weise. ******** ist ein seltsames, gewöhnungsbedürftiges Genre, aber dasselbe hätte ich über **** gesagt, damals, und auch damit bin ich, sind wir irgendwie durchgekommen.

In Erinnerung an

Niklas Käufer, geboren am 31.06.2000 in Saarbrücken, gestorben am 02.03.2023 in Berlin

David Dahlie, geboren am 14.11.2002 in Wuppertal, gestorben am 06.03.2023 in Berlin

Robert Page, geboren am 26.08.1999 in Dublin, gestorben am 07.03.2023 in Berlin

Ilyas Demir, geboren am 20.05.2001 in Adana, gestorben am 08.03.2023 in Berlin

Michael von Hopf, geboren am 01.07.1998 in Bochum, gestorben am 11.03.2023 in Berlin

Simon Ulrich-Geiger, geboren am 19.09.2000 in Bochum, gestorben am 11.03.2023 in Berlin

Emil Ritter, geboren am 18.12.2001 in Gera, gestorben am 12.03.2023 in Berlin

Ergänzungen der Redaktion

Valentin Glas (*06.02.1993 in Hamburg) gründete 2017 das Label Die Fabrik und übernahm ab 2020 die Rolle des Managers für acht namhafte, bei der Fabrik unter Vertrag stehende Künstler. Durch die enge Zusammenarbeit mit seinen Künstlern wurde er öfter als deren »Mentor«, denn bloß Manager bezeichnet. Wirkliche Bekanntheit erlangte Glas erst, als er im Fall des Mordes an sieben seiner Künstler zunächst als Hauptverdächtiger galt. Glas lebt seit 2040 wieder in Deutschland und hat kürzlich die Newcomerin Shari Bliss für die Neugründung seines zweiten Labels, Wellen, unter Vertrag genommen. Shari Bliss' Debütalbum wird produziert von Adrian Stahlbauer.

Elias Rot (*12.05.1999 in Marburg) galt zwischen 2020 und 2023 als musikalischer Pionier der ****. Mit seiner ersten veröffentlichten Single, *Verlier dich selbst*, landete er den ersten, hochgelobten großen Hit des Genres. Kritker*innen nannten ihn u. a. »die große Hoffnung des deutschen Indie«. Seine Singles *712 Tage* und *Taumel* erfreuten sich ähnlicher Popularität und brachen bis dahin für unabhängige Artists geltende Streaming-Rekorde. Sein geplantes Debütalbum ist aufgrund der Morde nie erschienen. Seit 2027 lebt Elias zurückgezogen an der Nordküste Deutschlands. Sämtliche Interviewanfragen lehnt er ab.

Amelie Brücker (*30.05.1996 in Leipzig) ermordete zwischen dem 02.03.2023 und 12.03.2023 die sieben oben genannten Künstler. Sie gestand die Tat wenige Monate später vor Gericht, die Beweislage wurde durch Fingerabdrücke und DNA-Spuren gestützt.

Ein Motiv konnte sie selbst nicht nennen, später wurden unerwiderte Liebe zu den Künstlern, Frustration ob ihrer Einsamkeit, Fanatismus, als auch ihre dann diagnostizierte Schizophrenie genannt. Bis heute besteht Brückner darauf, von Glas und Rot, die sich am tragischen Tod ihrer Künstler bereichern wollten, zum Geständnis gezwungen und kalkuliert als Täterin dargestellt worden zu sein. Ihre Anträge auf Revision werden weiterhin abgelehnt.

Kat Kaufmann ist Schriftstellerin, Komponistin und Musikerin. 2015 erschien ihr Roman *Superposition* bei Hoffmann und Campe. 2018 moderierte Kaufmann auf Deutschlandfunk Nova die Radiosendung *How To Russian*. Zusammen mit Aurel Mertz moderierte sie ab 2020 den FYEO-Podcast *Zentrale Zeitgeist*.

Kat Kaufmann
über Taktlo$$

Schweigen, Fleisch & Cognac-Eis

Portrait | Das Wetter #10 | 2016

Er ist der Klaus Kinski des Rap. Vielleicht sogar HipHops Schlingensief.

Er ist einzig in seiner Art und entschließt sich immer wieder auszusterben, gibt letzte Konzerte, is ja auch anstrengend. Is ja auch fourtysomething jetzt. Is Zeit für einen Wohlstandsbauch. Aber seine Crowd, die von Stunde null mit ihm mitgewachsen ist – die lässt ihn einfach nicht. Der Geschundene, der Anti, der Christ, dessen Jüngern zuliebe er immer wieder aufersteht und seine sich je nach Laune reimenden und stockenden Predigten abhält.

»Ich bin Taktlo$$, ich kann niemand außer meinem Penis trau'n«, hat er mal gesagt. In einer Welt, in der man niemandem trauen kann, ist das immerhin etwas.

»Hallo.«

»Hallo«, stellen wir uns einander vor.

Er trägt Sonnenbrille.

Da sitzen wir also. Auf einer Holzbank, vor uns ein Tisch. Der Fotograf auf einem Stuhl gegenüber. Die Redaktion hat sich um die Location gekümmert. So here we are – beim »Schnitzelmeister«. Warum hier, frage ich mich. Wir sind beide Vegetarier. Aber am Ende egal, wo. Ich soll ihn interviewen, der Fotograf fotografieren. Fertig.

»Darf hier geraucht werden?«, fragt der Fotograf.

»Keine Ahnung. Ich frag gleich mal«, sage ich. Ich würde nämlich auch gern.

»Wenn hier auch nur einer eine Zigarette anzündet, geh ich«, sagt Takt.

Pausepausepause.

Dem Fotografen wird das Sprechen verboten.

»Okay«, sagt er, »aber dafür darf ich mir was wünschen.«

»Nein«, sagt Takt, der anscheinend die Gedanken des Fotografen lesen kann, »die Sonnenbrille bleibt auf!« Der Fotograf ist traurig und ab jetzt ganz still.

»Und? Wie geht's?«, sag ich.

»Nicht gut.«

»Okay.«

Pausepausepause.

»Sag ma, was meinte der Fan auf der DVD, als der da brüllte: Taktlo$$ kackt los wie ein Kakadu?!«

»Er sagte: Kackt flows.«

»Oh ...«

»Du hast Angst vor mir!«, sagt er jetzt aus dem Nichts und guckt mich an.

Vielleicht hat er wieder die Gedanken des Fotografen gelesen?, denke ich mir.

Der schaut nämlich immer noch ganz schön angespannt, der Fotograf.

»Hahaha. Lustig«, sage ich.

»Doch. Du hast Angst vor mir«, sagt er, »das sehe ich in deinen Augen.«

»Das muss ein Wunsch sein«, sage ich, »den du auf mich projizierst. Frag dich doch lieber mal: Warum *möchtest* du, dass ich Angst vor dir habe?«

Ich habe direkt meine imaginäre Doktor-Pille-Brille aufgesetzt und bin bereit für eine Tiefenanalyse.

Aber er sagt nix mehr.

Ich will ihn umarmen. Ihm sagen, dass ich alles verstehe, alles gut wird und überhaupt. Aber auch ich sage nichts.

Stattdessen sehe ich mich nach einem Kellner um.

Außer uns gibt es im Innenraum keine Gäste. Draußen ein einziger Tisch. Nichts los, wie man sagt.

Ich rufe: »Äh, hallo?«, und hebe meine Hand.

Niemand schert sich um uns, die Kellner gehen einfach an unserm Tisch vorbei. Als wären wir nicht da.

»Die missachten uns«, sage ich.

Dann, Ewigkeiten vergehen, bringen sie doch was: die Karte. Und dann wieder zwanzig Minuten nichts. Dann überreicht mir Taktlo$$ eine aufblasbare Kalaschnikow (hatte ich mir gewünscht, nachdem ich sie bei ihm auf der Bühne gesehen hab). Der Fotograf schweigt und macht ein Foto.

Dann halte ich einen der eilig an uns vorbeiziehenden Kellner an (wo zur Hölle eilt der hin? Ist echt niemand da?!), frage, ob die Musik hier ma leiser geht, weil *Waiting for tonight* mir voll ins Ohr schreit.

Nee, geht nicht, sagt er, und legt uns Besteck hin.

In der Karte jedes Gericht mit Fleisch.

Ich sage: »Sag ma, du isst doch gar kein Fleisch, richtig?«

Takt nickt.

»Ich auch nicht«, sage ich, »Und was sollen wir hier essen?!«, sage ich.

Takt schweigt, zuckt mit den Schultern.

»Na ja, einen Drink zumindest kriegen wir hier vielleicht ja doch hin?!«, sage ich.

Doch die Kellner lassen uns einfach weiter sitzen.

Ich habe Hunger und lecke am Metallmesser. Habe ich bei Ziegen gesehen. Am Metall lecken. Vielleicht sind ja Nährstoffe drin.

Der Fotograf schweigt und macht ein Foto.

Ich sehe auf die Uhr. Schon über eine Stunde. Jetzt muss doch was passieren.

Ich sag: »So liebe Freunde, mir reicht's.«

Ich stehe auf, bewaffnet mit meiner neuen aufblasbaren russischen Freundin stürme ich die Küchentür, hinter der die eiligen Kellner soeben verschwunden sind.

Als Takt und der Fotograf in der Tür stehen, bin ich fertig:

Drei Köche, vier Kellner, sogar ein dicker Metzgermeister, vielleicht ja der Schnitzelmeister höchstpersönlich – alle geknebelt auf dem Boden.

»Bin bisschen durchgedreht«, sag ich. Takt sagt nichts. Aber er freut sich. Das weiß ich. Man sieht es nur nicht direkt. Weil er die Brille immer noch aufhat, wegen des Fotografen. Der möchte nämlich jederzeit einen Schnappschuss machen können. Und die kriegt er auch, die Schnappschüsse: Ich jongliere mit Eiern, Takt setzt sich ein nacktes Hühnchen auf den Kopf, stimmt Voodoo-Gesänge an, tanzt ekstatisch und schön vor den erstaunt aufgerissenen Augen der geknebelten Köche. Dann nehmen wir uns ein blutiges Steak und bemalen die Stirne der auf dem Boden sitzenden Belegschaft mit der roten Suppe, die aus dem toten Fleisch quillt: MEN$CHENFLEI$CH. SONDERANGEBOT. Takt hat die dann noch komplett zugetaggt mit den Resten. Hat voll rumgewütet. Dabei immer noch die Putenkrone auf dem Kopf. Die haben sich ziemlich in die Hose gemacht, die Weißbekittelten. Stellen bestimmt direkt ab morgen um - auf vegan.

Wir haben dann noch ne schöne Gemüsesuppe gekocht, zusammen. Er die Möhren schneiden, ich Kartoffeln schälen, alles ganz homogen, ganz klassisch, Fraternité-Égalité-mäßig. Zum im Hintergrund wimmernden Herumgeweine der Typen da auf dem Boden - ein sanfter Chor der Einsicht, ein hell flimmernder Gesang der aufgestauten Abscheu gegen sich selbst. Die finden das gut, dass wir die da hingesetzt haben. Sie müssen es nur verstehen. Verstehen, dass sie sich jetzt reinigen müssen. Blanke Angst wirkt effektiver als siebzig Ave Maria.

»Gleich gibt's Suppe ...«, sag ich. »Geht euch schon mal die Hände waschen«, sag ich. Takt lächelt. Könn'se ja gar nicht.

Wir verschließen die Tür, wir wollen ungestört sein. Die beschissene CD machen wir jetzt auch aus und legen Beethoven ein. Is ja klar. Versteht sich ja. Dann liest Takt aus seinem neuen Smartphone (viel zu spät hat er das gekauft, sagt er, welch ein Segen, so'n Ding, sagt er) den jetzt an der langen Tafel zurechtgesetzten Aposteln statt eines Bibelverses einen hübschen Auszug aus Nietzsches Frühwerk vor. Scheint ihnen zu gefallen. Haben endlich mit dem Gewinsel aufgehört. Kein Mucks mehr von denen.

Dann komme ich, bringe die schöne Suppe, aaah, wie sie duftet, und ich trage ihnen auf, einem nach dem anderen. Wie Schneewittchen den Zwergen. Voll nett. Takt trägt immer noch Kopfpute.

Als ich fertig bin, sage ich: »Okay. Ich nehme euch jetzt die Knebel ab. Aber dann müsst ihr alles so, ohne Hände, aus den Tellern kriegen. Schlürft, leckt, was weiß ich. Bis ich den Boden sehen kann«, sag ich. »Hat meine Oma auch immer zu mir gesagt«, sag ich. »Und meine Oma, die wollen wir hier nicht beleidigen mit schlechten Essmanieren«, sag ich.

Und während die Jungs endlich was Schönes ohne Fleisch essen lernen, stehen Takt und ich in enger Umarmung und schauen uns das an wie liebende Eltern. Ich sage: »Ach, wie schön ... « Takt sagt nichts. Reden ist ja nicht so seins. Aber an seiner Hand auf meiner Schulter kann ich fühlen, dass ihn warme Schauer durchdringen.

Ja, wir wissen, dass diese Lehre hier nichts löst. Nichts Großes. Aber irgendwo muss man ja anfangen. Am Ende setzt er noch das Huhn in die Mitte des Tisches, an dem unsere Gäste sitzen. Er schreibt was auf den Tisch um das Hühnchen drumrum: Antilamm, der Hühnerkönig.

»Tschüss«, sagen wir. Und dass wir denen die Bullen rufen, die werden sie dann losbinden.

Takt befiehlt dem Fotografen, den Film zu vernichten.

»Schade ... Die war'n echt gut, glaub ich. Richtig gut ...«, höre ich den Fotografen zu sich selbst murmeln, als wir aus der Tür gehen.

Eine Weile laufen wir alle drei still nebeneinander her. Dann bleibt der Fotograf stehen.

»Sprich!«, sagt Takt und der Fotograf sagt, er müsse hier nach rechts, und wir verabschieden uns von ihm.

Und Takt sagt: »Komm. Ich lad dich auf ein Eis ein.«

»Prima!«, sage ich.

Mit einer aufblasbaren Kalaschnikow und Zorn bewaffnet, laufen wir von Schöneberg bis zum Mehringdamm, wortlos in unserem Cognac-Eis stochernd.

Das Eis schmeckt gar nicht nach Alkohol. So ein Betrug.

»Und wann gehst du immer so schlafen?«, frag ich.

»Gegen eins.«

»Ah. Ich eher so fünf. Und was machst du bis dahin immer so?«

»Serien gucken.«

»Welche?«

»Alle.«

»Du musst ma was schreiben«, sag ich. Weil ich da viel Stau vermute, hinter seinem Schweigen. Wenn er immer nur alle paar Jahre ein Abschiedskonzert spielt, explodiert er doch.

Er nickt, nimmt es dankend zur Kenntnis.

An der Ecke vor dem Döner bleiben wir stehen.

»Na dann. Ich geh mir jetzt mal das Huhnzeug aus den Haaren waschen ... «, sagt Takt.

»Jaja, natürlich. Ist ja schon fast zwölf. Ich muss auch noch Salzgürkchen einlegen ... «, sage ich.

Dann steht man da so. Und schweigt eben.

Aber kann auch Gedanken lesen.

Und das, was ich da lese, ist wahrlich zu intim und bleibt, wo es hingehört. Ungesagt.

Dann sag ich: »Mach die Augen zu!«

»Okay«, sagt Takt.

Und ich renne weg.

So macht man das.

Damit keiner heulen muss, im Schmerz der Trennung.

Katharina Holzmann
und Sascha Ehlert
im Gespräch
mit Maxim Biller

Deutsch-
kunde

Gespräch | Das Wetter #14 | 2018

M axim Biller
K atharina Holzmann
S ascha Ehlert

K&S Die deutsche Literatur birgt, das Gefühl haben zumindest wir, etwas in sich, was sie sehr angreifbar macht. Aber als jemand, der das, was ihn oder sie an ihr stört, so wie du zum Beispiel, auch äußert, wird man sehr schnell in die Rüpelrolle gedrängt. Selbst wenn man Kritik so äußert, wie man sie, wie wir finden, auch äußern sollte: Ohne falsche Höflichkeit. Wie schätzt du selbst die Literaturszene und ihre Fähigkeit zur Annahme von Kritik ein, bald zwei Jahrzehnte nach dem von dir veranstalteten Kongress zur Gegenwartsliteratur in Tutzing, als du diese der »Schlappschwänzigkeit« bezichtigt hast?

M Es fing ja alles sogar noch viel früher an: Ich habe zuerst nur als Journalist gearbeitet und schrieb viele Literaturkritiken – als Redakteur für Literatur bei Tempo. Die Idee war: Jede Kritik muss mehr sein als eine Kritik, sie muss immer auch etwas Grundsätzliches sein oder ein wirkliches Highlight der Saison präsentieren: also Jakob Arjouni oder Helmut Krausser entdecken zum Beispiel. Schon vorher, als ich noch studiert hab', fiel mir aber etwas sehr Wichtiges auf: Ich weiß es noch genau, das war so ein wahnsinnig schöner Sommertag, und ich hatte eine winzige Einzimmerwohnung in München, und meine Nachbarin war achtzig und redete immer mit sich selbst, und ich hörte sie, und im Fernsehen lief Klagenfurt. Ich wollte ja nie Schriftsteller werden, obwohl ich immer geschrieben habe. Dann hörte ich die Lesungen vom Bachmann-Preis und danach die Kritiker, wie sie darüber redeten, und dachte mir: Okay, ja dann ist das echt kein Problem, das mit dem Schreiben. Das war ja die Verschwörung der Idioten. Und das habe ich mir offenbar gemerkt. Als ich zum Beispiel für Tempo den ersten Roman von Thomas Hettche, der heute ganz anders schreibt als damals, besprochen habe, schrieb ich, der könne gar nicht schreiben, das sei ja ein Theoretiker. Warum lassen sie den armen Kerl nicht in Ruhe? Der war so ein klassischer Suhrkamp-Autor früher. Das erste Mal, dass dann aber wirklich etwas Großes passierte, war, als ich ohne große Absicht in der Schweizer Weltwoche, die damals noch nicht so eine rechte Zeitung war, einen Text geschrieben habe, der hieß: *So viel Sinnlichkeit wie der Stadplan von Kiel* (erschienen am 25. Juli 1991, Anm. d. Red.). Dort sagte ich: »Bitte mehr Realismus!«, und ich forderte, dass Journalisten mehr so arbeiten sollten wie Reporter, also reisen und die Welt sehen. Die Weltwoche schrieb dann auch noch drüber, der Text sei ein Manifest – und ich hasse dieses Wort! –, und daraufhin erschienen überall dutzende Gegenartikel. Das Establishment war und ist immer noch der Meinung, Literatur müsse intellektualisieren, sei vor allem eine theoretische und akademische Sache und regte sich fürchterlich über mich auf. Alles, was diesem Dogma widerspricht, ist in ihren Augen eigentlich gar keine Literatur. Wenn es um Amerikaner oder Russen geht, ist das vielleicht anders, ich meine Bukowski oder Jerofejew finden sie ja geil, aber stellt euch mal so einen als deutschen Gegenwartsautor vor … Dann kam Tutzing und meine Eröffnungsrede, in der ich angeblich meine ganze verängstigte Schriftstellergeneration beleidigt habe, und später kam dann noch ein großer Text von mir über die Schriftsteller nicht deutscher Herkunft, die sich, wie ich finde, den ästhetischen und moralischen Gesetzen des deutschen Literaturbetriebs zu sehr unterwerfen. Das fanden viele natürlich auch nicht besonders toll. Das Tragische ist: Über all die Jahre hat sich nichts verändert. Ich hab' ja auch immer gegen Nazis angeschrieben, und von denen gibt's immer mehr – und ich habe immer gegen langweilige Literatur angeschrieben, und auch davon gibt es immer mehr. Das ist bei mir offenbar so eine Sisyphos-Geschichte.

K&S Willst du denn trotzdem weiter dieser Typ sein, der auf ewig den gleichen Felsen einen Berg hinauf rollt, in der Gewissheit, dass er oben angekommen, sofort wieder herunterrollen wird?

M Im Moment würde ich sagen: Nein. Wie oft kann man dasselbe sagen? Als ich zum Beispiel diesen Text über die nichtdeutschen Schriftsteller für Die Zeit schrieb, da hatte ich mir nicht groß Gedanken darüber gemacht, was das auslösen könnte. Und schon gar nicht, dass ich damit nur das Gegenteil erreichen würde: Wer bekam kurz darauf, wie aus Trotz, den Leipziger Buchpreis? Ausgerechnet Saša Stanišić für seine neudeutsche Streberprosa. Aber was anderes: Ihr habt ja das Wort Rüpel benutzt: Das ist ein falsches Wort. Ich würde mich niemals so bezeichnen, und vielleicht bin ich ja für die meisten, die ich immer wieder angegriffen habe, nichts weiter als ein Asphaltliterat …

K&S Es gibt natürlich ein großes Bedürfnis, auch und vor allem im literarischen Diskurs, jemanden in einer Schublade abzulegen. Was wir interessant finden: Seit das sogenannte autobiografische Schreiben immer populärer geworden ist und daraus eine literarische Kultur entstanden ist, in der sehr viele junge Autoren abgedruckt wurden, die Bücher darüber geschrieben haben, wie sie jung nach Berlin kamen, sich dort verloren und am Ende aufs Land zurückgingen oder eben nicht. In der Rezeption dieser Bücher geht es fast immer darum, wie genau oder eben nicht man das Leben der Autor*innen in diesen Büchern wiederfinden kann. Die Frage hierzu wäre: Kann die deutsche Literaturwelt einfach nichts akzeptieren, was über das reale Leben von Autor*innen hinausgeht?

M Bei dieser Sache spielt natürlich – und ich bin sicher, dass ihr das zum Teil anders seht als ich – eine gigantische Rolle, dass die Deutschen ein Volk sind, in dem die Kultur des Über-sich-selbst-Sprechens ohnehin schon im 19. Jahrhundert nicht besonders ausgeprägt war, weil es immer ein Untertanenvolk und gegen Individualismus war. Andersrum gesagt: Nur wenn du ein Individuum bist, traust du dich auch wirklich, über dich selbst zu sprechen, was man übrigens bis heute auch im deutschen Journalismus sieht, wo das »Ich« des Autors immer noch als peinlich gilt. Wenn dieses Volk – das kommt noch dazu – außerdem in die Lage gerät, dass die meisten seiner Angehörigen aktiv oder passiv schuld sind am größten Menschheitsverbrechen bis jetzt, wenn die dann nach dem Krieg darüber schreiben, dann kommt logischerweise so was wie die deutsche Gegenwartsliteratur dabei heraus. Bei großen Teilen der Nachkriegsliteratur verstehst du ja überhaupt nicht, wovon die reden, du weißt gar nicht, was die sagen. Dieses Verrätselte ist nicht nur modernistische Ästhetik, das ist auch einfach ein Trick, um nichts sagen zu müssen. Das ist ein Grund, warum ich und die einfach nicht zusammenkommen. Ich bin der Meinung, dass man die Dinge aussprechen und dabei trotzdem poetisch sein und Dinge offen lassen muss. Beim Erzählen sollte man natürlich nicht ständig moralisieren.

K&S Spielt es für dich auch eine Rolle, bei diesem ehrlichen Aussprechen trotzdem den Humor nicht zu verlieren, was die deutsche Nachkriegsliteratur augenscheinlich nicht geschafft hat?

M Aber war das überhaupt vor dem Krieg anders? Man sagt ja oft, Tucholsky sei witzig gewesen, was ich nicht so ganz verstehe. Erich Kästner wiederum mag zum Beispiel heiter sein, der hat so ein bisschen das Entspannte, was deutscher Literatur auch oft fehlt, aber du wirst bei ihm ja auch nie eine Pointe finden. Das einzige deutsche Buch, bei dem ich wirklich gelacht habe, war *Tante Jolesch* von Friedrich Torberg, wo er seine Erinnerungen an Prag und Wien in den Zwanziger- und Dreißigerjahren aufgeschrieben hat. Aber ich kenne übrigens generell wahnsinnig wenige Werke der Weltliteratur, die wirklich witzig sind, wo du wirklich lachst. Das ist das eine. Das andere, das Unwitzige, ist aber eben dieses nachkriegshafte Nichtreden. Würde man nämlich offen reden, dann müsste man ja eventuell etwas über die eigene Familie erzählen oder sogar über das, was vielleicht von deinen Großeltern und Eltern auf dich übergegangen ist. Ein geniales Beispiel für Nichtreden durch Reden ist aber so jemand wie der sehr durchschnittliche Schriftsteller Ferdinand Schirach, dessen Geschichten immer alle davon handeln, dass jemand ganz zufällig ein Verbrechen begeht. In Wahrheit geht es bei ihm aber immer wieder nur um seinen Großvater Baldur Schirach, der in die Top Fünf der großen Nazis gehört.

Aber sein Enkel findet offenbar, dass er gar nichts dafür konnte … Aber von all dem Nazikram abgesehen: Die Deutschen haben, glaube ich, wirklich große Schwierigkeiten mit Gefühlen, also sie zu zeigen, wegen ihrer jahrhundertealten und bis heute wahrscheinlich nicht überwundenen Geschichte als Soldaten- und Bauernvolk, denn als Soldat und Bauer darfst du ja kein Individuum, kein Ich sein, du bist immer nur der Diener deines Fürsten, deines Gauleiters, deines Herrn, du musst funktionieren und wie aus Stahl sein, was du aber natürlich nicht bist. Und wenn du kein Ich haben darfst, dann bist du gezwungen, alles in dich reinzupressen – darum weinen deutsche Frauen ja auch so viel: weil sie sich wie Männer ständig kontrollieren müssen, weil sie überhaupt ständig wie Männer sein müssen. Das alles hast du natürlich auch automatisch in der deutschen Literatur. Und was passiert dann? Dann schreibst du, wenn du, der Schriftsteller-Deutsche, selbst genauso bist, extra-verrätselt und distanziert, weil du dann deine Gefühle nicht zeigen willst, nicht zeigen kannst, nicht zu zeigen brauchst. Aber ab und zu halten die Deutschen das nicht mehr aus, und dann drehen sie plötzlich durch und gründen sowas wie die Romantik. Auch nicht gerade super als literarische Richtung, denn das ist natürlich eine absolut hysterische, übertriebene Gegenreaktion – aber so ist es nun mal. Und wie ein Mensch sich nicht ändert, so ändert sich auch ein Volk nicht wirklich. Ich kann es auch ganz anders sagen: Die Deutschen hatten das Glück, dass hier eine Zeit lang Juden in der Literatur eine große Rolle gespielt haben, ganz einfach, weil die etwas Anderes mitgebracht haben. Obwohl viele von ihnen sehr deutsch sein wollten, was man auch nicht vergessen darf, aber trotzdem brachten sie Klarheit, Offenheit und sogar so was wie Humor in die deutsche Literatur – was die Deutschen aber nicht mochten. Und heute ist man eben wieder mehr unter sich. Da schließt sich ja auch der Kreis zum Anfang, zu meinem

Zeit-Text. Ich dachte mir: Ach, können dann nicht wenigstens die Leute, die aus türkischen oder irakischen usw. Familien kommen etwas anders machen? Nein, können sie nicht. Und warum? Weil sie in der noch immer sehr deutsch-zentrischen Literaturwelt nicht weiterkommen, wenn sie anders schreiben. Und die Kraft zu haben, sein eigenes Ding zu machen und nicht darüber nachzudenken, ob man Karriere macht oder nicht, die kann ich von niemandem erwarten, denn jeder muss früher oder später Miete bezahlen, Kinder bezahlen, was auch immer. Nein, erst mal also keine Manifeste und Frontalangriffe mehr von mir.

K&S Wir haben in unserem Magazin schon häufiger Menschen interviewt, von denen wir hoffen, dass sie es schaffen, aus diesem langweiligen, weil unaufrichtigen Schreiben auszubrechen, aber letztlich glauben auch wir: Es klappt sehr selten. Warum? Vielleicht deshalb, weil junge Schriftsteller, sobald sie einen Buchvertrag angeboten bekommen und vielleicht selbst noch nicht genau wissen, wie sie schreiben wollen, gleichzeitig vom eigenen Lektor oder Agenten bereits vorgeschlagen bekommen: Das musst du klarer schreiben, sonst versteht der Leser das gar nicht.

M Ich glaube, da werft ihr mehrere Sachen zusammen: Der klassische Suhrkamp-Autor zum Beispiel, der muss ja total unverständlich und kalt schreiben. Sasha Marianna Salzmann zum Beispiel, das ist doch völliger Quatsch. Diese affektierte Sprache, das kannst du doch nicht lesen! Aber so was bekommt natürlich automatisch die höheren Weihen vom ernsten Feuilleton. Der unterhaltende Schriftsteller wiederum, der muss zwar in Deutschland besonders klar schreiben, aber bitte auch unbedingt sehr trivial. Dazwischen gibt es im Land der Diener und Lenker nichts. Der andere Punkt ist: Wo steht denn geschrieben, dass du so schreiben musst, wie dein Lektor oder dein Verlag es sich von dir wünscht? Es gibt ja natürlich bis heute immer wieder Verleger, die in einem jungen Schriftsteller den sehen, der er ist und der er sein will und ihm das lassen. Ich hatte das unendliche Glück, dass ich, nachdem ich ein, zwei kürzere Geschichten veröffentlicht hatte, von einem damals jungen Lektor gefragt wurde, ob ich mehr habe. Also hab' ich ihm etwas geschickt, und er hat gesagt: »Daraus machen wir ein Buch.« Dieser Mann begleitet mich bis heute, weil er mittlerweile der Verleger von Kiepenheuer & Witsch ist, also Helge Malchow. Der versteht wirklich etwas von Literatur und auch davon, dass jeder der Autoren, die er veröffentlicht, sein eigenes Gesicht, seine eigene Sprache hat. Ihn interessiert nur: Ist das irgendwie erstklassig? Ist das gut? Ich weiß nicht, wie es mir gegangen wäre, wenn ich von selbst angefangen hätte, Sachen herumzuschicken und dann mit den Umschreibe- und Literaturagentenliteratur-Typen zu tun gehabt hätte. So wie ich meinen Charakter kenne, hätte ich nicht angefangen so zu schreiben, wie man es von mir gewollt hätte, und dann wäre ich vielleicht nie ein Schriftsteller geworden. Das alles ist wie gesagt durch die meisten Agenten noch viel schlimmer geworden. Wenn ich mit jungen Autoren rede, höre ich immer wieder: »Ja, die wollen das machen, aber die sagen, da soll mehr das oder mehr dies …«, und ich sag in solchen Fällen immer: »Ja, und warum hörst du da überhaupt zu?« Und dann gucken die immer so gequält, als hätten sie in eine Zitrone gebissen und machen dann am Ende, was man von ihnen will, einfach, weil sie Angst haben, dass sie sonst gar nicht gedruckt werden. Übrigens: Ich hab' gesehen, dass ihr auf Facebook gefeiert habt, dass man in der Süddeutschen Zeitung einen Artikel über euch veröffentlicht hat – warum macht ihr das? Das ist doch das Establishment. Ihr freut euch darüber, dass das Establishment euch lobt?

K&S Wir würden gar nicht sagen, dass wir uns unbedingt über das Lob freuen. Wir hätten uns genauso gefreut, wenn sie uns verrissen hätten. Es fühlt sich eher so an, als hätten wir die, also das Establishment, verarscht, und darüber freuen wir uns. Letzten Endes sind wir ja einfach nur ein paar Leute, die Literatur mögen und schreiben und Lesungen veranstalten und mit einem Bier in der Hand in der Kneipe stehen, und sind im Endeffekt eher verblüfft, wie einfach man es schafft, in dieser Literaturszene irgendwie aufzufallen.

M Das verstehe ich. Aber es ist ja schon mehr, was ihr macht. Ich verstehe ja immer nicht, warum Verlage so viel Geld für ihre Werbung ausgeben, anstatt das Ganze von einer Agentur machen zu lassen. Da gibt's dann hier und da ein Zitat aus einer Kritik, die ein Lektor rausgesucht hat, und das war's. Und die sehen jetzt bei euch, dass es auch anders geht, dass man Literatur auch anders in der Öffentlichkeit präsentieren kann, und wollen euch genau dafür gewinnen. Aber nur dafür!

K&S Durch solche Aufmerksamkeit entstehen aber natürlich auch Probleme, die man so noch nicht kennt, beispielsweise: Beifall von der falschen Seite und dass man nun quasi auch ein Teil des Establishments wird – ob man möchte oder nicht. Dadurch bekommen wir stärker als zuvor das Gefühl, uns positionieren oder erklären zu müssen …

M Was heißt das?

K&S Wir haben stärker das Gefühl, dass es nötig wird, seine moralische Haltung deutlicher nach außen zu tragen, um nicht von jenen Teilen dieses Establishments vereinnahmt zu werden, mit denen man gar nichts zu tun haben möchte. Die Frage dazu wäre: Kam bei dir irgendwann der Punkt, an dem du dich mehr, als du es eigentlich gerne würdest, damit beschäftigen musstest, wo du von diesem Betrieb einsortiert wirst?

M Überhaupt nicht. Dazu vielleicht eine Gegenfrage: Hat euch irgendetwas in dem Sinne geprägt, dass ihr denkt, ihr müsstet stets anderen gefallen? Ich frage mich das gerade, weil ihr sagt, dass ihr darüber nachgedacht habt, wie ihr euch dieser Aufmerksamkeit gegenüber verhalten sollt.

K&S Es geht gar nicht so sehr ums Gefallenwollen, sondern eher darum: Muss man darauf achten, wem man gefällt? Beziehungsweise: Kann man überhaupt beeinflussen, wem man gefällt und wem nicht?

M Dazu kann ich gar nicht viel sagen, da ich im Betrieb nie viele Freunde hatte. Es ist echt ein Wunder, warum ich überhaupt noch da bin, ich weiß gar nicht, wieso, ich fühle mich fast wie ein Last Man Standing. Mir ist es immer wieder passiert, dass ich Stress gemacht oder Stress bekommen habe. Ich fing an bei Tempo zu schreiben, und dann hat wegen mir irgendwann Richard von Weizäcker nie wieder mit Tempo geredet. Schon da sagten die Leute: »Der ist ja schrecklich!« Dann kam der erste Band mit Erzählungen raus, und dann schrieben sie: »Ja, seine Tempo-Sachen waren gut, aber die Erzählungen? Die sind bescheuert.« Dann der erste Roman, da sagte man dann, meine Erzählungen wären besser gewesen, dann das erste Theaterstück, und schon war ich ein großer Romancier. Ich musste also immer gegen den Wind laufen, und nichts anderes wollte ich ja auch. Wenn ich mir aber heute zum Beispiel das Buch mit den gesammelten *100 Zeilen Hass*-Kolumnen angucke, dann finde ich das echt in Ordnung. Im Gegensatz zu Thomas Bernhard habe ich ja nicht nur geschimpft, sondern immer auch argumentiert. Wie auch immer: Ich will nicht gefallen. Ich schreibe über das, was ich sehe und erlebe, und das tue ich in deutscher Sprache, weil hier nunmal mein Lebensmittelpunkt liegt. Wenn du aber so arbeitest wie ich, dann gehörst du einfach nicht dazu. Weil du eine andere Sichtweise hast und andere Figuren als die, die in der deutschen Gegenwartsliteratur sonst so üblich sind. Was aber eure Angst vor falschen Freunden betrifft: Je länger du unabhängig bleibst, desto weniger musst du dir Sorgen darüber machen, ob du das Establishment genug kritisierst, weil du ja selbst immer einflussreicher wirst und deine eigenen Ideen sich immer mehr durchsetzen. Es reicht also schon, wenn du deine Sachen machst. Irgendwann müsst ihr euch natürlich entscheiden: Wollt ihr mit diesem Magazin auf irgendeine Weise neue Maßstäbe setzen oder die Chefs der Zeit werden? Dahinter versteckt sich die Frage: Bist du ein Machtmensch oder nicht? Was gefällt euch denn eigentlich am Establishment nicht?

K&S Wahrscheinlich sind wir letztlich einfach erstaunt darüber, dass wir Literatur lieben, aber eigentlich keine Lust haben auf Lesungen zu gehen, in der Gegenwartsliteratur kaum Texte finden, die wirklich zu uns zu sprechen scheinen und eben gar kein Interesse daran haben, in den etablierten Strukturen zu funktionieren, obwohl wir mit der Beschäftigung mit dem geschriebenen Wort unser Leben bestreiten wollen. Am meisten stört uns aber, dass es die Branche zugelassen hat, dass es passieren konnte, dass es eine große Anzahl von jungen Menschen gibt, die sich auch für Literatur interessieren, aber keine Gegenwartsliteratur lesen, weil sie von dieser angeödet sind.

Aber auf der anderen Seite: Gibt es denn mehr gute deutsche Serien oder Filme als Romane und Erzählungen?

Nicht wirklich.

M Da komme ich dann wahrscheinlich wieder bei meiner »Deutschkunde« an. Wenn man zu Recht sagt, dass deutsche Schriftsteller oder Filmemacher oder Theatermacher es nicht oft genug schaffen, etwas herzustellen, das suggestiv ist, wo du also nicht aufhören kannst, zu lesen oder zuzugucken, dann muss man fragen: Woran liegt das? Du musst doch als Autor dafür sorgen, dass deine Leser nicht aufhören können, dir zu folgen. Dies schafft man erst über die Erzählung und gleichzeitig über eine Ästhetik. Und wenn man sich dann fragt, warum deutsche Erzählungen oft so hölzern oder aber so pseudoexperimentell daherkommen, dann landet man automatisch wieder beim gestörten Verhältnis der Deutschen zur Realität. Sie verstehen sie einfach nicht als etwas, was man selbst beeinflussen könnte – auch da wären wir wieder bei der Untertanengeschichte. Wenn du als Mensch nicht für dich beanspruchst, Realität formen zu können, dann kannst du das genauso wenig mit einem literarischen oder filmischen Stoff. Was damit erst auf den zweiten Blick etwas zu tun hat, also wenn es um die Hässlichkeit deutscher LCB-Prosa und volksbühnenhafter Theaterinszenierungen geht: Seit wann sind denn die Deutschen eigentlich gut angezogen? Das ist noch nicht sehr lange so. Weshalb hatten die Deutschen denn so lange, und ein bisschen haben sie es auch immer noch, so ein mit Komplexen beladenes Verhältnis zu den Franzosen? Die galten den Deutschen immer als oberflächlich, und warum? Einfach, weil sie so hübsch waren und so gute Manieren hatten und nicht immer nur Labskaus gegessen haben.

K&S Und jetzt: Wie kommen wir da raus? Siehst du irgendwo Hoffnung?

M Nein! Also eigentlich müssten es ja die Kinder sein, die jeweils neue Generation, aber dieses Fremdsein in der eigenen Wirklichkeit und in der Geschichte der eigenen Familie, das setzt sich auch in der Literatur fort. Sogar derjenige, der eigentlich begabt ist, wird sich darum immer weiter wie ein Roboter durch die Welt bewegen und am besten noch im Präsens schreiben, damit es so richtig gekünstelt klingt. Jemand, der das nicht so gemacht hat, ist Heinrich Böll, das ist ja für mich der einzig tolle deutsche Schriftsteller der Nachkriegszeit. Ich finde auch noch ein Buch von Jörg Fauser genial, *Rohstoff*, aber das war's dann auch fast schon. Jedenfalls, Böll, dem haben sie das ja nicht zugestanden, dass er ein toller Schriftsteller ist. Dem haben sie von Anfang an gesagt, dass er eigentlich »nur« ein Moralist ist. Aber das stimmt nicht, der hat einfach geil geschrieben. Um auf die Frage zurückzukommen: Natürlich gäbe es die Möglichkeit, sich noch einmal befunken zu lassen von denen, die eine andere Geschichte haben, aber ich glaube nicht, dass das passieren wird. Nein, keine Chance. Ich glaub‹, das ist vorbei. Das ist mit den Nazis zu Ende gegangen.

K&S Du hast vorhin kurz von »Gefallsucht« in Bezug auf unsere Generation gesprochen, etwas, von dem wir uns übrigens selbst sicherlich auch nicht komplett freisprechen würden. Rührt diese Gefallsucht deiner Meinung nach auch aus dem von dir beschriebenen Phänomen des Nichtsprechens in deutschen Familien, oder woher kommt die?

M Das glaube ich nicht, nein. Meine Tochter ist zwanzig, das heißt, sie war vor ungefähr vierzehn Jahren in der ersten, zweiten Klasse. Sie ging in Hamburg zur Schule, und irgendwann hörte ich, dass es bei ihnen etwas gäbe, dass sich Morgenkreis nennt, wo die Schüler vor dem Unterricht über das sprechen, was sie so beschäftigt. Ich hab' zu ihr gesagt, mach‹ da nicht mit! Was ist denn das für eine Scheiße? Sieben-, Achtjährige sollen nicht darüber nachdenken, was andere darüber denken, was sie denken. Was ich damit sagen will: Diese Gefallsucht hat auch mit der Erziehung zu tun. Die ist hier nunmal heute darauf angelegt, die Kinder zu braven, funktionierenden Modulen in dieser Gesellschaft zu machen. Ich würde eher sagen, dass das daher kommt. Denn nur wenn ich alles richtig mache, dann fördert mich diese Gesellschaft ... Was mich selbst betrifft, kann ich dazu aber gar nicht so viel sagen, da ich den Leuten ja nie gefallen habe. Das einzige Buch von mir, was wirklich von allen gelobt wurde, war natürlich ein Buch über einen toten Juden, also die Novelle *Im Kopf von Bruno Schulz*. Ansonsten gab es immer nur Stress. Ich dachte mir ja auch immer: Kein Problem, dann höre ich eben wieder auf mit dem Schreiben, aber inzwischen mache ich das hier nun auch schon zu lange, um wieder aufzuhören, was ja auch damit zu tun hat, dass ich gar nicht weiß, was ich sonst machen soll. Am Ende ist es mit dem Gefallenwollen und Nichmehrgefallenwollen aber so: Entweder du durchbrichst diesen gesellschaftlichen Mechanismus oder nicht. Entweder du findest da raus – oder eben nicht.

K&S Um deine Antwort zum Anlass zu nehmen, um noch mal weg von uns und zurück zu deinem Schaffen zu kommen: Die Rezeption von deinem Roman *Biografie* war ja durchaus interessant. Zum Anfang erschienen vor allem negative Kritiken, aber mit der Zeit hat sich das ausgeglichen, und ein paar Monate nach Veröffentlichung erschienen auch noch mehrere sehr positive Texte. Ist das, also sowohl große Verrisse als auch großes Lob, nicht eigentlich das perfekte Ergebnis für ein Buch wie *Biografie*?

M Ich glaube, es gibt echt kein perfektes Ergebnis, kurz nachdem ein Buch erschienen ist. Ob das perfekte Ergebnis eintritt, weiß man ja eigentlich erst fünfzig Jahre später, also erst dann, wenn man wahrscheinlich bereits nicht mehr da ist. Obwohl – ich habe das bisher so nicht betrachtet, aber eigentlich habt ihr, glaube ich, vielleicht doch recht. Also bevor ich jetzt lange weiterrede, sage ich einfach: Ja, das war tatsächlich das perfekte Ergebnis, viele Verrisse, viele gute Kritiken. Was das aber wiederum dafür bedeutet, wer ich bin, wie mein Roman ist, das ist die Frage. Wenn die meisten Leute nur noch Rezensionen lesen und nicht die Bücher selbst, kaufen sie sie dann? Lesen sie sie, überleben sie in ihren Köpfen und in ihren eigenen Texten? Heute habe ich mit jemandem über einen Film geredet, und er meinte: »Ja, kenn' ich, ich hab' die Kritiken dazu gelesen.« Und dieser Jemand ist ein sehr wichtiger deutscher Feuilleton-Mensch. Was ich damit eigentlich sagen will: Wir Autoren brauchen natürlich die Kritiken, damit über einen Text gesprochen wird. Aber das reicht heute noch weniger, als es früher gereicht hat. Das neue Buch von Daniel Kehlmann zum Beispiel: Ich habe es noch nicht gelesen, aber ich weiß, dass es überall gelobt wurde, weshalb es erst mal alle kaufen werden. Ich glaube übrigens nicht, dass die Leute früher wirklich mehr gelesen haben als heute, allerdings gehörte es früher einfach noch mehr dazu, sich bestimmte Bücher zu kaufen, nämlich diejenigen, die gerade in der Diskussion waren. In anderen Worten: Eine Diskussion, wie es sie um *Biografie* gab, hätte dafür gesorgt, dass so ein umstrittenes Buch sich auch gut verkauft. Heute ist es anders. Die junge Frau, die den Haushalt meiner Mutter macht, hat einmal zu ihr gesagt: »Sie sind eine 5-Sterne-Person!«, sie hat ihr also eine Amazon-Bewertung gegeben. Und wenn die Leute nur noch 5-Sterne-Bücher kaufen, kaufen sie natürlich keine umstrittene Literatur mehr. Heute wie damals ist es aber so: Ist deine Person umstritten, ist auch immer deine Arbeit umstritten. Die Kunst bei jemandem wie mir ist also wahrscheinlich, dass man gleichzeitig man selbst bleibt und trotzdem immer noch dazu gehört. Und dazu gehört, neben anständigen Texten, natürlich viel Geheimdiplomatie, wenn man die beherrscht. Ein anderes Thema, das indirekt aber auch damit zu tun hat: Wir haben ja vorhin über die Literatur der Zehner- und Zwanzigerjahre des letzten Jahrhunderts geredet. Damals gab es zwar sehr viele »große« Schriftsteller – aber wie viele von denen waren denn wirklich gut?

K&S Da gab es schon ein paar, also neben Kästner. Was hältst du zum Beispiel von Joseph Roth oder Irmgard Keun?

M Ich finde beide nicht besonders gut. Joseph Roth ist so schwülstig, da kannst du ja gleich Stefan Zweig lesen, und Irmgard Keun finde ich zu affektiert. Also einen zweiten Kafka kenne ich nicht. Ich finde das verdammt wenig für so eine angeblich goldene Zeit.

K&S Siehst du denn anderswo in der Literaturgeschichte mehr Autoren vom Rang eines Kafka?

M Die Russen haben unendlich viele solcher Autoren. Das ist verrückt, wie viele geniale Autoren aus Russland es gibt.

K&S Woran liegt das?

M Zum einen gibt es ja so wahnsinnig viele Russen … Was aber auch eine große Rolle spielt, ist, dass du das Russisch von vor hundert Jahren heute immer noch gut lesen kannst. Die Sprache ist im Prinzip immer noch nicht veraltet. Ich spreche immer wieder mit meiner Mutter darüber, die ja auf Russisch schreibt, während meine Schwester auf Englisch schreibt, und sie hat jedes Mal eine andere Erklärung dafür, und leider vergesse ich das dann jedes Mal wieder. Tschechow, Dostojewski, Gontscharow klingen bis heute wahnsinnig modern, aber versuch‹ mal Adalbert Stifter zu lesen! Das ist doch tragisch! Sogar bei Kafka gibt es manchmal Momente, die ein bisschen altertümlich sind. Deshalb stört es mich ja auch eigentlich, dass ich auf Deutsch schreibe, und deshalb versuche ich meistens, so einfach wie möglich zu schreiben, weil ich die Idee habe, dass Literatur in zweihundert Jahren umso lesbarer sein wird, umso einfacher man schreibt. Was die Russen außerdem zu so guten Schriftstellern macht, ist sicherlich, dass dieses Land stets zwischen so extremen Gegensätzen pendelt. Ja, wenn es ein

Ranking der besten Literatur der Welt gäbe, dann wären die Russen auf jeden Fall auf dem ersten Platz. Ach, und jetzt fällt mir noch etwas ein, warum sie so gut sind: Die Russen sind schon sehr leidend, sehr emotional, aber komischerweise merkt man das nicht so sehr, wenn sie schreiben, die Russen haben ja auch viele Satiriker und sind oft sehr humorvoll. Ganz im Gegensatz zu den Deutschen.

K&S Um zum Abschluss noch mal zur deutschen Sprache zu kommen: Ist es vielleicht so, dass die Deutschen es einfach noch nicht geschafft haben – nach der Zerstörung, die die Nazis auch in Geist und Sprache hinterlassen haben –, eine neue Sprache zu finden oder gar aufzubauen? Wenn du sagst, dass die deutsche Sprache für dich sogar schon vorher ein bisschen langweilig und altbacken klang, dann hat das vielleicht auch damit zu tun, dass sich eine gemeinsame Sprache im deutschsprachigen Raum erst vergleichsweise spät entwickelt hat und dann die Nazis alles innerhalb von zwölf Jahren komplett verseucht haben. Gibt es aus deiner Sicht eine Chance, nach dieser Erfahrung vielleicht doch noch zu einer Sprache zu finden, die den Zweiten Weltkrieg und den Holocaust nicht verleugnet?

M Im Deutschen spricht man gerne von Sprache, wenn man vom Denken spricht, aber Sprache ist doch ein Instrument. Worte sind doch das, was du denkst. Anders gesagt: Wenn du einen Gedanken nicht hast, dann findest du auch keine Worte dafür. Ein Nagel ist ein Nagel. Und wenn ich nicht denke: »Opa war ein Nazi«, dann werde ich es auch nicht hinschreiben. Oder ich schreibe es ganz kompliziert hin, weil ich den Gedanken zwar im Unterbewusstsein habe, aber nicht rauslassen will. Noch mal Jörg Fauser: Den haben die ja, während er lebte, für einen minderen, trivialen Schriftsteller gehalten. Heute machen sie ihn zu einem Großschriftsteller, was leider auch nicht stimmt. Seine Krimis sind ja wirklich trivial. Ich glaube, die Deutschen sind am Ende einfach zu dogmatisch. Es ist immer entweder so oder so. Entweder ist Fauser ein großer Schriftsteller oder ein trivialer. Entweder du bist AfD oder du bist Merkel. Es gibt immer nur diese beiden Extreme. Aber zurück zur Sprache: Kästner hat tatsächlich sehr unangestrengt geschrieben. Und natürlich gab es noch mehr interessante Leute, ich hab' zum Beispiel zu Hause ein Regal mit deutscher Literatur, die heute komplett vergessen ist. Leute wie Friedo Lampe, Gert Ledig, Ulrich Becher, Felix Hartlaub und ein paar andere, die sehr gut waren und eine ähnlich gute Sprache hatten wie zum Beispiel Kästner. Und damit sind wir dann bei der Gruppe 47, die eine völlig verheerende Wirkung auf die deutsche Literatur hatte. Das war ja wirklich eine Mafia! Die haben ihren meist unlesbaren Unsinn gegenseitig hochgeschrieben, und jeden, der nicht bei ihren halbjährlichen Klassenfahrten dabei war, zu Tode ignoriert. Eigentlich die richtige Taktik – nur leider bei den falschen Büchern. Marcel Proust hat die ersten zwei himmlischen Besprechungen seines Buchs gekauft. Ja, so etwas gehört manchmal absolut dazu – das ist nicht immer nur ein göttlicher Zufall, wenn ein Buch gut besprochen wird. Auch die Gruppe 47 hat diese Dinge bewusst gesteuert, aber gleichzeitig den Jüngeren eingeredet, man dürfe das nicht, und wie gesagt, sehr viele Leute, die sie für angebliche Reaktionäre hielten, ausgeschlossen. Gegen die Gruppe 47 sind ja so einige angerannt. Die waren zum Teil Konservative, aber auch Radikaldemokraten wie Friedrich Torberg. Der hat die gehasst, und das zu Recht. Der Witz war – und das ist mal wieder eine typische deutsche Lügengeschichte –, dass die, die sich damals selbst als so links sahen, ja alles ehemalige Wehrmachts- und HJ-Jungs waren. Günther Eich zum Beispiel hat immer so getan, als wäre er der größte Widerstandskämpfer gewesen, dabei war er genau das Gegenteil. Diese Leute hatten etwas zu verstecken und haben deshalb – aber das hatten wir ja schon – eine Sprache gepflegt, die viel versteckt hat.

K&S Und mit dieser so lange den literarischen Mainstream beherrscht, bis deine Generation anfing, Bücher zu veröffentlichen …

M Ja, aber wir sind eben nicht »wir«. Und das habe ich gemerkt, als ich 2000 diesen Kongress in Tutzing veranstaltet habe. Da war diese evangelische Akademie, für die diese tolle Frau gearbeitet hat, die mir erlaubt hat, das dort zu machen. Ich konnte auf ihre Kosten für zwei Tage Leute wie Christian Kracht oder Feridun Zaimoglu zu Referaten einladen und ganz viele Schriftsteller der jüngeren und mittleren Generation einfach nur als Zuhörer. Meine Hoffnung war, wir würden dort diskutieren, aber dann halte ich meine Eröffnungsrede – und sofort sind alle beleidigt. Das war dann der Abfuck, und das war's. Rainald Goetz hatte danach acht Jahre eine Schreibblockade, er hasst mich seitdem und hat schließlich als Reaktion auf meine Forderung nach einer moralisch aufgeladenen, aber nicht moralisierenden Literatur dieses schreckliche, fernsehspielhafte *Johann Holtrop* geschrieben. Ja, Tutzing war eine Katastrophe und eigentlich das Ende meines Traums davon, dass ich mit dieser Generation irgendetwas zu tun haben könnte. Ihr selbst werdet wahrscheinlich auch schon eure ersten Generationsdramen gehabt haben oder bald haben – weil: Das kommt früher oder später. Sowieso. Und dann ist eben die Frage:

Wie verhält man sich menschlich, wenn Leute sich als sauschlechte Autoren oder unheimliche Machtmenschen herausstellen und einen verraten? Was macht man mit Leuten, die auf einmal rechts werden? Ja, genau, was macht man? Ich glaube, erst mal geht es da nicht darum, eine »richtige« Sprache zu suchen, sondern eher darum, nicht so dogmatisch und unsicher zu sein wie die anderen. Und wenn du glaubst: Der und der kann nicht schreiben, dann bleib bei deiner Meinung.

Lin Hierse ist Autorin und Journalistin. Sie hat bei der taz als Redakteurin gearbeitet und schreibt dort außerdem die Kolumne *Poetical Correctness*. Ihr erster Roman *Wovon wir träumen* erschien im März 2022.

Lin Hierse

KTV Girl

Prosa | 2023

Cao steht vor dem Ventilator und breitet die Arme aus wie Kate Winslet auf der Titanic. Das froschgrüne T-Shirt fühlt sich leicht an und macht ein gutes Dekolleté. Aber auf Froschgrün kann man Schweißflecken sehen. Sie ballt die Hände zu Fäusten. Früher, als die Mutter noch die Mutter war, hätte sie sofort den Stecker gezogen und den Ventilator beschlagnahmt. »Bist du lebensmüde Caocao, du holst dir den Tod, du lädst ihn ein, direkt durch deine Achseln in deine Organe zu kriechen«, hätte sie gerufen, »dafür habe ich doch nicht 38 Stunden in den Wehen gelegen, damit mein einziges Kind sich noch vor mir den Tod holt.« Aber heute ist die Mutter müde und kriegt nicht mit, was ihre Tochter in ihrem Zimmer tut. Sie liegt in Unterhose und einem übergroßen Nachthemd auf dem Sofa, mit ausgestreckten Beinen, der Fernbedienung in der linken und einer Plastikschale in der rechten Hand. Da spuckt sie Klumpen zerkauter Wassermelonenkernschalen rein.

Cao steht auch in Unterhose da, weil sie sich nicht entscheiden kann, was sie anziehen soll. Der Faltenrock ist eine Option, aber da kleben die Beine immer so aneinander. Außerdem ist eine Option, dass Jun sie später mit dem Roller nach Hause bringt und ihr für die Fahrt seine Bomberjacke leiht, und die sieht besser aus mit Hose. Also steigt sie in die enge Jeans mit den Glitzernähten, deren Bund immer ein bisschen auf den Magen drückt, wenn sie sich hinsetzt und den Oberkörper nach vorne neigt. Sie betrachtet ihr Spiegelbild, fährt mit den Zeigefingern durch die Gürtelschlaufen und zieht sie nach oben. Aus dem Wohnzimmer hört sie die Titelmusik einer Telenovela. Cao streckt noch einmal die Arme nach oben, die Schweißflecken sind fast verschwunden, nur wenn sie den Stoff zwischen Zeigefinger und Daumen reibt, kann sie fühlen, dass die Fasern mal nass waren und durch das Trocknen härter geworden sind. Sie macht den Ventilator aus und schiebt die Nase durch die Gitterstäbe vor ihrem Fenster. Es ist dunkel, und es riecht nach Lotusblüten und altem Frittierfett. Wie jeden Abend sitzt Nichtsnutz rauchend auf der Bordsteinkante und hält seinem Sohn den Parkplatz frei, Stunden bevor der sich überhaupt blicken lässt. Cao schließt das Fenster, greift nach ihrer Tasche und geht ins Wohnzimmer.

Die müde Mutter zieht langsam ihren Blick vom Bildschirm ab.

»Wohin gehst du?« Sie klingt wie ein Roboter.

Cao muss an den Jingle vom Family Mart denken, der losdudelt, sobald jemand durch die Tür geht.

»Warum legst du die Fernbedienung nicht weg, du schaltest sowieso nicht um.«

Neulich hat sie geträumt, dass die Hand der Mutter in dieser Position eingefroren ist. Als ob ihre Muskeln sich verkrampft hätten und es den Fingern unmöglich machten, sich jemals wieder gerade auszustrecken.

»Komm nicht zu spät nach Hause. Und nimm eine Jacke mit.«

Cao macht ein zustimmendes Geräusch und geht ohne Jacke aus der Tür, weil sie ja später Juns Bomberjacke kriegt, aber das weiß die Mutter nicht.

»Immer unterwegs!« Nichtsnutz schießt seine Spucke in das nächstgelegene Schlagloch.

»Immer am Rumsitzen!« Cao wirft sich ihre Tasche über die Schulter und geht an ihm vorbei, ohne ihn anzusehen. Wie eine Erwachsene. Der alte Kater von nebenan begleitet sie ein paar Meter, dann verschwindet er in den Jasminsträuchen.

Im Dunkeln ist die Stadt eine Freundin. Alles Unnötige, was die Menschen sich ausdenken, was sie jeden Tag von Cao haben wollen, verschwimmt zwischen Bremslichtern und flackernden Straßenlaternen, legt sich in die Zuckerwatte vom Süßigkeitenwagen an der nächsten Kreuzung, bleibt an den kandierten Weißdornstangen kleben wie an einer Fliegenfalle: das höfliche Lächeln, der ordentliche Pferdeschwanz, die Fra-

gen, in denen es immer um die Zukunft geht, die miteinander verschmelzen zur großen Masterfrage –
waswillstdustudierenanwelcheUnigehstduwannwillstduheiratenun dweißtduschonwodueinenguten Mannherbekommstalsoeinenreich enundeinenanständigendersicheinegroßeWohnungleistenkannfür dichundeureKinderunddeinearmemüdeMutterweißtdudasschon?

– als ob das eine Zukunft wäre, die jemand wie Cao wollen müsste. Als ob die Zeit nicht auch weiterliefe, wenn sie nichts studiert, keine Universität besucht, nicht heiratet, und wenn überhaupt, dann Jun. Aus Kinofilmen weiß Cao, dass man die echte Liebe nicht bei dem Kerl mit dem meisten Geld findet, sondern hinten auf dem Motorrad von einem Romantiker, der sie dort hinbringt, wo keine rauchenden Fabrikschornsteine die Aussicht kaputt machen. Cao kann Schornsteine nicht ausstehen, auch wenn die Lehrer betonen, dass sie Fortschritt und Wachstum bedeuten. Sie sieht in ihnen nur Stillstand und Dreck. Und außerdem stellt sich in den Filmen am Ende oft raus, dass der Typ mit dem Motorrad auch reich ist.

Der 803er kommt zu früh. Cao zwängt sich zwischen den Anzugleuten durch, die jetzt erst Feierabend machen und ihre Körper mit letzter Kraft in die Halteschlaufen hängen. Sie lässt sich auf einen der hinteren Sitze fallen und schiebt sich einen Kaugummi in den Mund. Es ist stickig. In den alten Bussen konnte man die Fenster aufmachen, in den neueren geht das nicht mehr. Die Straße ist voll, und der Bus kommt nur langsam voran. Bei jeder Bremsung wabern die stehenden Passagiere hin und her wie Seetang in der Brandung. Wahrscheinlich ist das in L. A. ganz genau so, jedenfalls stellt sie sich so L. A. vor. Eine Stadt voller Autos mit erschöpften Seetangmenschen.

Als die Mutter noch nicht so müde war, sind sie oft gemeinsam mit dem Bus gefahren. Sie hat Cao von der Schule abgeholt oder am Wochenende mit ihr einen Ausflug in den Volkspark gemacht. Sie lagen nebeneinander unter einer großen Weide, und das vertrocknete Gras pikste ihnen in die nackten Kniekehlen. Die Mutter erzählte von der Heimat, und Cao wusste nicht, was das Wort genau bedeutete, aber der Mutter bedeutete es viel. Die Heimat ist ein Ort mit mehr Hühnern als Menschen, beschissenen Wintern und sehr guten Sommern. In der Heimat hat kaum jemand Geld, aber alle haben Zeit, deshalb isst man mittags nicht im Stehen, sondern am Tisch und macht danach ein Nickerchen. Der Mond ist der größte und rundeste, manchmal leuchtet er orange. Und das Wassereis kostet niemals mehr als fünf Yuan. Cao hat diese Begeisterung der Mutter nie richtig verstanden. Sie wollte immer das Milcheis, am besten mit Schokolade ummantelt. Der Preis war ihr egal.

Der Bus hat die große Kreuzung überquert und hält ein paar Meter vor der voll besetzten Haltestelle. Der Großteil der Anzugleute strömt nach draußen. Cao könnte auch aussteigen und das letzte Stück laufen, vielleicht wäre sie zu Fuß sogar schneller, aber der Fahrer hat die Türen schon wieder geschlossen und ordnet sich in die schleichende Fahrzeugschlange ein. Außer Cao ist ein buckeliger Mann in Badelatschen geblieben und ein paar Mittelschüler in weiten Uniformen, die sich um ein Nintendo Switch geschart haben. Sie zieht ihr Handy aus der Tasche und guckt auf die Uhr. Sie ist schon zu spät dran, aber keine Nachricht von Jun oder den anderen.

Endlich steuert der Bus das Raumschiff an. Alle sagen Raumschiff zu dem Gebäude, das wie ein riesiger Mondkuchen aus Stahl auf dem Friedensplatz liegt und alle paar Sekunden von einer anderen Farbe angestrahlt wird. Cao steigt als Einzige aus. Sie war elf, als das Raumschiff eröffnet wurde. An den heißesten Sommertagen lagen sie und Meimei in seinem Inneren auf langen Holzbänken neben Kunstpalmen, teilten sich einen Kopfhörer und stellten sich vor, auf einer karibischen Insel gestrandet zu sein. Manchmal warfen sie ein paar Münzen zusammen für einen Milchtee mit Eiswürfeln oder ließen sich in einem der Studios im Untergeschoss die Ringfingernägel in der Lieblingsfarbe der jeweils anderen lackieren, als Zeichen ihrer Freundschaft. Caos Nägel waren immer blau und die von Meimei grün. Komisch, das ist erst wenige Jahre her, und die Erinnerung sieht trotzdem aus wie eine sehr alte Videoaufnahme.

Cao läuft um das Raumschiff herum und bleibt neben dem Rollerstellplatz stehen. Zwischen den Fahrradständern saust ein Kind mit abstehenden Zöpfen auf LED-Rollschuhen umher. Cao spuckt ihr Kaugummi aus, legt Lipgloss auf und zündet sich eine Zigarette an. Früher, als die Mutter noch die Mutter war, hätte sie ihre Tochter halbtot geprügelt, wenn sie gewusst hätte, dass sie Kaugummis auf den Boden spuckt und raucht. Nur halbtot, wegen der 38 Stunden Wehen. Ein paar Meter weiter steht eine Gruppe großer blonder Männer in Polohemden. Engländer vielleicht, denkt Cao, oder Dänen, oder Deutsche. Hoffentlich keine Engländer. Mit Sicherheit aber Jungs im Auslandssemester, die in überteuerten Apartments im Zentrum wohnen, sich mehrmals die Woche zum Teppanyakiessen verabreden und Putzfrauen vom Land beschäftigen, die sie schlecht bezahlen und irgendwann verdächtigen, Diebinnen zu sein. So war das jedenfalls bei der Mutter.

Cao schaut und schaut und schaut einen Moment zu lang. Einer der Männer hat ihren Blick bemerkt und wird ihn für eine Einladung halten. Sie weiß schon, dass er sich aus der Gruppe lösen und zu ihr rüberkommen wird, um nach Feuer zu fragen, obwohl sie sich anstrengt, jetzt nur noch das Kind auf den Rollschuhen anzugucken.

»Can I borrow your lighter?«

Cao hält ihm das Feuerzeug hin und sagt nichts. Er riecht nach zu viel Duschgel.

»Waiting for someone?«

Cao nickt, das Kind versucht sich im Rückwärtsfahren.

»You don't speak English, huh?«

Jetzt sieht sie ihn doch an. Glatt rasiert, eher hellbraune als blonde Haare. Schöne Nase eigentlich. Auf den Wangen Spuren einer überwundenen Akne.

»I speak when I want to.« Sie verschränkt die Arme. Er wird nicht aufhören, bis er aufgeraucht hat. Mindestens.

»So that's your thing. Hard to get. I saw you looking at me.«

»You saw me looking at you.«

»Yes.«

»But you don't see that I don't want to talk to you.« Vielleicht zu mutig. Sie ist stolz, dass sie noch kein einziges Mal gelächelt hat. Und sie fühlt sich heute fast so schlagfertig wie Meimei. Wo bleibt die nur?

»You don't want to talk to me ...« Er macht eine dramatische Pause, nimmt einen tiefen Zug seiner Zigarette, legt den Kopf in den Nacken und pustet den Rauch in die Sommernachtsluft. »I get it. But you know what? I know what you are.«

»What I am?«

»You're a KTV girl. You try to fit in this city but I can tell that you never will. You dress like a villager. And men like me we're your hope, but we don't fall for your traps anymore, flirting and being nice and all, but then trying to get yourself pregnant and wanting our money.« Er spricht ruhig und langsam. Wie einer, der sicher ist, immer zu gewinnen. »It's always about money with you KTV girls. You know how to get money? Honest work.«

Cao schnipst ihre Zigarette auf den Parkplatz. Dort glüht sie vor sich hin, so wie auch Caos Zunge vor sich hin glüht. Die Mutter hat einmal über ehrliche Arbeit gesprochen, im Park unter der Weide, als ein Bauchwarenhändler mit gefälschten Uhren bei ihnen haltmachte. »Ehrliche Arbeit ist eine Erfindung reicher Leute«, hat sie damals gesagt, »du machst eben die Arbeit, die dich am Leben hält.« Soll sie das entgegnen? Oder was anderes, irgendwas?

»Caocao!« Meimei lenkt ihren Roller von der Straße über den großen Platz, den das Raumschiff gerade in ein kühles Blau taucht. So sieht sie aus wie eine Astronautin, ein Taucher, oder beides. Ihre glatten pinken Haare flattern im Wind. Sie fährt an den Stellplätzen vorbei und bremst direkt vor Cao und dem Polohemdtyp ab, der erstaunlich schreckhaft einen großen Schritt zur Seite macht. Er steckt eine Hand in die Hosentasche und schlendert ein paar Meter rückwärts in Richtung seiner Freunde. Dabei starrt er Cao weiter an. Sie sammelt Spucke in ihrem Mund, muss an Nichtsnutz denken und schluckt sie wieder runter.

»Was war das denn?«, fragt Meimei und schließt den Roller neben ein paar Fahrrädern ab.

»Ach, nichts«, sagt Cao, »der hat mich KTV Girl genannt. Komm, wir gehen schon mal rein.«

»Arschloch«, ruft Meimei etwas zu laut, aber ohne Richtung.

Cao stößt die schwere Glastür am Südeingang auf, die Gummisohlen ihrer Turnschuhe quietschen auf dem glänzenden Boden. Meimei springt zwischen die Aufzugtüren. Sie hätten auch auf den nächsten warten können, aber Meimei stürmt manchmal einfach los, ohne Anlass, wie ein begeistertes Kind. Cao liebt das an ihr. Irgendwie wird dadurch alles aufregender, egal wie alltäglich es ist. Sie folgt ihrer Freundin in den leeren Fahrstuhl und drückt den Knopf für das dritte Obergeschoss. »Guck mal kurz.« Meimei rückt näher an sie heran, legt den Kopf an ihre Schulter, zückt ihr Handy und macht ein Foto von ihnen im dreckigen Spiegel gegenüber.

»Wir sehen immer noch schön aus«, sagt Meimei. »Nach all den Jahren.« Cao lacht. Dann öffnen sich die Türen ins Universum.

Das Universum ist ein endloses Spiegelkabinett. Über Fußboden, Wände und Decke ziehen bunte Wolken im Zeitraffer, und ständig entstehen organische Formen aus dem Nichts, die in jede Richtung davonwirbeln und sich miteinander zu etwas Neuem verbinden. Hinter allem liegen Millionen Sterne. Wenn sie es nicht besser wüsste, könnte Cao hier daran glauben, dass sie auch eine dieser Wolken wäre. Ohne oben und unten, links und rechts, jede Sekunde in einer neuen Farbe. Meimei läuft zum Tresen, und eine Mitarbeiterin deutet auf eine Tür in Richtung der Toiletten, die man unter den glitzernden Lichtern übersehen würde, wenn man nicht wüsste, dass sie da ist. Eine geheime Tür, in einer geheimen Galaxie, in einem riesigen, platt gedrückten Mondkuchenraumschiff.

»Komm schon, Cao, die anderen sind längst da!« Meimei hält die Tür zu dem dunkelblauen Raum auf, der wummernde Bass und Jinas Stimme dringen nach draußen. Sie kreischt den Refrain von Mariah Careys *Heartbreaker* ins Mikro. Durch die halb geöffnete Tür sieht Cao sie alle auf dem niedrigen Ledersofa sitzen, neben Jina noch Henry, Mo und Jun, den Blick auf die Leinwand mit den Songtexten und kitschigen Videos gerichtet. Henry errichtet die erste Ebene einer Limonadendosenpyramide, und Jun hat sich das Halstuch umgebunden, das Cao ihm geschenkt hat. Zum ersten Mal seit Tagen fühlt sie sich genau richtig.

»Weißt du was«, ruft Cao, »vielleicht bin ich wirklich ein KTV Girl«. Sie legt einen Arm um Meimeis Schultern und verschwindet mit ihr im Dunkelblau.

Max Richard Leßmann ist ein deutscher Sänger und Autor. Mit vierzehn gründete er mit Freunden die Musikgruppe Vierkanttretlager, deren erstes Album *Die Natur greift an* 2012 erschien. Seit 2017 macht Leßmann solo Musik und textet außerdem für viele andere Musiker*innen. 2023 erschien sein Romandebüt *Sylter Welle*.

Max Richard Leßmann
über Dagobert

Die letzte große Liebe

Portrait | Das Wetter #01 | 2013

Bestimmt haben Sie schon einmal die Geschichte von Dagobert Jäger gehört. Und bestimmt glauben Sie sie nicht. Sie klingt fantastisch, fantastisch in jedem Sinn des Wortes. Wenn einem jemand die Geschichte erzählt, wie ein junger Schweizer fünf Jahre lang in Isolation lebte, um Lieder für seine große Liebe zu schreiben, dann fühlen wir uns beschwindelt. Wir sind ein so fester Bestandteil unserer pseudo-aufgeklärten Gesellschaft, dass wir großen Geschichten nicht mehr glauben können. Wir haben Angst, naiv zu sein, machen uns deshalb groß und stellen ihr Licht in den Schatten. Sie passt nicht ins Bild. Dann ist sie nicht wahr. Vielleicht bin ich nur so kämpferisch, weil ich mich selbst ein wenig beim Zweifeln ertappt habe. Bis ich das erste Mal mit Dagobert sprach.

Wenn man also Dagoberts Geschichte hört, dann möchte man sie gar nicht glauben. Das kann man gar nicht mehr. Außer Dagobert erzählt sie selbst. Denn er erzählt sie leise und bedacht, offen und ausführlich und weit entfernt von den reißerischen Floskeln, mit denen seine Geschichte in der Öffentlichkeit zusammengefasst wurde. Darum musste ich ihn wieder treffen, um mit ihm über all das zu sprechen, was da so über ihn geschrieben wurde, bis jetzt. Und noch ein bisschen mehr.

Morgens um halb sechs

Ich wache auf, eine halbe Minute, bevor mein Wecker klingelt. Um sechs Uhr habe ich mich mit Dagobert am Rosenthaler Platz verabredet. Wir werden spazieren gehen, etwa sechs Stunden Zeit haben wir dafür, dann hat Dagobert einen Termin, und ich muss zurück nach Hamburg. Ich trete auf die Straße, kein Mensch begegnet mir. Der Erste, den ich treffe, ist ein Busfahrer. Die ersten Vielen sitzen neben, vor und hinter mir in der dicken gelben Raupe, die sich durch den Untergrund der Stadt gräbt, um hier und da ein paar Bürger an die Oberfläche zu spucken. Ich steige aus, steige die Treppe hinauf und sehe Dagobert, wie er um eine Ecke biegt. Wir begrüßen uns freudig, und Dagobert nimmt einen Kaugummi und bietet mir die Schachtel an. »Das ist die lästigste Eigenschaft des Menschen. Dass er morgens aus dem Mund riecht«, lacht er. Ich lache mit. Eine kleine Weisheit und einen Kaugummi reicher mache ich mich mit ihm auf den Weg. Wo es hingeht, wissen wir beide nicht, wir laufen einfach mal los, finde ich. Dagobert findet das gut.

Wind Of Change

Als ich erzähle, dass ich nur drei Stunden geschlafen habe, erinnert sich Dagobert an seine Schulzeit. Damals habe er viel mit Schlaf experimentiert, sagt er. Anfangs habe er sich den Wecker gestellt und sei nachts im Wald spazieren gegangen. Das sei aber insgesamt eher eine Enttäuschung gewesen.

»Man stellt sich das toll vor, aber eigentlich habe ich mich nur gegruselt«, erklärt er. Erzählt habe er davon damals niemandem. Schließlich habe er diese Spaziergänge wieder gelassen. Was blieb, war das Gefühl, viel zu viel zu schlafen. In der zehnten Klasse nahm er sich also vor, jede Nacht nur vier Stunden im Bett zu verbringen. Wenn es ihm einmal nicht gelang, zog er sich die zusätzlich verschlafene Zeit in der nächsten Nacht ab. Irgendwann gelang ihm das dann ganz gut, und nach einem Monat war er schlußendlich völlig fertig. »Also war das Experiment kein Erfolg«, frage ich.

»Doch«, sagt er und lächelt.

Dafür, dass Dagobert eigentlich schon eingangs sagte, er würde sich nur ungern mit Erinnerung belasten, weiß er noch viel aus seiner Schulzeit zu erzählen. Am liebsten berichtet er davon, wie er sich in die Musik verliebte. Als er nämlich acht Jahre alt war, schenkte ihm sein älterer Bruder das Album *Blackout* von den Scorpions.

»Da wusste ich, Musik ist eigentlich das Geilste, was es gibt. Das will ich auch machen.« So gründete er mit einigen Klassenkameraden die Band »The Canibals«. »Ich wusste nicht, dass die Scorpions vom Frieden singen, das war so harte Musik. Also schrieb ich ganz brutale Texte. So in etwa: ›Ich bring dich um und fress dich auf‹. Die übersetzte ich dann Schritt für Schritt mit dem Wörterbuch in der Hand. Und unser Sänger, der auch kein Englisch konnte, der sang das dann.«

Er selbst war damals der Schlagzeuger der Band gewesen.

Irgendwann aber wurden für seine Bandkollegen Videospiele wichtiger als die Musik, und die Band löste sich auf. Dann kam plötzlich eine Zeit, in der die Scorpions schrecklich uncool wurden und Dagobert sein Lieblingsalbum nur noch heimlich hören konnte. In dieser Zeit begann er sich für klassische Musik zu interessieren und am ersten Computer seiner Eltern mit einem spartanischen Musikprogramm und Midikeyboard Symphonien zu schreiben. Das war zwar auch nicht cool, aber immer noch besser als die Scorpions. Im Verborgenen hielt er ihnen jedoch weiter die Treue, bis heute. *Blackout* hört Dagobert immer noch fast jeden Tag.

Und dann war die Schulzeit irgendwann endlich durchgestanden. Das kann man so sagen, schließlich hatte Dagobert während der Schulzeit einen herben Verlust zu beklagen. »Ich habe keine Fantasie«, sagt er, »die habe ich damals verloren.« Früher habe er viel geschrieben, schon als Kind habe er sich fantastische Geschichten ausgedacht. Neben der Musik hatte er immer davon geträumt, einmal Schriftsteller zu werden. Das jedoch hätte man ihm in der Schule durch theoretische Herangehensweise und den Versuch, ihm Scheuklappen anzuerziehen, gründlich ausgetrieben.

Heute könne er nicht einmal mehr Romane lesen. »Da steht dann: ›Er geht die Straße entlang.‹ Aber ich denke mir: Nein, das stimmt gar nicht. Und dann lese ich nicht weiter«, erklärt Dagobert. Comics lese er aber noch immer sehr gerne. Am liebsten, und auch das ist kein Witz, Lustige Taschenbücher.

Mit dem Gefühl, er habe in seiner Schulzeit vielleicht doch mehr verloren als gewonnen, entschied sich Dagobert gegen ein Studium und beschloss, stattdessen einfach nichts zu tun. Er zog in den Proberaum einer befreundeten Band, in dem er schließlich zwei Jahre lang lebte. Einmal in der Woche konnte er bei seinem Bruder essen, ansonsten hielt er sich mehr schlecht als recht über Wasser.

Doch auch wer nichts tut und nichts hat, hat doch eines: Zeit. Und so begann Dagobert sich von Neuem an den herumstehenden Instrumenten auszuprobieren. Denn: »Nichts tun bringt ja auch nichts«, wie er sagt. Am Anfang war das alles recht mühsam, wenn es ihm endlich mal gelang, einen wohlklingenden Akkord zu spielen, dann wiederholte er ihn oft in einer nie enden wollenden Schleife. Seine eigene Schleife zwischen Hunger und Musik brach schließlich auf, als er von einem Freund den Tipp bekam, sich bei einem Schweizer Kulturförderwettbewerb anzumelden. Dagobert schickte fünf unfertige Lieder ein, die nach eigener Aussage »alle ziemlich scheiße« waren, und gewann den ersten Preis: Ein halbes Jahr alles inklusive in einer Künstlerwohnung in Berlin und ein Fördergeld von 18.000 Schweizer Franken.

»Das war gut«, sagt Dagobert, »ich war ein halbes Jahr nur besoffen. Das war eine tolle Zeit!« Der junge Dagobert ging in den Nächten Berlins ganz auf. Früher sei er eigentlich nie feiern gewesen, sagt er. Er habe nicht eingesehen, die Menschen, mit denen man doch schon die ganze Woche in der Schule verbracht hat, nachts schon wieder zu sehen. Jetzt war das plötzlich ganz anders, und eine Weile gefiel ihm das auch sehr gut. Zu dieser Zeit lernte Dagobert auch die Frau kennen, von der sein erstes Album und ein Großteil seiner weiteren Lieder handeln. Er hatte sich gleich in sie verliebt, für sie kam er jedoch nie infrage, das gab sie ihm gleich zu verstehen. Noch am Tag vor seinem Abschied aus Berlin hatte er sie getroffen. Über dieses letzte Treffen hat Dagobert ein Lied geschrieben, es heißt: *Ich mag deine Freunde nicht.*

Panix Präsident

Nach einem halben Jahr also verließ Dagobert Berlin. Von Förderungen und Stipendien wollte er nichts mehr wissen. Es war ihm peinlich, dass der Steuerzahler »Leute wie ihn« finanzierte. Er beschloss, für einige Monate nach Panix in das Haus eines verstorbenen Verwandten zu ziehen und dieses Mal richtig Musik zu machen. Er packte Habe und Heimequipment zusammen und fuhr in die winzige Schweizer Gemeinde in den Bergen. In das Haus, in dem er die nächsten fünf Jahre verbringen sollte. Dort angekommen, fing Dagobert an, Lieder zu schreiben. Immer erst die Musik und dann die Texte. Texte über eine Frau aus Berlin.

»Ich kann nur Liebeslieder schreiben. Etwas anderes fällt mir nicht ein.«

Diese Liebeslieder verschickte er per Post, erhielt darauf aber nie eine Antwort. Wenn er den kilometerlangen Weg zur nächsten Telefonzelle zurückgelegt hatte, ging sie nicht ans Telefon. Trotzdem handelt Dagoberts erstes Album und ein erheblicher Teil seiner weiteren Lieder ausschließlich von ihr. Die ersten dreieinhalb Jahre in Panix befand sich Dagobert in einem einseitigen, musikalischen Zwiegespräch mit der großen Liebe, die nicht die seine werden wollte. Auch außerhalb der Musik. »In der Einsamkeit kommt irgendwann der Punkt, an dem die Selbstgespräche anfangen.« Komischerweise habe er die immer auf Englisch geführt, er wisse selbst nicht so recht, warum. Warum schreibt jemand dreieinhalb Jahre lang für einen Menschen, der nicht antwortet?

»Es war ja auch sonst keiner da«, sagt Dagobert.

Trotz der Abweisung scheint Dagobert dieser Frau heute noch ein wenig dankbar zu sein für all die Inspiration. Oder aber er versucht sich an einer Wiedergutmachung. Jedenfalls hat er ihr fünf Prozent an allen Liedern versprochen, die er über sie geschrieben hat. »Das ist doch völlig selbstverständlich«, sagt er.

Zwischen den Phasen von Kreativität und wirklichem Glück kamen Dagobert immer wieder auch Zweifel. Er wusste, dass er nicht ewig in Panix bleiben konnte. Er beschloss, nach Afrika zu gehen. »Da ist es warm«, erklärt er mir, »da braucht man kein Haus.« Allerdings müsse man sich auch darauf einstellen, für lange Zeit weder Wasser noch Nahrung zu bekommen. Also begann Dagobert mit neuen Selbstversuchen. Er ging in die Wälder und lebte dort einige Tage, deckte sich mit Plastiktüten zu und trank aus Bächen. Er entzog sich selbst Wasser und Nahrung. Drei Mal schaffte er es, für jeweils eine Woche weder zu essen noch zu trinken. »Nach etwa fünf Tagen gibt es zwei Stimmen in deinem Kopf. Die eine sagt dir, dass du trinken musst, wenn du nicht sterben willst. Die zweite sagt dir, dass das nicht stimmt. Du lebst doch noch. Das glaubst du nur, weil man es dir so beigebracht hat.«

Beim dritten Mal trank er nach einer Woche etwas Wasser und hängte dann eine weitere dran. Das schlimmste daran sei die Zeit danach gewesen. In kürzester Zeit habe er unkontrolliert literweise Wasser in sich hineingeschüttet. Der ausgedorrte Körper habe daraufhin völlig überreagiert. Nach diesen Schockphasen, bei dem Farben und Formen wie im Rausch wild auf ihn einprasselten, kam schließlich die große Depression. »Da stand ich auf meinem Berg und alles, was ich wollte, war plötzlich nur noch ein Fabrikjob und ein Fernseher.«

Dann kam der Schnitt. Die Frau aus Berlin nahm den Hörer ab. Sie sagte, er müsse aufhören, ihr zu schreiben. Dagobert fiel in ein Loch. Er wusste nicht recht, was er mit sich anfangen sollte. Schreiben jedenfalls konnte er nicht mehr.

Langsam fasste er den Entschluss, zurückzugehen. Bevor er wirklich nach Afrika auswanderte, wollte er es noch einmal mit der Musik versuchen. Also machte er sich auf den Weg zur Telefonzelle, rief seinen Bruder an und bat ihn, ihm die Adresse einer Plattenfirma zu besorgen. Dann schnürte er ein Paket und schickte es los.

Was dann passierte, ist erneut eine dieser Episoden, die man kaum für möglich halten kann. Denn was wie eine fadenscheinige Geschichte in einem schmierigen Spielfilm über die Popindustrie klingt, passiert wirklich. Zwei hohe Schweizer Musikindustrietiere kommen mit einem großen schwarzen Auto vorgefahren und klopfen an seine Tür. Dagobert, der in den letzten Jahren mit kaum einer Person von Angesicht zu Angesicht gesprochen hat, ist überfordert, und doch fasst er jetzt Mut. Es scheint also Menschen zu geben, die seine Musik interessiert.

Seine Geschichte spricht sich herum. Immer mehr Industriemenschen kommen ihn besuchen. Unter ihnen sucht Dagobert nun einen Produzenten, so richtig passen will ihm niemand. In dieser Zeit entstehen etwa zwanzig verschiedene Versionen des Stücks *Hochzeit*. Obwohl das oder der Richtige noch nicht dabei ist, beschließt Dagobert, zurück nach Berlin zu gehen. Nach fünf Jahren in Panix. Das Geld für den Flug leiht er sich bei seinen Eltern, dann klingelt er in Berlin unangekündigt an der Tür einer Freundin. Er hat Glück. Sie ist zu Hause und vermittelt ihm eine Unterkunft. In dem Café ihrer Schwester könne er nach Ladenschluss ohne Probleme den nächsten Monat bleiben. Dagobert hilft dort mit und bleibt schließlich anderthalb Jahre. Dort entsteht auch jenes kurze Videoporträt eines Kunststudenten, in dem Dagobert seine Geschichte damals erstmals der Öffentlichkeit erzählt.

Wenig später lernt Dagobert den Produzenten Markus Ganther kennen, der schließlich seinen Geschmack trifft und den Auftrag bekommt, sein Debüt zu produzieren. Ganther verwendet viele Originalspuren aus Dagoberts Panix-Aufnahmen. Dagobert singt keinen einzigen Ton neu ein. So wie er sie alleine in den Bergen sang, sind sie von einer unnachahmlich ehrlichen Dringlichkeit. Die Worte kamen aus dem Moment. In Panix, so wie heute.

Die Reisezeit ist vorbei

Seine Art zu schreiben hat Dagobert seit diesen Tagen beibehalten. Noch heute geht er jeden Tag stundenlang in seiner Wohnung auf und ab und wartet auf eine Eingebung. »Das ist wirklich gut«, sagt er, »man ist ganz bei sich.« Manchmal kommt da lange nichts.

Seit mehr als einem Jahr hat Dagobert nicht mehr geschrieben. Doch jetzt, in der letzten Nacht, ist ihm ein neues Lied eingefal-

Casper | fotografiert von Stephie Braun |
Das Wetter #26

Gringo & SLS Music | fotografiert von
Daniel Feistenauer | Das Wetter #16

Gaddafi Gals | fotografiert von Bahar Kaygusuz |
Das Wetter #17

Bernd Höhne | fotografiert von Sascha Ehlert |
Das Wetter #01

Salò | fotografiert von Vanessa Kügerl |
Das Wetter #28

Şeyda Kurt | fotografiert von Joanna Legid |
Das Wetter #030

Enissa Amani | fotografiert von Neven Allgeier |
Das Wetter #23

Leif Randt | fotografiert von William Minke |
Das Wetter #20

Helene Hegemann & Jasna Fritzi Bauer | fotografiert von William Minke |
Das Wetter #12

Florentina Holzinger | fotografiert von
Svenja Trierscheid | Das Wetter #26

Maxim Biller | fotografiert von Christian Werner |
Das Wetter #12

len. Das hat er noch nicht aufgeschrieben, das gibt es bisher nur in seinem Kopf. Manchmal, wenn ich über das Gesagte nachdenke und wir schweigend durch die langsam erwachenden Straßen Berlins geistern, pfeift er das Lied, um es nicht zu vergessen. Dagobert pfeift gerne. Zwischen seinem eigenen Lied manchmal eine Melodie von Elvis und nachdem wir an einer heruntergekommenen Anzeige für ein Ferienparadies stehen bleiben *Das schönste Mädchen von Palma de Mallorca* von den Flippers.

Die Flippers. Für Dagobert ist das eine Herzensangelegenheit, für mich schwer zu begreifen, wir müssen also reden. Doch viel gibt es darüber gar nicht zu sagen, merke ich schnell. Dagobert findet das ganz einfach gut. Er habe allerdings nie Schlager gehört, bevor er selbst damit begann, Musik zu schreiben. Dass es bei ihm Schlager geworden sei, liege daran, dass das für ihn am einfachsten zu schreiben war. Ihm gefiel Schlager und er blieb dabei. Dann gefielen ihm auch Die Flippers. Besonders deren Schlagzeuger Manfred Durban. »Manfred ist mein Lieblingsflipper«, sagt Dagobert. Doch seine Bewunderung ist nicht grenzenlos. Nachdem sich nämlich sein Fantum herumgesprochen hatte, war Dagobert vermehrt zu Durbans Lieblingsgetränk Blonder Engel eingeladen worden – ein Mischgetränk aus Fanta und Eierlikör. Eine Zeit lang hätten er und Produzent Markus Ganther das während des Aufnahmeprozesses gerne getrunken, eigentlich jedoch »schmeckt das furchtbar«, wie Dagobert sagt.

Wir sind angekommen. Angekommen im Apartment, in dem Dagobert zurzeit unterkommt. Eine Freundin lässt ihn dort umsonst wohnen. Denn Dagobert hat keinen Cent. Er sagt das ganz ohne Wertung, eine einfache Feststellung. »Immer wenn ich etwas Geld habe, investiere ich in Reis und mein Telefon.«

Reis gibt es auch heute.

Dagobert lädt mich ein. Fünf Jahre lang hat er sich fast ausschließlich vom Lieblingsgetreide der Asiaten ernährt, seine Handgriffe in der Zubereitung sind routiniert. Das mit dem

Reis sei viel weniger geworden, sagt er, er esse jetzt ab und zu bei Freunden, oder eine Freundin bringe ihm etwas aus dem Restaurant mit, in dem sie arbeite. »Die Reiszeit ist vorbei.«

Neben dem Herd stehen trotzdem ein halbes Dutzend ungeöffnete Pakete. Zur Sicherheit. Dagobert füllt uns auf. »Ich kann gar nicht kochen. Reis habe ich jetzt schon so oft gemacht, trotzdem misslingt er manchmal. Er stellt mir Salz und Pfeffer hin. »Wenn du magst, kannst du noch ein wenig würzen. Ich mag es eher fad.«

Wir essen. Neben den Tellern liegt ein Stillleben aus Dagoberts Leben. *Blackout* von den Scorpions, ein Lustiges Taschenbuch und eine Dose Pomade. Der Reis ist nicht misslungen. Plötzlich klingelt das Telefon. Es ist Dagoberts Managerin, sie will ihn an ein Treffen erinnern. Ein Geschäftsessen. »Schade«, sagt Dagobert, »jetzt habe ich schon Reis gegessen.« Ich nehme noch mal nach, schließlich habe ich nicht gefrühstückt, Dagobert lässt noch etwas Platz. Dann ziehen wir unsere Jacken an. Dagobert findet die Kaugummis in seiner Tasche und bietet mir eines an. Ich greife zu und lache über die Parallele. »Na gut«, sagt er, »dann muss ich jetzt auch eins nehmen.« Kauend und grinsend steigen wir in den Aufzug. Wir verabschieden uns. Das nächste Mal schreibe ich nicht darüber, sage ich ihm noch. Dann gehen wir einfach spazieren.

Dagobert hat mit seinen Worten und seiner Musik mein Herz eingenommen. Das kann ich so sagen, das ist mir gar nicht peinlich. Das ist mir nicht peinlich, weil ich es ganz und gar ernst meine, und so ist das mit Dagoberts Texten auch. Sie klingen auch oder gerade deswegen so unbefangen und direkt, weil er nie wirklich davon ausging, dass irgendjemand, mit Ausnahme der Frau, für die er sie sang, seine Lieder hören würde. Seitdem er weiß, dass andere Menschen seine Musik hören, habe der Schaffensprozess schon ein wenig an Unschuld verloren, wie er sagt. Trotzdem ist er der Erste und vielleicht auch der Letzte, der in einer gläsernen Zeit der großen Liebe unpeinlich den Kitsch zurückgibt, den sie verdient hat.

Wir kommen noch einmal zu der Sache mit der verspielten Fantasie. Umso abwegiger also für Dagobert, dass man ihm vorwirft, er habe eine Kunstfigur erschaffen und seine Geschichte sei erfunden. Trotzdem zeigt er sich verständnisvoll gegenüber seinen Zweiflern. »Mir wird ja vorgeworfen, ich sei ein Selbstdarsteller. Es gibt so viele Leute, die Blödsinn erzählen, da kann ich Misstrauen schon verstehen«, sagt er. Ich wünschte mir, dass in diesem Moment jeder, der Dagobert für seine Geschichte verlacht oder sie anzweifelt, hören könnte, wie er das sagt. Er versteht die Zweifler so viel mehr als sie ihn. Das ist für ihn gar kein Problem. Was soll er auch machen, das ist nun mal seine Geschichte. Und um sich eine andere auszudenken, die die Leute glauben würden, fehlt ihm der Selbstdarstellungsdrang. Und die Fantasie.

Wir sollten Dagobert also für mehr dankbar sein als für seine Musik. Wir sollten ihm dafür dankbar sein, dass er uns wieder an das Ungewöhnliche, an das Magische, dass er uns wieder an die Liebe glauben lässt. Er zeigt uns, dass auch kluge Menschen die Dinge einfach sehen können, und lässt seine kontrollierte Naivität in einer abgeklärten Zeit zur großen Tugend werden. Das heißt natürlich nur, wenn sie seine Geschichte jetzt glauben. Das hoffe ich für sie. Denn ansonsten sind sie einfach ein schlechter Mensch.

Ebow, oder auch: Ebru Düzgün, ist Musikerin. Ihr erstes Solo-HipHop-Album erschien 2013 (*Ebow*). Seitdem veröffentlicht sie regelmäßig neue Platten, teils solo, teils im Rahmen der Musikgruppe Gaddafi Gals. Aktuell arbeitet Ebow unter anderem an ihrem ersten Buch.

Ebow

Ode an Chayas

Poetry | 2023

Ich liebe Chayas. Ich finde den Geruch von zu viel, zu starkem Perfume hot, ich liebe Chayas, die Stress machen, Chayas, die im Auto Marlboro Gold rauchen, während sie den Typen vor sich anhupen. Generell, Chayas, die Auto fahren. Ich liebe Chayas, die dich verbal in zwei Minuten vernichten, wenn du denkst, du kannst einen Joke reißen. Chayas mit geglätteten Haaren und Nasenpiercing. Chayas mit Ledermantel und Rottweilerhunden. Chayas, die mal boxen waren. Chayas mit Lippenumrandung, mit Rosen-Tattoo. Chayas, die deine Ex stalken, Chayas, die dich stalken, deine Mama, deinen Baba, dein ganzes Instagram-Following stalken. Chayas, die 2Pac hören, Chayas, die Sezen Aksu hören. Chayas, die kurdisch sprechen, Chayas, die arabisch sprechen, Chayas, die Dari sprechen, Farsi sprechen, Türkisch sprechen, alles außer Deutsch sprechen. Chayas mit tieferen Stimmen, deren einzige Love-Language es ist, dich zu verarschen.

Chayas, die damals Nike TN getragen haben in der Schule oder Nike Shox mit FUBU-Pullover, die jetzt komplett in Beige rumlaufen.

Chayas, die zu Hause immer mit Dutt und Jogger rumlaufen. Chayas, die die ältesten Schwestern sind und deshalb ganze Familie managen. Chayas, die mit Red Bull zur Uni gehen, Chayas, die Code switchen auf der Arbeit.

Chayas, die beim Sex auf Doggie stehen, Chayas die dich beim Sex Doggie nehmen.

Chayas, die sagen, die bringen dich um, wenn du fremdgehst, Chayas, die loyaler sind als dein eigener Bruder.

Toxische Chayas und reflektierte Chayas.

Ich liebe euch.

Juri Sternburg
über Pashanim und
Symba

Capri-Sonne ist wie Drogen

Portrait | Das Wetter #20 | 2020

Ein Späti, irgendwo in Berlin-Kreuzberg. Hier sind wir verabredet. Auf dem Stromkasten an der Straßenecke sitzt Pashanim und wartet auf mich und den Rest der Truppe. Er hatte unseren Termin um eine Stunde verschoben. »Mein Friseur hat verkackt. Ich musste noch mal woanders hin, Fasson frisch machen.« Ein wenig Small Talk, die ein oder andere Floskel, dann kommen die anderen beiden um die Ecke. Symba und RB, genau wie Pashanim zwei blutjunge Talente aus Berlin, sagen höflich: »Guten Tag«, und stehen bei gefühlten Minusgraden mit den Händen in den Hosentaschen um den Stromkasten rum.

Interviews und Pressekontakte sind für viele Newcomer in der Musikindustrie mittlerweile ein rotes Tuch. In Zeiten, in denen ein oder zwei Songs reichen, um einen Hype zu kreieren, der einen Millionendeal einbringen kann, wollen viele nicht zu früh zu viel erzählen. Ein wenig Skepsis liegt in der Luft. RB ist zu Beginn als Einziger so richtig auskunftsfreudig: »Wir kennen uns von Partys. Homepartys und so.« Pashanim und RB sind seit mittlerweile sechs Jahren beste Freunde, vollkommen unabhängig von der Musik. Vor zwei bis drei Jahren wurde aus dem Kumpel Symba dann ein echter Freund. Ein Freund, der auch mal aushelfen musste: »Symba kam immer überall rein, kannte alle und musste uns dann immer reinschmuggeln.« Warum kam er denn auf die Partys und ihr nicht? »Der hat sich halt nicht danebenbenommen. Außerdem war er damals minimal cooler«, sagt RB lachend. Damals, das ist bei den Jungs immer so drei bis vier Jahre her. Kein Wunder, schließlich sind sie zwischen neunzehn und einundzwanzig Jahre alt. Die Zukunft kommt früh genug.

Wenn die drei Rapper aus Berlin gemeinsam unterwegs sind, nennen sie sich Playboysmafia. Das ist keine Band, kein Label und auch kein Konstrukt. Konventionell betrachtet ist es eine Crew, fragt man die Jungs, ist es ein Freundeskreis. »Wir haben viel mehr vor als nur Musik«, sagt Symba. Das kann durchaus als Drohung an etablierte Künstler verstanden werden. Denn vor allem Symba und Pashanim haben es mit ein bis zwei Tracks geschafft, sich einen goldenen Kranz aus Vorschusslorbeeren aufzusetzen. Besonders schwer scheint der allerdings nicht auf ihren Köpfen zu lasten, keine Spur von Erfolgsdruck. Warum auch, der Erfolg ist ja längst da. Mit *Maxi King* und *Shababs botten* haben Symba und Pashanim jeweils einen sogenannten Underground-Hit gelandet und einen Sound kreiert, den man nach wenigen Sekunden fühlt. Bis heute entdecken neue Filterblasen beinahe wöchentlich einen der wenigen bisher veröffentlichten Tracks, die Klickzahlen steigen unaufhörlich. Die Songs sind sogenannte Grower.

Apropos heranwachsen. Wir biegen jetzt auf einen dieser riesigen begrünten Hinterhöfe in Kreuzberg 61 ein. Orte, an denen man sich eben aufhält, wenn man jung ist. Während die Kids vom Dorf gerne an Bushaltestellen oder am Hauptbahnhof gammeln, weil da wenigstens irgendwer vorbeikommt, zieht man sich in Großstädten wie Berlin in die Höfe zurück. Endlich mal ein wenig Ruhe. Ein paar Bäume, Sitzbänke aus Holz, Stuck an den Häuserfassaden. Hier hängt Pashamin bevorzugt ab, die anderen stoßen oft dazu. »Da vorne ist doch Leon«, ruft RB. Alle schauen sich um, niemand ist zu sehen. »Doch wirklich, da war grad so ein Deutscher in einer Moncler-Weste.« Es ist tatsächlich Leon, ein Freund der drei, und er trägt wirklich eine Moncler-Weste. Leon nennt sich Abu Glitsch, ist ebenfalls ein enger Freund und außerdem der Crew-DJ. Er erscheint wieder auf der Bildfläche und bietet erst mal allen was aus seiner 0,3-Liter-Wasserflasche an. Dann berichtet er, dass er bis fünf Uhr dreißig Minecraft gezockt hat. Das Leben kann so unbeschwert sein. Ein weiterer Kumpel wird später erzählen, dass er sich seit Wochen fragt, wieso er eigentlich die ganze Zeit Geld hat, obwohl er pleite sein müsste. Des Rätsels Lösung: Er gibt seit Wochen die Klassenkasse aus, die ihm anvertraut wurde. »Ist mir gar nicht aufgefallen am Anfang.« Forever Young.

Wir schießen ein paar Fotos. »Da oben hatte Tarantino mal ne Wohnung«, erklärt Pasha, während wir uns in Richtung des Yorck-Kinos bewegen. »Und hier vorne hab ich Jackie Chan gesehen.« Ach ja? »Ja, die haben hier damals *In 80 Tagen um die Welt* gedreht.« Vor dem Kino geht es dann um *Parasite*, den diesjährigen Gewinner der Goldenen Palme von Cannes. Die Jungs, inzwischen zu einer sechsköpfigen Clique mutiert, wollen wissen, ob ich *Systemsprenger* gesehen habe. Hab ich nicht. Aber Film scheint eine große Rolle in ihrem Leben zu spielen, oder?

»Natürlich. Ich sagte ja, wir sind eine Bewegung.« Bedeutet, dass sie eben nicht nur Musik machen. Symba studiert beispielsweise Regie in Babelsberg, RB dreht Musikvideos und plant Dinge, »über die ich noch nicht reden kann«. Auch Pashanim hat sein *Shabbabs botten*-Video selber gedreht und beabsichtigt in Zukunft, Regie zu studieren. »Da wird noch einiges auf diesem Gebiet kommen«, sagen sie, während wir unsere halb erfrorenen Körper in einen gemütlichen Italiener schleppen.

Ich bestelle Weißwein und bin offenbar der Einzige am Tisch, der trinkt. Diese verdammten jungen Menschen.

»Ich trink schon manchmal«, sagt Symba, während wir die Karte studieren. Die anderen beiden eher nicht. Vielleicht haben sie keine Zeit für den Kater danach. Sie essen lieber. Restaurants sind eine der wichtigsten Posten in den monatlichen Ausgaben, eine äußerst sympathische Grundhaltung. Der Kellner nimmt die Bestellung entgegen, und ich überlege mir die nächste »Journalistenfrage«. Wenn Film so eine große Rolle spielt in ihrem Leben, welchen Streifen würden sie dann wählen, wenn sie den Rest ihres Lebens nur noch diesen einen schauen könnten? Pashas Antwort kommt schnell: »Ganz klar *Grand Budapest Hotel*. Da fühlt sich einfach alles so wohl an.« Symba muss länger überlegen, entscheidet sich dann aber für *Ziemlich beste Freunde*. »Das ist das Gesamtpaket. Solche Filme will ich später auch machen.« Die Chancen stehen gut, er ist mit neunzehn Jahren immerhin einer der jüngsten Studenten an seiner Filmhochschule. Und RB?

»Ich würde *Harry Potter* wählen. Weil das einfach acht Teile sind, haha.« In Wirklichkeit steckt etwas mehr dahinter, er höre die Hörbücher seit seiner Kindheit jede Nacht zum Einschlafen. Folgerichtig hat Pashanim vor einiger Zeit das erste Kapitel des *Stein der Weisen* als Hörbuch aufgenommen und ihm geschenkt.

Während wir auf das Essen warten, geht es nach wie vor verhältnismäßig wenig um Musik. Warum auch, die Musik der drei kann sich jeder anhören. YouTube, Spotify, Apple Music. Die Zeiten, in denen Kritiker ihren Lesern im Print erklärt haben, wie die Musik klingt, ist Gott sei Dank vorbei. Was bringt es schon, über Artverwandtschaften zum Atlanta-Flow oder den Migos zu debattieren. Oder von »wabernden Beats« und »abgehacktem Stakkato-Flow« zu referieren. Wir essen lieber Büffelmozzarella, Vitello Tonnato und Pizza. Es ist längst klar, dass keiner der drei hier etwas mit dem Klischeebild zu tun hat, das etwa ein Markus Lanz oder ein Zeit-Redakteur von drei jungen Rappern aus West-Berlin hat. Wir reden übers Schreiben, über Drehbücher, über Romane. Pashanim erzählt von dem Moment, als er erstmals das Gefühl hatte, mehr zu wollen, als auf Partys zu gehen oder auf der Straße zu hängen. »Das war so 2018. Da bin ich einfach in einen Buchladen gegangen und dachte mir: Ok, ich bilde mich jetzt weiter.« Er droppt ein paar Namen von Autoren, von denen er glaubt, dass man sie gelesen haben muss, und die Verkäuferin sucht ihm die Bücher raus. »Kafka, Hesse, so was halt.«

Dieser Wunsch, sich weiterzuentwickeln, Dinge zu entdecken, die man noch nicht kannte und sich gleichzeitig locker zu machen, das ist es, was ihre Musik und ihren gesamten Stil so angenehm macht. Das ist der Grund, warum ich, trotz gefühlter fünfhundert Newcomer-Videos, die einem monatlich über den Weg laufen, hier sofort hängen blieb. Es ist die Dringlichkeit ihres Sounds. Und dieser Drang beschränkt sich nicht auf Musik oder Film, er betrifft auch Mode oder gesellschaftliche Zusammenhänge und Themen. »Unsere Vision ist größer als Musik«, sagt Symba, und es ist ihm wichtig, dass man das versteht und ernst nimmt. Man glaubt ihm sofort. Es gibt bei allen einen unbedingten Willen nach allgemeinem Kunstverständnis. Und das in einem Alter, in dem die musikalischen Helden vergangener Tage noch auf JUZ-Bühnen standen und sich dafür feiern ließen, wenn sie »Ich bin der Picknicker« auf »Mach erst den Beat dicke« gereimt haben.

Wir haben aufgegessen. Ein älterer Mann am Nebentisch beäugt uns verwundert bis misstrauisch, er scheint zu denken, dass die Clique, so wie sie hier am Tisch sitzt, fehl am Platz ist. Vielen der Rap-Realkeeper vergangener Tage geht es ähnlich, wenn man sie auf den neuen Sound anspricht. Dabei verpassen sie so viel, während sie sich an ihrem Rucksack festkrallen. Aber wer sich mit den Künstlern der neuen Generationen beschäftigt, der bekommt nicht nur neue Blickwinkel aufgezeigt. Er kann auch Angst bekommen. Angst vor der Vielfalt. Vor der verpassten Entwicklung. Angst davor, zu erkennen, dass die eigene Legacy vielleicht gar nicht so viel wert ist, wie man angenommen hat. Angst davor, zugeben zu müssen, dass jeder Zwei-Minuten-Track ohne Hook dieser Newcomer mehr Swag hat als euer liebstes Curse-Album. Und woher kommt dieser Tatendrang, diese Hingabe? Warum dieser Wunsch danach, alles zu verstehen und zu beherrschen?

»Das kommt einfach. Wir denken nachts zu viel nach.«

Als die Rechnung kommt, wird um einen Bewirtungsbeleg gebeten.

»Für die Steuer. Da muss man sich erst noch dran gewöhnen.« Dass das Ganze kein Hinterhofding mehr ist, macht bereits ein Blick auf die Produzenten der kommenden Songs deutlich. Neben (noch) unbekannten Namen wie Angel Central und Timwan Records werden auch Größen wie DJ Stickle die nächsten Alben und EPs produzieren. Sowohl Symba als auch Pashanim und RB sind alle auf dem Schirm der großen Majors. Und trotzdem drängeln sie sich jetzt alle gemeinsam ins viel zu kleine Trapmobil, ein Toyota Yaris Baujahr 2005, und spielen mir neugierig und begeistert ihre neuesten Tracks über das AUX-Kabel vor. Zumindest, nachdem sich geklärt hat, wer von den dreien überhaupt noch Akku hat. Wir fahren durch Kreuzberg, lauschen aufmerksam, nicken mit dem Kopf. Was man eben so macht, wenn man Rap hört. Die Songs haben alle Hand und Fuß, sie sind stimmig, kompakt und besitzen eine Lockerheit, die jeden Ü30er neidisch werden lässt. Das Selbstverständnis der Jugend.

Zum Abschluss des Tages wollen wir noch zu einer Laternen-Umzugs-Demo gegen Gentrifizierung. Für die Optik. Für die Fotos. Ideen, die man eben so hat, wenn man für ein arty Magazin schreibt. Das Handy stürzt ab, keine neuen Songs mehr, Batterie alle. Im Eiltempo cruisen wir durch die dunklen Straßen Berlins. Pashanim hat zwar keinen Akku mehr, aber dafür ist er der Einzige mit einem Auto. Und einem Führerschein. »Ja, das stimmt, aber er hatte halt auch schon vier Unfälle.« Allgemeines Gelächter, bis er wenige Sekunden später an einer Kreuzung eine Vollbremsung hinlegen muss und ein schwarzer SUV wild hupend an der Stoßstange vorbeibrettert. Kurzer Schock, dann wieder lachen aus vollen Kehlen. Was man eben so macht, wenn man jung ist.

PS: Kurz vor Beendigung dieser Reportage stieg die Anzahl von Pashanims Unfällen auf fünf.

Max Kersting im Gespräch
mit Christian Kracht

Über Die Toten

Gespräch | Das Wetter #10 | 2016

M ax Kersting
C hristian Kracht

M Christian, Dein Roman *Die Toten* hat mir sehr gut gefallen. Ich habe gelacht, geschluckt und an zwei Stellen sogar (was bis jetzt nur Nabokovs *Pnin* geschafft hat) fast weinen können.

C Ja, beim Lesen von *Pnin* habe ich ebenfalls geweint, aber aus der Frustration eines mittelmäßigen Schriftstellers heraus, der sich nicht recht erklären konnte, wie das genau gemacht war, das Handwerkliche.

M Viele Schriftstellerkollegen werden bei der Lektüre Deines neuen Romans bestimmt ähnliche Arten von Tränen vergießen wie Du beim Lesen von *Pnin*, da bin ich mir ziemlich sicher. Wenn ich auch ein Buch wie *Die Toten* schreiben möchte und es dafür eine Anleitung mit zehn Punkten gäbe, was stände an Punkt Nummer fünf?

C Das habe ich bei Deinen Arbeiten ebenso empfunden, Max, dass es da eine sonderbare Leerstelle gibt, sozusagen ein Stolpern vor dem Abgrund. Du hast irgendwo einmal auf Deinen Mentor Shrigley verwiesen, der das ja auch erschaffen konnte, dieses dissonante, erwartungsvolle Zögern. Man denkt also, da kommt jetzt etwas, und das wird gewissermaßen ja auch erfüllt, nur erscheint plötzlich eben: Schönheit. Das habe ich an Deinen Arbeiten immer bewundert, und das versuche ich auch in meinen Büchern herzustellen. Ich meine jetzt nicht eine Pointe oder dergleichen, sondern einen auf die kleinste Komponente der Sprache reduzierten Cliffhanger, der aber nirgendwo hinweist. Kippenberger hat das gerne gemacht, und jedes Mal ist es eigentlich wie ein elektrischer Schlag, wenn etwas Neues in die Erkenntnis drängt, in die Welt. An Punkt fünf stände also vielleicht die Poetik als Schock.

M Genau den Punkt bewundere ich auch an Shrigley, Kippenberger (gut, dass Du die beiden nennst!) und an Deinen Texten. Ich hätte ihn nur niemals so gut darstellen können wie Du, wusste bis eben quasi gar nicht von ihm. In *Die Toten* ertrinkt ja jemand, und da ist dann genau so ein Punkt, dieser Schock. Ich bin schon zweimal fast ertrunken, wurde aber zum Glück immer gerettet. Beim ersten Mal, da war ich noch sehr jung, habe ich vor meinen Augen eine Uhr zwölf schlagen sehen. So eine richtige alte Uhr habe ich gesehen, mit eisernen schweren Zeigern an einem Kirchturm, und Glocken haben geläutet. Beim zweiten Mal war ich achtzehn und habe beim Wasserschlucken nur gedacht, wie einfach im Grunde alles ist.

C Dass Du nicht davon weißt, unterscheidet Dich vielleicht von anderen, weniger guten Künstlern. Es berührt Dich ja der berühmte göttliche Funke an der Stirn, dann wirst Du zum Medium und kannst gar nichts dagegen tun, ähnlich wie die Charaktere in meinen Romanen beginnen, nach vielleicht fünfzig geschriebenen Seiten selbst zu bestimmen, wie sie weiterzuagieren haben. Bist Du katholisch? Ich frage das jetzt wegen der Kirchturmuhr und den Glocken bei Deinem Nahtod als Kind.

M Das erklärt, warum ich von jedem einzelnen Charakter so gefesselt war und *Die Toten* beim Lesen insgesamt zu leben schien. Ach so, ich bin tatsächlich katholisch, also getauft, aber die erste Kommunion habe ich schon nicht mehr mitgemacht, das wollten meine Eltern nicht. Der Pastor der damaligen Gemeinde ist dann einmal persönlich vorbeigekommen, Oma hat ein- oder zweimal geweint, und dann bin ich eher mit Osho und Edelsteinseminaren weiter aufgewachsen. Ich nehme noch heute, um mich bei Unruhe zu besinnen, einen Stein in die Hand und sage mir etwas auf. Hast Du solche Rituale?

C Ja, doch: Ich habe beim Autofahren die starke Empfindung, dass ich auf der Autobahn Teil eines gigantischen, weltumspannenden Blutkreislaufs bin, und versetze mich dadurch selbst in einen tiefen

Trancezustand, aus dem heraus es sich hervorragend meditieren lässt, bei hohen Geschwindigkeiten. Natürlich trete ich niemals auf die Ritzen beim Gehen auf den Trottoirs. Und ich bete vermehrt in katholischen Kirchen, benetze mich mit Weihwasser, obgleich ich leider nicht getauft bin.

M Betest Du gelegentlich auch außerhalb von katholischen Kirchen? Gehen auch evangelische?

C Nein, um Gottes willen. Ich meide das Protestantische. In der Schweiz ist es ja am ärgsten, diese stumpfe Weißwaschung und Entrümpelung der Seele und der Kirchen. Dann doch lieber Osho.

M Das mit den Ritzen verstehe ich übrigens sehr gut, auch wenn ich immer entweder auf oder nicht auf die Ritzen treten muss. Es geht beides, nur darf ich es nicht vermischen.

C Dieser Zwang mit dem Ritzentreten ist ja bekanntlich einer der ersten Symptome einer beginnenden schizophrenen Störung.

M Wo auf der Welt möchtest Du auf keinen Fall sterben?

C Im Krankenhaus.

M Ein anderer Schweizer, Rolf Dobelli, rät dazu, keine Nachrichten und keine Tageszeitungen mehr zu lesen. Bringt nichts, sagt er. Interessiert Dich das aktuelle Weltgeschehen, oder schaust Du später lieber mit etwas Abstand hin?

C Sagen wir mal, es interessiert mich und es interessiert mich nicht, gleichzeitig.

M Dein Namensvetter, der Altamerikanist und Ethnopharmakologe Dr. Phil. Christian Rätsch, den ich sehr für seine Art liebe, hat mal in einer deutschen Talkshow auf die Frage, welche Droge er denn persönlich am besten findet (und er hat bis auf Heroin, glaube ich, fast alle probiert) gesagt, es ist ein gut gezogener Darjeeling. Du trinkst auch jeden Morgen einen schwarzen Tee, oder?

C Na ja, das würde ich schon gerne machen, ich liebe da den Lapsang-Souchong-Tee; das ist ein Rauchtee aus der chinesischen Provinz Fujian, den ich mit Milch trinke, obwohl man das auf keinen Fall tun soll, ihn damit mischen. Überhaupt trinke ich im Alter immer mehr Milch, fällt mir auf. Früher, als Kind, habe ich immer das Glas Milch herumgedreht auf dem Tisch, damit ich auf keinen Fall meine eigene Milchspucke oben am Glas trinken muss; diese Zwänge lassen jetzt nach oder sind zum Glück durch andere ersetzt worden.

Ozan Zakariya Keskinkılıç ist freier Autor. Neben wissenschaftlichen Texten schreibt er Essays, Prosa, Hörstücke und Lyrik. 2022 erschien sein Gedichtband *prinzenbad* im Elif Verlag. Im Frühjahr 2023 folgte die Neuauflage seines Buches *Muslimaniac. Die Karriere eines Feindbildes* im Verbrecher Verlag. Er lebt in Berlin und arbeitet an seinem Romandebüt.

Ozan Zakariya Keskinkılıç

şahmarans testament

Poetry | 2023

sprich weiter, aus deinem mund tropft bal, tropft honig, das waren meine worte
und dein speichel in meinem feed. kachelwald, flammenwind. ein swipe,

schon netzgefangener. der tanzende rücken hat mich verraten, mein jägerfreund.
lass uns süßes essen, um süßes zu sprechen, das waren deine worte

und ich biss zu. jede message ein brand und die zunge, notfallset. ich weiß
nicht mehr, was der anfang war, meine schlangenschuppen auf deinen adamsporen

oder deine adamsporen auf meinen schlangenschuppen, aber Gott liebt
die geduldigen, dieser trost bleibt mir. şahmaran, hast du mir ins linke ohr geflüstert,

meinen schnurrbart mit den fingern gepackt. ich nahm es als kompliment,
ich sah die zeichen nicht. twitterstürme vor dem auge, da geht notgedrungen

die sicht verloren. dein bild im schatten, der folgt gefügig. das ist die regel:
es war einmal, es war keinmal. lies das und den rest. ich packte deinen schnurrbart

mit den krallen, flüsterte dir den ezzan ins ohr, rief jamsab und cemşid und tasmsp.
das märchen gab dir viele namen. und mit allen habe ich dich gerufen.

ich erinnere mich, jung und fünfminutenpause. ein mit versprechen gefüllter leib,
glänzendes fell nasser otter, entliehene pelzmäntel. ein opfer im reich der götter

oder schlangen, wie man es nimmt. dein bett ein zoo, heimspiel. nachts kehrten
wir die pupillen wie handycams ins herz, warfen mondkerne über das haar.

sternenwasser, laternenstaub. drehten geheimnisse wie das innere eines hemds
nach außen. brust und bauch unser lohn, ein liebesbrief aus sodom im blauen licht.

zwei ineinander verlorene über den dachziegeln der stadt, scrollten uns auf
fensterscheiben, schrieben die schatten unserer rücken in die morgendämmerung,

deine adamshaut auf meinen schlangenschuppen, meine schlangenschuppen
auf deiner adamshaut. federkernmatratze, fingersturm, für diese erinnerung

gibt es keine filter, yâr. lass mich der schweiß im schritt sein, erde unter deinen
nägeln, die socken, die du im schlaf nicht abziehst, yâr. Gott allein ist deiner

halsschlagader näher als mein atem. lies, das salz an deinem nacken,
das kennt meine zunge besser als, ihr durst größer als. ich weiß nicht mehr,

was das ende war, wut oder tränen, tränen oder wut, aber Gott liebt die,
die verzeihen. also blanchier mich, jamsab, tränke die gier in meiner suppe,

cemşid, hörst du tasmsp, verfütter mein fleisch an deine follower. den
schlangenschwanz überlasse ich dir, damit du bleibst, trügerisch, dein genuss

auf zeit. irgendwann kehren wir alle zu Gott zurück, irgendwann teilt jeder
den standort, das geheimnis wird sich unter den fingern lüften. liest du?

nimm den letzten screenshot, im namen deines Herrn, der dich das tippen lehrte,
den menschen lehrte, was er nicht wusste. liest du? brich mir die knochen,

zersplitter schädel. adern, saug die verse aus meinem mark. bald legen zungen,
hände, füße das letzte zeugnis ab. liest du?

Johann Voigt ist Autor und Journalist. Er hat bereits für *Juice*, Vice und taz als Redakteur gearbeitet sowie eine Zeit lang das Literaturmagazin JENNY mit herausgegeben. 2019 erhielt Voigt den International Music Journalism Award. Aktuell arbeitet er an einem Roman.

Johann Voigt
im Gespräch mit
Celo und Abdi

Fixsterne

Gespräch | Das Wetter #21 | 2020

»Für die Jungs im Mietwagen auf Kickdown Richtung Amsterdam. Bald via Bluetooth auf euren Handys. Gebt euch bös.« Der Satz stammt von Celo385. Es ist ein Interlude im Track *Franzaforta*.

Es ist 2011. Gerade ist das Debütmixtape von Celo & Abdi erschienen, das *Mietwagentape*. Musik wird per Bluetooth verschickt. Einen Führerschein habe ich nicht, einen Mietwagen habe ich noch nie von innen gesehen, und in Frankfurt war ich nur auf dem Flughafen. Ich sitze in der Straßenbahnlinie 4 in Dresden, höre den Track, bekomme Gänsehaut, schaue aus dem Fenster und imaginiere das Frankfurter Bahnhofsviertel.

Was Celo & Abdi da eigentlich genau rappen, kann ich nur erahnen. Sprachen und Slangs, die ich nicht verstehe, vermischen sich, es geht um Geschäfte, ganz klar, die Beats sind düster, die Stimmung ist aggressiv. Dass ich gerade eines der prägendsten deutschen Straßenrapreleases des Jahrzehnts höre, ist mir damals nicht klar. Zehn Jahre später erscheint nun der zweite Teil des Mietwagentapes. Wer Celo & Abdi sind, weiß mittlerweile jeder. Grund genug nach Franzaforta zu fahren, um zu schauen, was sich in den letzten zehn Jahren verändert hat.

Celo hat sein Shirt ausgezogen und schwitzt oberkörperfrei in der Sonne. Abdi trägt Kaftan. Wir sitzen bei über dreißig Grad auf den leeren Rängen der PSD Bank Arena, in der normalerweise der FSV Frankfurt Fußball spielt, um über das bald erscheinende *Mietwagentape 2* zu sprechen. So einfach ist das gar nicht. Bisher sind nur zwölf Tracks fertig genug, um sie an Journalist*innen zu verschicken. Einundzwanzig sollen es werden. Bisher sind zwei Singles erschienen. Harter, von Slang durchtränkter Straßenrap, anders als der Status quo, keine manipulierten Stimmen, kein Schnickschnack. Auf der ersten Single *IBB* rappt Celo: »Wir bringen den Jargon ins Wörterbuch«. Damit bringt er ganz gut auf den Punkt, was Celo & Abdi mit ihrer Musik seit dem Erscheinen des ersten *Mietwagentapes* bewegt haben. Sie haben die Sprache im Deutschrap und damit auch die Jugendsprache in Deutschland verändert. Zusammen mit Haftbefehl, der die beiden damals entdeckt hat. Celo & Abdi haben Slangs und die Vermischung von Sprachen, die in Deutschland ohnehin überall gesprochen werden, normalisiert. Und sie haben einen Straßenrap etabliert, der hart ist, aber Humor hat. Der nicht ausschließlich nach unten tritt, nicht permanent darauf aus ist, Menschen zu degradieren.

Die beiden lachen viel auf den Rängen des Stadions, das passt ja. Sie beenden gegenseitig ihre Sätze, wirken dabei wie Brüder. Vor allem wirken sie entspannt. Im Video zu *Franzaforta* war die Körperhaltung der beiden angespannter, der Blick lauernder. Damals arbeiteten beide in einem Callcenter, lernten sich dort kennen und machten nebenbei Geschäfte auf der Straße. Die Zeit ist vorbei. Beide sind gelassener geworden. Ihre Musik hat Erfolg, vier Alben sind mittlerweile erschienen. Und sie führen ihr eigenes Label 385 Ideal. Trotzdem haben sie sich nun dafür entschieden, mit *Mietwagentape 2* ein hektisches Album aufzunehmen, das ein fundamentaler Bruch mit ihrer Gelassenheit ist. Vielleicht war das nötig, um mit Anfang/Mitte dreißig endgültig mit der Hektik von früher abzuschließen.

J ohann Voigt
C elo
A bdi

J Als ihr angefangen habt zu rappen, wart ihr beide noch Mitarbeiter in einem zwielichtigen Callcenter bei einem Mann Namens Gökcan und habt Menschen Dächer aufgequatscht …

C Wir waren voll im Leben drinnen. Wir haben gehustlet, uns über Wasser gehalten und haben Texte geschrieben. Wir hatten schon ein, zwei Lieder draußen und waren die Heißesten in der Stadt.

A Die Heißesten im Rhein-Main-Gebiet!

C Dort haben sich die Leute schon gefragt: Was kommt da, was passiert da jetzt? Haftbefehl war damals der Mann der Stunde. Und der Mann der Stunde hat gesagt, dass Celo & Abdi die Geilsten sind.

J Habt ihr damals schon damit gerechnet, dass eure Musik erfolgreich werden könnte?

C Wenn dir Haftbefehl sagt, dass du Baba bist, dann nimmst du es ernst. Hättest du mir damals gesagt, dass unsere Musik Baba ist, dann hätte ich es nicht so ernst genommen.

A Genau.

J Wie ist das erste *Mietwagentape* dann entstanden?

A Das haben wir bei unserem Bruder, Manager, Consigliere Syn aufgenommen.

C In seiner Parterrewohnung …

A … Im Wohnzimmer. Da haben wir auch Playstation gespielt und manchmal einfach nur House-Mixtapes gehört.

C Wir kommen ja auch aus der Techno-Schiene. Wir hören gerne Minimal Techno und so.

A Deswegen gab es auf dem ersten *Mietwagentape* auch den Track *After Hour* mit einem Electro-Beat.

C Aber wir hören das nicht unter Einfluss von Drogen! Nicht, dass du denkst, ich bin die ganze Zeit auf Pille oder Hexe. (lacht)

J Was ist Hexe?

C Eine neue Droge. (Anm. d. Red.: N-Ethyl-Hexedron ist eine ehemalige Research Chemical mit kokainähnlicher Wirkung) Leute geben sich Hexe, haben riesige Augen und machen Live-Streams.

A Früher auf Yayo hat man sich im Hotel gebunkert, jetzt geht man live auf Hexe. (lacht)

C So mäsisch.

J Seid ihr damals viel in Clubs feiern gegangen?

A Ja, ins U603011, Tanzhaus West, Robert Johnson, Cocoon, überall hin.

C Wir waren auch auf Untergrundpartys im Wald. Da waren immer Frankfurter aus dem Untergrund, von denen du nicht erwartet hättest, dass sie in der Techno-Szene unterwegs sind. Man hat sich da getroffen und auch mal hundert Pillen auf so eine Party mitgenommen und die schnell weggeschleudert, um sich das Wochenende zu finanzieren. Aber die Zeit ist vorbei.

J Finanzieren hundert Pillen nur ein Wochenende?

A Da müssten wir jetzt hier die Quersumme ausrechnen. Brauchst du Pillen, ich brauche ein gutes Wochenende? (lacht)

J Ich überleg's mir.

C Wenn du unter einem Euro pro Pille zahlst und die für zwischen zehn und zwanzig Euro verkaufst, passt das schon.

A Mitsubishi Doppeldecker. Locker.

C Guten Freunden gibst du's für einen Fünfer.

A Alter, nach Mitternacht kostet das Ding siebzehn Euro.

C Also vor Mitternacht einkaufen.

A Wenn du weißt, was du vorhast, dann fang vierzehn Uhr an, deine Sachen zu erledigen, sonst wird's von Stunde zu Stunde teurer.

J Geht ihr noch in Clubs?

C Nein.

A Jetzt laufen unsere Lieder in den Clubs. Wenn wir in Clubs sind, dann durch unsere Songs. (lacht)

C Ich habe mir vorgenommen, nur noch in einen Club zu gehen, wenn ich dort gebucht werde und Geld damit verdiene.

A Wir haben genug Discothekenbesitzern die Kasse vollgemacht.

J Wichtige Bezugspunkte auf dem ersten *Mietwagentape* und in eurer Musik generell sind die Frankfurter Viertel Bornheim und Goldstein. Lebt ihr noch dort?

C Ich wohne noch im Sozialbau in Bornheim. Dreizimmerwohnung, schöner Balkon mit Blick auf die EZB, aber dünne Wände. Ich zahle die Hälfte von dem, was andere in der Gegend zahlen.

J Wie hat sich Bornheim verändert?

C Viele alte Häuser wurden abgerissen. Penthouses für die Europäischen Zentralbänker wurden gebaut.

A Das Geld wohnt da.

J Wie ist es in Goldstein?

A Ich wohne nicht mehr in Goldstein, über das ich seit zehn Jahren rappe. Ich wohne jetzt im Main-Taunus-Kreis. Wir sind etwas ruhiger geworden. Trotzdem haben wir es immer noch faustdick hinter den Ohren, mein Freund.

J Das *Mietwagentape 2* ist ein hartes Rapalbum. Das bricht mit eurem ruhiger werden. Warum war es euch wichtig, das jetzt zu machen?

C Zehn Jahre sind vergangen seit dem letzten Tape. Wir haben uns gedacht: Einmal geht noch. Wenn ich mir ansehe, was im Deutschrap gerade so passiert, ist das zwar alles schön und gut, aber unsere Nische bedient keiner.

J Welche Nische?

C Rap aus dem Bauch heraus. Trockener, rougher Rap. Das meiste Neue ist doch auch schon fast Techno. Du brauchst zwei Engineers, um ein Lied fertig zu machen. Bei uns würde eine Session für einen Track vielleicht einen Tausender kosten. Aber bei den neuen Leuten mit ihren Engineers, Autotune, Studio-Sessions, sicher drei-, viertausend Euro pro Lied. Es ist sehr umständlich. Die Kids von heute wissen gar nicht, wie Rap ohne viel Schnickschnack klingt. Rap, ohne die Stimme zu verzerren, auf einen trockenen, minimalen Beat mit geilen Drums.

J Glaubt ihr, ihr sprecht mit dem Album »die Kids« an?

C Wir machen ja keine Musik für die Kids. Wir machen es für …

A … die Jungs im Mietwagen in Richtung Amsterdam.

C Genau. Die, die vor zehn Jahren damit aufgewachsen sind. Viele waren damals Kinder und sind jetzt erwachsen. Aber meine Zielgruppe waren nie Zwölfjährige.

J Auf dem ersten Mietwagentape gab es von Abdi die Line »Leuchtspurgeschoss in Gästeblock / Und rotz ne Line«. Wir sitzen gerade in einem Fußballstadion. Wie ist euer Verhältnis zu Fußball heute?

C Hier beim FSV Frankfurt werden aber nicht so viele Lines gerotzt und auch keine Leuchtspurgeschosse auf den Gästeblock geschossen. Hier ist es ein bisschen lockerer.

A Ich war früher Supporter bei den Ultras von Eintracht Frankfurt, bin viel unterwegs gewesen.

C (lacht) Also warst du nicht Hooligan, nicht Ultra, sondern Supporter von den Ultras?

A Ich bin das vorsichtig angegangen, alle gehen das vorsichtig an. Du gehst nicht einfach dahin und sagst: »Eh Jungs, ich hänge jetzt mit euch ab.« Das ist eine eingeschworene Familie. Ich habe die jahrelang auf ihrem Weg begleitet. Und das hat mich geprägt.

C Ihr seid ja auch zu Auswärtsspielen gefahren. Das kann ich nicht von mir behaupten. Ich war immer im Waldstadion, aber bin wegen Eintracht außer wegen eines DFB-Pokalfinales noch nie in eine andere Stadt gefahren.

J Heute geht Abdi eher zum Kreisligafußball, oder?

A Es ist das Beste, auf den Sonntag im heimischen Viertel zum Kreisligaspiel zu gehen und irgendeinen Kommentar an den Schiri abzugeben. Du siehst die Kinder von den Jungs, mit denen du aufgewachsen bist, beim Fußballspielen. Das ist ein schöner Ort zum Zusammenkommen.

J Was ist eigentlich euer Verhältnis zum FSV Frankfurt? Die Büroräume eures Labels 385i sind hier im Trakt des Stadions, wir führen das Interview hier …

C Ich habe als Kind und Jugendlicher hier Feldhockey gespielt, bis ich irgendwann zu Eintracht Frankfurt gegangen bin. Ich war sogar in der Hessenauswahl damals und bin Meister geworden.

J Wie kam's dazu?

C Ich wohne ja schon immer hier um die Ecke und bin dann immer mit dem Hockeyschläger runter zum Stadion gelaufen. Feldhockey war auch ein Abhängen mit den Jungs aus dem Viertel. Früher war das noch etwas populärer als heute. Eigentlich ist es ein Gentlemansport für etwas vornehmere Kids.

A Es ist ein Privileg, das machen zu können.

C Aber der FSV war in der Liga der einzige Verein, bei dem einfach die normalen Blockkids Hockey gespielt haben. Die anderen Vereine waren eher so auf Polo-Molo. Die Eltern hatten alle einen Porsche und so (lacht). Wir waren die Exoten. Durch Hockey hatte ich auch Kontakt mit der Oberschicht.

Es folgt eine fünfzehnminütige Diskussion über hessische Feldhockey-Teams zwischen Celo und unserem Fotografen Neven, der früher ebenfalls aktiv gespielt hat.

J Abdi, du hast gesagt, dich hat die Zeit mit den Ultras Frankfurt geprägt. Auf dem neuen Song *Algorithmus* rappt ihr darüber, dass es wichtig ist, von anderen zu lernen. Von wem habt ihr in den letzten Jahren viel gelernt?

C Ich habe viel von Abdi gelernt.

A Und ich von Celo.

J Was habt ihr voneinander gelernt?

A Die krassen Tricks darf ich nicht verraten. Aber Belesenheit und Besonnenheit habe ich von ihm. Und ohne Celo hätte ich vielleicht einige Beats nicht gediggt oder einige Texte am Ende nicht noch umformuliert. Wir sind ein Tandem, Digger.

J Hat sich eure Zusammenarbeit verändert?

C Von Jahr zu Jahr wurde alles professioneller: die Technik, die Studios, die Leute, die uns aufgenommen haben. Wir haben ein Studio aufgebaut, in dem Platin-Hits von Olexesh und Nimo entstanden sind. Die Musik läuft in anderen Ländern am Strand. Aber darüber machen wir uns eigentlich gar keine Gedanken.

J Habt ihr in anderen Ländern mal Konzerte gespielt? Das machen ja gerade viele deutsche Rapper*innen.

C Wir hatten ein paar Angebote.

A Celo war mal Juror in seiner Heimat in Bosnien.

C Ja, stimmt. Red Bull Südosteuropa hat in Bosnien einen Rapcontest veranstaltet. Ich saß da in der Jury.

J Wie fandest du die Szene in Bosnien?

C Cool! Die Leute da hören ja auch alle viel Deutschrap. Die motiviert das. Die sind zum Beispiel alle verrückt nach Raf Camora und Bonez MC. Andersrum hören viele Jugendliche hier jetzt auch Balkan-Musik.

J In eurer Musik finden unglaublich viele Sprachen statt. Wenn über euch geschrieben und gesprochen wird, wird das auch immer als Alleinstellungsmerkmal herausgestellt. Wie viele Sprachen sprecht ihr eigentlich?

C Wir sprechen gar keine Sprache fließend. Nicht mal Deutsch und unsere Muttersprachen.

A Aber Mundgeruch können wir gut. Also den Slang.

C Wir haben unsere Muttersprachen von den Eltern gelernt und Deutsch in der Schule.

A Und den Rest auf der Straße.

C Je nachdem, mit wem du auf der Straße viel rumgehangen hast, konntest du irgendwann auch etwas Albanisch oder Türkisch, und dann vermischt sich das alles. Du kannst die Sprachen natürlich nicht fließend, aber die Gebräuche, Floskeln und Sprüche. Manche Sprüche haben einen coolen Flow. Die bauen wir dann in unsere Musik ein.

J Warum war es euch wichtig, die Slangs und Sprachen zusammenzuführen?

C Es ist uns nicht wichtig, es ist einfach so. Wir kennen es ja nicht anders, sprechen selber so.

A Arabisch ist mir wichtig. Die Sprache wurde mir in die Wiege gelegt. Ich will, dass mir das erhalten bleibt.

J Ihr droppt in eurer Musik immer wieder in einem kritischen Kontext Politiker*innen-Namen, auf dem neuen Album zum Beispiel Horst Seehofer. Und es gibt immer wieder dezidiert politische Tracks wie *Parallelen*. Ist euch eine politische Positionierung wichtig?

C Ja, klar. Wir positionieren uns, aber nicht für eine bestimmte Partei.

A Außer in der Wahlkabine.

J Politik hat ja nicht nur was mit Parteien zu tun.

C Wir positionieren uns schon klar gegen Rassismus, gegen Mobbing von Menschen, egal, woher sie kommen. Ich rappe aber nicht, um einen auf Märtyrer zu machen. Viele positionieren sich, um in die Schlagzeilen zu kommen. Das will ich nicht.

A Sie machen einen auf aufopfernd.

C Genau, aber sie beschäftigen sich gar nicht mit den Thematiken, um die es geht. Ich bin hier in der Innenstadt aufgewachsen. Von heute auf morgen steigen die Mieten. So was beschäftigt mich. Struggles, die mich auch selbst betreffen, alltägliche Probleme. Das behandle ich dann in meinen Texten.

J Abdi, du hast früher mit Jugendlichen gearbeitet.

A Ja, ich habe HipHop-AGs betreut. Das mache ich im Moment aber nur noch inoffiziell auf der Straße, wenn ich eine freie Minute habe und Jugendlichen einen guten Rat mit auf den Weg geben kann. Mein Kopf und mein Herz sind immer bei den Jugendlichen.

J Was sagst du zu ihnen, wenn sie dich ansprechen?

A Bleib auf dem Boden, bleib geeicht. Du lebst vielleicht gerade in einer Scheinwelt. Ich habe mich früher auch in dieser Scheinwelt bewegt und Rückschläge erlitten. Die Jugendlichen will ich davon abbringen.

J Hat sich nachträglich dann mal jemand bei dir für deine Worte bedankt?

A Ja, Eltern haben sich bedankt, weil ich Leuten gesagt habe: »Schreib gute Noten, sonst schreibe ich einen Disstrack gegen dich.« Die Kinder haben sich verändert.

J Auf dem ersten *Mietwagentape* hast du den Track *Verzeih Papa* an deinen Vater gerichtet. Zu der Zeit hattest du keinen Kontakt mit ihm.

A Zu der Zeit war mein Vater sauer auf mich. Das hat mich als Sohn sehr nachdenklich gemacht und Output mit sich gebracht. Ich habe sogar in Interviews darüber gesprochen. Rückblickend kann ich jetzt zumindest sagen, dass mich damals das richtige Thema beschäftigt hat. Ich habe mich hinterfragt. Früher wurdest du als Kind, wenn du Scheiße gebaut hast, angeschrien, und irgendwann haben Eltern darauf keine Lust mehr. Es ist zu anstrengend. Ich habe damals gemerkt: Es wäre unbezahlbar gewesen, sich noch mal anschreien zu lassen, aber stattdessen kam gar nichts mehr. Das hat mich zum Nachdenken gebracht.

J Celo ist mittlerweile auch Vater geworden. Seid ihr dadurch strukturierter?

C Klar, ich war auf einmal in einem ganz neuen Modus.

J Vorher habt ihr die »Vaterrolle« ja schon bei eurem Label 385i eingenommen und Künstler wie Olexesh und Nimo gefördert. Wie ist heute eure Rolle beim Label?

C Unsere Rolle ändert sich von Jahr zu Jahr. Am Anfang waren wir mehr involviert, mittlerweile hat sich alles etwas automatisiert. Wir haben eine Firma aufgebaut und Freunde eingestellt, die uns helfen. Abdi und ich sind die Gesichter und das motivierende Glied. Im

Studio zum Beispiel. Olexesh und Nimo stehen aber auf eigenen Beinen.

A Wir lassen sie schön machen.

C Aber wir haben schon Verantwortung.

A Durch das Label werden Mäuler gestopft.

J Setzt euch diese Verantwortung unter Druck?

C Wir haben den Druck als Unternehmer.

A Als Ambassador.

C Rap ist größer geworden, und es gibt mehr Möglichkeiten. Viele Labels kalkulieren schnell mit Vorschüssen und denken nur in Drei-Monats-Abständen. Sie denken nur ans Jetzt. Aber als Firma grüne Zahlen zu schreiben, ist schwer.

A Genau, wir reden hier ja nicht vom Handyverträge-Verkaufen.

C Man muss sauber sein beim Finanzamt.

A Um nachts schlafen zu können.

J Schreibt ihr grüne Zahlen?

C Zum Glück, ja. Jedes Jahr.

A Wir können expandieren.

J Wie oft kommt ihr überhaupt noch zum Musik machen?

A Celo bekommt die ganzen Sachen gut unter einen Hut: Arbeit, Familie, Freundschaft. Er hält die Balance.

C Tagsüber bin ich meistens zu Hause. Musik mache ich vor allem nachts. Der Kleine schläft, die Frau schläft. Dann kann ich mir auch mal einen anzünden und ins Studio gehen.

A Bei mir ist es etwas anders. Ich arbeite auch tagsüber.

J Arbeitet ihr überhaupt zusammen im Studio?

C Meistens hat einer von uns eine Idee, pickt einen Beat und fragt dann den anderen, was er davon hält. Manchmal nimmt auch einfach jemand einen Part auf. Die Hook tüfteln wir dann zusammen aus. Früher haben wir mehr im Studio gejammt und geschrieben.

A Aber bei den Hooks haben wir uns schon auch beim neuen Album die Bälle zugeschossen, so wie wenn Ronaldinho seinen Cousins im Sand den Ball per Seitfallzieher zuspielt.

C Die Parts schreibt jeder für sich.

A Wenn einer einen Part hat, kann sich der andere dann wieder daran orientieren.

C Deswegen gleiten unsere Parts ineinander.

J Wann seid ihr eigentlich das letzte Mal zusammen mit dem Mietwagen in Richtung Amsterdam gefahren?

C Zuletzt waren wir mit Hanybal da. Von Hamburg aus aber. Zusammen im Mietwagen.

A Kann vorkommen, so was. Aber du hättest eher Fragen sollen: »Wie oft seid ihr, obwohl ihr es euch vorgenommen habt, nicht gefahren?«

Jovana Reisinger ist Schriftstellerin, Filmemacherin und bildende Künstlerin. Ihr Debütroman *Still Halten* erscheint 2017 im Verbrecher Verlag. 2021 erschien ebenfalls im Verbrecher Verlag ihr zweiter Roman *Spitzenreiterinnen,* der für den Bayerischen Buchpreis 2021 nominiert und für mehrere Theaterhäuser adaptiert wurde. 2022 erschien im Korbinian Verlag der essayistische Roman *Enjoy Schatz.* Die Videoarbeit ihrer ersten institutionellen Einzelausstellung (*Men in Trouble,* Kunsthalle Osnabrück 2020-2021) tourt seit 2021 international.

Jovana Reisinger

Frühling 2023

Prosa | 2023

Ich sitze in meiner Münchner Wohnung und trage ein weißes Herrenhemd, eine schwarze Kaschmirhose und ein schwarzes Herrensakko. Ich sitze hier und starre auf das Textdokument. Eine Tasse Tee, eine Tasse Kaffee und ein Glas Wasser. Das Hemd und das Sakko sind mindestens zwei Größen zu groß. Sie umhüllen mich. Das Hemd ist aus Viskose. Das Sakko aus Schurwolle. Darunter trage ich ein weißes Feinrippunterhemd, das niemand sehen kann. Eine Unterhose ohne Nähte. Nur gute Stoffe, feine Materialien. Seit wann ist das so? Die Schulterpolster gestalten meine Silhouette neu, machen mich breiter, verdecken meine schmale Statur und ziehen gleichzeitig die Aufmerksamkeit auf sich, also auf mich – auf diesen Frauenkörper, der darunter verschwindet. Wie schreibt man ernsthaft über Kleidung? Stofflichkeit, Zusammensetzung, Emotionalität. So viele Stücke in meinem Kleiderschrank wurden nicht für mich, also für mein Geschlecht gemacht. Warum ist es wichtig, dass mein Hemd für Männer gedacht ist? Die Knöpfe sind woanders. Na und? Es geht um etwas anderes. Ein Gefühl, ein Zustand, ein Bedürfnis. Es sitzt locker. Das Sakko. Letzten Sommer trug ich es ständig, nahm es überall hin mit. In jede Stadt, zu beinah jeder Lesung, Veranstaltung, Verpflichtung. Es ist erstaunlich, dass es noch keinen Riss, keinen Fleck, keinen Schaden erlitten hat. Wir vor dem Kino, ich fotografierte unsere Umrisse auf einem Reisebus. Ich auf der Tanzfläche, nur einen BH drunter, schwitzend. Wir, knutschend im Aufzug nach der kleinen Funkstille; im Park, auf der Straße, nach einem Streit, als ich dich das erste Mal zwang, dich zu entschuldigen, im Sommer. Bei der Premiere des neuen Romans, das pinke Tüllkleid darunter, wir schnell küssend, ehe du gingst. Ich, in einem Meeting, meine Arbeit verkaufend, dich danach das letzte Mal in ein Hotelzimmer lotsend. Obwohl du es nie getragen hast, steckst du in diesem, meinem Sakko. Bist du jetzt mit mir hier, während ich versuche, zu schreiben.

Also, Moment mal, während die Schriftstellerin schreibt. Die, die diesen essayistischen Roman herausgebracht hat. Hengameh Yaghoobifarah sagte neulich dazu: eine cute Reise durchs Jahr. Darf man das zitieren? Das war bei einer Lesung. In einem Privatgespräch. An dem Tag war es kalt in Berlin. Du warst da schon längst weg. Da war ein Hund, der so heißt, wie ich dich gerne nannte. Zeichen, Schicksal, Zufall? Kurz wollte ich dir davon erzählen. Aber ich riss mich zusammen. Die Schriftstellerin bekam einen Liebesbrief. Auf dem Umschlag und dem beschriebenen Papier kleben Herzsticker. Der Brief liegt seit Wochen auf dem Nachttisch. Manchmal liest sie ihn noch mal und noch mal. Aber sie hat ihn nie beantwortet. Noch nicht.

Das Sakko umarmt mich. Kleidungsstücke können das. Dieses Gefühl erzeugen, geborgen zu sein. Ich habe dann dieses Bild im Kopf, wie ich früh morgens oder spät nachts einfach in die Kleidung meines Liebhabers schlüpfe und das Haus verlasse. Etwas, das einer begehrten, geliebten, nahen Person gehört. Intimität. Fast wie ein Versprechen. Ich gebe sie dir wieder zurück, irgendwann, dein Hemd, dein Sakko, deinen Mantel. Aber es stimmt nicht. Die zu großen Sachen gehören mir. Niemand hat sie mir geborgt. Ich habe sie mir selbst ausgesucht. Noch nie ist es so gewesen. Trotzdem hält sich dieses Bild. Die Liebhaber, die diese Sakkos, Hemden, Mäntel tragen sollen, müssten sehr groß sein. Eine Fantasy. Vielleicht denken andere an so etwas, wenn sie mich in ihnen sehen. Die sieht so aus, als hätte sie jemanden.

Bei einer Lesung wird sie gefragt, was denn nun Sache ist. Also mit der Liebe. Die Schriftstellerin und der Buchhändler. Ja, nichts, sagt sie dann, den habe ich mir ausgedacht. Eine gute Lüge war das. Alle haben es geglaubt. Und nett gelacht.

Eine Durchsage, eine Personensuche. Befindet sich in diesem Zug ein Arzt, eine Ärztin, eine Krankenschwester? Bitte kommen Sie umgehend in Wagen neun. Mehrere Frauen gehen direkt an ihr vorbei. Eine von ihnen hat lange rote Haare, aufgespritzte Lippen, trägt eine kleine LV-Handtasche. Sie fragt genervt, wo sich Wagen neun befindet. Die Schriftstellerin würde gern von dieser Frau aus ihrer Notlage gerettet werden. Einige Minuten später eine erneute Durchsage. Es hätte sich genügend medizinisches Personal eingefunden, es müsse sich niemand mehr in Richtung Wagen neun bewegen. Die schöne Frau kam zurück. Sie würdigt die Schriftstellerin keines Blickes. Sie weiß es auch so, letztendlich muss sie sich selbst retten. Natürlich trägt sie das schwarze Sakko. Natürlich.

Neue Ottolinger-Ohrringe für 250,00 €, neue Balenciaga-Schuhe für 599,00 €, eine gebrauchte Miu-Miu-Crystal-Clutch für 300,00 €. Das ist ihr der Liebeskummer wert. Sie bündelt ihn in Objekten der Begierde. Mit dem Kauf teurer Produkte, die dann unwiederbringlich mit einer schmerzhaften Erfahrung aufgeladen werden, glaubt sie, ihren Kummer besser verarbeiten zu können. Und mit einem Shooting für ein internationales Modemagazin. Sie nannte die Veröffentlichung der Fotos den Start der Revenge Season. Ob er sie wohl gesehen hat? Sie hat sie doch extra für ihn gemacht. Da, guck, das hättest du haben können. Ob er es bereut? Er kann das so gut, sich zurückhalten. An dem Tag roch es zum ersten Mal nach Frühling. Eine Frau küsste, sie und die Schriftstellerin erwiderte. Das Herz schlug schnell. Das war schön. Jedes Mal, wenn sie ein Kompliment für die Teile bekommt, denkt sie auch an ihn und daran, dass er sie niemals zu Gesicht kriegen wird. Dass da der Schmerz drin steckt, damit sie ihn nicht mehr fühlen muss. Geld hilft. Wahnwitzige Aussage. Retail Therapy. Was für eine trostlose, vernichtend demütigende Tätigkeit. Kapitalistische Zwänge. Ist das schon Wohlstandsverwahrlosung oder noch im Akzeptanzbereich? Wie banal ihr alles vorkommt. Dabei ist Banalität nicht einmal eine greifbare Beschreibung. Wenn ihre Literatur, ihre Arbeit als banal bezeichnet wird, was fühlt sie dann? Einmal fragte der Buchhändler: Was wäre schlimmer für dich – Wenn ich dich nicht lieben, aber mögen würde, oder wenn du mir egal wärst?

Was ist dieser Mann für sie? Eine schöne Geschichte. Ein dramaturgischer Trick. Gossip. Andere Buchhändler schreiben ihr, sie fühlten sich bei der Lektüre angesprochen. Die Vorstellung, dass nun überall Buchhändler auf sie warten. Ein Verleger schlägt ihr vor, einen Kalender mit sexy Buchhändler*innen zu machen. Sie kichern alle zusammen in dem schönen Verlegerbüro. Wie dieser Vatikankalender, der ständig irgendwo ironisch hängt.

Eine erneute Personensuche. Ich wäre sehr glücklich, sagte die Zugbegleiterin, wenn sich im Zug eine Hebamme oder eine Frauenärztin oder ein Frauenarzt befände. Bitte kommen Sie in den Wagen neun. Die Leute reagieren bei der zweiten Durchsage stärker als bei der ersten. Oh nein, ruft da einer, die kriegt jetzt ein Kind. Dann wird gelacht, irgendwie auch rührselig, goldig, die Vorstellung einer Entbindung im Zug. ICE 518, München-Hamburg, zwischen Stuttgart und Frankfurt Flughafen. Die Schriftstellerin denkt an die Hände, die sich jetzt in Wagen neun an einem Körper abarbeiten, ihn abtasten, festhalten, beruhigen, ergreifen und erfühlen.

Ich investiere mein Geld in Berührungen. In Zuwendung. Gehe ins Nagelstudio. Zur Thai-Massage. Er schrieb einmal, dass er gerne eine Obsession mit meinen Händen entwickeln würde und dann mit jedem anderen Körperteil. Also von mir. Da trug ich nachtblaue lange Nägel, und es muss einen Moment beim Sex gegeben haben, da vergruben sich meine Hände in der weißen Bettwäsche. Der hat sich ihm eingebrannt. Ich weiß nicht, ob er noch manchmal an meine Hände denkt. Aber wenn ich mich der Massage hingebe, denke ich an seine. Versuche mich zu erinnern, wie seine Berührungen waren, und alles, was ich weiß, ist, dass sie schön gewesen sind. Ansonsten ist alles weg. Wie schnell das geht, dass einem die Sprache fehlt. Dabei sind die Sprache und ausführliche Beschreibungen mein Metier. Als wir neulich zum ersten Mal seit Monaten nebeneinander auf einem Sofa saßen, war die Anziehungskraft so groß, dass es unerträglich wurde. Das körperliche Gedächtnis funktioniert autark. Wir können uns unmöglich am gleichen Ort aufhalten. Ich schlug seinen Vorschlag eines Spaziergangs aus. Schlief stattdessen mit jemand anderem. Das fühlte sich gut an. Es war überraschend, dass es ging. Tagelang versuchte ich mich an Unterschiede der Berührungsqualität zu erinnern. Und die Überlegung führte nirgends hin. Hierarchisierung der Intimität. Unnötige Zeitverschwendung. Eine Freundin schreibt, sie schläft wieder mit dem Ex. Trost oder Dummheit?

Die Redaktion will, dass die Schriftstellerin jetzt endlich auf ein Date geht. Wegen der Frühlingsgefühle. Die gibt's jetzt schließlich. Also bei anderen. Jedes Mal, wenn sie sich auf jemanden einlassen will, fällt ihr ein, wie er ihr sagte, er würde sie nicht lieben. Der endgültige Schlusssatz. Und wie er es dann später zurücknahm. Diese Gespräche waren Unfälle, hat er gesagt. Bei Unfällen sterben manchmal Leute, sagte sie. Er nicht. Jemand sagt: Ist nicht immer der gegenwärtige Liebeskummer der schlimmste? Ist doch gut, hast du wenigstens was zu berichten. Passt doch ideal für die neue Kolumne. Ein Geschenk! Immer soll sie was aufschreiben, veröffentlichen. Na, warum wundert sie sich? Das ist schließlich ihr Job. Dafür wird sie bezahlt.

Er hat noch einen Ring von ihr. Also der Buchhändler. Den hätte sie gern zurück. Den darf er nicht behalten, denn den hat sie nicht absichtlich bei ihm gelassen. Aber eigentlich ist es auch schon egal. Dumpfheit, Monotonie, Sehnsucht. Neulich hat sie vier Nächte in Folge von ihm geträumt. Jedes Mal war sie am Strand, im Urlaub und glücklich. Die ersten drei Nächte kam er am Ende daher und küsste sie. Beim letzten Traum dieser Art verweigerte sie den Kuss und sagte: Geh weg. Eine Freundin klagt über die Offensichtlichkeit ihrer Träume. Die Therapeutin findet sie hingegen toll. Gut, dass ihr zumindest die noch zuhört. Die entsetzliche Banalität des Schmerzes und die hilflosen Versuche, ihm zu entkommen. Ein neuer Mantel für 280,00 Euro. Herrendesignerladen, Größe L. Eigentlich unwichtig, aber es geht ums Gefühl. Bei dieser Frau geht es immer um das Gefühl. Sie hat sich einer Idee hingegeben.

Er nicht. Pech gehabt.

Wichtig ist, dass der neue Liebhaber sie als Sonnenschein bezeichnet. Auf Polnisch sagt er das, immer wieder. Kleiner Schatz, Herz, all das. Schriftstellerin, du Sonnenschein. Du süße Maus. Kochanie, sloneczko.

Sein Hemd am Morgen nach der ersten gemeinsamen Nacht im Hotel in Köln. Es fühlte sich gut an. Die Stofflichkeit, das Material, weil es seins ist. Sie wollte es gern behalten. Wegen dem Bild. Fantasy, Reality, Desire. Aber sie traute sich nicht. Er ging damit in die Arbeit, roch nach dem gemeinsamen Sex, und sie bereute es den ganzen Tag. Woran hängt sie? Vielleicht geht es um eine Alternative. Begehren, Lust, Zuneigung. Meine Sonne, sagt er und küsst sie zum Abschied.

Immer wieder denkt sie an die Sonne auf diesem Transporter in Berlin, die auf ihre Armbanduhr schaut. Das muss das Motiv sein auf dem Cover des Nachfolgers. Das, oder die Sonne von der Good Morning – Guten Morgen – Buenos Diaz – Serviette aus dem Hotel in Kassel. Was muss geschehen, damit die sich endlich mal hinsetzt und schreibt? Das fragen auch fünf Verleger*innen.

Also sie sitzt da. Aber es führt zu nichts. Ordentlich frisiert, gekleidet. Sie zieht sich das Sakko an, immer wieder, checkt aus dem Hotel aus, immer aufs Neue. Neue Momente, neue Erinnerungen, neue Begegnungen. Ein Kaffee vor dem Bahnhof in Stuttgart, in Zürich, in Wien, in Dresden, in Linz, in Berlin und in Köln. Sie schickt ein Foto vom neuen Liebhaber. Gut so! Freundinnen freuen sich. Endlich rührt sich wieder was. Du schickst eine Nachricht und schreibst irgendwas von Schicksal. Sofort ist wieder alles da. Spott, Demütigung, Versöhnung. Wann ist's vorbei? Sie wird es gar nicht merken. Material, Material, Material! Sie muss es doch nur notieren. Verschriftlichen. Dass die sich aber auch so dermaßen anstellen muss. Ah. Sie beginnt ein neues Textdokument.

Ciao, Schatz.

Sascha Ehlert
über Haiyti

Called uns: Vorwahl Honolulu

Der Bildschirm leuchtet, neue Nachricht bei WhatsApp: »Du bist beste Typ auf Welt.« Bye Bye, Künstler-Autor-Distanz. So schnell ist mir das noch nie passiert. Dabei habe ich diesen Menschen erst gestern kennengelernt. Sie heißt ... Warte, das darf ich nicht schreiben. Also bleiben wir beim Künstlernamen: Haiyti.

Gehen wir einen Schritt zurück, in den Dezember des Jahres 2014. Das erste Mal *Szeneviertel* gesehen. »Meine Hände sind grau von dem Geld, was ich zähl, ihr wollt Infos, ich hab nichts zu erzählen.« Was ist da los? Eine junge Dame tanzt vor einem Yves-Saint-Laurent-Logo im Lacoste-Trainingsanzug und rappt über Geld, Gold und Puder. »Du willst mich treffen auf 'nen Fuffi?« Das war mir alles bisschen viel im ersten Moment. Ich war mir nicht ganz sicher: War das nun eine Parodie? Weil: So'n zierliches Mädel wird doch nicht in Wirklichkeit mit Drogen dealen. Darauf, dass ich mich gerade zum Wiederkäuer sexistischer Stereotype machte, kam ich in dem Moment natürlich nicht. Viel zu überfordert war ich auch mit ihrer Stimme – dreckig, krächzend, abgefuckt.

Interessanterweise begegneten meine ersten Gedanken mir erneut, jedes Mal, wenn ich in den letzten Monaten jemanden davon überzeugen wollte, dieser Dame seine Aufmerksamkeit zu schenken. Übrigens von Männern genauso wie Frauen. Keiner kann Haiyti im ersten Moment so recht einordnen, keiner akzeptiert ihr Auftreten, ihre Musik und ihre Texte einfach so als authentische Spiegelung der Person dahinter. Jeder vermutet hinter Haiyti erst mal eine bewusste Inszenierung oder gibt sich angestrengt: »Diese Stimme.« Ein paar Wochen später sind sie dann Fan, allesamt.

Mir geschah es irgendwann Ende 2015, als ich mich durch Haiytis YouTube-Kanal klickte: *Speedleiche, C'est la vie, Clubhai, Teenage Rehab*. Die Clips zu den laut sprechenden Titeln – meisterlich dahin gerotzte Machwerke über das Im-Arsch-Sein.

In vielerlei Hinsicht. Da sind die amphetamin-geschwängerten Ausflüge in Hamburger Kneipen, in denen ansonsten nur so richtiger, und ich mein das liebevoll, Kiezabschaum hängt. Da sind die quietschenden Reifen der SUVs und da sind lauter Gesichter, die alle sagen wollen: »Ey, ich hab gerade ja Spaß, aber eigentlich bin ich echt im Arsch.« Und das ganz unironisch, ungeschönt und ungestellt.

Die Clips zeigen genau das Videomaterial, das man nach durchzechten Nächten am nächsten Vormittag verschämt von Instagram löscht, das Snapchat-Material, über das am kommenden Montag der ganze Schulhof spricht, weil irgendwer das heimlich für die Ewigkeit festgehalten hat. Dazu rappt und krächzt sich Haiyti gelangweilt bis aggressiv durch das Nachtleben, als kenne sie nichts anderes.

»Nur der Türsteher weiß, wo ich war«

Auf das erste Aufeinandertreffen von Haiyti und mir folgte eine der eigentümlichsten Interviewsituationen meines bisherigen Journalistenlebens: Getroffen haben wir uns am Heiligengeistfeld, danach gab es Lammkopfsuppe und Dönerteller um die Ecke. Anschließend gingen wir gemeinsam mit Haiytis Produzenten, einem jungen Berliner mit Namen Asadjohn, in ihre Wohnung im Herzen St. Paulis, irgendwo im Hinterhaus. Im Hausflur muffelt es feucht vor sich hin, die Treppe führt bis in den dritten Stock und dann in eine kleine Wohnung, in der vermutlich vor einigen Jahren noch ein junger Seemann saß, mit großen Träumen von der weiten Welt im Kopf, und auf seine nächste Heuer wartete. Vom Hausflur landet man direkt in der Küche und von dort im Wohnzimmer. In der Mitte steht ein brauner Heizlüfter. Darum herum platziert: Schreibtisch und Macbook, Kleiderschrank sowie Couch und Wohnzimmertisch. Als Tischdecke dient ein Seidentuch von Burberry, darauf Blumen. Über der Couch hängt ein großformatiges Ölgemälde, ein ferrariroter Sportwagen. Ob sie das selbst gemalt hat, frage ich Haiyti. Lächeln. Stopp, auch hierüber kann ich nicht schreiben.

Dass ich Haiyti schließlich kennenlernte, hat viel mit ihrem letzten Mixtape *City Tarif* zu tun. Mixtape, das war und ist, seitdem es schnelles Internet gibt, eine ungenaue und irreführende Bezeichnung für Musik, die nichts kostet und deshalb oft etwas dahingeschludert wirkt. Mixtapes liefern Spaß, Alben-Qualität. So war das mal. 2016 erscheint die beste Rap-Musik der Welt umsonst im Netz, also quasi als Mixtape. Qualitativ ist *City Tarif* aber eigentlich ein sogenanntes Album: Zehn Songs, drei Skits, knappe dreißig Minuten Laufzeit, keine Ausfälle, alles Hits, die vielleicht konzentrierteste musikalische Arbeit der ersten Hälfte des Jahres 2016 in deutscher Sprache. Haiyti fühlt sich wie Pete Doherty, bittet mit Frauenarzt eine Untergrund-Ikone ins Studio, rappt von Kies und davon, vollgetankt im Lexus zu sitzen, wird festgenommen wegen sexy, besingt voll auf Autotune einen Gigolo und schafft es zwischen all den brachialen Beats und Lyrics allen Ernstes auch noch ein unpeinliches Lied über Liebe zu schreiben. Hört man auf Deutsch selten, so was.

Kurz nachdem *City Tarif* erschienen war und Haiyti endlich Gesprächsthema bei den ganzen coolen Leuten: Mittagessen in der taz-Kantine. Der Redakteurin erzähle ich von dieser Rapperin aus Hamburg, die sei wahnsinnig spannend. Rappt ständig nur von Drogen, verkörpert quasi die Generation, die sich als Antwort auf die Beschissenheit der Dinge so richtig wegschießt, anstatt politisch aktiv zu werden. Was man eben so sagt, wenn man dem Feuilleton eine Geschichte verkaufen will. Außerdem sei Haiyti eine Frau, was wenig überraschend in der Redaktion der taz auf offene Ohren trifft. Wer kann es ihr verübeln. Frauen sind im Rap immer noch selten, und wenn dann doch mal eine auftaucht, dann darf diese natürlich hergenommen werden, um an ihr, der Ausnahme, exemplarisch aufzuzeigen, wie CDU-nah sich die deutsche HipHop-Szene in Sachen Männer und Frauen gibt. Tatsächlich ist Haiyti das beste Beispiel dafür, wie man diesem Konservativismus entgegentreten sollte: Man scheißt halt drauf. Auf *City Tarif* gibt sich Haiyti mal hart, mal weich, ohne dabei je ihr Geschlecht zu betonen. Dass sie als Frau harten Rap macht, ist für sie nicht mal der Rede wert. Bislang hatten die meisten Frauen im Deutschrap relativ klare Rollen zugeschrieben bekommen: Melbeatz als die leicht burschenhafte Frau an der Seite von Kool Savas, dabei aber immer deutlich im Schatten ihres früheren Freundes, Schwesta Ewa als die harte Ex-Prostituierte, die den Männern zeigt, wo's langgeht, Sookee als explizit politische Kämpferin gegen eine im Patriarchat erstarrte Szene und Visa Vie als Talk-Königin. Jeder von ihnen blieb immer die Ausnahme, irgendwie auch ein Kuriosum, das sich zwar in der Szene durchgesetzt hat, aber es dennoch auszuhalten hat, dass man sie auf Facebook und YouTube ständig aufgrund ihres Geschlechts diffamiert. Der Ton in den sozialen Netzwerken ist im HipHop ohnehin ruppig, aber öffentlich ausgelebte Sex-Fantasien der Fans muss man nur als Frau ertragen.

Haiyti wird zum Glück bislang hingegen kaum sexualisiert. Vielleicht liegt das nur daran, dass ihr ganz großer Durchbruch und damit die Aufmerksamkeit der Millionen von Dullis da draußen noch aussteht, vielleicht zeugt ihr bisheriger Erfolg auch von einem Paradigmenwechsel: Fast scheint es mittlerweile, als würde sich dieser Tage um Künstler wie sie, aber auch das gesamte Live-From-Earth-Umfeld sowie Künstler wie Juicy Gay und die Salzburger Crew Hanuschplatzflow um Künstler wie Crack Ignaz und Young Krillin eine HipHop-Parallelgesellschaft entstehen, die sämtliche Stereotype ad acta legt und Musik feiert, die endlich mit überkommenen Vorstellungen von Sexualität und Geschlecht bricht. Vielleicht ist diese lose miteinander verbandelte Szene gar nicht so unpolitisch, wie sie auf den ersten Blick scheinen mag: Sie mögen zwar von der Welt enttäuscht, vom Leben gelangweilt und nicht an gesellschaftlicher Teilhabe interessiert sein, aber dumm, sexistisch und homophob, nein, das sind diese Leute nicht.

Zurück zum Menschen. Noch ist das hier ein Arbeitstermin. Der Versuch, ein Interview zu führen, scheitert, weil Haiyti nur ungern mehr von sich preisgibt, als sie in ihren Texten verrät. Anstatt dessen zeigt sie mir ein Heft mit naiv gekrakelten Sexzeichnungen, dann fällt ihr ein, dass sie mir noch etwas anderes zeigen möchte, auch darüber darf ich nicht schreiben. Haiyti ist jemand, der schnell zwischen Gedanken und Themen springt. Im einen Moment zeigt sie einem mit arabischer Folklore gemischte Trap-Musik, dann wiederum erzählt sie von einem selbst gebrannten Schnaps, den ihr ihre Oma geschenkt hat. Den trinken wir dann auch, ein süßliches Gesöff, das wahnsinnsschnell besoffen macht. Am frühen Abend wechseln wir in eine Bar, meine Journalistenpflicht, das ordentliche Nachfragen, vernachlässige ich längst. Was ich über Haiyti weiß: Sie macht nicht seit gestern Musik, ihr von den Südstaaten beeinflusster, hochtouriger Sound steht schon seit ein paar Jahren. Eine Zeit lang musizierte Haiyti im Umfeld des Osnabrücker Underground-HipHop-Vertriebs distri. Dieser hat sich über die Jahre zum Beispiel um den Westberliner Rap-Untergrund verdient gemacht, indem er die Musik von Künstlern wie Frauenarzt, Basstard, Blokkmonsta und Kaisa veröffentlichte. Alles Künstler, die regelmäßig indiziert wurden, sich heute aber nichtsdestotrotz auf die Fahne schreiben können, als Erste das Sound-Portfolio des US-amerikanischen Südens zwischen Memphis und Atlanta für Deutschland adaptiert zu haben. Dieser Tage kommen jene Sounds, gepaart mit Autotune und drogengeschwängerten Lyrics, endlich auch in der Breite in Deutschland an. Will heißen: Das jahrelange Festhalten an einem Sound, der in Rap-Deutschland lange als billig verschrien war, zahlt sich nun so langsam aus.

Als wir zunehmend in privatere Gespräche versinken, erzählt Haiyti auch von ihrer Unzufriedenheit darüber, dass manche Türen für sie als Frau doch immer noch schwerer aufgehen als für Männer. Tatsächlich ist ihr Hype unverdientermaßen aktuell noch nicht ganz so groß wie der um Kollegen wie Lgoony oder Yung Hurn. Man kommt nicht umhin, an diesem Punkt den eben natürlich doch nicht ganz verschwundenen Sexismus in der Popkultur anzuprangern: Haiyti hat keinen Bock, sich dem anzupassen, wie sich Frauen in Musikvideos »normalerweise« präsentieren: Haiyti trägt lieber Ticker-Umhängetaschen von Jack Wolfskin, Juventus-Turin-Fußballtrikots (made in Türkei) und silberglänzende Daunenjacken.

So laut und bunt ihr Klamottenstil ist, so gibt sie sich auch als Person: konstant zwischen Themen hin und her springend, redend, gestikulierend, frech grinsend, charmant lächelnd, böse dreinblickend, bedauernd schauend – ihre Sprunghaftigkeit ist durchaus eine Herausforderung, wenn man ihr gegenübersitzt. Im Meetingraum einer Plattenfirma, mit A&R, Produktmanager und so, kann ich mir Haiyti kaum vorstellen, und tatsächlich macht sie bis dato auch so ziemlich alles alleine. Ihre Auftritte bucht zwar mittlerweile ein Profi, um Social Media und Merch und überhaupt alles andere kümmert sie sich aber zurzeit noch ganz alleine. »Sascha, ich brauche einen Manager«, erzählte sie mir in einer Kneipe an der Herbertstraße.

Ich glaube, ich habe in den letzten Jahren niemanden kennengelernt, der mehr jener romantisierten Vorstellung vom »echten« Künstler entspricht als Haiyti: Unorganisiert, aber ständig kreativ, wahnsinnig produktiv und gleichzeitig vollkommen verplant, redegewandt und charmant, manchmal in ihrer konstanten Ich-Fixiertheit auch durchaus überfordernd. Ich muss daran denken, wie ich darüber schrieb, wie ich mit Yung Hurn durch die Wiener Akademie der Künste rollte. Nach Erscheinen des Artikels, so berichtete mir Hurn vor Kurzem, sei ihm immer wieder aufgefallen, dass die Leute nun tatsächlich glauben, er würde bei Daniel Richter studieren. Ich lächle in mich hinein. Auch Haiyti würde perfekt in die Klasse des Hamburger Künstlers und Künstlerlehrers passen, der den Ruf hat, sich gerne um kreative Chaoten zu kümmern. In einem Gastro-Betrieb oder in einem Großraum-iMac-Büro könnte ich mir Haiyti hingegen auf keinen Fall vorstellen. Ich schätze, ich habe selten jemanden getroffen, der so ausschließlich dafür gemacht scheint, seine Kreativität in Kunst umzumünzen. Ganz gleich auf welchem Kanal.

Irgendwann so gegen 22 Uhr muss ich zurück zum Hamburger Hauptbahnhof, den letzten ICE nach Berlin erwischen. Haiyti bringt mich noch rum. Sie sagt, sie will eine eigene Kolumne in unserem Magazin. Ich glaub ihr sofort, dass sie das hinbekommt, und wir schlagen darauf ein. Wir umarmen uns und versprechen einander, in Kontakt zu bleiben. Ja, klar?

»Meine Muse raucht Blech«

Einen Tag später: Der Bildschirm leuchtet, neue Nachricht bei WhatsApp. In den folgenden Wochen schreibe ich regelmäßig mit Haiyti. Mal Quatsch, wie man ihn per Smartphone-Konversation am liebsten fabriziert: lächelnde Kackhaufen, nach oben gerichtete Daumen, traurige Emojis, freudige Emojis, »Uff« machende Emojis. Zwischendrin fragt Haiyti, ob sie ihr neues Video lieber um dreizehn oder um achtzehn Uhr teilen soll, und erzählt mir von Dingen, die wiederum zu privat sind für diesen Artikel. Ich würde sie wirklich gerne aufschreiben, alleine, damit du umso mehr verstehst, warum du dieser Frau zuhören musst, aber da bin ich schnell in eine Bredouille reingerutscht: Was von dem, was mir ein Künstler erzählt, ist für die Öffentlichkeit bestimmt, was zu privat?

Vielleicht so viel: Haiyti wird in diesen Wochen völlig zu Recht von unterschiedlichen Musikindustrie-Menschen hofiert und muss sich entscheiden: Wie soll mein Weg als Künstlerin aussehen? Längst haben Manager und solche, die es noch werden wollen, aber auch Labels ihre Augen auf sie geworfen. Wenn Haiyti mich fragt, was ich an ihrer Stelle tun würde, komme ich ins Grübeln: Einerseits sollte sie Leute haben, die sich für sie um das Geschäftliche kümmern, dass sie als Künstlerin nicht leisten kann oder will, andererseits wünsche ich mir als Hörer eine Haiyti, die weiterhin für umsonst Musik veröffentlicht, spontan bei Nacht gedrehte Videos raushaut und einen Fick darauf gibt, ob nun die Girls sie anhimmeln und die Boys sie heiß finden. Einerseits glaube ich, dass sie in den in vielerlei Hinsicht verkrusteten Strukturen der Musikindustrie als eigensinnige Künstlerin unters Rad geraten könnte, andererseits wünsche ich ihr schnellstmöglich zehntausend Euro aufm Konto.

Nun könnte ich davon erzählen, wie Haiytis Familiengeschichte völlig logisch macht, warum aus dieser jungen Dame eine authentische Straßenrapperin wurde. Ich könnte erzählen, warum sie auch fernab von HipHop eine absolut faszinierende Künstlerin ist, warum ihr gesamtes Schaffen für mich so viel Sinn macht, dass ich es fast schon großspurig als Gesamtkunstwerk bezeichnen möchte. Ich könnte auch berichten, wie wir einige Wochen nach unserem Kennenlernen nachts über die Friedrichstraße zogen, Instagram-Fotos am Checkpoint Charlie machten, beim Wodka-Soda-Trinken in einem Irish Pub inklusive Karaoke und nach Fritteuse stinkender Luft die Zeche prellten, mit unserer Gruppe nicht ins Kingsize gelassen wurden und schließlich die Gallery-Weekend-Party von Christian Rosa crashten. Oder aber, ich könnte davon berichten, wie wir am nächsten Tag ein Fotoshooting mit ihr in dem Dachgeschoss-Penthouse des Ku'damm-Karree-Hochhauses geplant hatten, wie wir scheiterten und schließlich auf dem Zwischendach fotografierten. Ich könnte erzählen, warum unser zweiter Fototermin mehrfach verschoben wurde und schließlich doch nicht stattfand. Ich könnte dir sagen, warum sie ein gleichzeitig verdammt liebenswerter und ziemlich komplizierter Mensch ist – oder aber ich lasse all das, weil diese Geschichte, die eigentlich natürlich gerade mal das erste Kapitel der Haiyti-Story sein soll, vielleicht sogar noch schöner endet, wenn du nicht weißt, was ich weiß. Das zweite Kapitel erzählt euch Haiyti am besten selbst.

Leonhard Hieronymi ist Autor des im Korbinian Verlag erschienenen Manifests *Ultraromantik*, sowie des Langessays *Trance.* Sein zweiter Roman *Der gute König* wurde 2023 bei Hoffmann und Campe veröffentlicht, außerdem erschienen Bücher bei Sukultur und starfruit publications.

Leonhard Hieronymi

George W. Bush und die Mütter der Welt

Prosa | 2023

Ich wollte eigentlich gerade meine Mutter anrufen, aber sie geht einfach *nie* an ihr Telefon. Keine Ahnung, wann ich sie mal erreichen kann. Vielleicht ruft sie zurück, wenn sie das hier liest. Ich glaube, dass es ihr manchmal schlecht geht und dass das auch an mir und meinem Bruder und meinem Vater und dem Verhalten unserer männlichen Freunde liegt. Deshalb halte ich es für meine Pflicht, ihr einen Text zu widmen, der in einem feierlichen Rahmen wie diesem erscheint:

Für meine Mutter!

Bestimmt erinnert sie sich noch daran, wie ich ihr von meiner Begegnung mit dem Stuntman Steve-O der Serie *Jackass* am Flughafen von Marrakesch erzählt habe. Aber wenn man heute in der Nähe ihres Ohres das Wort »Jackass« auch nur murmelt, flippt sie total aus: »Das war eure beschissenste Phase! Da seid ihr mir ziemlich auf den Geist gegangen!« Sie hielt nichts von *The Rise of Jackass Nation*.

Steve-O war mein Lieblingsstuntman bei Jackass, danach kam gleich der Skateboarder Bam Margera. Während bei Steve-O die Selbstzerstörung (Blutegel auf Augäpfel kleben) durch das ungeschickte Verdrängen einer schmerzlichen Vergangenheit herrührte, war es bei Bam Margera etwas anderes: nämlich die bedingungslose Aufmerksamkeit, die man ihm als Kind geschenkt haben musste – ihm wurde alles erlaubt.

Bam Margera wird 1979 in West Chester, einem Vorort von Philadelphia, geboren. Seine erste Videokamera erhält er 1993 von seinem Vater. Er filmt sich und seine Freunde bei allerlei Urinspielchen auf den Toiletten der West Chester East High School, von der er ein Jahr später verwiesen wird. Deshalb beginnt Bam Margeras Mutter ihn und seine Freunde zu Hause zu unterrichten.

In ihrer Freizeit nehmen die Freunde weiter Stunts und Skateboardtricks auf, die sie dann zu Filmen zusammenschneiden und unter den Titeln *CKY* (Camp Kill Yourself) veröffentlichen. Bam Margera und seine Freunde sind das perfekte Abziehbild der entpolitisierten (oder zumindest unpolitischen) Jugend der 00er Jahre, der ersten Generation, deren Leben komplett auf Film aufgezeichnet ist. MTV macht sie deshalb erst zu Protagonisten von Jackass, und Bam Margera später zum Star seiner eigenen Reality-TV-Show: *Viva La Bam*. Diese Serie besteht hauptsächlich aus kleinen Stunts, Manneswitzen, ein paar Unflätigkeiten, abenteuerlichen Ausflügen mit Paddelbooten zum Kernkraftwerk Three Mile Island und dem Quälen der eigenen Familie.

Fast jede Folge der Serie beginnt in West Chester in einer Ritterburg, die Margera von seinem Profiskateboardergehalt gekauft hat und in der er mit seiner Familie und seinen Freunden lebt. Die Burg hat richtige Steinmauern und sogar eine Zugbrücke und sieht aus wie von Playmobil. In dieser Burg befinden sich die Freunde auch, als sie beschließen, zusammen mit ihrem nicht zu Unrecht im Register für Sexualstraftäter der Vereinigten Staaten stehenden Onkel, nach Europa zu reisen. In Paris stehen die Mittzwanziger dann unterm Eiffelturm und rufen sich »Don't look American!« zu. Das ist der Rest Ironie am Anfang des Jahrtausends: Sie tragen nach hinten gedrehte Baseball-Kappen, Sonnenbrillen, Baggies, Hoodies, Beanies.

Ungeachtet des teils fragwürdigen Personals muss man der Serie eins lassen: Sie ist schnell. Nach fünf Minuten Sendezeit beschließt der Trupp nämlich, sich nicht nur Paris und das Oktoberfest, sondern ALLES in Europa anzuschauen. Nach elf Minuten sind sie in Chamonix, nach zwölf Minuten in Bonn und ab Minute vierzehn am Schloss Neuschwanstein. Und ich weiß nicht, was MTV zu dieser Zeit für Statuten hatte, aber es scheint wirklich so zu sein, dass der Fernsehsender einen Haufen Geld dafür ausgibt, um Bam Margera und Ryan Dunn (Bam Margeras bester Freund) gegen Ende der ersten Folge auch noch dabei zu filmen, wie sie besoffen in einem Ferrari vom Oktoberfest nach Rumänien fahren, um im Schloss Bran (Bram Stokers Vorbild für das Schloss in seinem Roman *Dracula*) zwei Flaschen Rotwein zu kaufen. (Tragischerweise wird Ryan Dunn die Geschwindigkeits- und Alkoholsucht ein paar Jahre später ins Grab bringen, als er mit 225 km/h in einem Porsche von der Straße abkommt, gegen einen Baum prallt und mit seinem Beifahrer verbrennt.)

In dieser Europa-Doppelfolge der Reality-TV-Show treffen Bam Margera und seine unheiligen Freunde auch auf die Eltern des Stuntmans, die versuchen, in Venedig ihren Hochzeitstag zu feiern, aber von ihrem Sohn mit Spaghetti beworfen werden.

An dieser Stelle kommen wir zum Kern der Geschichte: April Margera, die Mutter Bam Margeras, ist die einzige Frau in dieser Doppelfolge. Eigentlich möchte sie eine Jubiläumshochzeitsreise mit ihrem Mann unternehmen, wird aber von ihrem Sohn und seinen Freunden gestört, schikaniert und gedemütigt. Während Bam Margera seinem Vater üblicherweise körperliche Schmerzen zufügt (er schlägt ihn auf Ober- und Unterschenkel und auf den Rücken, er gräbt Löcher, in die er mit dem Rasenmäher hineinfährt, er sägt ihm den Stuhl an und so weiter), quält er seine Mutter hauptsächlich seelisch.

In irgendeinem Text habe ich einmal gelesen, dass sich ein Kind, wenn es seine Eigenarten und Besonderheiten auslebt, von selbst zu einem gesunden und sozialen Wesen entwickeln wird. Woher kommt denn nur diese Annahme? Ich kenne ein paar Gegenbeispiele. Im selben Text fand ich heraus, dass wir uns bei der Mutter nicht entschuldigen dürfen, dass wir ihr nie verzeihen dürfen, weil es ein Grundübel darstellt, dass sie uns *nicht* hat gewähren lassen, dass sie uns zu wenig Liebe und Aufmerksamkeit geschenkt hat und so weiter. Aber was passiert, wenn sie uns gewähren lässt? Was dann? Dann treten wir unseren Freunden in die Eier und bewerfen unsere Mütter bei ihrem Hochzeitsdinner in Venedig mit Spaghetti!

Das Problem ist, dass ich mir damals einen jungen Mann im Fernsehen angeschaut habe, dem alles gewährt wurde, als ich selbst in dem Alter war, in dem ich verlangte, dass auch mir alles erlaubt werden sollte. Plötzlich schlug ich mich auf die

Seite dieses Dämons. Zum Beispiel war mein Vater in seinen Dreißigern ein Hobby-Drachenflieger. Er schlüpfte im Allgäu, in den Vogesen und in der Rhön in einen roten Sack, schloss den Reißverschluss und stürzte sich einen Berg runter. Dann glitt er gemütlich ins Tal, während meine Mutter unten mit der Super 8 filmte. Es ist ihm nie etwas passiert, aber eines Tages ließ er es einfach sein. Der Drachenflieger lag jahrelang unbenutzt im Zwischenstock unseres Hauses, bis es Jackass gab und ich mir diesen Flieger holte, mit der Hilfe meines Vaters aufbaute und mich mit meinen Freunden damit einen kleinen Damm am Rande eines Felds runterschmiss. Dabei klemmte sich unser Freund Benim nach seinem ungefähr eine halbe Sekunde dauernden Gleitflug den Kopf zwischen Feldboden und einer Kante des Hängegleiters ein und brach sich fast das Genick. Auf Video sah es nicht mal spektakulär aus.

Deshalb sagt meine Mutter bis heute: »Bleibt mir vom Leib mit Jackass und euren Stunt-Versuchen.« Aber wir durften uns ausleben. Und auch Bam Margera durfte sich ausleben.

Man übersieht in dieser außergewöhnlichen Reality-TV-Show gelegentlich, was bei Bam Margera das eigentliche Problem ist: er bekommt zu viel Aufmerksamkeit. Seine Freunde idealisieren ihn, seine Freundin umsorgt ihn, seine Eltern verhätscheln ihn. Margera hat ihnen allen mit seinem Geld etwas geschaffen. Ein Haus, ein *Zuhause*, alle leben in West Chester, in dieser Ritterburg. Deshalb spielen sie das Spiel mit. Aber während wir das sehen, denken wir auch immer: Das kann auf Dauer nicht gut gehen.

Und nach dem Absetzen der Show geht es bergab. MTV hat den jungen Skateboarder maximal idealisiert und dann fallen lassen. Bam Margera wird zu einem noch größeren Dämon. Er ist gelangweilt und stürzt alles um sich herum ins Chaos. Seine Freunde ziehen weg, weil sie sich langweilen und nicht mehr von ihm gedemütigt und geschlagen werden wollen. Die Wahrheit ist nämlich, dass ein großer Teil der »Stunts« darin besteht, dass Margera seinen Freunden mit der flachen Hand ins Gesicht oder mit der Faust in die Eier schlägt – gleichzeitig müssen seine Freunde für Geld und Unterkunft arbeiten und nicht nur Schläge über sich ergehen lassen, sondern sich zum Beispiel auch dabei filmen lassen, wie sie im Vollsprint, nur mit Tanga bekleidet, kacken. Und dieses Filmmaterial existiert dann von ihnen, für immer.

Also wenden sich seine Freunde ab. Sie werden clean und fangen an zu studieren und bekommen Kinder und werden Chemiker und wollen nichts mehr mit dem Dämon zu tun haben. Und Margera bleiben nur irgendwelche Bekanntschaften aus der Stadt, die mit ihm trinken gehen wollen. Menschen, die gemeinsam mit ihm durch dunkle Zeiten navigieren. Er gibt die Ritterburg auf. Jugendliche aus den Vororten Philadelphias kapern und zerstören sie. Margera trennt sich von seiner ersten Frau, er ist erst magersüchtig und wird dann durch den Alkohol doch dick wie sein Vater. Seine Mutter, die sich früher wenigstens noch über ihren Sohn entsetzen konnte, ist jetzt nur noch traurig, wenn ein lokaler Fernsehsender vorbeikommt, um sie zu interviewen. Bam Margera hat mit seinen Freunden die Kindheit und Jugend künstlich in die Länge gezogen, und zwar bis zum Unfalltod seines besten Freundes Ryan Dunn. Zuletzt war er auf einem Foto aus dem Februar 2023 zu sehen, das ihn neben Priscilla Presley zeigt, und das ist nicht gerade das, was man ein gutes Zeichen nennen mag.

Ich jedenfalls fühle mich von Bam Margera alleingelassen. Er ist noch da, aber er kommt nicht weiter. Alle sind weitergezogen, im Internet interessiert sich niemand mehr für Pranks, Stunts und Streiche. Die Zeiten sind politischer geworden. Und das begabte Kind, dem alles gewährt wurde, ist nicht zu einem gesunden sozialen Wesen herangewachsen. Also: Vergebt euren strengen Müttern und hört auf sie.

Sascha Ehlert
im Gespräch mit
Sibylle Berg
und Ersan Mondtag

»Boah Alter, was soll dieser Penis da?«

Sibylle Berg is not amused. »Das kommt wohl aus der Familie der Telefon-Hörer-Penisse.« Wir sind im Hotel de Rome, ein Fünfsternehotel in einem ehemaligen Bankpalast am Bebelplatz in Berlin-Mitte. Auf das gemalte Phallussymbol an der Wand starrt Ersan Mondtag, der, seit wir ihn vor zweieinhalb Jahren das erste Mal interviewt haben, die deutschsprachige Theater-Welt so erfolgreich bereist und bespielt hat wie kein anderer Regisseur unter sechzig, und der dafür gleichermaßen geliebt und gehasst wird.

Die Fotografin Svenja Trierscheid, die an diesem tristen Nachmittag versucht, an einem eher geschmacklosen Ort geschmackvolle Fotos zu machen. Und eben Sibylle Berg, die Bestsellerautorin und Starkolumnistin, die heute eine der wenigen wahrhaft ikonischen Figuren der deutschsprachigen Gegenwartsliteratur ist.

Ersan und Sibylle teilen eine produktive Arbeitsbeziehung. 2019 hat er zum zweiten Mal ein Stück von ihr inszeniert, das schnelle, laute und brutale *Hass-Tryptichon*, in dem eine Gruppe für sich stehend wenig bemerkenswerter Figuren ein bisschen aus Selbsthass, aber auch ein bisschen aus Langeweile nach und nach alle Zivilisiertheit über Bord wirft und einander schließlich mit Maschinengewehren über den Haufen schießt.

S ascha Ehlert
Si bylle Berg
E rsan Mondtag

S Wollt ihr das Transkript dann eigentlich noch mal sehen, bevor es ins Heft geht?

Si Ja, das schon. Kannst du gut reden, Ersan?

E Ach, eigentlich schon. Ich laber einfach immer so viel, und abgedruckt liest sich das manchmal krasser, als wenn man es spricht. Also ja, wäre gut, wenn wir das vorher noch mal sehen könnten.

Si Kann nicht reden und parallel denken.

S Das sind doch gute Voraussetzungen, aber vielleicht fangen wir erst mal ganz harmlos an. Ich weiß zwar, dass Ersan mittlerweile zweimal Texte von dir inszeniert hat, Sibylle, ich gehe also davon aus, dass ihr euch ganz gut versteht, aber ich weiß gar nicht, woher ihr euch eigentlich kennt? Wurdet ihr einander von einem Theater empfohlen?

E Nein, tatsächlich nicht. Ich kannte Sibylle schon vorher, du mich aber nicht, oder?

Si Also nicht als Mensch. Ich hab zum ersten Mal von Ersan gelesen. In einer Kritik stand, dass in einem Ersan-Stück alle Figuren aussähen wie ich. Das fand ich sehr begrüßenswert und hab deshalb die erste Arbeit von ihm partiell im Netz gesehen.

S Hast du gemocht, was du dort gesehen hast?

Si Ich fand erst mal, dass das wahnsinnig gut aussah. Die roten Frisuren, und die auf die Lider aufgemalten Augen …

E Ah, das war der Abend mit dem Boden von *Shining – Tyrannis.* Darüber hat jemand geschrieben, die Figuren sehen alle so aus wie du? Das wusste ich überhaupt nicht.

S Und Ersan, hattest du schon etwas von Sibylle gelesen, bevor ihr euch kennengelernt habt?

E Also, ich lese ja vor allem Stücke, Romane nehm ich mir eher selten vor. Ich fand anfangs ehrlich gesagt vor allem Sibylle als Person sehr spannend, und wir sind ja beide auch auf Twitter – wir waren Twitter-Freunde, bevor wir echte Freunde wurden …

Si So geht das heute. Man kennt sich halt so von Twitter und entscheidet dann: Hey, der hat aber einen guten Feed, den möchte ich in echt kennenlernen.

E Und dann hat sie mir irgendwann einen Text geschickt, das war *Wonderland Ave.*, und gesagt: Hier, mach das. Und dann hab ich das in Köln inszeniert.

Si Ich mag einfach Menschen, die mir ohne Widerworte gehorchen.

E Und wir planen ja auch weitere Projekte zusammen. Aber eigentlich ist auch die Hintergrundgeschichte von Sibylles *Hass-Triptychon,* das ich für die Wiener Festspiele und das Gorki inszeniert habe, interessant: Das hat sie nämlich eigentlich für das Deutsche Theater geschrieben, hat sie mir auch gerade erst vor zwei Tagen erzählt. Aber das klappte nicht, weil der Intendant dort nicht wollte, oder?

Si Ja, das Stück war eigentlich eine Auftragsarbeit. Herr Khuon vom Deutschen Theater lehnte das Stück mit der Begründung ab, dass die Schauspieler*innen an seinem Haus keine Lust hätten, so negative Rollen zu spielen. Ich dachte mir zunächst: Okay, wenn er das sagt … Is ja auch wurscht. Erst später kam mir dann der Gedanke: Warte mal, Schauspieler, die keine negativen Rollen spielen wollen? Das klingt irgendwie komisch, oder? Na ja, aber das ist auch schon lange her. Jedenfalls zeigte ich dir dann irgendwann den Text im Original, und du hast ihn gemocht, aber ich hatte dennoch den Ehrgeiz, das Stück noch mal neu zu schreiben, weil ich vieles daran irgendwie veraltet fand. Die Struktur ist also geblieben, aber der Text ist neu.

S Ersans Inszenierung von *Hass-Tryptichon* wurde ja von der Kritik in erster Linie als Gegenwartsanalyse gelesen und für …

Si Lustig?

S Hm, nein, gar nicht so sehr. Ich hatte das Gefühl, dass die Kritiker*innen eher argumentieren wie Herr Khuon, also gefrustet davon wirkten, dass der Grundtenor des Stückes so negativ scheint. Aber eigentlich wollte ich auf etwas anderes hinaus: Die meisten haben den Abend als expliziten Kommentar auf die Hasskultur unserer Gegenwart gelesen. Was natürlich interessant ist vor dem Hintergrund, dass das Szenario eigentlich schon älter ist als die Präsidentschaft von Trump …

Si Da kann man mal sehen, wie wahnsinnig prophetisch ich schreibe. In der Ursprungsfassung des Textes waren die Objekte des Hasses natürlich andere, die Konflikte waren ein bisschen anders, vor allem aber hab ich ein paar Leichenteile weggelassen, davon gab es anfangs mehr.

E Aber es sind schon immer noch genug drin. Ich glaube jedenfalls, dass das Deutsche Theater da damals echt ne Chance verpasst hat. Ich glaube, vor zehn Jahren hätte dieses Stück einen echten Theaterskandal ausgelöst. Daran, dass das bei meiner Inszenierung nicht passiert ist, sieht man, glaub ich, ganz gut, wie sehr wir uns in den letzten Jahren an ein anderes Level von Hass in der Sprache gewöhnt haben. Das Stück tut nicht mehr so weh, weil das, was man dort sieht, auf eine Art Alltag ist.

Si Das ist wie, als ich über das Ende Europas schrieb – da reagierten viele auch so drauf: »Ach, Sibylle, sei doch nicht immer so negativ.« Heute gähnt man ja nur noch, wenn jemand darüber schreibt, dass der Kontinent am Ende ist, oder? Das sag ich jetzt nicht, um zu zeigen, wie genial ich bin – na ja, obwohl … –, sondern, um zu verdeutlichen, wie wichtig das richtige Timing in der Kunst ist. Wenn man sich zum Beispiel Kamerad Houellebecq anschaut …

E Der kriegt das immer hin. Da ist ein Anschlag und zwei Tage später: Buchpräsentation.

Si Klar, der inszeniert das.

S Könnte man sagen, dass *GRM* das erste Buch von dir war, das genau zur rechten Zeit kam – und nicht paar Jahre zu früh?

Si Ja, das könnte sein, dass das gerade so hingehauen hat. Was vermutlich auch damit zu tun hat, dass mir bewusst ist, wie schnell sich Dinge in der Beschleunigung entwickeln. Ich habe viele der Gadgets und Möglichkeiten, die die Digitalisierung mit sich bringt, weggelassen, weil die so schlecht und schnell altern.

Obwohl das *Hass-Tryptichon* ja deutlich älter ist als *GRM*, scheinen beide Texte doch eine ähnliche Welt zu beschreiben, beziehungsweise teilen beide offenbar eine ähnliche Analyse des Menschen.

S Woran liegt das? Oder passen beide Texte eigentlich einfach gut in dein Œvre, und dein Menschenbild hat sich über die Jahre gar nicht so sehr geändert? Oder anders gefragt: Ist die zugrunde liegende Analyse der Frage, was das Schlechte im Menschen hervorbringt, über die Jahre bei dir gleich geblieben?

Si Dass gewisse Gruppen oder Mächte ein Interesse daran haben, den Hass der Menschen auf bestimmte gesellschaftliche Gruppen zu lenken, das ist ja kein Sujet, was ich mir ausgedacht habe, sondern etwas, was in der Menschheitsgeschichte wieder und wieder auftaucht. Deshalb kann ich natürlich davon ausgehen, dass diese Triggerpunkte, die in der Vergangenheit angewendet wurden, auch in der Zukunft wieder zur Verwendung kommen werden. Das Mobilmachen gegen eine bestimmte Menschengruppe ist ja nichts, was exklusiv dem Herrn Hitler vorbehalten war, das funktioniert immer nach demselben Muster. Von daher ist das, was ich erzähle und behandle, eigentlich nichts Neues. Ich befasse mich immer mit der Frage: Wie wirkt die Psychologie des Einzelnen, des kleinsten Gliedes in einer Gesellschaft, im Verhältnis zum großen Ganzen? Ich würde behaupten, dass mein Menschenbild gar nicht so miserabel ist, es gibt ja immer auch ein paar Gute. Ich würde eher sagen, dass ich, wenn ich schreibe, immer eine Mischung aus Mitleid, Mitgefühl und Erstaunen über die Unfähigkeit der Menschen entwickle.

S Obwohl das ja eigentlich offensichtlich ist, dass man um Figuren schreiben zu können, die wie die Protagonist*innen von *GRM* um ihren Platz in einer nicht sehr schönen und definitiv ungerechten Welt kämpfen, und damit man sich deren Schicksale überhaupt antut, eine extrem empathische Person sein muss. Trotzdem nehmen die meisten an: Die Sibylle Berg, das muss eine Misanthropin oder zumindest Pessimistin sein. Ersan, wie siehst du das eigentlich, beziehungsweise wo siehst du besondere Qualitäten in dem Schreiben von Sibylle?

E Es stimmt schon, dass man Sibylle als Kulturpessimistin bezeichnet, und ich verstehe auch, woher das kommt. Aber klar, eigentlich steckt in dieser brutalen Ehrlichkeit, mit der sie über Menschen schreibt, zum einen viel Menschenkenntnis und zum anderen auch eine Menge Menschenliebe. Auch beim *Hass-Tryptichon*: Da bringen sich die Menschen zwar am Ende um, aber ich glaube, Sibylle versteht das gar nicht so sehr als Dystopie, da der Abend dadurch, dass sich der Hass dort auf der Bühne entlädt, fast eine reinigende Wirkung in sich trägt.

Si Na ja, ich finde ja auch, dass du nur deine Wohnung, den geschützten Raum, in dem du dich in der Regel aufhältst, verlassen musst, um darauf zu kommen, dass ich in meinen Arbeiten eigentlich untertreibe. Der Wille zur Bosheit ist im Menschen schon angelegt, das ist ein Teil von uns. Und ich finde es ganz legitim, wenn man als Zuschauer sagt: Ich möchte das nicht in meinem Leben haben. Ich möchte das nicht wissen, ich möchte kein Leid sehen und keine Gettos, aber mir die eigene Bildungsverweigerung dann vorzuwerfen, das ist doch Quatsch.

S Ersan, hat sie dich eigentlich auch zu diesem Text wieder gezwungen? Oder was hat dich an *Hass-Tryptichon* angesprochen?

E Ja, im Prinzip ist das so: Sibylle schickt mir einen Text, und dann mach ich das. Was ich an dem Text vor allem mag, ist seine völlige Trockenheit in der Drastik der Figuren. Die Menschen, die dort gezeigt werden, sind ja eigentlich unfassbar bedeutungslos; und die sprechen so stoisch-trocken – das ist für die Bühne einfach fantastisch, wenn ein Schauspieler diese Texte gelassen und völlig ohne Körperspannung spricht. Diese Figuren sind ja eigentlich komplett uninteressant …

Si … So wie neunzig Prozent der Menschen allgemein …

E Aber das wiederum macht das Stück auch interessant. Beziehungsweise entsteht durch das Zusammenkommen dieser für sich stehend uninteressanten Menschen etwas Interessantes, so wie auch etwas Positives entsteht, wenn man zwei negative

Faktoren miteinander multipliziert. Am Ende ist das für mich auch die zentrale Frage in diesem Stück: Was ist es, das Menschen dazu bringt, aus einem Selbsthass heraus einen Hass auf andere zu entwickeln? Und daran anschließend: Wann ist der Punkt erreicht, an dem aus diesem Hass körperliche Gewalt entwickelt wird und die Menschen beginnen, einander abzuschießen? Diese Frage ist auch letztlich die, die diesen Text gegenwärtig so relevant macht. Denn das ist ja, was gerade tatsächlich passiert: Dass Menschen auf die Straße gehen und andere erschießen.

S Wie geht man damit um, wenn man erkannt hat, dass diese Art von Hass ein wiederkehrendes Muster ist, das dieses Jahr noch offensichtlicher und bedrückender zutage getreten ist als in den Jahren zuvor? Denkt man: An diesem Punkt kann es eigentlich erst mal nur noch schlimmer werden?

E Ich glaube gar nicht, dass es gerade nur noch schlimmer werden kann.

Si Ich denke auch: Es ist alles möglich. Es gibt ja immer wieder so Wendepunkte in Gesellschaften, manchmal verändern sich die an solchen zum Guten und manchmal zum Schlechten. Nimm doch mal an, die Grünen kommen auf einmal überall an die Macht, Autos werden abgeschafft – das ist möglich. Lange Zeit dachte ja auch niemand, die Mauer würde fallen und dass der Kommunismus für immer wäre. Nein, ist er nicht.

E Der Kapitalismus ist auch nicht ewig, der wird auch früher oder später abgelöst werden.

Si Der Krieg der Reichen gegen die Armen unter Einsatz von populistischen Kaspern auf der einen Seite, auf der anderen die Mehrheiten, die überfordert sind. Von den Umweltproblemen, der Digitalisierung, der Globalisierung. Der Hass entsteht bei vielen durch die Legitimierung durch Regierungsmitglieder. Und die Unfähigkeit, die Limitierung des eigenen Verstandes zu akzeptieren. Mit dieser Energie könnte man richtig vernünftige Dinge anstellen – Banken zerschlagen, eine neue Arbeiterbewegung …

E Ich denke auch, dass sich diese Energien anders kanalisieren lassen. Auch, weil wir über Hass gesprochen haben: Heute liegt viel mehr als früher ein Fokus auf dem geäußerten Hass, und damit erkennen viel mehr Menschen heute klarer und eindeutiger, wie Hass strukturiert ist und geschürt wird. Das wiederum hat viel damit zu tun, dass das, was früher in Wohnzimmern formuliert wurde und privat blieb, heute im Internet landet und Teil der Öffentlichkeit wird. Dadurch ist der Hass heute eindeutig sichtbarer, aber ich weiß nicht, ob er wirklich mehr geworden ist. In jedem Fall wird aber der Hass der Einzelnen viel stärker politisch instrumentalisiert.

Si Es gibt ja aber auf der anderen Seite in der neuen Medienrealität auch eine immer stärker werdende Normalisierung von Frauen in relevanten Positionen. Ich sehe zum Beispiel immer mehr Wissenschaftlerinnen. Natürlich kannst du das dann immer abschwächen, indem du sagst: »Das ist noch nicht genug!« Das stimmt natürlich auch, aber letztlich ist es damit ja wie mit anderen großen gesellschaftlichen Entwicklungen, wie zum Beispiel der größer werdenden Sichtbarkeit von nicht weißen Personen: Das geht sehr langsam voran. Wenn man diese Entwicklungen aber als Gegengewicht versteht …

E Natürlich geht das langsam voran, weil durch diese Entwicklungen ja auch tatsächlich eine gewisse Gruppe aus Sprecherpositionen verdrängt wird – der weiße Mann. Und das sorgt natürlich für Reibung, weil der weiße Mann seine Position mit allen Machtinstrumenten, die ihm zur Verfügung stehen, zu verteidigen versucht.

Si Da kommt ja auch noch mehr zusammen. Ich hab zum Beispiel das Gefühl, dass wir hier in der westlichen Welt am Ende sowieso völlig egal sind, weil Indien und China bald die Rolle des gerade untergehenden Westens einnehmen werden. Bevölkerungszahlenmäßig tun sie das eh schon, während wir hier unsere Gefechtchen führen.

E Das ist doch eigentlich aber ganz gut, oder?

Si Vor allem ist es ganz lustig. Wir haben im Westen sowieso noch immer ein sehr arrogantes Bild von der Welt, zum Beispiel von den Chinesen. Die verbreitete Ansicht ist doch, dass dort eine gleichgeschaltete Masse lebt, die von der Partei gesteuert wird, dabei gibt es da fast eine Milliarde Menschen, genauso jede gesellschaftliche Schicht, die wir hier auch haben, nur eben viel, viel größer, mit meistens sehr viel besserer Ausbildung. Erstaunlich, dass so wenige im Westen versuchen, dieses Land ein wenig zu verstehen. Auch in Bezug auf Afrika haben die meisten Europäer ja ein Bild, das ein altes Gefühl von kolonialer Überlegenheit konserviert. Warum fassen denn die meisten einen ganzen Kontinent innerlich mit den Worten Armut, Hunger und Aids zusammen, wenn nicht, um eine koloniale Politik fortzuführen? Ich habe letztens einen Bericht über einen Kongress, ich glaube, in Nairobi war es, gesehen – und dann siehst du da dicke weiße Frauen, die schwarzen Frauen erklären wollen, wie die zu verhüten haben, damit es nicht in Zukunft mehr schwarze Menschen gibt, die den weißen Menschen ihre Vorherrschaft streitig machen. WTF.

S Wie schafft man es eigentlich als Person, die bestimmte Privilegien nicht hat, zum Beispiel als Frau oder als nicht weißer Mann, trotzdem ein Bewusstsein für die Privilegien zu haben, über die man verfügt, und im Gespräch mit Menschen, die noch weniger davon haben, bewusst damit umzugehen und sich selbst zu hinterfragen? Zum Beispiel, auch wenn das vielleicht jetzt zwei verschiedene Paar Schuhe zusammenbringt: Warum solidarisieren sich gerade so viele mit den Protesten in Hongkong, mit anderen Protestierenden aber nicht?

Si Ich finde das alles hochgradig interessant, und ich denke, das ist ein Lernprozess, den man durchmachen muss. Viele reagieren ja erst mal überfordert darauf, wenn man sie auffordert einzugestehen, dass sie über Privilegien verfügen. »Ich bin doch ein guter Mensch.« »Ey, ich hab keine Vorurteile.« Und so weiter. Dabei verstehen sie genau falsch, worum es geht: eben nicht um sie, sondern um die Leute, denen die ganze Zeit nicht zugehört wurde.

E Ich finde es dabei auch interessant, darauf zu achten, wer sich wann mit wem solidarisiert. Es ist doch zum Beispiel spannend, dass sich Christian Lindner als Sprachrohr der Proteste in Hongkong stilisiert, aber gleichzeitig der Erste ist, der ein hartes Durchgreifen der Polizei fordert, wenn gegen einen G20-Gipfel in Hamburg protestiert wird. Daran sieht man, dass die Solidarisierung mit bestimmten Gruppen oft genug nichts mit dem Hinterfragen der eigenen Privilegien zu tun hat, sondern einem Zweck dient. Und Hongkong wird da gerade so ein Ort wie Berlin während des Kalten Krieges, weil das innerhalb des chinesischen Konstrukts ein sehr fragiles Konzept ist: ein westlich orientierter demokratischer Ort mitten im zentralistisch organisierten China.

S Letztlich wird durch diese Solidarisierung mit Protestierenden also ein Feindbild gefördert, zum Beispiel das des undemokratischen Chinas, welches im Konkurrenzkampf mit den liberalen Demokratien Europas steht?

E Schon. Allgemein fällt es mir aber schwer, eine Haltung zu den Protesten in Hongkong zu entwickeln, weil mich die Komplexität dieses Landes überfordert. Schon sich Europa in all seiner Komplexität vorzustellen, ist ja schwierig, und China ist noch mal viel größer und außerdem so weit weg, dass die einzige Vorstellung, die ich von diesem Land habe, durch Bilder in den Medien geprägt ist.

Si Es ist auch eine schwierige Sache, wenn von einem erwartet wird, zu jeder Zeit eine Meinung zu allem zu haben. Man kann ja vieles meinen, aber wenn man nicht das Hintergrundwissen hat, bringt das den öffentlichen Diskurs auch nicht weiter.

E Es ist ja auch so: Wenn alle eine Meinung zu allem haben wollen, stellen sich viele ohne Hintergrundwissen auch manchmal einfach auf die eine Seite, einfach, weil sie mit der Gegenseite nichts zu tun haben wollen. Und irgendwie habe ich ja auch ein schlechtes Gefühl dabei, mich zum Beispiel in Bezug auf Hongkong auf die Seite von Christian Lindner und der Springer-Presse zu stellen und damit dem europäisch-imperialistischen Blick auf China zu entsprechen.

S Das Einfachste, was man machen kann, um sich an einem Diskurs zu beteiligen, seine Meinung kundzutun, ist ja: ein Retweet.

Si Klar, in den paar Minuten, die man am Tag auf Twitter rumhängt, ein paar relevante Sachen retweeten, das geht natürlich. Aber das habe ich mir auch abgewöhnt. Im Prinzip ist es doch genauso Stulle, wenn Europäer dann wieder was über Trump tweeten. Ich bin zwar krankhaft neugierig und will eigentlich alles wissen, was es gibt auf der Welt, aber ich muss mich doch nicht zu allem äußern.

E Eigentlich interessiert uns vieles von dem, was wir so retweeten oder im Internet kommentieren, gar nicht WIRKLICH.

S Aber der Beginn der Impeachment-Verhandlungen gegen Trump hat euch sicherlich beide interessiert, oder?

Si Yes, aber ich bin rausgeflogen, weil ich keine Ahnung hatte.

E Aber es ist sehr spannend.

Si Das natürlich. Beim Brexit war ich ja noch drin, aber beim Impeachment-Verfahren gegen Trump blicke ich trotzdem nicht durch, dafür verstehe ich deren politisches System zu wenig.

S Apropos Brexit: Was mich in Bezug auf die Briten noch interessiert: Hat es die eigentlich gejuckt, was du in *GRM* über das UK geschrieben hast? Wird das Buch ins Englische übersetzt?

Si Ob es die interessiert, was ich denke? Also eine Übersetzung wird wahrscheinlich tatsächlich kommen, nachdem zunächst mehrere Verlage abgesagt haben. Dafür gab es übrigens im Kern zwei Gründe. Der eine war die Empörung darüber, dass ein Schweizer Mensch über ihr heiliges England schreibt. Eine Verlegerin schrieb wirklich: »Was würden Sie denn denken, wenn jetzt ein Engländer über die Schweiz schreiben würde?«

E Gibt es eigentlich schon Pläne für einen Spielfilm oder eine Serie zu *GRM*?

Si Ja, wenn, dann muss das eine Serie sein.

S Ja, Ersan, wann machst du eigentlich mal Film oder eine Serie?

E Ja, lass uns doch *GRM* als zwei, drei Staffeln Netflix-Serie machen.

Si Okay, ich bin aber keine gute Drehbuchautorin.

E Na ja, dann kann man sich ja gute …

Si YouTube-Tutorials angucken? (lacht)

E Um deine Frage zu beantworten: Es gibt da etwas, was ich schon länger geplant habe, aber ich warte noch auf die idealen Voraussetzungen, weil die Mittel bislang zu gering sind. Und dann lieber keinen Film als einen, bei dem die Grundbedingungen nicht stimmen. Ich hätte alleine in Sachen Setbau natürlich gewisse Vorstellungen …

S Und mit hochtrabenden Ideen ist das in der deutschen Filmbranche ja immer so eine Sache. Aber vielleicht ist dann ja Netflix der richtige Ansprechpartner für dich?

E Ja, wobei die insbesondere die Schauspieler echt schlecht bezahlen.

Si Wahrscheinlich auch, weil es da einen gewissen Konkurrenzkampf gibt: Alle wollen diese Netflix-Jobs.

E Und die deutschen Schauspieler sind auch einfach gierig – die nehmen alles an. Die würden, glaub ich, sogar kostenlos für die arbeiten, wenn Netflix anruft. Aber: *Dark* fand ich echt in Ordnung.

S Sibylle, bist du eigentlich Serienguckerin?

Si Ja, vehement. Aber bei *Dark* bin ich irgendwie nach zehn Minuten schon rausgeflogen.

S Um zum Abschluss ins neue Jahr zu gucken: Woran arbeitet ihr momentan?

E Also ich inszeniere gerade in Köln *Die Verdammten* von Visconti, dann mach ich eine Oper in Antwerpen und danach eine in Berlin und dann ein Stück ein Belgrad – ich könnte jetzt immer weiter erzählen …

S Also bist du für 2020 schon ausgebucht?

E Ich bin eigentlich schon für die nächsten vier Jahre verplant, aber hab zwischendurch natürlich immer noch Zeit für andere Projekte.

S Aber du bleibst demnach der Welt die nächsten Jahre noch als freier Regisseur erhalten?

E Ja, ich werde erst mal kein Intendant. Vielleicht mit fünfzig irgendwann, mit einem festen Gehalt, und dann kann ich mich auch noch selbst als Werbeagentur einstellen.

Si Nein, ich glaube, Intendant willst du nicht sein. Die Idee von einem Stadttheater …

E Ich würde ja eigentlich gerne ein Theater bauen.

Si Etwas bauen, das fänd ich gut. Aber diese Guckkastenläden, wo man in einem Saal sitzt und nach vorne starrt – ich glaub das geht heute eigentlich nicht mehr.

E Ein Theater ist ja erst mal nur ein Gebäude. Je nachdem, wie dieses Gebäude gebaut ist, ist auch das Theater, was darin gemacht werden kann, anders zu verstehen. Deswegen geht man natürlich sofort einen Kompromiss mit einem Raum ein, wenn man zum Beispiel ins Berliner Ensemble geht, mit all diesen Rängen und Logen. Aber wenn man ehrlich ist, müsste man heute Theater abreißen, neu bauen und unserer Zeit anpassen. Ich finde, ein Theater müsste eigentlich viel transparenter sein. Da müsste ein Casino drin sein, Cafés, einfach ein viel offenerer Ort. Nicht so abgeschlossen, fast wie ein Mausoleum. Die ganze Idee davon, dass dieser Ort sich nur abends für zwei, drei Stunden der Öffentlichkeit öffnet – das müsste man ganz anders gestalten.

Si Und man müsste vor allem auch diese ganze alte Hierarchie wegsprengen. Das müsste zusammen mit einem Umdenken in der Architektur passieren. Es ist doch heute nach wie vor in achtzig Prozent der Häuser so, dass du da einen Larry hast, der den Dicken macht als Intendant, darum ein paar Dramaturgen und dann wird ein Programm mit Stücken gestaltet, die den Abonnenten zusagt, dann ist die Premiere voll, aber eigentlich werden zwei Drittel der Inszenierungen langweilig, weil zu viel Geld in dieselbe alte Scheiße gesteckt wird.

E Das sind einfach gewisse Strukturen, die sich festgesetzt haben. Ich merke ja an mir selber, wie mir schleichend etwas passiert, was ich nie wollte: Dass ich mich in meiner Arbeit an das System anpasse, weil ich ja auch auf den großen Bühnen arbeiten möchte. Ich denke auch, ich mach das gerne, und dadurch ändere ich mich – ohne dass ich das selbst mitbekomme –, das heißt: Die Theaterstruktur schafft es, mich subtil so zu verändern, dass ich konformer werde. Das ist natürlich erschreckend, und da hast du recht, dass das auch mit der Architektur des Ganzen zu tun hat: Das Gebäude macht natürlich etwas mit dir, wenn du da reinkommst. Es ist ja gar nicht so, dass das eine böse Gruppe von Menschen ist, die unbedingt will, dass das für immer so bleibt – das ist ein strukturelles Problem.

Si Ja, und das ist doch verrückt: Die allgemeine Annahme ist doch, die Kunst sei frei, Künstler spiegeln unsere Realität und so weiter, aber das ist zum Beispiel am Theater gar nicht mehr so, weil die Realität ja eigentlich längst anderswo ist als das Theater. Eigentlich ist das heute für mich vor allem ein Ort, wo Schauspieler*innen sich ausbeuten lassen.

E Also ja, am Ende müsste man Theater wirklich abreißen, um etwas zu verändern. Anders ginge es nicht.

Ilona Hartmann ist Autorin.
2020 erschien ihr erster Roman *Land in Sicht.* Von 2021 bis 2023 moderierte sie gemeinsam mit Christoph Amend den Interview-Podcast *Und was machst du am Wochenende?* für Die Zeit. Außerdem ist sie Teil der Musikgruppe Njelk.

Ilona Hartmann
über Mia Morgan

Noch

Portrait | Das Wetter #26 | 2022

Mein ganzes Leben fühlt sich schon immer so an, als würde ich auf etwas hinarbeiten. Auf etwas, das da noch kommt, was Gutes«, sagt Mia. Das klingt vertraut - das große Noch. Es ist die endlose »Wenn-dann-Schleife«. Wenn man jung ist, ist diese Hoffnung oft das einzige Rettungsboot ohne Löcher. Wenn ich erst die geile Diesel-Jeans habe, gehöre ich endlich dazu. Runterzählen: noch drei Fahrstunden, noch zweihundert Sportstunden. Eigentlich ist es eine elende Karussellfahrt zwischen »noch nicht« und »noch nie« und »doch noch«. Noch eine Runde! Mia, das weiß ich von ihr, kennt sich aus auf dem Rummelplatz der vermeintlich verpassten Chancen. Als wir uns das letzte Mal trafen, verlor ich einen Airpod, war aber um das Wissen reicher, mindestens noch eine Person zu kennen, die das »Noch«, das aus einem gefühlten Mangel an Vergangenheit entsteht, genauso beschäftigt hält und gleichermaßen antreibt.

Ich erinnere mich selbst ziemlich genau an den Sommer, als ich siebzehn war und im Garten meiner Oma stand und Himbeeren pflückte und dachte: »Das ist also der berühmte Sommer, in dem man siebzehn ist.« Ich hatte mal ein verklärtes Buch darüber gelesen und entsprechende Erwartungen an dieses Alter. Es war: langweilig. Das war die gnadenlose Unendlichkeit des Jungseins, die immer vergessen wird in allen feuchtäugigen Erzählungen. Dass das meiste von dem, was man dringend gebraucht hätte, in seinen Wachstumsschmerzen unerreichbar war - Jungs, Mädchen, einen Begriff für das Dazwischen, Selbstbewusstsein, innere Freiheit, Doc Martens - niemand hatte davon erzählt. Beziehungsweise: Es wurde durchaus erzählt. Aber so intensiv und leuchtend, dass es schon wieder zu geil klang. Als Teenager soll alles ganz turbulent und krass sein, Achterbahn der Gefühle, am Ende wird gekotzt oder jemand sucht seine blutigen Zähne im Sand. Hauptsache: was gespürt. Dass viel öfter eine dumpfe Leere herrscht, die quält und als Ausweg nur die Hoffnung übrig lässt, wo wird das gezeigt? Wer erzählt das Dröge, den flachen Puls im seltsamen Körperkerker, die pointenlose Peinlichkeit? Das Warten, dass verdammt noch mal irgendwas Bedeutsames passieren möge oder man wenigstens auf eine Party eingeladen wird? Asal Dardan schreibt auf Twitter: »You're not late to the party. There is no party.« Wir wissen beide, dass es nicht stimmt. Aber es ist die schönere Lüge.

Was mir jetzt über zehn Jahre nach diesem Sommer und damit belastend spät klar wird: Wir müssen andere Geschichten erzählen. Mit wir meine ich: wir im erzählenden Gewerbe, in Kunst, Literatur, Musik, Film, wir im Internet, wir mit unseren Möglichkeiten. Aber auch wir im Freundeskreis, du, ich und alle, die wir kennen. Mia Morgan macht das und erzählt Coming of Age neu und so ehrlich, wie es gerade so ertragbar ist. Auf Social Media und auf ihrem Debütalbum *Fleisch*. Und in dem Gespräch, das wir Mitte Dezember auf ihrem Sofa führen, während wir auf Pho und langfristig auf den Sommer warten. Nur noch vierzig Minuten und sechs Monate. Wie war Jungsein für Mia? »Ich hatte zwanzig Euro, Blasenentzündung und nichts ging.« Das ist so ein Satz, den sie sagt und der in der Luft stehen bleibt wie ein Passant aus der Vergangenheit, der uns beide anglotzt, wie wir dahocken und wissen: Es ist wahr. So war das. Nichts ging. Körperlich immer leicht unwohl. Broke as fuck. Und keine*r hat es zugegeben. In ihrem Song *Teenager* tauchen weitere unbequeme Wahrheiten auf. Wäre man früher nicht so uncool gewesen, hätte man heute nicht dieses brennende Schamgefühl gegenüber den Leuten von damals. Oder auch den Leuten von heute, wenn wir schon dabei sind. Man merkt das denen ja meistens an, ob die früher gemobbt wurden oder gemobbt haben. Ob sie die richtigen Markenklamotten bekommen oder sich die komplette Schulzeit über gefühlt haben wie ein anthrazitfarbener Rollkoffer.

Mia sagt: »Ich hatte keine richtige Jugend durch meine Essstörung. Mit Anfang zwanzig habe ich dann ein Jahr lang versucht, alles nachzuholen, was ich verpasst hatte, aber vieles war gefühlt schon vorbei. In meinem Leben musste ich schon an einige Sachen einen Haken machen. Nicht ohne Wehmut.« Die Scham, die in dem Gefühl steckt, zu viel nicht gelebtes Leben mit sich herumzutragen, obwohl man objektiv betrachtet noch nicht einmal alt ist, ist groß. So groß, dass die Flucht in die Hoffnung naheliegend und sicherlich in vielen Fällen rettend oder wenigstens schmerzverzögernd ist. Auf *Fleisch* gräbt Mia Morgan die Nägel tief in genau diese Wunde. Es ist die Vermessung einer wirren, vergangenen Zeit, aber mit neuen Einheiten. »Meine Zielgruppe ist viel älter, als ich dachte«, sagt Mia. »Die sind so alt wie ich.« Mitte bis Ende zwanzig also, geboren vor dem Millennium. Trotzdem ist Mia auch eine Künstlerin für die Gen Z, denn die Themen sind doch irgendwie dieselben geblieben: der eigene Körper, Sehnsüchte, toxische Freundschaften, Selbstbestimmtheit, Leistungsdruck, Zukunftsangst, Gruppenzwang, Verliebtsein und die seltsame sexuelle Macht des Frauseins. Es geht um die richtige Balance aus heilsamer Romantisierung und selbstermächtigender Richtigstellung.

»Durch einen Filter die Dinge wenigstens im Nachhinein in etwas Schönes zu verwandeln, kann auch etwas Gutes haben«, sagt Mia. Und oh boy, manchmal ist das wirklich nötig. »Die Zweitausender waren popkulturell die schlimmste Zeit, um magersüchtig zu sein. Ich hing den ganzen Tag auf Tumblr, habe Lana Del Rey gehört und mich gefühlt wie eine Göttin.« Die Zweitausender, die »Naughties«, das waren die langen dünnen Beine von Alexa Chung und Amy Winehouse, das waren flackernde Gifs anorektischer Mädchen auf Tumblr, das war #thinspiration und fehlende Filter, die schädliches Bildmaterial aus der Fotoflut herausgefischt und Jugendliche wie Mia vielleicht ein bisschen geschützt hätten. Das waren britische Indie-Boys mit privaten Problemen (Drogen) und schlechten Zähnen (wegen Drogen). Und natürlich: Queen Lana, Ali Michael, Blumenkränze, American Apparel Disco Pants, Sky Ferreira, Jeffrey Campbell Platform Boots, morbide Schönheit, verblichener Glanz, Flennen am Pool. Das muss man sich jetzt alles in der Stimme von Heidi Klum vorgelesen vorstellen. Sie und taff-Moderatorin Annemarie Carpendale, damals noch Warnkross, erledigten von Schulschluss bis Zähneputzen den Rest, die privat finanzierte Abrissbirne für Jugendliche, speziell fürs weibliche Gehirn. Mia sagt (bitte jetzt wieder Mia-Stimme): »Wir sind hoffentlich die letzte Generation, die diese Schäden aus den Zweitausendern hat, von Germany's Next Topmodel und Size Zero und dem ganzen misogynen Scheiß, der da auf allen Kanälen abging. Es tut richtig gut zu sehen, dass sich da gerade Dinge verändern.« Ironischerweise hat Mias Werdegang auch auf Tumblr angefangen, wo sie als Bloggerin zum ersten Mal Reichweite aufbaute und dann später erste Demos ihrer Musik veröffentlichte.

»Ich war tumblr famous«, sagt sie, und es hört sich heute fast an wie eine Schlagzeile aus einem Klatschblatt. Geständnis! Ich war berühmt auf Tumblr. Auf dieser in Verruf geratenen Seite, auf der aber doch die ein oder andere Karriere oder Freundschaft ihren Anfang fand, in den frühen Jahren der Pubertät des Cyberspace.

Dafür, dass sich seitdem einiges zum Guten entwickelt hat, ist sie selbst ein Beweis. Mia geht offen um mit Weiblichkeit, Sexualität und Selbsterkundung, inszeniert sich ästhetisch souverän zwischen Pop, Goth, High School, Nymphe, Bratz Doll und Pamela Anderson.

»Musik zu machen, nötigt mich, mit mir als Frau und meinem Körper umzugehen und mit Sichtbarkeit komfortabel zu werden, weil ich auf der Bühne stehe.« Sie benennt mit präziser Sprache Essstörungen, Depressionen und Borderline, spricht darüber sachlich und klar, aber nie unterkühlt. Stattdessen redet Mia immer als Person, die sich in der Verarbeitung dieser schmerzhaften und teilweise lebensbedrohlichen Erfahrungen nahe geblieben ist. Vielleicht auch ein Grund, warum sie in Interviews häufig dazu genauso intensiv befragt wird wie zu ihrer Kunst. Denn auch an dieser Stelle braucht es neue Worte für bekannte Phänomene. Bücher über Anorexie oder Bulimie hießen früher zum Beispiel *Zartbitter* oder so ähnlich und wurden mit Vorliebe von Anorektiker*innen gelesen.

Nicht, um gesund zu werden, sondern weil da vielleicht noch ein paar neue Tipps drin standen oder ein paar Zahlen, mit denen man sich vergleichen konnte. Das Perfide an Essstörungen ist, dass man sie vielleicht irgendwann symptomatisch überwinden kann, aber die Krankheit klammert. Lässt nicht los. Verändert Gehirnstrukturen, wie bei anderen Suchterkrankungen auch. Fehlt, obwohl sie eigentlich noch da ist.

»Was mir manchmal wirklich fehlt, ist die quasi-religiöse Erfahrung, etwas zu haben, dem du dein ganzes Leben widmest«, sagt Mia. Und hat sich im Ausdruck – in Musik, in Bildern, in Sprache – dieses Bedürfnis positiv ersetzt? »Auf jeden Fall.« Es klingt fest und warm, wie sie das sagt. »Wobei ich nicht von Ersetzen sprechen würde, das habe ich parallel auch immer gemacht. Es war eine gute Alternative für mich, eine Beschäftigung, aber auch Energie-Outlet und eine Art, mit Problemen umzugehen. Und es wird hoffentlich bald mein Vollzeitjob.«

Wie schwer es ist, von Musik zu leben, erzählt Mia nicht verbittert, im Gegenteil. Etwas zu tun zu haben, das nicht ihre Performance auf einer Bühne oder Songwriting involviert, ist ein guter Ausgleich, außerdem: festes Gehalt und geregelte Arbeitszeiten. Gerade während einer Pandemie viel wert. Es nervt natürlich trotzdem mittelfristig, wenn da eigentlich ein viel größerer Plan wartet.

»Ich habe vor vier Jahren im Bioladen gearbeitet und mir gesagt: Das ist mein letzter Nebenjob. Ich habe bei meinem Cateringservice gearbeitet und mir gesagt: Das ist das letzte Mal, dass ich etwas neben der Musik mache. Café, Kinderschuhladen, Impfzentrum, noch mal Café, jetzt Klamottenladen – ich träume davon, zu kündigen, aber werde es vermutlich trotzdem erst mal nicht machen können.« Da ist es wieder, das Noch. Nur noch ein Job, und noch einer, aber dann! »Dann bin ich ein Star, der in der Zeitung steht, und dann tut es dir leid, doch dann ist es zu spät. Zu spät!« Das ist von den Ärzten. Aber egal, weil die sind Mia heilig, was in ihrer Musik auch an manchen Stellen durchklingt.

Trotzdem gibt es neben all dem Support, den sie beispielsweise durch befreundete Künstler*innen wie Drangsal erfährt, viel unsichtbare Arbeit und Hürden, die sie in einer männlich dominierten Branche bremsen. Denn auch in der woken Indie-Bubble gibt es Boysclubs, in denen auf Kumpelbasis Freunde von Freunden von Freunden viel schneller in entsprechende Strukturen kommen, um Gehör, eine Bühne, ein Feature, ein Label zu bekommen. Abgesehen vom rein statistischen Fakt, dass FLINTA*in der Musikszene nach wie vor unterrepräsentiert sind.

»Wenn ich Musiker*innen suche für meine Band, warum bewerben sich so wenige Frauen? Der Grund ist, frei nach Laurie Penny, dass junge Mädchen mit Eintritt in die Pubertät oft ihre Hobbys aufgeben und stark mit der Entwicklung von Sexualität, eines weiblichen Ichs und ihrer Wirkung auf Jungs beschäftigt sind. Jungs spielen Gitarre, seit sie sieben sind. Und es gibt ja auch viele männliche Vorbilder als Künstler, die es so geschafft haben.« Oder, andere Baustelle: Sagt man ein Festival-Booking zu, für das auch ein problematischer Musiker gebucht ist? Verzichtet man auf das Geld für die Moral und die eigenen Überzeugungen? Schafft man es, auf das Timetable Einfluss zu nehmen und wenigstens nicht den Slot direkt davor oder danach zu spielen? Wenigstens eine andere Bühne? Fragen, die sich weibliche und weiblich gelesene Künstlerinnen unweigerlich stellen müssen, obwohl es alle angeht, vor und hinter dem Backdrop. »Und dann kommst du aufs Festival, und es sind nicht mal Tampons auf der Toilette.« Es scheint fast, als würde an manchen Stellen in Sachen Gleichstellung genauso wenig passieren wie in einer handelsüblichen Kleinstadtjugend.

»Ich will meinen Spark nicht verlieren«, sagt Mia in eine Pause hinein. Der Spark, das ist eigentlich so ein Talentscoutbegriff. Heidi Klum wollte auch immer Mädchen mit Spark, also mit einem besonderen inneren Leuchten, einer Energie oder manchmal war es auch nur das: so eine Georgia-May-Jagger-mäßige Zahnlücke zwischen den Vorderzähnen. Was Besonderes halt, das man spüren oder sehen kann. Aber diese

Auslegung tut ihm unrecht, diesem Spark, und Mias Angst kommt nicht von ungefähr. Dass der Spark, der wahrscheinlich eine Mischung aus Resilienz und kindlicher Restexzentrik ist, irgendwann erodiert bei allem Warten, Beharren, Streiten, Sichhochtrotzen, ist nicht unrealistisch. Vor allem, wenn gleichzeitig dabei das alte lädierte Ich hinter sich hergezogen werden muss wie eine Tigerente.

Während wir so sprechen, entsteht aus den gemischten Gefühlen der Vergangenheit und dem Glauben an die Reserven der Zukunft ein gemeinsamer Raum außerhalb des Raums. Das Licht ist schwach dort, ich ahne aber, dass wir nicht allein sind. Vielleicht hat die zähe Jugend, all die Gelegenheiten, die nicht ergriffen werden konnten, auch dafür gesorgt, dass Menschen besonders ausdauernd geworden sind. Und vielleicht gibt es auch ein Gegenstück zum sehnsuchtsvollen Noch. Ein in leises, aber sicherer Gewissheit abwartendes »Bald«. Die Suppe klingelt. Noch zehn Tage, dann werden die Tage wieder länger.

Enis Maci ist Schriftstellerin. Ihr Essayband *Eiscafé Europa* (2018) wurde nach Erscheinen hoch gelobt, genauso wie ihre Theatertexte, die in den letzten Jahren zum Beispiel in Leipzig, Wien, München oder Mannheim uraufgeführt wurden.

Pascal Richmann ist Schriftsteller und Mitglied der Akademie für Letalität und Lösungen. 2017 erschien im Hanser Verlag sein erstes Buch *Über Deutschland, über alles*, 2021 folgte *Man vermisst diesen Planeten. Über das Unheimliche* bei Spector Books. Außerdem schreibt Richmann für verschiedene Zeitschriften.

Enis Maci und
Pascal Richmann

Love of the Common People

Prosa | Das Wetter #21 | 2021

Eigentlich hätten die Schriftsteller*innen Enis Maci und Pascal Richmann im März nach Amerika reisen sollen. Stattdessen fanden sie sich zu Hause wieder – im Ruhrgebiet. Ein Dialog.

E nis Maci
P ascal Richmann

E Hier stehe ich zum Beispiel vor einem schwarz geklinkerten Gothic-Zechenhaus. Vor einem Stromkasten. Vor einer Kirche. Heimische Fauna: Kaninchen, Tauben, Kanarienvögel. Heimische Flora: Birken, Nesseln, und vielleicht Lorbeer, warum nicht.

Das Unwürdige, wenn ein sogenanntes Herrchen seinem Hund beim Scheißen zusieht. Die Wurst presst sich aus dem Arschloch, das Herrchen stülpt eine Plastiktüte um die Hand und schlendert mit der noch warmen Beute zum Mülleimer. Das denkt sich so leicht, bloß wenn man – Abstand bitte – mit Hundehaltern abhängt, wird man doch ganz weich und bewundert Harry beim Kacken. Nichts zu machen.

Wir spazieren über das ehemalige Gelände des Schalker Vereins und weiter zur Zeche Alma, und ich denke an meine Schulfreundin Nicole. Schlimm, sich Pseudonyme ausdenken zu müssen, wenn die tatsächlichen Vornamen so sehr ins strahlend Blaue treffen. Es sind die schlechten Annäherungen, die die Dinge verderben, und da kann ich mich selbst leider nicht ausnehmen. »Nicoles« Vater jedenfalls war Busfahrer bei Grafs Reisen und als solcher wochenlang abwesend, »auf Tour«, wie ich glaube, ihn sagen gehört zu haben. Besonders stolz war er auf die jährliche Fahrt zum Nordkap. Wenn ich sie besuchte, saß er im stockfleckigen Unterhemd auf dem Sofa, riss die Metallfolie vom Stauder und stürzte es herunter – nie sah ich ihn mit halb leerer Bierflasche, stets nur im Moment des Anbrechens, den Schaum im Schnauzer. Anbruch, Abbruch. Natürlich ließen sich die Eltern später – da waren »Nicole« und ich längst nicht mehr befreundet – scheiden. Auf dem Couchtisch lagen die Inhalte einer Schachtel Celebrations und einer Tüte Colorados in drei Kristallschälchen verteilt. Der Fernseher ankerte in der Schrankwand, umgeben von Konsalik und einem einzigen Band Grass. Der Butt. Wir spielten im Zimmer, *Sims* zum Beispiel, und bekamen koffeinfreie Cola und Puddingplunder. In der Küche stand die Mutter, kochte Salzkartoffeln, rauchte am Fenster und telefonierte mit ihrer Schwester, »Nicoles« omnipräsenter Tante, ledige Besitzerin vieler Lederjacken, einer aschblond gesträhnten Kurzhaarfrisur und eines Maltesermischlings, den sie bei ihrem eigenen Nachnamen rief. Die Tante kam bloß in Abwesenheit des Vaters zu Besuch. Sie war Taxifahrerin. Jahre, vielleicht ein Jahrzehnt später, stieg ich – zum ersten und einzigen Mal, ich wohnte längst nicht mehr in Gelsenkirchen – nachts bei ihr zu.

Anbruch, Abbruch, Aufbruch.

Da, wo wir die letzten Monate lebten, gab es: kein normales Schwimmbad, keine Trinkhallen, keinen TK-Maxx. Keiner unserer Freunde und Anverwandten war dort. Trost finden war also schwer, ich schob ihn vor mir her, bald, bald, bald, im März: Erlösung, Frühling. Es kam anders. Und trotzdem: Endlich ist das wieder möglich, kilometerweit gehen, ohne ins offene Land zu bluten, kilometerweit gehen, und die Stadt ist immer noch da, bloß unter anderem Namen. Außerdem sind wir nicht die Einzigen, die sich bei ihren Eltern einbunkern. Was also auch geht: aufs Rad steigen, klingeln, schreien: Guck mal ausm Fenster!, Calippo Cola holen, labern.

»Nicole« hatte ein Kaninchen. Es war zum Herzen, nicht zum Essen da, darin unterschied es sich von den Kaninchen, die ihre Großeltern einmal auf dem Balkon gehalten hatten. Trotzdem mästete sie es, bis es an Adipositas verstarb. Sein Name war Moppel, sein Reich waren Küche und Flur, Fliesen und Teppichboden. Die Türen zu den anderen Räumen waren von niedrigen Gittern versperrt, über die ich oft stolperte. Moppel fraß Kohlrabiblätter, Möhren und unerklärliche, hochverarbeitete Leckereis.

Die Unterscheidung zwischen Essen (das tun Menschen) und Fressen (das tun Tiere) gibt es im Albanischen nicht, dafür aber eine andere: të vdesësh (sterben, als Mensch) und të ngordhësh (sterben, als Tier). Ich vergaß diesen Unterschied oft, und die Erwachsenen lachten mich wohlwollend aus, wenn ich eine Fliege, eine Taube, eine Ratte menschlich-tot nannte. Im Spiel starben Hexen und andere Monster tierisch, wir sagten: kuçedra ngordhi, und so fand ich das tierische Sterben lange zum Lachen, weil ich es für ein Sterben-im-Spiel hielt, und das menschliche: Sterben-in-Echt. Beim Überarbeiten dieses Textes fällt mir auf, dass es diesen Unterschied auch auf Deutsch gibt: Tiere verenden. Würde man das aber heute so sagen: Mein geliebter Golden Retriever ist verendet?

Am 10. März fahre ich nicht nach München. Am 12. März fliege ich nicht nach Amsterdam. Am 16. März fliege ich nicht nach Tirana, am 23. April fahre ich nicht nach Münster, am 11. April fliege ich nicht nach Moskau. Am 10. März fahre ich nach Hause, und bleibe da.

P Vor mir lagen das Ruhrgebiet, mein Telefon, Theweleits *Männerphantasien* und Ben Lerners *22:04*. Hinter Spandau bestellte ich Tee. Der Kellner arbeitete zum ersten Mal. Er sagte das jedem Gast, im immer gleichen Ton, und zwinkerte dazu mit seinen riesigen, bebrillten Augen. Ich schlug *22:04* auf. Ben Lerners Ich-Erzähler und dessen beste Freundin Alex, die ihn gerade zwecks einer künstlichen Befruchtung um sein Sperma gebeten hat, stehen im Metropolitan Museum vor Bastien-Lepages Gemälde *Jeanne d'Arc*: »Drei durchscheinende Engel schweben in der oberen linken Hälfte des Gemäldes. Sie haben Jeanne, die an einem Webstuhl im Garten ihrer Eltern gearbeitet hat, soeben aufgerufen, Frankreich zu retten. Ein Engel hält seinen Kopf in den Händen. Jeanne scheint auf den Betrachter zuzuwanken, einen Arm ausgestreckt, vielleicht in der Verzückung des Gerufenwerdens Halt suchend. Anstatt Zweige oder Blätter zu packen, scheint ihre Hand, die sorgfältig in der Sichtachse eines der anderen Engel platziert ist, sich aufzulösen. Laut dem Begleittext des Museums wurde Bastien-Lepage angegriffen, weil es ihm nicht gelungen sei, das Ätherische der Engel mit dem Realismus des Körpers der künftigen Heiligen zu versöhnen, aber ebendieses ›Misslingen‹ macht es zu einem meiner Lieblingsgemälde.« Ich konnte mir das Bild nicht vorstellen. Ich tippte den Namen des Malers ins Telefon. Der Empfang war schlecht, Google-Bilder zeigte Rechtecke wie Flecktarn. Draußen reihten sich Äcker aneinander. Die Sonne beschien Brandenburg und Bordbistro grell: Es war Mittwoch, der 11. März, 12:02 Uhr.

Am Abend zuvor hatte ich mich in die Art von Rage geredet, die einen dazu bringt, sich oft und vor allem im Suff zu wiederholen. Ich erzählte den Freunden, dass zu meinen Hobbys – Sprudelwasser, Schlaftabletten, Solitär – jetzt auch das Transkribieren von YouTube-Videos zähle: die Wetten-dass-Baggerwette zum Beispiel, die 53-stündige Liveübertragung der Mondlandung oder aktuell die Fernsehserie *Tour de Ruhr,* weil sich dabei eine Demut einstelle, die meditative Praktiken ersetze, usw. usf. – kurzum: Sachen, die sie lang schon wussten. Tanita hatte die fünfte Folge gerade zu streamen begonnen und Marie-Luise Marjan – die da noch nicht Mutter Beimer war – im Traumlandpark bei Bottrop gesehen, als ich die Wikipedia vorlas: »Die Serie zeigt eine Radtour. Sie führt von Dortmund durch das nördliche Ruhrgebiet nach Duisburg. Die Serie vermittelt Eindrücke aus dem Ruhrgebiet um 1980, das sich nach Zechenschließungen in einem Strukturwandel befand. Die Tour wird als ungewöhnlich dargestellt, zwar seien Fahrradtouren wieder beliebt, nicht aber durch das Ruhrgebiet.«

E Rückzug in die eigenen vier Wände. Meine hier sind ein Geschenk, das ich bloß auf Zeit annehmen kann. Das Unbehagen, das diesen Rückzug begleitet, ist in Wahrheit eine Verwunderung: The world was supposed to be my oyster. Und hier ist sie das ja noch, bevölkert von diesen Figuren, die der Gegend so eigen sind, über die man nichts aufschreiben will, es wäre Verrat, und man tut es doch, weil man sich ihrer so oft als möglich erinnern will, weil es sie ja wirklich gibt.

P Weil nur das E zurückkehrte, das mit dem L und dem T verschwunden war, legte ich das Telefon auf den Tisch, genau zwischen zwei ockergelbe Flecken. Vielleicht, dachte ich, war das Internet in Frankreich auch ihretwegen so gut: Jeanne d'Arc, Schutzheilige der Telegrafie und des Rundfunks. Sie hatte Stimmen gehört, und diese Stimmen waren die Stimmen von Engeln gewesen. Ich dachte: Der Chat ist ätherisch. Ich dachte: Sonst fällt mir nichts ein, was irgendwie ätherisch wäre. Ich las: »Es ist, als erzeugte die Spannung zwischen der metaphysischen und der physischen Welt, zwischen zwei Ordnungen von Zeitlichkeit, eine Störung in der Matrix des Bildes; der Hintergrund verschluckt Jeannes Finger.« Ich dachte: Der Chat wird ätherisch durch eine gleichzeitige An- und Abwesenheit des Fingers. Draußen wühlte ein Mann mit den Händen im Acker. Vielleicht, dachte ich, waren die Kartoffeln, deren Stärke die Tischdecke aufgesogen hatte, in diesem Acker gewachsen. Eine Weile stellte ich mir Erntemaschinen vor, Traktoren. Ich fühlte mich sehr verbunden mit der Welt und las weiter: »Während ich an jenem Nachmittag mit Alex dort stand, wurde ich an das Foto erinnert, das Marty in *Zurück in die Zukunft,* entscheidender Film meiner Jugend, mit sich führt: Während Martys Zeitreise die Vorgeschichte seiner Familie zerrüttet, beginnen er und seine Geschwister auf dem Foto zu verblassen. Nur ist es hier [bei Jeanne] etwas Vorhandenes, nicht etwas Fehlendes, das ihre Hand zersetzt: Sie wird in die Zukunft gezogen.«

E Ich habe meine Freunde also rausgeklingelt. Wir setzen uns auf zwei gegenüberliegende Parkbänke und trinken Radler. Can fragt: Hat Schalke heute gespielt?

Einer der letzten Staaten der Welt, die die Pandemie aktiv ignorieren, ist Belarus, und dementsprechend teuer kann es seine Fußballsendelizenzen verkaufen, bis nach Indien. Ein Sprecher von Dinamo Minsk sagt im Interview mit dem Guardian: »We hope [the international attention] will improve the level of the game because the players may get more responsible.« Ein Fan ergänzt: »[When European soccer resumes, fans] will not only watch English or Italian leagues, but also the Belarusian one from time to time.«

Nein, sagen wir, niemand spielt grad, warum? Und Can: Kennt ihr noch den einen? Der immer auf der Markenstraße rumrennt, und rumschreit, wenn Schalke gewinnt? Asi-Erich?, frage ich. Doch nich Erich, sagt Gianna, der eine aus Horst, hier, dings, du kennst den – Tobi! Stimmt, den kenn ich. Gestern hat der auch geschrien, sagt Can, seit Ewigkeiten wieder, ich dachte, wegen Schalke. Tobi feiert einen Phantomsieg. Er spürt ein Ereignis, das von seinem Körper abgeschnitten ist, aber immer zu ihm gehört hat, mit stechender, unleugbarer Deutlichkeit – und tut also, was er am besten kann oder zumindest wofür er berühmt ist. Cans Mutter hat Tobi früher gehasst. Als aber ihre Katze Balım nach einer Überdosis Rattengift verstarb, war Tobi es, der sie beerdigte. Seitdem grüßen sich die beiden auf der Straße.

P Zum ersten Mal sprach ich in Amerika vom Transkribieren, zwischen den Jahren, in den Universal Studios. Alles sei wiederholenswert, sagte ich und trank einen Schluck Bud Light aus der Aluminiumflasche. Dann fuhren wir durch die Kulissen von *Zurück in die Zukunft,* etwas, das ich zuletzt vor 25 Jahren gemacht hatte. Sechsjährig war mir damals eine Käppi der Hillvalley Bulldogs aufgesetzt worden. Im Merchstore, wo meine Mutter sie gekauft hatte, hingen inzwischen Hoverboards.

E Später, dann, mit anderen, im Videochat: Ein Gespräch über die neue Lust am Gehorsam und – in Ecuador verwesen die Körper der Toten auf den Straßen. Da lagern sich also zwei Gedankenstränge übereinander, taktlos wie der Tod selbst: Da wachsen Kinder auf, in sogenannten Friedenszeiten, die werden diesen Geruch, von dem ich viel gehört habe, den ich nicht kenne, den ich nie kennenlernen möchte, da wachsen Kinder auf, die werden diesen Geruch nicht vergessen, er wird durch die geöffneten Fenster dringen, und sie: werden noch ihren Enkeln davon erzählen. In Ecuador bleiben die Leichen liegen – und die neue Lust am Gehorsam, Drohnen und Daten, jawohl Herr Wachtmeister, ist, schlimmerweise, trotzdem, gleichzeitig auch noch da.

P Mit Blick auf das Kaiserdenkmal von Porta Westfalica bestellte ich noch etwas und öffnete *Männerphantasien,* genau an der Stelle, wo Theweleit Freuds Ödipus erklärt: »Ein Sohn will eine Mutter beschlafen, das setzt ihn in Konkurrenz zu einem Vater, der sich mit der Kastrationsdrohung beim Sohn rächt, worauf dieser, um seinen Sohnphallus zu behalten, auf den Inzest verzichtet und sich mit dem Vater identifiziert.« Ich blätterte ein bisschen, sah mir die Bilder an. »Inzwischen besteht weitgehende Einigkeit darüber, dass Ödipus ein vorwiegend europäisches Phänomen ist.« Ich dachte: MILF ist ein Akronym aus Amerika. Was mich an *Zurück in die Zukunft* am meisten verstört hat, war die Tatsache, dass sich Martys Mutter ihren eigenen Sohn klarmachen will. Ihr nachzugeben, würde für Marty die vollständige Auflösung bedeuten, einen körperlosen Tod – wobei die ziemlich puritanische Pointe auch darin besteht, dass Marty gar nicht will: Die Zeitreise wird zur Flucht vor seiner minderjährigen Mom.

E Die Frage ist ja nicht, was man »noch« sagen kann – lächerlich, dieses Wittern des imaginierten Feinds, gerade erst unerwartet zu bestaunen bei Moritz von Uslar, wenn er über eine Wilmersdorfer Nageldesignerin schreibt: »Sie trägt eine sehr weibliche Garderobe, mit der Feministinnen vielleicht ihre Probleme hätten, weil sie eine eher konventionelle Idee von weiblicher Attraktivität bedient«, als lauerten die Anti-Strass-Stalinistinnen an jeder Ecke –

die Frage ist vielmehr, was man überhaupt sagen kann. Die Grenze des guten Geschmacks: eine Empfehlung unter vielen; ein Schild am Fahrradweg, demoliert und verschoben von Dreizehnjährigen unter Monster-Energy-White-Einfluss.

P Zwischen den Jahren – wir hatten die gleiche Route gewählt wie meine Eltern ein Vierteljahrhundert zuvor – war es mir vorgekommen, als hätten sich allein die Universal Studios verändert, als wären sie das einzig Überschreibbare, weil nur dort Neues hinzugekommen war, Hogwarts und Springfield zum Beispiel, während sich draußen der eigentliche Park ausgeformt hatte: Hollywood, Haight-Ashbury, Carmel-by-the-Sea.

E Auf Klassenfahrt haben wir einmal eine Schnitzeljagd gemacht. Der erste Hinweis bestand in einem aus Zweigen gelegten Pfeil auf dem Waldboden. Meine Gruppe war die zweite, die losgehen durfte. Selbstverständlich drehten wir die Zweige um, und der Pfeil riet all jenen, die nach uns kamen, zur entgegengesetzten Richtung. Selbstverständlich hatte die erste Gruppe den Pfeil schon vorher kichernd umgedreht. Seltsamerweise tat das keine der folgenden Gruppen, wir waren also die Einzigen, die sich verliefen. Wir säten und ernteten Chaos, wir stellten die Ordnung wieder her.

P Der Kellner kam mit einer Flasche alkoholfreiem Weizen. Er hielt sich das Glas so nah vors Gesicht, als läge darin etwas verborgen oder als hätte er das, was darin verborgen lag, soeben gefunden. Und während er das Bier in das Glas goss, die Flasche hochwarf, auffing und kreisen ließ, um auch den letzten Schluck auszuschütten, da öffnete sich das Fenster zum Wahnsinn sperrangelweit. Plötzlich wurde mir klar: Dieser weitsichtige Kellner war der letzte, den ich für lange Zeit sehen würde. Und diese Bahnfahrt war die letzte, und der Plan, die Seuche mit Enis im Ruhrgebiet auszusitzen, bevor wir nach Amerika zurückkehren würden, war das Letzte – nein, war das ERSTE, war nämlich: nicht absehbar.

E Auf der Erzbahntrasse fuhren früher Güterzüge zwischen Schalker und Bochumer Verein hin und her. Hier ist einmal Stahl gekocht worden. Die Mitarbeiter des Schalker Vereins erfuhren im März 2004 aus einer Pressemitteilung von der Schließung ihres Werks, die am nächsten Tag eintrat. Es gab keine Lohnfortzahlungen. Die Produktionsausrüstung wurde umgehend nach Tschechien verkauft. Das Angebot der Weiterbeschäftigung in der Saarbrücker Halbergerhütte nahm keiner der Arbeiter aus der Produktion an.

P *22:04* beginnt so: »Die Stadt hatte ein Stück aufgegebene Hochbahntrasse in einen luftigen Grünzug umgewandelt, auf dem die Agentin und ich in der für die Jahreszeit ungewöhnlichen Hitze südwärts gingen« – der High Line Park in Chelsea, durch den Ben Lerners Ich-Erzähler spaziert, verschmolz mit der Erzbahntrasse, über die Enis und ich jeden Abend mit dem Rad zur Jahrhunderthalle fuhren. Wir schauten uns das Ruhrgebiet an, das wir zu kennen geglaubt hatten, von dem uns nun aber klar wurde, dass seine Parkwerdung weiter fortgeschritten war, als das Leben der Leute vermuten ließ: Gelsen, ärmste Stadt Deutschlands. Wir fuhren zum Nordsternpark, zur ehemaligen Zeche Nordstern. Wir fuhren zum Landschaftspark Nord. Wir fuhren an den Bänken der Trinker vorbei, einer schrie: Du hast das mit dem Corona nicht verstanden, Kai-Uwe! Ich verstand auch kaum etwas. Ich dachte an die Emscher, die Enis Geburtsort mit meinem verbindet. Die Emscher, die ein Fluss voller Fäkalien war, ein Abwassersystem, das über der Erde verlief, weil der Bergbau sie untertunnelt hatte. Als die Kohle knapp wurde, die für Profit hätte gefördert werden können, gründete NRW den Emscher Park. Das war 1989. Der Emscher Park renaturierte den Fluss Emscher. Der Emscher Park hieß auch Kulturhauptstadt 2010. Der Emscher Park stellte die Weichen der Erzbahntrasse wie die des gesamten Landes neu.

E Es ist also der sechste Monat meiner sozialen Isolation ausgebrochen. Die Behauptung, als Autorin sei dieser Zustand mein normaler, wird immer brüchiger. Natürlich drehe ich durch.

Wenn Hass hässlich macht, wieso seh ich dann aus wie 1 Model?, fragt die Userin @baudrillardbae.

Wir beschließen, nein, wir sind gezwungen, unsere Computer aufzuräumen. Plötzlich gibt die externe Festplatte den Geist auf. Schon wieder die Vergangenheit gelöscht? Tanita schreibt: Boah Daten Leute. Der Film *The Postman* von und mit Kevin Costner besetzt 6,4 GB. Ich behalte ihn.

P Zwischen den Jahren hatten wir in Stanford das Geburtshaus des Internets besichtigt. Im musealen Keller hing ein Gruppenfoto der Informatiker. Ein Fragezeichen kennzeichnete eine unbekannte Person: Mit bauchfreiem Shirt stand sie da, scheinbar wusste niemand, wer sie war, vielleicht auch deshalb nicht, weil die, in deren Kreis sie sich befand, das Archiv der Archive erst noch entstehen lassen würden.

E Es ist die Zeit der mit ungelenker Hand gezeichneten Landschaften. Es ist die Zeit der großen Beunruhigung, die ein Ineinanderfließen ist, die eine Milchglasscheibe ist, ein Puzzle, das zusammengesetzt einen Globus ergäbe, wenn das letzte Stück nicht fehlte.

P Als ich während unserer Touren anfing, über den Traumlandpark zu recherchieren, fand ich folgende Bildunterschrift: »Ein verlassenes Einkaufszentrum irgendwo in Florida. Oder möglicherweise auch ein Motiv aus dem Moviepark in Bottrop-Kirchhellen, wie uns ein Leser auf Facebook mitteilte. »Wir wissen es nicht genau.« Der Traumlandpark war ein Märchenwald, der um Dinosaurier-Skulpturen und ein begehbares Herz ergänzt wurde. Die Besitzer warben für sich als »Europas größtes Dinosaurier-Freilichtmuseum«. Der Traumlandpark musste am 31. August 1991 schließen, drei Tage nachdem ich ihn anlässlich meines vierten Geburtstags besucht und im Herz einen klaustrophobischen Anfall erlitten hatte. Ein Jahr später eröffnete die Bavaria Film den Bavaria Film Park. Die Dinosaurier-Skulpturen wurden übernommen, ein Filmmuseum eröffnet. Die größte Attraktion war nun ein Nachbau der Marienhof-Kulissen. Ich besuchte den Bavaria Film Park, nachdem ich das erste Mal aus den Universal Studios zurückgekehrt war, kurz bevor auch er pleiteging. Seit 1996 befindet sich dort, wo zuerst die Dinosaurier verramscht wurden, ein Movie Park, der nach zehn Jahren die Warner-Bros.-Lizenzen verlor. Die Animateure legten unter Tränen ihre Batman-Kostüme ab. Kinder bildeten eine Protestkette um den Park. Die Geschichte des Traumlandparks ist eine Geschichte der großen Enttäuschungen.

E Im Doppelstockbett liegen – jetzt wird aber wirklich geschlafen! – und mit dem Finger den Amazonas entlangfahren, den Kongo, die Lena, den Finger in die Senken tauchen, Death Valley, Totes Meer, Marianengraben. Wie ist das alles gewesen? Wie wird es sein?

Und Öffentlichkeit – was ist das eigentlich? Hat sie nur mir gefehlt, während eines deutschen Provinzwinters, oder fehlt sie überhaupt dauernd? Ist etwa schon wieder das Kapital für die Misere verantwortlich? Wenn Öffentlichkeit zur Distanz zwischen zwei Shops degeneriert ist, was bleibt dann von ihr, wenn die Shops schließen? Wenn die Offices wirklich die Attrappen sind, als die sie sich jetzt zu entpuppen scheinen – was sollen sie dann darstellen? Und was bedeutet das: den öffentlichen Raum verteidigen? Reicht es denn wirklich bis hinter die sieben Berge, bis zu den sieben Zwergen: das Empire der Gewalt, wo die Sonne niemals untergeht?

Der Elefant im Raum trägt den Namen eines griechischen Dorfes. Der Elefant im Raum trägt den Namen einer hessischen Stadt. Der Elefant im Raum heißt: die Abwesenden.

P Wir fuhren im SUV meiner Mutter zum Movie Park. Es war der erste wirklich warme Tag des Jahres. Im Radio lief Paul Youngs *Love of the Common People*. Enis ließ die Scheiben runter, beinah lautlos bewegte sich der SUV durch Bottrop-Boy. Enis sprach über die Montanindustrie: Dass das Ruhrgebiet ohne sie einfach Westfalen geblieben wäre, eine Landschaft mittelgroßer Städte, Dörfer und Höfe. Sie sagte das ehrlich schockiert, vielleicht, weil Kirchhellen bereits dem Münsterland ähnelt: ein zwittriger, zersiedelter Rand. Während wir den Park im Schritttempo umfuhren und die Fahrgeschäfte hinter Maschendraht auftauchen sahen, erzählten wir uns von Familien- und Schulausflügen. Eingezäunt, aber geschlossen wirkte die Anlage wie eine Sperrzone, als würden im Inneren geheime Grabungen vorgenommen.

E Selbst dort, wo es verboten ist, das Haus für sportliche Betätigung zu verlassen, selbst dort, wo man bloß einkaufen, arbeiten oder zum Arzt gehen darf, ist es erlaubt, seine Haustiere auszuführen. Es zirkulieren niedliche Fotos von Spaniern, die mit ihren Ziegen Gassi gehen.

Daisy Hildyard schreibt: Your body is not inviolable. Your body is infecting the world – you leak. Und schreibt weiter: Nobody can name the day when an ape gave birth to a human.

P Je länger wir durch das Ruhrgebiet fuhren, desto stärker schien es dem Großraum L. A. zu ähneln: Flach gebaute Siedlungen, die zu Städten heranwuchsen – der Pott, das Valley –, unterbrochen und zusammengehalten von Malllandschaften. Der Ruhr-Park wurde 1964 eröffnet, im selben Jahr wie das Main-Taunus-Zentrum. Peter Handke brauchte mit dem Auto siebzehn Minuten von seiner Wohnung zum Main-Taunus-Zentrum. Ich stellte mir vor, dass er oft dort gewesen ist. Ich stellte mir eine Art Diktatur der Kinder vor.

E Pascal stellt fest: Gelsenkirchen ist nicht bei Google Street View.

Das Ruhrgebiet ist voller Birken, weil sie schnell wachsen, weil sie in wenigen Jahren aus einer Abraumhalde ein Wäldchen machen. Ich kann kaum atmen. Die heimische Flora greift mich an. Zwischen dem Astwerk: das Gerüst einer Holzachterbahn. Einer Wilden Maus. Eines Freifallturms, nein, DES Freifallturms, meines Referenzfreifallturms. Warner Bros. Movie World, Schulausflug, sechste Klasse, siebte Klasse, achte Klasse, was weiß ich. Bruce Begout schreibt: Die Einhegung war der Rettungsanker der verwundbaren und schutzlosen Menschheit, ihre regenerierende Prothese.

P Wir schauten die letzte Folge der *Lindenstraße*. Ich sah Moritz A. Sachs ein letztes Mal auf seine Mutter warten. Siebenjährig hatte er Klaus Beimer zu spielen begonnen, spielte ihn seit 1985 ununterbrochen, länger als ich auf der Welt war, und jetzt spielte er ihn nicht mehr. Ich dachte: Unheimlich ist, dass es für das Dickerwerden Beimers innerhalb des Plots einen Grund geben musste, wobei Beimer selbst vielleicht dieser Grund war, zumindest für Sachs. Ich fand, dass die ARD unverantwortlich handelte. Ich wollte Klaus oder Moritz das ganze GEZ-Geld überweisen, ich wollte, dass es für alle immer weiterging.

E Die Himmelstreppe ist eine Skulptur, ein Steinhaufen, der auf einer Abraumhalde thront. Niemand weiß, wozu Stonehenge gut war. Material verschwenden: ja, Material verwenden: niemals. Am Wegesrand steht, was Günter Westerhoff schrieb: Am Morgen warf sich schreiend ab vom toten Förderturm ein Falkenpaar, und floh.

Dr. Mahret Ifeoma Kupka ist Kunstwissenschaftlerin, Kuratorin und Autorin, die zu den Themen Mode, Körper und Performativem arbeitet. Außerdem ist sie Beiratsmitglied der Initiative Schwarze Menschen in Deutschland, beschäftigt sich mit post- und dekolonialen Perspektiven im Kunst- und Kulturbetrieb. Sie hat schon zahlreiche Ausstellungen kuratiert, 2020 zum Beispiel *Life doesn't frighten me. Michelle Elie wears Comme des Garçons*.

Dr. Mahret Ifeoma Kupka im Gespräch mit Anta Helena Recke und Joana Tischkau

Das Deutsche Museum für Schwarze Unterhaltung und Black Music

Gespräch | Das Wetter #22 | 2021

Das Deutsche Museum für Schwarze Unterhaltung und Black Music (kurz: DMSUBM) war eine Kombination aus Archivprojekt, Ausstellung und Performance. Erstmals machte es in der Nebeneinanderstellung dokumentarischen Materials wie Schallplatten, CDs, (Auto-)Biografien, Zeitungsartikeln, Plakaten, Interviews, Film- und Fernsehauszügen Schwarze Unterhaltungskultur in Deutschland in der Breite sicht- und kritisch diskutierbar.

Gegründet wurde es von Joana Tischkau und Anta Helena Recke gemeinsam mit Frieder Blume und Elisabeth Hampe und reiht sich nahtlos ein in die künstlerischen Auseinandersetzungen Tischkaus und Reckes.

Tischkau studierte Tanz und Schauspiel und führt in ihrer künstlerischen Praxis die Schriften Bell Hooks mit Beatboxing zusammen. Im Frühjahr/Sommer 2020 wurde ihre Inszenierung *Playblack* zur Tanzplattform Deutschland, dem Impulse Festival Showcase in NRW, sowie nach Hellerau, Europäisches Zentrum der Künste in Dresden eingeladen. Ihre Folgearbeit *BEING PINK AIN'T EASY* sucht explizit nach den Ambivalenzen zwischen Abwehrmechanismen Weißer Fragilität und Formen kultureller Aneignung. Die Arbeit prämierte im Oktober 2019 an den Sophiensælen in Berlin und wurde zum Friendly Confrontations Festival an den Münchner Kammerspielen sowie dem Tanzquartier in Wien eingeladen. Recke war nach einem Studium der Szenischen Künste Regieassistentin an den Münchner Kammerspielen. Ihre Regiearbeiten *Mittelreich* und *Die Kränkungen der Menschheit*, die sich unter verschiedenen Aspekten mit der kolonialen Amnesie und Weißsein in Deutschland beschäftigen, wurden 2018 und 2020 zum Berliner Theatertreffen sowie zum radikal jung Festival eingeladen. 2020 wurde ihr vom Fonds Darstellende Künste die Tabori-Auszeichnung verliehen. Das DMSUBM ist für die beiden Schwarzen Künstlerinnen auch eine Form der (Re-)Aneignung und wirft die Frage auf, wie Schwarze deutsche Kunst- und Kulturproduktion heute aussieht und aussehen kann, jenseits Weißer Identitätskonstruktionen. Mahret Ifeoma Kupka, Kuratorin für Mode, Körper und Performatives am Museum Angewandte Kunst in Frankfurt, in dessen unmittelbarer Nachbarschaft das DMSUBM Ende August 2020 für acht Tag zu sehen war, traf Tischkau und Recke zum Gespräch.

MIK Mahret Ifeoma Kupka
AHR Anta Helena Recke
JT Joana Tischkau

MIK Das Deutsche Museum für Schwarze Unterhaltung und Black Music (DMSUBM) ist zugleich Museum und die Performance eines Museums. Ich würde dem in diesem Interview gerne genauer auf den Grund gehen. Vielleicht beschreibt ihr erst mal kurz, worum es im DMSUBM in erster Linie geht …

AHR Im DMSUBM widmen wir uns dem Leben, Werk, Wirken und der Repräsentation Schwarzer Künstler*innen aus Showbiz, Pop, Film und Fernsehen in Deutschland. Musik und Kunstformen, die sich ganz klar auch in Abgrenzung zur sogenannten E-Kultur im popkulturellen Bereich bewegen und die bis auf wenige jüngere Beispiele normalerweise nicht im Museumskontext kanonisiert werden. Eine hilfreiche Kategorie bei der Entscheidung, welche Akteur*innen dazugehören oder nicht, ist auch: »Kennen meine Eltern die?« Also einfach Leute, die einem sehr breiten Spektrum bekannt sind.

JT Wir haben uns bei der Auswahl an kommerziellen Markern orientiert: Chart-Erfolge oder Sichtbarkeit im Fernsehen, TV-Sendungen, die ganz klar der Unterhaltung gedient haben.

MIK Ihr arbeitet schon knapp drei Jahre am DMSUBM. Es gibt auch eine Website und einen Instagram Account, die einen groben Einblick vermitteln, wer gemeint ist. Könnt ihr ein paar Beispiele nennen?

AHR Unsere älteste und früheste Vertreterin ist Marie Nejar, die 1930 geboren wurde. Wir gehen zeitlich von da bis ungefähr 2005. Wir haben Leute dabei wie Mola Adebisi, Arabella Kiesbauer, Roberto Blanco oder Ramona, Tic Tac Toe, No Angels, Bro'Sis. Auch Schlagersänger wie Billy Mo, Jimmy Hartwig, aber auch Rapper wie Samy Deluxe und Moses Pelham. Leider bisher nur wenige Leute aus dem Osten, wie zum Beispiel Tina Daute oder James Pulley. Wir haben tief gegraben und mit vielen Leuten geredet. Natürlich ist die Sammlung trotzdem längst nicht vollständig, es fehlen noch viele. Obwohl wir über zweihundertfünfzig Namen versammeln, sind wir davon überzeugt, dass sie trotzdem nur einen Bruchteil darstellen. Wir haben zum Beispiel den Sport vorerst weggelassen, da das ein extrem großer und komplexer Bereich ist, für dessen Bearbeitung wir in der ersten Projektphase keine Kapazitäten mehr hatten.

MIK Ich glaube allen, die in dieser Zeit in Deutschland aufgewachsen sind, fallen nach kurzem Überlegen mindestens zwei bis drei Namen ein. Und dass Schwarze Unterhaltungskünstler*innen nicht nur ein westdeutsches Phänomen sind, fiel mir spätestens dann auf, als mir auch Bekannte, die in der DDR aufgewachsen waren, Schwarze Künstler*innen aus ihrem Unterhaltungsprogramm nennen konnten. Allerdings fehlt bis heute eine grundlegende Aufarbeitung. Habt ihr damit jetzt angefangen oder konntet ihr auf bereits bestehende Archive und Sammlungen zurückgreifen?

JT Es gibt sehr viele Privatarchive, und auch der Verein EOTO (Each One Teach One) in Berlin hat sehr viel gesammelt. Die haben viel Material von Schwarzen deutschen Aktivist*innen übernommen, als diese gestorben sind, zum Beispiel von Theodor Wonja Michael. Dort gibt es auch eine Bibliothek mit Schwarzer und afrodeutscher Literatur. Es waren vor allem Schwarze Menschen, die gesammelt haben, weil sie wussten, dass das wichtig ist und konserviert werden muss. Wir sind also nicht die Ersten. Es gibt allerdings bislang keinen institutionalisierten Raum, der das Phänomen systematisch und umfassend aufarbeitet, archiviert und pflegt.

MIK Dass es vor allem Schwarze Sammler*innen sind, finde ich sehr interessant. Es scheint, als gibt es ein Bewusstsein dafür, dass Teile der Geschichte und Kultur in diesem Land verloren gehen, wenn wir sie nicht selbst konservieren, weil sie sich nicht automatisch ins offizielle Mainstream-Wissen eingliedern. Das DMSUBM ist daher auch ein Beispiel für einen Umgang mit Geschichte. Wir sehen dort, was alles da war und sonst kaum sichtbar ist und können dann auch weiter fragen: Was war denn in anderen Bereichen noch alles da und ist heute nicht mehr sichtbar?

AHR Das, was wir jetzt sichtbar machen, ist interessanterweise und absurderweise der Bereich, der eigentlich ja schon immer am sichtbarsten war. Wir zeigen die, die sowieso medial präsent waren. Wir zeigen sie aber zur Repräsentation vieler Generationen.

MIK Es ist auch der Bereich, in dem Schwarze Körper aus einer Weißen Perspektive irgendwie erwartet werden. Stereotypen Vorstellungen nach können Schwarze gut singen und tanzen und sind damit prädestiniert für Karrieren in der Unterhaltungsbranche. Inwiefern kommen diese Themen im Museum vor? Inwiefern reflektiert und kritisiert ihr das sichtbar?

AHR Mit der Ausstellung schauen wir auch auf die Ebene dahinter, auf die meist Weißen deutschen Produzent*innen, die die Stars nach genau diesen Stereotypen geformt und gesamtgesellschaftliche Fantasien bedient und auch gefestigt haben. Wir betreiben allerdings keine Aufklärungsarbeit, sondern konzentrieren uns auf ein Reframing, ein anderes affirmatives Heranholen der Inszenierungsstrategien dieser Leute. Und darauf, Zusammenhänge herzustellen, die erst mal nicht so naheliegend erscheinen.

JT Wir zeigen zum Beispiel, wie austauschbar Schwarze Körper in der Unterhaltungsindustrie teilweise waren. Es gibt Bandprojekte, in denen die Rapper*innen beziehungsweise Sänger*innen mehrfach wechselten, wie bei Boney M, Captain Jack oder auch Mr. President. Milli Vanilli ist auch ein interessantes Beispiel dafür, wie Schwarze Körper und Schwarze Stimmen mit Bildern zusammengesetzt und so konstruiert wurden. Das Publikum hat Robert Pilatus und Fabrice Morvan, die die Gesichter der Band waren, die zu hörenden Singstimmen von beispielsweise Charles Shaw, der gebürtiger US-Amerikaner war, abgekauft. Obwohl jede, die sich mal ein Interview mit den beiden angeschaut hat, hören konnte, dass Rob mit starkem deutschem und Fabrice mit französischem Akzent Englisch spricht. Da hat es auf der Seite des Publikums eine besondere Art der Blindheit gegeben, man hat sich berieseln lassen von der faszinierenden Aura dieser Band, und man wollte das gar nicht wissen, ob die das selbst singen oder nicht.

AHR Playback war damals eigentlich auch kein ungewöhnliches Prinzip. Zu dieser Zeit hat das jede zweite Show-Person gemacht. Dass das in deren Fall so skandalisiert wurde, hängt vermutlich eher mit dem Produzenten Frank Farian zusammen, der die Band irgendwann einfach loswerden wollte, da die beiden Mitspracherechte an ihrem Produkt gefordert haben.

MIK Vielleicht war der Skandal von Beginn an Teil des Konzepts?

JT Wenn wir über Tic Tac Toe reden, konzentriert sich alles auf diese krasse Pressekonferenz, und niemand fragt, wie es eigentlich den drei Frauen dabei ging. Was waren eigentlich die Probleme? Was hätten die in dem Moment gebraucht? Vielleicht auch an Stärkung vom Management oder von der Produktion?

AHR Oder welches Interesse hatte das Management daran, diesen Konflikt so nackt und hässlich auszuschlachten in der Öffentlichkeit? Man hätte das natürlich ganz anders auffangen können, aber es war gewollt, dass das in dieser Form in der Öffentlichkeit stattfindet.

MIK Gibt es Beispiele dafür, wie sich Schwarze deutsche Unterhaltungskünstler*innen gegen eine solche Instrumentalisierung gewehrt haben?

JT Wir haben ein Interview aus den Siebzigern mit Roberto Blanco gefunden, in dem er auf die Kritik seines Senders reagiert. Die wollten, dass er seinen spanischen Akzent ablegt. Er sagte: »Wenn ihnen das nicht gefällt, sollen sie sich jemand anderen suchen, einen Burgschauspieler, der spricht dann akzentfrei, kann aber nicht singen und tanzen.« Im gleichen Moment vergleicht er sich mit dem Moderator Rudi Carrell, der ja auch einen sehr starken holländischen Akzent hatte, der sogar zu seinem Markenzeichen geworden ist. Wir fanden, dass dieses Beispiel deutlich macht, dass Roberto Blanco da natürlich selbstbestimmt reagiert und sagt: »Wenn ihr mich nicht wollt, dann sucht euch jemand anderen, aber ich weiß, was ich kann, und ich weiß, dass ich gut bin.« Genau wie in einem Interview mit Arabella Kiesbauer, wo sie sich gegen Scripted Reality in ihrer Sendung wehrt. Sie konnte sie ein, zwei Staffeln rauskämpfen, bevor sie sich entschieden hat, zu gehen.

MIK Wir haben noch nicht über den Titel gesprochen. Der ist sehr lang. Wie kamt ihr darauf?

AHR Für mich passt ein langer, komplizierter Titel einfach gut zu Deutschland. Deutschland ist das, was alles konzeptuell zusammenhält. Es ist der gemeinsame Nenner von all diesen verschiedenen Dingen, die wir da zusammenbringen. Natürlich ist Schwarzsein das auch und beides sind total konstruierte Kategorien. Aber es sind trotzdem die Kategorien, an denen wir uns entlanghangeln müssen, ob wir wollen oder nicht. Wir haben für diesen Abschnitt als Zugang mal die Affirmation gewählt. Wie fühlt sich das an, wenn man eine deutsche Institution ist und dann mit einer neuen Selbstverständlichkeit Geschichte, Kultur und künstlerische Arbeiten ausstellt und aufbereitet?

MIK »Black Music« ist ja eigentlich eine urdeutsche Bezeichnung. Was soll das sein?

JT Ich glaube, dass der Begriff eine europäische Erfindung ist, die ihren Ursprung in der Bezeichnung

US-amerikanischer Musikgenres hat. Während der Segregation in den 1920ern wurde Musik von Afro-Amerikaner*innen Race Records genannt. Später wurde daraus Rythm 'n' Blues. Grundsätzlich diente das natürlich nur der Herstellung einer vermeintlichen Differenz. Sound oder auch Stimmen werden so rassifiziert und essentialisiert. Der Begriff »Black Music« ist eigentlich unbedeutend und leer. Es ist nicht möglich, unter all dem, was Schwarze Musiker*innen fabrizieren, einen gemeinsamen Nenner zu finden. Wir fanden es aber spannend, dass der Begriff in Deutschland besonders in den Neunzigern und Zweitausendern so inflationär benutzt wurde. Und in gewisser Weise benutzen wir ihn in der Arbeit ja auch etwas naiv, indem wir ihn wortwörtlich nehmen und auf die deutsche Musikgeschichte übertragen.

AHR Ich glaube persönlich schon, dass es so was wie »Black Music« gibt. Nur, um die zu finden, muss man was ganz anderes untersuchen, als sich anzugucken, wie die Musiker*innen aussehen. Man kann schon, wenn man sich mit Musik und Sound auskennt, Parameter ausmachen, die Blackness im Sound festmachen können. Nur hängen die überhaupt nicht damit zusammen, wie die Macher*innen der Sounds rassifiziert werden.

JT In einem Vortrag sprach Hortense Spillers über den Begriff »Black Culture« und über »Commermorative Spaces«, also Orte der Erinnerung. Sie sagt »Black Culture is critical Culture«. Ich finde diese Behauptung interessant, da sie den Begriff damit jenseits von Hautfarbe denkt und Blackness im Kontext der Kulturproduktion zu einem Parameter für die praktische Arbeit wird. Dann geht es eher darum, was Schwarze Kulturproduktion und -praxis ästhetisch, konzeptuell und in ihrer kritischen Wirkungsweise gemeinsam haben.

MIK Ich würde gerne noch mal auf die Struktur des Museums kommen. In Frankfurt war das Museum im Museum Angewandte Kunst am Museumsufer zu Gast. Es ist aber wichtig, zu verstehen, dass es keine Ausstellung des Museums war, sondern – in Koproduktion mit dem Künstlerhaus Mousontum in Frankfurt – ein Museum, das sich für einen gewissen Zeitraum Räumlichkeiten des Museum Angewandte Kunst lieh. Es gab auch einen separaten Eingang, damit deutlich wurde, dass es sich um separate Institutionen handelt. Warum war das wichtig?

AHR Der Move, selbst ein Museum zu gründen, ist das Ergebnis eines Prozesses. Wir sind in unserer Arbeit in der Vergangenheit oft gegen Wände gelaufen, haben viel ausprobiert, haben mit Institutionen zusammengearbeitet, bei denen viel Unwissen herrscht. Wir mussten auch erst mal an den Punkt kommen, wo wir selbstsicher sagen können: »Okay, fuck it, dann brauchen wir jetzt ein Museum und machen das selbst.« In Frankfurt docken wir uns an eine bestehende Institution am Museumsufer an. Da war auf jeden Fall der Ort ein wichtiger Faktor, allein, weil die repräsentative innerstädtische Lage, beispielsweise am Museumsufer, mit zu den wichtigsten Inszenierungselementen von Institutionen gehört. Wir haben auf ganz vielen Ebenen eine Institution inszeniert. Das fängt bei einer E-Mail-Signatur und der CI von Justus Gelberg an und zieht sich bis in die Stimmgestaltung, wenn wir am Telefon mit möglichen Kooperationspartner*innen sprechen. Im Moment müssen wir, glaube ich, noch an die herrschende Struktur andocken, denn irgendwo muss auch Geld herkommen.

MIK In gewisser Weise umschifft ihr mit der Behauptung einer Institution auch den ganzen Diskurs um Repräsentation und Diversität in bestehenden Institutionen. Ihr schafft einfach gleich etwas, was so ist, wie ihr es für richtig haltet.

JT Ich denke, es ist auch eine logische Weiterführung dessen, was Anta mit *Mittelreich* und den *Kränkungen* angefangen hat. Die gewaltsame Ermordung George Floyds, die damit einhergehenden Proteste, die Restitutionsdebatte oder aber auch die Diskussion um das Georg-Herold-Bild im Städel werden medial so geführt, als ob sie noch nie da gewesen wären. Mich macht das oft einfach nur müde, und es ist frustrierend, denn für die meisten Schwarzen Menschen in Deutschland ist diese Debatte nicht neu, und die »Vorfälle« wiederholen sich ständig. Das Material, das wir gesammelt haben, ist teilweise sechzig bis siebzig Jahre alt, und in fast allem zeigt sich ein artikuliertes Schwarzes Bewusstsein. Es zeigt auch, wie alt der künstlerische und öffentliche Widerstand gegen Rassismus in Deutschland ist. Aber es ist ja offensichtlich, dass Weiße Institutionen, Weißer Journalismus, Weiße Akademia diesen Künstler*innen gar nicht zuhören. Die These geht dann halt so: Wenn wir immer noch dieses System leben, in dem Kulturpflege und Geschichtsschreibung auf diese bestimmte Weise funktioniert, dann müssen wir auch Teil davon sein. Man kann natürlich auch das gesamte System hinterfragen.

AHR Ja genau, ein Museum ist ja immer noch keine neue progressive Form von Aufarbeitung oder Kultur. Letztendlich sind wir ein Theaterprojekt. Es gab nie die Möglichkeit, den normalen Weg einer Museumsgründung zu gehen, deswegen haben wir das im Kontext eines Theaterprojekts gemacht, wo wir mit Behauptungen nur so um uns werfen können. Dadurch haben wir eben auch noch mal andere Möglichkeiten und Freiheiten, Setzungen im Bezug darauf zu machen, was ein Museum eigentlich ist und warum.

JT Ich glaube auch, dass uns unsere eigenen Positionierungen als Künstler*innen – ich als Choreografin und Anta als Regisseur*in – und auch das restliche Team aus dem Theaterkontext (Frieder Blume und Elisabeth Hampe) uns eine gewisse Freiheit schaffen. Wir haben keine Ahnung von konventioneller Museumsarbeit, wir sind Autodidakt*innen, machen das ein wenig guerillamäßig. Wir scheitern darin ja auch ständig.

MIK Nach Frankfurt wird das DMSUBM in Berlin zu sehen sein. Wie wird es danach weitergehen?

AHR Unser Wunsch wäre es natürlich, dass unser Museum uns überlebt und als Ort der Kulturproduktion und als Archiv erhalten bleibt, damit die Generation nach uns auf einem viel höheren Level einsteigen kann. Wenn sie sich fragt: »In welcher Linie stehe ich eigentlich mit meiner künstlerischen Praxis? Wer bin ich als Schwarze*r Künstler*in in Deutschland?« Ich würde auch gerne andere Schwarze Künstler*innen mit dem Material, das wir gesammelt haben, konfrontieren, damit die wiederum zeitgenössische Arbeiten daraus machen können. Sei es in Form von Performances oder Bildender Kunst. Zum Teil haben wir das ja auch schon gemacht, indem wir Fathoeburger, Jegosah, Hans Camille Vancol und Noah Becker eingeladen haben. Die Sammlung ist überhaupt nicht vollständig. Sie kann sich immer noch erweitern.

JT Und dann ist da auch noch die Frage, was Schwarze Kultur in Deutschland überhaupt sein kann. Für mich ist unsere Arbeit auch eine Kritik an dem Phänomen, dass wir Schwarzsein in Deutschland oft nicht ohne den Blick in die USA definieren können. Das zeigt sich ganz aktuell an der teilweise unreflektierten Übernahme aktueller BLM-Slogans und der Ästhetisierung dieser Bewegung auch in Deutschland. Auf welchen Kanon können wir uns mit unserer künstlerischen Praxis beziehen? Wie können wir identifizieren, was Schwarzsein in Deutschland bedeutet, und wie kann man viel diverser Neben- oder Postkreationen ermöglichen? Wir wollen diese verschiedenen Generationen und Richtungen in einem Begegnungsraum zusammenbringen und gucken, was sich ergibt. Also das machen, was auch der Begriff »Black Music« macht.

Zeynep Bozbay ist Schauspielerin und in Berlin geboren. Nach ersten Stationen in den Jugendtheatern des Deutschen Theaters und der Volksbühne in Berlin sowie ihrem Schauspielstudium in Salzburg ging sie ins Ensemble der Münchner Kammerspiele – unter der Leitung von Matthias Lilienthal – und arbeitete im Theater seitdem bereits u. a. mit Pınar Karabulut, Nicolas Stemann und Yael Ronen. 2022 spielte sie eine Hauptrolle in der Streaming-Serie *Damaged Goods*, seitdem steht sie regelmäßig vor der Kamera. 2023 ist sie in der ARD-Serie *Sweat* sowie der ZDF-Produktion *Knigge&Co* zu sehen.

Zeynep Bozbay

Ez jî te hez dikim

Poetry | 2023

Ein Erinnern.
Ein Vermissen.

Gewidmet in größter Anerkennung und Dankbarkeit
euch, den fleißigsten und bescheidensten Menschen,
die ich je kennenlernen, deren Geschichten ich hören durfte.
Denen, deren Geschichten untergegangen, vergessen,
nicht erinnert wurden.
Den Menschen, denen kein Raum, keine Empathie,
kein Respekt gegeben wurde.
Denen, die geblieben sind, die gekämpft, geputzt, geliebt, getanzt,
gelacht, gekocht, gesungen, gelebt haben.

*Den Menschen, die als sogenannte »Gastarbeiter*innen« in dieses Land gekommen sind.*

Vor allen Dingen ist dieser Text gewidmet
einem dieser Menschen,
einer, der großen Lieben meines Lebens:

Nesife Meydan
geb. Bedo

Anneannem.
Seninle gurur duyuyorum.

Ich erinnere deine Hände, die weichsten und fleißigsten
Ich erinnere, dass du zaubern, jede Wunde heilen und jeden
Albtraum auflösen konntest
Ich erinnere deinen Schutz
Ich erinnere deine Stärke und deine Kraft, die Genauigkeit der
Choreographie deiner Arbeit,
so wie du dich an jede Bewegung erinnern konntest, die du Tag
für Tag ausgeführt hast,
als du in dieses Land kamst

Welche Steine haben du und deine Tochter über Jahre mir aus
dem Weg getragen,
bevor ich noch nichts von all dem ahnte
Welche Kämpfe habt ihr gekämpft, als ich noch keine Sprache
hatte,
für den Hass, der immer noch ist
Wie lange habt ihr es geschafft, mich vor ihm zu schützen
Jetzt erahne ich, verstehe oder weiß, dass ich blühen durfte
wegen euch,
dass ihr mich vorbereitet und gestärkt habt
Was für ein Privileg, dieses Wachsen dürfen im Matriarchat

Was für böse Schläge es bedeutete, in die Welt zu gehen und
das Fremdsein zu erleben,
Jetzt ist mein Herz eine klaffende Wunde,
da ich um Dinge weiß und dich nicht mehr fragen kann,
wie du es geschafft hast so stark und sanft
zugleich zu bleiben ein Leben lang

Ich erinnere deine Leichtigkeit, dein Lachen, deine Eleganz,
deine Großzügigkeit
Wie gut du im Stillen kämpfen konntest,
während ich schreiend um mich schlage, weil der Schmerz ein
Teil von uns geworden ist
Ich erinnere deine Liebe

Nun weiß ich
Vermissen ist für immer
Liebe ist aber auch für immer
Für immer – bis wir uns wieder sehen
Was niemand wissen kann
meine Liebe genau so unendlich,
wie alles endlich ist
bis ich meine Hand endlich wieder in deine legen darf

Ich baue meinen eigenen Kompass, mit dem Werkzeug,
das du mir gabst,
welches ich jetzt erst nach und nach finde,
auf dieser Suche, grabend nach Wurzeln.
Du hast mich verändert, immer zum Guten,
immer zum Guten

Ich erinnere deine feine Melodie und dein Talent,
wie du dieses Land zu unserem zu Hause gemacht hast,
wie du das geschafft hast,
Wo du warst, waren wir zu Hause, wo du warst waren wir
sicher

Jetzt ist da mein müdes, volles Herz und eine Kraft, die du als
Erste leise erkanntest,
weil du sie mir schenktest, als ich, noch klein wie eine Puppe,
mich in dieses Leben kämpfte
Die Kraft, an die ich denke, wenn die Welt das Gute in mir als
Schwäche liest

Was bleibt: Nach vorne schauen, mit dem, was du mich lehrtest,
denn es ist alles da und ich umgeben von deinen Engelsflügeln,
die mich wie eine Rüstung schützen.

Drangsal, alias Max Gruber, ist Musiker und Autor. Sein erstes Album *Harieschaim* erschien 2016, zuletzt folgte 2021 *Exit Strategy*. 2022 kam dann sein erstes Buch *Doch* heraus. Aktuell arbeitet Gruber an seinem zweiten Buch, neuer Musik und ist Teil der Rock-Supergroup Die Benjamins.

Drangsal

Noch unbetitelt

Poetry | 2023

Capo 4 (G# C# F# H D# G#), ~ 147 BPM

G   A# A   F
Wir laufen aufrecht, wenn man uns lässt
C   E
Der liebe Herrgott, er hält uns fest <3
G   A# A   F
Sein Faden baumelt vom Firmament
C   G
Den haben wir uns ans Revers geklemmt

G   A#   A   F
Weiß nicht mehr wirklich, was ich meine:
C   G
Was meine Meinung ist und was seine
G   A#   A   F
Weiß nicht mehr wirklich, was ich meine:
C   E
Was eine Meinung ist und was keine

F#m   D   A   E
Bevor es zu spät ist, sag ich etwas Konkretes:
F#m   D   A   E
Deine allerhübschesten Freunde und meine grässlichsten Albträume

D   Dm
Eine Meinung, keine Einung
Dm   **HIER ENTSCHEIDEST DU, WELCHER AKKORD GESPIELT WIRD**
Keine Heilung, eine Teilung

Ich laufe auf, ich hab mich verschätzt
Der liebe Herrgott, ihm geht es schlecht :(
Sollte er sprechen, ich wäre still
Damit ich ganz genau höre, was er will

Weiß nicht mehr wirklich, was ich meine:
Was meine Meinung ist und was seine
Weiß nicht mehr wirklich, was ich meine:
Was eine Meinung ist und was keine

Bevor es zu spät ist, sag ich etwas Konkretes:
Dein Mund und viele Münder, nicht daran zu
denken wäre gesünder

Eine Meinung, keine Einung
Keine Heilung, eine Teilung

Max Gruber
über Sebastian Hotz

Die Magie des Internets

Um kurz nach neun Uhr trete ich auf das Laufband, Alice Coltrane dringt Krishna huldigend aus meinen Kopfhörern. Wenn ich jetzt haargenau eine Stunde laufe, mich danach zügig umziehe und auf den Weg mache, schaffe ich die zehn Kilometer und kann mich dann vor dem Interview noch fix zu Hause duschen und sogar einigermaßen pünktlich aufschlagen. Um 09:43 Uhr erreicht mich eine SMS von Sebastian Hotz – eine von genau zwei Personen, die ich aus Datenschutzgründen in meinem Handy unter einem Pseudonym führe, ich soll ihn nämlich heute um elf Uhr zu seinem Debütroman *Mindset* befragen.

Heute, 9:34

Maxl

Ich komme circa 10 min zu spät, musste nochmal umdrehen

Tut mir leid! Sorry

Bei aller Erkenntlichkeit für seine Umsicht wundere ich mich doch, dass er mir das mehr als eine Stunde vor unserem Gespräch mitteilt und frage mich, wieso er überhaupt schon unterwegs ... Scheiße. Das Interview wurde auf zehn angesetzt. Ich beginne, mich dunkel eines Nebensatzes zu entsinnen, in dem mir genau jene Änderung mitgeteilt wurde. Nach wie vor joggend wäge ich die mir zur Verfügung stehenden Optionen ab. Ich gehe stark davon aus, dass Sebastian heute im Zuge seiner Werbekampagne für sein erstes Buch noch einen Haufen weiterer Termine zu stemmen hat. Aus eigener Erfahrung weiß ich, wie ärgerlich es ist, wenn sich wegen eines einzigen

Zuspätkommers der ganze Tag in die Länge zieht. Außerdem hasse ich es, Freunde warten lassen zu müssen. Also gut: keine Dusche, keine Rasur, keine Frisur. Triefend hüpfe ich vom Laufband und, noch etwas nasser als mir recht ist, in ein Outfit, das höchstens für den Weg zum und vom Fitnessstudio zurück, nicht aber für ein Zwiegespräch im öffentlichen Raum, geschweige denn einen Fototermin akzeptabel ist. Wenigstens seinen Roman, um den es gehen soll, habe ich gelesen, nachdem ich einen Mittelsmenschen genötigt habe, wiederum den Verlag Kiepenheuer & Witsch zu nötigen, mir die Fahne (statt als PDF) doch bitte in Form hundertvierundvierzig beidseitig bedruckter DIN-A4-Seiten mit der Post zukommen zu lassen (aufgrund der beständigen Ablenkungsgefahr versuche ich, das Lesen am Computer zu vermeiden). Ganz geflissentlich las ich vierzig Seiten pro Tag. Life imitates art: In *Mindset* schreibt der Mann, der unter dem Alias El Hotzo Twitter zu Instagram gebracht hat, in einer Art literarischem Kammerspiel von anderen Männern, genauer solchen, die wissen, was ein Sigma Male Grindset ist und zu deren meist verwendeten Emojis die Flamme und die rote Hundert zählen. Drei Hauptcharaktere und weniger als dreihundert Seiten braucht der Siebenundzwanzigjährige, um eine tragikomische Parabel über hypermotivierte Emporkömmlinge der Generationen Y und Z im Hamsterrad zu erzählen.

Wie die meisten lernte auch ich Sebastian Hotz im Internet kennen. An die dreitausend Menschen folgten ihm zu dieser Zeit. 2018 lebte er noch in Nürnberg, studierte dual bei Siemens und besuchte einen Auftritt meiner Band und mir beim Rock im Park, das dort Jahr um Jahr den Volkspark Dutzendteich zumüllt. Missed connection: Bald fanden wir heraus, dass Sebastian 2016 bei einem Auftritt der Chemnitzer Uniform-Aficionados Kraftklub in der Brose Arena in Bamberg gejobbt hatte – im Vorprogramm spielten damals wir. Das Türschild unseres dortigen Backstageraumes (das aus unerfindlichen Gründen seinen Weg in meinen Besitz fand) in einer meiner Schubladen erinnert mich dann und wann daran. Wir freundeten uns an, immer wieder mal begegneten wir uns auf Festivals, denn Sebastian trat seinerzeit noch als DJ, Tourmanager und Fahrer für Mia Morgan in Erscheinung. Ich prognostizierte ihm: »Irgendwann, da schreibst du die Gags für den Böhmermann.« Das mochte er damals so gar nicht komisch finden. Zu dieser Zeit wurde Sebastians Stimme, seine Art zu sprechen, des Öfteren mit der meinen verglichen (stümperhaft: er Franke, ich Pfälzer). Das sollte nicht lange so bleiben: Unwesentlich später hatte sich seine Follower*innenzahl quasi über Nacht verhundertfacht, in einem panischen Anruf bat ich ihn, sich doch bitte schleunigst ein Management zu suchen. Binnen weniger Monate wurde aus dem kultigen Kennertipp Mainstream, einer der bekanntesten Satiriker, Podcaster, Gagschreiber, Redner, Werbetexter, Laudatoren und eines der begehrtesten Interviewsubjekte des Landes. El Hotzo ist die Online-Omnipräsenz, die unaufhaltsam walzende Witzemaschine, der, auf den die meisten sich scheinbar einigen können. Selbst meine Mutter sendet mir seine Memes. Und jetzt? Jetzt wird er auch noch Romanautor.

»Na, Herr Journalist?«

Sebastian, der, das fällt mir jetzt beim Schreiben auf, in etwa so aussieht, wie ich mir einen fleischgewordenen Bart Simpson in besser angezogen vorstelle, bleckt in der Joseph-Roth-Diele in Berlin-Schöneberg schelmisch seine kerzengeraden Zähne. Ich freue mich, einen Freund wiederzusehen, dem ich mittlerweile leider nur noch selten begegne. Ob er auch Dinge absagt, möchte ich als Erstes von ihm wissen, dabei hoffend, dass er die aus allen Poren dieser Frage tropfende Sorge meinerseits überhört. Hotz überlegt nicht lange:

»Ja. Ich glaube aber, es ist kein Ablehnen aus so einer inneren Motivation heraus, sondern aus der Angst: Was sagen mir andere, wenn ich das mache?«

Da ist sie auch schon, die typisch Hotz'sche extra Prise Ehrlichkeit, für die seine Fans ihn so feiern. Er fährt fort:

»Es ist nicht so: ›Oh, ich lehne dieses 120.000-Euro-Werbeangebot von Coca-Cola ab, weil ich ein guter Mensch bin.‹

Ich lehne es ab, weil mich dann alle hassen würden, und das ist es mir nicht wert.«

Wir müssen beide an Henry Rollins denken, den kernigen Punk-Puritaner, der stets Krafttraining statt Konsum predigte. Eine lebende Legende des DIY-Ethos, dessen tagebuchartige Memoiren namens *Get in the Van* (das zugehörige Hörbuch wurde 1995 mit einem Grammy ausgezeichnet) von der Kündigung seines Mindestlohnjobs in einer Häagen-Dazs-Filiale und dem direkt darauffolgenden Dasein als Sänger der Band *Black Flag* am Rande der Gesellschaft erzählen und der seither trotzdem kein Angebot abzulehnen scheint. Als Werbeträger gab er sich für alles von Apple über Levi's, GAP, Calvin Klein, Converse und Vans bis hin zur Mercedes-Benz X-Klasse oder dem Flughafen LAX her.

»Man muss sich fragen, ob diese Kredibilität einem etwas wert ist«, sagt Sebastian so, als gäbe es darauf nur eine einzige logische Antwort oder als habe er dieses Thema zumindest mit sich selbst schon längst geklärt und abgehakt.

In *Mindset* erzählt Hotz von einem, für den es nichts Wichtigeres auf der Welt gibt als Kredibilität: Maximilian Krach mimt den erfolgreichen Businessmogul, postet fleißig schwere Uhren am Handgelenk und sonnengetränkte Eindrücke seiner ständigen Geschäftsreisen um den Globus. Ein bisschen Hustle hier, ein bisschen Porsche da, Jetset etc. Krach bietet sein gesammeltes Wissen darüber, wie man vom Schaf zum Wolf mutieren kann, willigen Jüngern sogar netterweise in kostenfreien Seminaren an. Seit bald einer Dekade fristet Mirko hingegen ein tristes Dasein als die ewig neue graue Maus im IT-Bereich eines mittelgroßen Gütersloher Unternehmens. Sich nach einem Weg aus der Sackgasse der faden Normalität regelrecht verzehrend, gerät Mirko schließlich an Krach. In eben jenem Charakter glaube ich, Sebastian wiederzuerkennen, der sich mittels seines fiktionalisierten Selbst den potenziellen – den eigentlich logischen – Verlauf seines Lebens von der Seele schreibt, beinahe so, als wolle er sich anhand einer detaillierten Schilderung von bierschwangeren Schützenfesten und

Doomscrolling in kargen Wohnungen in noch kargeren Kleinstädten seines kometenhaften Aufstiegs versichern.

»Hundert Prozent«, haucht der Debütant untypisch klanglos und sachlich, traurig beinahe.

»Ich war exakt DER junge Typ in einer Abteilung, der eigentlich schon seit zwei, drei Jahren da, aber trotzdem noch immer der Neue ist. ›Wenn der einen Fehler macht, nicht so schlimm, ist halt der Neue.‹ Dabei hätte ich eigentlich längst alles gekonnt haben müssen, hing stattdessen aber nonstop auf Twitter. Natürlich sind Motivationscoaches peinlich, aber dieser nicht zu bändigende Wille zur Flucht, dieses ›Ich will hier raus, hier läuft gerade einiges falsch, nichts, außer der Wecker, den ich mir gestellt habe, bringt mich dazu aufzustehen‹, ist ein komplett nachvollziehbarer Gedanke. Den haben alle. Als ich achtzehn oder neunzehn war, hätte es, glaube ich, nicht viel gebraucht – einen besser funktionierenden Reel-Algorithmus vielleicht –, damit ich auf so eine Andrew-Tate-Schiene geraten wäre. Diese Unzufriedenheit, die Angst, der Fluchtinstinkt, wenn du damit konfrontiert wirst, dass du jetzt die nächsten vierzig, fünfzig Jahre lang denselben Job machen wirst, die sind komplett richtig. Und das ist an sich sehr konstruktiv: Du kannst in die Alpha-Male-Welt flüchten, aber das ist definitiv nicht die richtige Antwort. Es ist eine Mischung aus Verachtung und Mitgefühl. Natürlich lügt man, damit das Leben besser wirkt, das an sich ist nicht verwerflich, aber sei halt vielleicht kein kompletter Wichser dabei, wie wär's?«

Was auch hier, was bei El Hotzo immer mitschwingt, ist ein mahnender Blick, vielleicht beizeiten eher ein Herabblicken auf das Ich und die Welt, in der zu leben er verdonnert ist. Das fängt an bei klassisch-satirisch augenzwinkernder Reflexion, geht zum (einige finden zu hoch) erhobenen Zeigefinger und gipfelt, nicht selten, in gar nihilistischem Selbstekel. In *Mindset* sind es öde Orte wie Mülheim an der Ruhr und Gütersloh, ausbeuterische Lieferdienste und Lohnarbeit an sich, die ihr Fett wegbekommen. Vor allem aber: Männer.

Max: »Braucht Humor immer einen Abwärtsvergleich?«

Sebastian: »Nein. Kein bisschen. Man weiß ja, wer der Autor ist.«

Max: »Aber braucht man immer irgendetwas – und wenn es nur man selber ist – auf das man zeigt und sagt ...«

Sebastian: »Das ist scheiße?«

Max: »Ja.«

Sebastian: »Nein. Ich glaube, in meiner Form von Humor ist das oft so, aber es ist nicht zwingend notwendig. Quatsch kann einfach für sich stehen. Humor kann konstruktiv UND schön sein. Lachen kommt einem Einheitsgeist am nächsten. Das und eine kollektive Lebensmittelvergiftung.«

Und Sebastian lacht ein ansteckendes Lachen, ein polterndes Gackern im Falsett. Das passt.

Nicht als Angsthändler, mehr als der Kulturpessimist, der ich versuche, seltener zu sein, frage ich mich (eine Weile schon), ob der unvergleichliche Schwall des Zuspruchs versiegt, wann Monthy Pythons Fuß daniederfährt und Hotzos Lebkuchenpalast zerbirst. Fast zwingend scheint so eine Klatsche. Um die Klientel, welche El Hotzo und seine Posts sowieso schon ächtet – und die ihn, wenn sie *Mindset* dann heimlich lesen, sicher noch mehr verteufeln wird –, geht es mir nicht, viel mehr um das Feuilleton, das den Schuster allzu gerne seiner Leisten verweist.

Sebastian: »Ich habe mir richtig viele Gedanken darüber gemacht. El-Hotzo-Humor ist poppig, sehr mainstream, es folgen mir buchstäblich Millionen. Dass man da als Kulturjournalist*in Bock hat, so was kaputt zu machen – ›Der ist ja auch aus diesem Böhmermann-Umfeld, jetzt reicht's mal‹ –, ist eine konkrete Sorge. Ich hoffe, dass die Leute dieses Buch nicht wegen dem, was ich im Internet mache, angreifen. Wenn die mich ansonsten scheiße finden, können sie das Buch ja vielleicht trotzdem mögen und andersrum. Gegen irgendeine Wand werde ich laufen, ein fieser Verriss. Das ist ja auch okay, das ist die Magie des Internets.«

Max: »Das findest du magisch?«

Sebastian: »Ja! Ich möchte unbedingt besser werden in dem, was ich mache. Ich giere förmlich nach Feedback.«

Max: »WILLST du aufs Maul fallen?«

Sebastian: »Dann kann ich zumindest etwas lernen.«

Auch in Sebastians Roman legen sich, auf die eine oder andere Art und Weise, irgendwann alle auf die Schnauze, ringsum klappen Kartenhäuser ein.

Sebastian: »Ich habe unglaubliche Angst, dass ich ein Imposter bin. Beim Buchschreiben verfolgte mich der Gedanke, ich würde die ersten paar Kapitel abschicken, und mein Lektor würde sie für einen Witz halten und mich dann um die echten Kapitel fragen. Ich werde immer Angst davor haben, dass den Leuten auffällt, dass das gar nicht so geil ist, was ich mache, und sie mir dann sagen, ich solle mal lieber zurück zu Siemens gehen.«

Max: »Wann wurde aus dem stillen BWL-Studenten denn El Hotzo?«

Sebastian: »Ich habe mich schon immer krankhaft nach Aufmerksamkeit gesehnt und genau den Weg beschritten, der mich ihr näherbringt. Als kleines Kind klagte ich noch Wochen nach einem angeknacksten Arm über nicht existente Schmerzen, nur damit sich wer um mich kümmert. Ich hab zwar schon immer gerne Quatsch gemacht und auch gerne geschrieben, hätten die Menschen mir diese Aufmerksamkeit aber in einer anderen Form geschenkt, hätte ich wohl nie mit Twitter angefangen. Ansonsten war es eine sehr unglückliche Phase Anfang zwanzig, nach der einfach etwas passieren MUSSTE, sonst wäre das wohl schlimm geendet. Ich glaube aber, zu El Hotzo wurde ich bei deinem Konzert in Huxley's Neue Welt, 2019 in Berlin – da wollten Leute Fotos mit mir machen, weil ich El Hotzo bin, und das war crazy.«

Max: »Kurz darauf hab ich dich angerufen und dir ungefragt deine Zukunft vorhergesagt.«

Sebastian: »Da war ich richtig beleidigt.«

Max: »Aber es stimmte!«

Sebastian: »Es stimmte, aber ich war trotzdem richtig beleidigt [lacht]. Ich glaube, für meine Psyche war es sehr gut, in der Abgeschiedenheit der Lockdowns so in meiner Bekanntheit zu wachsen, sonst wäre ich vermutlich durchgedreht.«

Max: »Wir schauen hier ja aber nicht auf eine Sache, die schon vorüber ist. Dein Buch werden sie sicher bald verfilmen oder ein Theaterstück daraus machen.«

Sebastian: »Ey, ich wollte immer genau das machen.«

Max: »Stillt das gerade alles noch diesen Hunger nach Aufmerksamkeit oder hast du das Gefühl, das entgleitet dir alles? Du bist der Hape Kerkeling deiner Generation. Ich finde das beängstigend. Was kommt nach der Genugtuung?«

Sebastian: »Ich denke immer, dass der nächste Schritt mich glücklich macht: ›Wenn ich erst dieses und jenes gemacht oder erreicht habe, dann bin ich zufrieden.‹ Und dann ist es trotzdem nie geil und fühlt sich immer so an, als würde ich nicht genug machen, mich nicht genug frei strampeln von der Selbstausbeutung, gegen die ich immer so wettere. Am Ende sitz ich dann trotzdem um halb elf noch rum, nur damit irgendein Gag oder eine Zeile in einem Buch noch ein bisschen besser sitzt – das ist deprimierend. Egal, ob du das jetzt machst, damit du in der Apokalypse ein geiles Kryptowallet hast, mit dem du irgendwem noch ein Kilo Reis abkaufen kannst, oder ob du es machst, damit jemand im *Spiegel* über dich schreibt, dass du sauschlau bist – es ist peinlich.«

Max: »Hast du Krypto?«

Sebastian: »Ich hab eine Lebensversicherung.«

Enrico Ippolito ist Schriftsteller und Journalist. Nach langjähriger Arbeit in der Redaktion von SPIEGEL ONLINE, unter anderem als Ressortleiter für Kultur, veröffentlichte er 2021 seinen ersten Roman *Was rot war* bei Kindler/Rowohlt. Heute ist Ippolito als Autor für den Spiegel tätig.

Enrico Ippolito

Hunde

Prosa | 2023

Du warst dir nicht sicher, du fühltest dich nicht sicher, du wusstest nicht, ob du sicher warst. Du spürtest, wie du beobachtet, ausgecheckt, untersucht, überprüft, begutachtet, bemustert, inspiziert, kontrolliert wurdest. Ständig hattest du einen Atem in deinem Nacken, ein Augenpaar, das dich anstarrte, ein leises Stöhnen, das deinen Körper durchdrang, du hättest Vorhänge an der Decke befestigen sollen, hättest nicht darauf hören sollen, dass hier, in dieser Stadt, niemand seine Fenster mit Stoff abbinden würde, weil hier niemand sich um dein Leben schert, weil hier alle nur mit sich selbst beschäftigt sein würden, mit ihren Telefonen, mit ihren Social-Media-Accounts, mit ihren Kindern, mit ihrer Tristesse, die jedes Jahr neun von zwölf Monaten einsetze, weil das Licht des Himmels um genau 15:30 ausgehe; niemand hätte hier Zeit, sich in eine andere Person hineinzuversetzen, und das würde den Ort so liebenswert machen. Du gingst zur Tür, schautest nach, ob der Schlüssel von innen die Tür abgeschlossen hatte, ob der Riegel an der Tür dich beschützen könnte. Als du in die Küche kamst, um dir einen Tee zu machen, hörtest du aus dem Flur Hundegebell, kein schwerwiegender starker Ton, sondern Gekreische, nervtötend, der sich wiederholende Klang setzte sich in deinem Körper fest, floss von deinen Füßen zu den Beinen, zum Abdomen, zur Brust, über die Arme bis zu deinem Kopf, wo er sich festsetzt und deine Ohren zum Bluten brachte, zumindest dachtest du das, als du dir die Ohren zuhieltst, um den Ton abzuschwächen. Es brachte nichts, der Laut war stärker, als du es je gedacht hättest, du konntest dich nur hingeben, dich auf das kühle Laminat legen und hoffen, dass es bald vorbei sein würde. Der Kessel lag neben dir, leistete dir Gesellschaft, während er das Wasser seelenruhig nach draußen presste, du konntest nur auf die Pfütze starren und alles geschehen lassen, hattest keine Kontrolle, keinen Willen, kein Körpergefühl.

Als der Klang leiser wurde, nur noch in der Ferne vernehmbar war, nur noch einen kleinen Stich in deinem Körper verursachte, standest du langsam auf, trocknetest dich ab, mit dem blau-rot karierten Spültuch, saugtest die Flüssigkeit vom Boden auf, sahst zu, wie die Flüssigkeit in den Stoff drang, wischtest mit dem Fuß hin und her, bis du die Nässe an deinem linken Fuß spürtest, der dir immer Probleme bereitete, weil du zu blöd warst, dir die Fußnägel richtig zu schneiden, obwohl du hundertmal online nachgeschaut hattest, wie du es hättest tun sollen. Verdammt, du musstest die Socken ausziehen, neue anziehen, du verabscheutest es, ließest die Küche in dem Zustand, indem sie nun mal war, und hüpftest auf dem rechten Bein ins Schlafzimmer, als du dich auf dein Bett fallen ließest, beide Socken auszogst, dein Handy aus der Hosentasche nahmst und die App aufmachtest. Die Bilder der nackten Körper beruhigten dich, so wie andere in die Kirche gingen, um sich zu besänftigen, oder exzessiv shoppten, mit befreundeten Menschen lästerten, zum Yoga gingen, wie auch immer, du fandest zu deiner Mitte wieder, hattest das Gefühl, wieder Herr deiner selbst zu sein, du fühltest dich nicht mehr so allein, hattest deine Gemeinde gefunden und schriebst der erst besten Person, hey, was geht?, nicht besonders originell, aber du wusstest ohnehin, am Ende war es scheißegal, was du schreiben würdest, ein Foto war aussagekräftiger als jedes Wort es hätte sein können, und du, ja, du, hattest alles, was die Menschen auf dieser Plattform suchten, flacher Bauch, zarte Haut, Brustmuskeln, die von einer schmalen Kette umrahmt waren, behaarte Beine, strammen Hintern, und tja, okay, du warst bisschen langweilig, vielleicht auch ein Arsch, aber wie hieß es so oft, wenn du Muskeln an den richtigen Stellen hattest, verziehen sie dir alles.

Schon wieder der Ton, schrill, so als ob ein Tier abgeschlachtet werden würde, du krümmtest dich, in Embryohaltung, warfst die Bettdecke über den Kopf und hofftest darauf, dass es bald vorbeigehen würde, während das Handy neben dir aufleuchtete und vibrierte, du versuchtest, es in die Hand zu nehmen, aber du konntest dich nicht bewegen, keinen Millimeter in keine Richtung, du konntest nur so still und gefangen unter der Decke liegen, sonst nichts, bis du müde und später ohnmächtig wurdest.

Du wachtest mitten in der Nacht auf, orientierungslos, mit trockenem Mund und Lippen, die Füße eisig, du meintest, Schatten zu erkennen, hellblaues Flirren an den Wänden, aber du hörtest nichts, keinen Ton mehr, keinen Laut, alles war still, du atmetest aus, versuchtest dich zu sammeln, tastetest mit der Hand um dich herum, deine Hand prallte von der Matratze ab, du griffst unsicher mit den Händen weiter, bis du etwas Viereckiges in den Händen hieltst, das Licht kam von dort, du warst dir sicher, und du hattest das Objekt erkannt, du schaltetest es aus, du atmetest aus, du schliefst ein.

Am nächsten Morgen gingst du deiner Routine nach, du onaniertest, du entferntest die Reste mit einer alten Socke, du standest auf, du machtest einen Kaffee, du zündetest dir eine Zigarette an, eine richtige, nicht diesen neuen Quatsch, du schaltetest dein Telefon an, du sahst all die Nachrichten, eine nach der anderen, aufploppen.

Plopp, plopp, plopp.

Du schmissest dein Telefon auf den Tisch, bliesest den Rauch aus, nahmst einen Schluck von deinem Kaffee. Was für ein Tag war heute? Vielleicht solltest du ins Fitnessstudio gehen, das würde dir guttun, denn seit vier Tagen verließt du das Haus nicht mehr, aßt nichts mehr, lebtest nur noch von Cornflakes, erst mit Milch, aber als sie ausging, einfach ohne, du genossest das Knacken der Flocken in deinem Mund, es sorgte kurzweilig für ein anderes Geräusch in deinem Kopf, in deinem Hirn, in deinem Gaumen, knack, knack. Vielleicht könntest du es nachstellen, mit den Knochen deines Rückens, die immer nach deinem Training einen kurzen, harten, hellen Ton erzeugten. Vielleicht. Du würdest es in Betracht ziehen, *your body is your temple* oder so ähnlich. Entkommen. Das wolltest du. Entziehen. Entfliehen. Aber wie nur? Du konntest noch nicht mal aus dem Haus, weil die Angst zu groß war, den Laut wieder zu hören, aber hier, in deiner Wohnung, schauten dir alle zu, durch das Fenster konntest du nachts deinen Nachbarn beim

Duschen beobachten, seine Körperform sehen, wie er sich umdrehte, um seinen Hintern zu waschen, aber es deiner Meinung nach nicht ordentlich machte. Der Nachbar, dessen haarige Brust du aus der Ferne erkennen konntest, der keine Haare auf dem Kopf hatte, duschte jedes Mal um die gleiche Zeit, um halb eins nachts, du warst gezwungen, dir die Show anzuschauen, weil das Licht seines Badezimmerfensters direkt in dein Bett traf, du hättest fliehen müssen oder stärker sein müssen, um nicht hinzuschauen, aber die Sicht beruhigte dich in der Nacht. Du wolltest dem entweichen, was dich sonst die ganze Zeit begleitete in deinem Leben, der alberne Beruf, der nur forderte, aber dir nichts gab, deine Freundschaften, die sich nur *needy* anfühlten, ständig wollten sie etwas von dir, ständig musstest du dir die Probleme anhören, ständig diese Larmoyanz, ständig wollten alle wissen, was du so tust, wo du gerade warst, warum du keine Zeit hattest, warum, warum, warum; ständig musstest du so tun, als ob es dich interessieren würde, aber es war dir einfach nur egal, du wolltest deine Ruhe, deinen Frieden, wolltest mit dir sein, wie jetzt, und dem Mann am Fenster beim Duschen zusehen.

Die Tage kamen, die Tage gingen, aber der Laut im Hausflur blieb, und jedes Mal, wenn er ertönte, krümmtest du dich, schriest, aber kein Ton kam aus dir raus, und jedes Mal fandest du dich selbst auf dem Boden wieder, zusammengerollt, zusammengepresst wie ein Hotdog. Du konntest so nicht weitermachen, das wusstest du, du musstest eine Lösung finden.

Du gingst mehrere Optionen durch, entschiedest dich für die offensichtliche, du hattest dir Ohrstöpsel gekauft, nicht die billigen, die nichts taugten, sondern die hochwertigen, die so aussehen wie zwei zusammengepresste Kontaktlinsen und offenbar aus einem ähnlichen Material waren, anschmiegsam, weich. Als sie drei Tage später ankamen, konntest du es selbst nicht glauben. Du hattest es geschafft, den Laut zu unterdrücken, dafür zu sorgen, nicht mehr alle Sinne zu verlieren, es war so einfach gewesen. Du fühltest dich erleichtert, hattest endlich wieder Zeit, deine Gedanken zu hören, ohne Ablenkungen. Du konntest jetzt versuchen, herauszufinden, woher das Geräusch kam, das dich seit Wochen nicht verließ, dich aggressiv machte, dich nicht schlafen ließ. Du entschiedest dich, Ausschau zu halten, du legtest ein Kissen auf das Fensterbrett, stütztest dich ab, presstest die Ohrstöpsel tiefer in den Gehörgang und wartetest, Minuten, Stunden, Tage, Wochen, aber nichts passierte. Immerhin konntest du deine Kräfte schonen, wieder zu dir selbst finden, die Geräusche waren verschwunden, und während dieser Zeit schautest du deinem Nachbarn jeden Abend zur gleichen Zeit beim Duschen zu, du machtest dein Licht in der Wohnung aus, damit niemand sehen konnte, wie du deinem Nachbarn nachstelltest, nur die rote Spitze deiner Zigarette im dunkeln Raum flackerte, du wie ein rauchender Geist, der begann, sich in die Körperform des Nachbarn zu verlieben, vielleicht war er deine Rettung, aber welche normale Person duschte jeden Tag zur gleichen Uhrzeit?

So ging es fast drei Monate gut, bist du eines Nachts aufwachtest und der Laut dich zum Niederknien brachte, dein Ohrstöpsel war aus dem linken Ohr rausgefallen, und du hieltst es dir mit dem Finger zu, während du ihn suchtest, aber die Schmerzen, sie waren zu stark, bis du es geschafft hattest, zum Fenster ranntest, den Ohrstöpsel einfügtest und sahst, woher der Laut kam.

Zwei schneeweiße kleine Hunde, die in dem Innenhof herumliefen, in jede Ecke pissten und die ganze Zeit kläfften. Schön sahen sie aus, putzig und fluffig, aber die Geräusche, die aus ihren Körpern kamen, waren widernatürlich, falsch und grausam, kein Mensch würde diese Frequenz aushalten können. Du machtest mit deinem Finger eine Pistolenbewegung, zieltest erst auf den einen Hund, machtest Peng mit deinen Lippen, dann zieltest du auf den anderen und wieder Peng! Peng! Peng! Du lächeltest bei dem Gedanken. Endlich wusstest du, woher der Laut kam, der dich seit Monaten heimsuchte, und du hattest nur ein Bild vor Augen.

Zwei explodierende kleine Hunde.

Die ganze Zeit, wie in einem Loop, spielte sich diese Szene

in deinem Kopf ab, sie beruhigte dich, erregte dich, brachte dich dazu, dich komplett auszuziehen, während dein Blick die Hunde im Auge behielt.

Zwei explodierende kleine Hunde.

Du musstest grinsen, weil du endlich wusstest, was du tun musstest.

Zwei explodierende kleine Hunde.

Du lachtest laut, und als du merktest, dass deine Umgebung dich hören konnte, verstecktest du dich vor der Heizung unter dem Fensterbrett.

Zwei explodierende kleine Hunde.

Du lachtest. Du strecktest dich aus, warst froh, nach Monaten.

Zwei explodierende kleine Hunde.

Du schliefst ein.

Du schmiedetest deinen Plan, jedes Mal, wenn du ihn in deinem Kopf durchgingst, hattest du ein Lächeln auf deinen Lippen. Die Blutspuren, die du über die Tage verteilt hattest, störten dich nicht. Sie waren auf dem Boden, auf deinem Bett, im Bad, in der Küche. Und obwohl deine Ohren schmerzten von den Stöpseln, Blut aus der Muschel strömte, sich in den Mulden und Gängen ablagerte, Krusten bildete, warst du, ja, du, trotzdem glücklich, spürtest keinen Schmerz mehr, du konntest nur noch grinsen, seit du wusstest, woher der Laut, der dich zum Wurm machte, kam.

Zwei explodierende kleine Hunde.

Du suchtest im Netz danach, aber alles, was die Suchmaschine dir ausspuckte, war ein Video aus einer anderen Zeit, als das Internet noch neu war, es war keine drei Sekunden lang, aber es erfreute dich, deine Visionen im Kopf nahmen Formen an, etwas Instinktives in dir hatte sich verfestigt. Du wusstest, was du tun musstest, aber wie würdest du es anstellen? Wie?

Zwei explodierende kleine Hunde.

woher bekomme ich sprengstoff?, das gabst du in die Suchmaschine ein, und stundenlang last du alle Artikel, alle Reddit-einträge, alles, was du dazu finden konntest, du sahst Videos auf YouTube dazu. Dünger, Nagellack, Poolreiniger. Aber dann: Wasserstoffperoxid, Nitromethan, Salpetersäure, Kaliumchlorat, Kaliumperchlorat, Natriumchlorat, Natriumperchlorat und Ammoniumnitrat waren inzwischen bewilligungspflichtig, weil irgendwelche Arschlöcher Bomben hatten bauen wollen und erwischt worden waren. Du wurdest ungeduldig, schmissest den Laptop an die Wand, hautest dir mehrmals mit der Hand gegen die Stirn, denk nach, flüstertest du dir zu, denk nach.

Wie sollten die Hunde überhaupt den Sprengstoff aufnehmen, hattest du darüber nachgedacht? Sollten sie ihn fressen? Würdest du es in ihre Mäuler halten und ausharren? Zu viele Fragen waren offen, dein Plan war noch nicht ausgereift. Du schliefst nicht, du warst wach, deine Augenlider waren gereizt, rötlich umrandet, du hattest keine Ruhe, rauchtest eine Zigarette nach der anderen, hattest deine ganze Wohnung auseinandergenommen, um irgendwelche Zutaten zu finden, die dir hätten helfen können. Was hättest du schon mit Puderzucker tun sollen?

Zwei explodierende kleine Hunde.

Tagein, tagaus wartetest du immer wieder auf der Fensterbank und suchtest nach den Viechern, mit ihrem weißen Fell, du warst sicher, sie mussten sterben, weil du sonst kein Leben mehr würdest haben können. Sie oder du, ihr konntet nicht koexistieren in dieser Welt, das wusstest du. Survival of the Fittest.

Du gabst andere Suchbegriffe im Internet ein, *zu hause gift mischen*. Rizinussamen. Samen der Paternostererbse. Kakaopulver. Koffein. Zigaretten. Nein, nein, nein, das würde nicht das Gleiche sein, die Vorstellung, die Köter zu vergiften, raubte dir jeden Spaß, kam dir fade vor, du wolltest sie nicht mit Schaum vor dem Maul sehen, sondern in zwanzigtausend Fetzen, alles andere würde dir nicht die Genugtuung geben, die du brauchtest. Du überlegtest und überlegtest, aber bekamst keine Antworten auf deine Fragen.

Nachts wälztest du dich in deinem Bett hin und her, besessen, Antworten auf deine Fragen zu erhalten, aber dir fiel einfach nichts ein, die Lust, die du verspürtest, als du die Hunde entdeckt hattest, verflog.

Als du am dritten Tag aufwachtest, in die Küche kamst, begannen deine Ohren wieder zu bluten, deine Haare fielen büschelweise aus, als du dir mit der Hand über den Kopf fuhrst, die Haut deines Gesichts fühlte sich an, als ob sie abgerissen werden würde und nur noch das rohe Fleisch bliebe, du schautest auf deine Arme, die eine andere Form anzunehmen schienen, deine Beine, über die du keine Kontrolle mehr hattest, du konntest nur in der Küche sitzen und dir selbst dabei zusehen, wie du dich langsam aufzulösen schienest, als ob du in Lauge gesteckt wurdest und bald nur noch aus einer braunen Flüssigkeit und Knochen bestehen würdest. Du zersetztest dich, du zersetztest dich, du zersetztest dich, langsam, aber es würde passieren, du würdest nur noch aus angefressenen Knochen bestehen, mit denen wahrscheinlich die Hunde spielen würden. *Hilfe! Hilfe!*, versuchtest du zu schreien, aber kein Laut kam aus dir raus, nur zwei kleine Blasen, die blubberten. Was passierte mit dir? Warum konntest du noch deine Gedanken hören, wenn von dir nicht mehr viel übrig blieb? Du sahst, wie deine Haut auf dem Boden eine neue Form annahm, wie deine Ohren erst auf deine Schultern, dann in deinen Schoß fielen, du versuchtest sie von dir zu stoßen, aber was du sahst, war eine rote Masse, deine Nägel lagen längst auf dem Laminat, deine Finger waren verschmolzen, deine Nase war schon von dir abgefallen, nur deine Augen hatten sich noch nicht gelöst und zwangen dich, dabei zuzusehen, wie du langsam erst in tausend kleine Stücke zerfielst und dann in Flüssigkeit eingingst. Alles war glitschig und klamm. Das war es, dachtest du, du würdest dich auflösen, diese Welt verlassen, endlich deine wohlverdiente Ruhe haben, und wahrscheinlich würde niemand deine Knochen entdecken, dein Skelett, weil niemand vorbeikommen würde. Du löstest dich auf. Aber du, du warst vorbei. Es war vorbei.

Sascha Ehlert im Gespräch mit Frank Castorf

»Solange es Herren und Sklaven gibt, sind wir aus unserem Auftrag nicht entlassen.«
(Heiner Müller, 1979)

Interviews sagt Frank Castorf oft ab. Trotzdem sitzen wir nun hier, im komplett holzvertäfelten Intendantenbüro der Volksbühne. Von der Wand grüßt Stalin, Frank Castorf kommt in unprätentiöser Ostberliner Prollmontur rein: dunkelblaue Bomberjacke, Adidas-Trainingsjacke, Jeans. Er berlinert kräftig, seine Sekretärin Elke Becker bringt schwarzen Kaffee. Eigentlich probt Castorf gerade mit seinem Ensemble Goethes *Faust*, seine Abschiedsinszenierung an diesem Haus: umso schöner, dass er trotzdem ein wenig Zeit mitgebracht hat.

Seit Frank Castorf 1978 am Bergarbeitertheater Senftenberg zum ersten Mal einen Regieauftrag übernahm, hat der Eisenhändlersohn aus Prenzlauer Berg seine Feindschaften gehegt und gepflegt. Zunächst war es die DDR, in der er mit seinen Arbeiten für Unruhe sorgte. Man schickt den jungen Aufsässigen weit weg, nach Anklam an die Ostsee, doch auch dort war Castorf zu laut. Nach einer Inszenierung von Bertolt Brechts *Trommeln in der Nacht* sorgte die SED für seine Absetzung. Als er 1992, nach zahlreichen Inszenierungen in Ost und West, zum Intendanten der Volksbühne am revolutionsumwitterten Rosa-Luxemburg-Platz ernannt wurde, war die DDR tot und Castorf hatte einen neuen Gegner gefunden: die kleinbürgerlich-spießige Bundesrepublik. Obwohl von konservativen Kritikern gehasst, wurde sein Theater in den folgenden zweieinhalb Jahrzehnten das prägendste im ganzen Land: Seine exzessive Regiearbeit, vor allem mit Romanstoffen (unter anderem inszenierte Castorf das Gesamtwerk Dostojewkis), zeigt Menschen im Kampf mit sich selbst, der Psychologie, der Gesellschaft und ihrer Existenz. Mittels zahlreicher Sekundärtexte schält er aus literarischen Klassikern das heraus, was ihn interessiert, negiert dabei die Werktreue und treibt sein Ensemble bewusst bis über den Erschöpfungszustand hinaus, um jenseits des Möglichen Wahrheiten zu finden. Publikum und Kritiker überfordert er damit bis heute oft genug – und wie sollte er auch nicht? Auch wenn die Stadt Berlin entschieden hat, dass sich mit der Volksbühne ab Herbst 2017 die letzte Bastion der alten Ostberliner Avantgarde in seine ganz im Westen angekommene Umgebung einzugliedern hat, ist Frank Castorf noch längst nicht aus seinem Auftrag entlassen.

F **rank Castorf**
S **ascha Ehlert**

S Ich würde unser Gespräch gerne beginnen, indem ich auf einen Artikel eingehe, der kürzlich in der *Zeit* erschienen ist. In diesem schreibt der Kunstkritiker Hanno Rauterberg, dass man mit den tradierten Mitteln der Gegenwartskunst, mit dem Avantgarde-Gedanken und mit Mitteln wie der Provokation der Gegenwart heute nicht mehr beikommt. Er schlussfolgert: »Indem ein Kunstwerk nicht handelt und somit uns von Handlungsdruck befreit, macht es uns frei.« Ich hatte das Gefühl, dass solche Gedanken gut in die Gegenwart passen, habe mich aber auch sofort gefragt, wie jemand zu einer solchen Kunstauffassung steht, der 25 Jahre lang ein Theater geleitet hat, das zumindest für mich für etwas anderes einsteht.

F Das ist ein langer Diskurs, den man aber kurz zusammenfassen kann: L'art pour l'art ist eine Art der Kunstproduktion, bei der man versucht, sich den Zwängen der Zeit zu entziehen. Eine wichtige Möglichkeit ästhetischer Praxis, die schon Friedrich Schiller in seinen Briefen *Über die ästhetische Erziehung des Menschen* propagiert hat. Damals gab es viele Dinge noch nicht, die in einer Demokratie mit einem parlamentarischen System selbstverständlich sind. Schiller hatte nach der Französischen Revolution Angst vor der Diktatur, und er hasste das deutsch-kleinstädtisch Provinzielle. Also hat er versucht in einer anderen Sphäre, die unabhängig von der Politik und dem verknöcherten Alltag ist, nämlich in der Kunst, etwas anderes zu machen. Das war für ihn Ursprung dafür, Kunst um der Kunst willen zu machen. Diese ästhetische Sphäre, »das fröhliche Reich des Spiels und des Scheins«, sollte ein Ort sein, wo man eine andere Welt denken kann, wo der Mensch frei ist, wo er das macht, was ihn beglückt. Kunst ohne jeden physischen und moralischen Zwang. Und diese Idee wird hierzulande im Theater immer noch gepflegt, weil man dort frei arbeiten kann. Deshalb wird das Theater auch von allen Seiten misstrauisch beobachtet. Es produziert natürlich auch Neid, wenn man einfach machen kann, was man will – ohne den Druck von Auflagenhöhe, Einschaltquote und so weiter. Man sollte allerdings nicht vergessen, dass unsere künstlerische Arbeit nur eine Scheinfreiheit ist, mit klar umrissenen Grenzen. Sie gilt eigentlich nur auf der Bühne.

Natürlich sind die Theatermacher von heute zum größten Teil Abbilder von Abbildern von Abbildern. Die meisten wissen gar nicht mehr, wo eigentlich der Ursprung der Moderne war. Das Bedürfnis, das dieser Artikel beschreibt, das ist ja nicht neu. Das geschieht immer wieder, dass die Kunst weg will vom ideologischen Handlungsdruck, also weg davon, dass man mit ihr irgendwas Wichtiges sagen oder fordern will. Stattdessen bemüht man sich um die Psychologie. Man muss ja mit den Gegebenheiten zurechtkommen, unter denen man lebt, und man ist ja auch immer nur der Mensch, der man nun mal ist, und der hat sich in den vergangenen tausend Jahren nicht so viel entwickelt, wie man das vielleicht gehofft hat. Allerdings ist Theater nichtsdestotrotz immer etwas, das mit Konflikten zu tun hat. Um auf den Ursprung der Moderne zurückzukommen: Das Theater fängt ja dort an, wo ein demokratisches Grundmodell entsteht: in der griechischen Polis. Du hast eine Meinung, ich hab eine andere, und deshalb gibt's Streit. Und dann wird dieser Streit vor einem Richter ausgetragen, und die unterschiedlichen Gedanken und Haltungen von Personen werden vorgeführt. So war die Idee der Polis aufgebaut, und aus dieser Idee kommt auch das Theater.

Was du am Anfang vorgelesen hast, war mir vor allem in der DDR wichtig. Ich wäre ja gar nicht unglücklich gewesen, wenn all die Sinnsetzungen, die das System gemacht hat, um seine politischen Interessen zu vertreten, wirklich kommunistisch gewesen wären, aber sie waren nun mal alles andere als das. Mir war in Bezug auf die DDR sehr wichtig, die Absurdität der menschlichen Existenz im freien Fall zu zeigen. Dieser freie Fall hat etwas Unvermeidliches in seiner Logik, weil ich, wenn ich irgendwo ausm Fenster fliege, zwar einen kurzen Lustgewinn, einen Rausch habe, bevor ich dann – Gott sei Dank – das Bewusstsein verliere und sehr hart auf das, was man Boden nennt, aufschlage. Um sich der Sinnsetzung dieses Systems zu entziehen, müssen wir verstehen, dass wir hier alle in eine Lebenskiste geworfen sind, in der wir uns lieben und Spaß in der Majestät des Augenblicks haben können, wenn wir uns nicht von diesem System instrumentalisieren lassen.

In der Demokratie, die darauf folgte, hat jeder das Recht und die Freiheit, viel einzukaufen. Wenn auch nicht immer das dafür nötige Geld. Wir proben ja gerade den *Faust* und Faust ist ja derjenige, der sich fragt, was die Welt in ihrem Innersten zusammenhält, wohingegen sein Opponent, der Teufel, eigentlich ein Anarchist oder Avantgardist ist, der sagt: »Alles, was ist, muss zerstört werden.« 500 Seiten lang kämpfen die beiden darüber. Auch der Literaturwissenschaft ist bis heute unklar, wer am Ende der Sieger ist. Faust geht am Ende seines Lebens davon aus, dass am Ende alles gut werden wird. Wegen des Fortschritts – vielleicht wegen des Fortschritts mehr kaufen zu können, vielleicht wegen der ungeheuren Möglichkeiten: weil man alles machen kann, was man sich wünscht. Faust glaubt an den Fortschritt, als er arbeitende Menschen sieht, die dem Wasser das Land abgewinnen, obwohl es tatsächlich Lemuren, Geister sind, die er hört. Und die Arbeiter schaufeln in Wirklichkeit sein Grab. Wahnsinn ist im Spiel. Faust denkt zwar am Ende, er kennt die Welt und das, was sie in ihrem Innersten zusammenhält, aber es ist nur eine groteske Einbildung.

Ich bin da sehr misstrauisch und, um auf den Anfang zurückzukommen, insofern ein Grenzgänger, der beide Positionen versteht und vertritt und immer dann, wenn die eine zu gewichtig wird, zur Gegenseite läuft und das andere behauptet. Das ist eigentlich immer das Spiel, was man in der Kunst macht. Alles, was ist, muss man sich auch anders vorstellen können. Das ist auch ein Stück politische Wahrheit. Ich möchte nicht vereinnahmt werden, von niemandem. Auch nicht von einer Medienlandschaft, von der wir merken, wie sie von Amerika bis nach Berlin bröckelt. Das Bröckeln ist für Kunst ohnehin immer gut.

S Ist der angespannte Zustand unserer Gesellschaft also ein guter Zeitpunkt, um Theater zu machen?

F Na ja, so richtig gute Zeiten für das Theater sind ja eigentlich Diktaturen. Es gibt für einen Künstler nichts Besseres als einen autoritären Übervater, mit dem man sich anlegen kann und von dem man dann natürlich auch getötet wird. Das wünscht man sich durchaus. Als Gedankenspiel, nicht unbedingt praktisch, weil man ja doch an dem Einzigen, was man hat, nämlich dem Leben, hängt. Das Leben in der Diktatur, so wie Heiner Müller, ich und viele andere sie kennengelernt haben, war eine Zeit, in der man politisch sehr ernst genommen wurde, obwohl man »nur« Kunst gemacht hat. Aber das gibt es ja schon lange nicht mehr, stattdessen läuft man immerzu ins Leere, man boxt, aber hat keinen Gegner mehr. Es ist nicht umsonst so, dass die Luftgitarren-Bewegung so wichtig geworden ist, also eine merkwürdige Simulation von Lust, die aber nichts mit dem eigenen Anspruch, etwas zu verändern, zu tun hat. Bezogen auf *Faust*: Wenn man etwas vorfindet, dann hat man die Pflicht zur Interpretation. Das ist etwas, das mir Spaß macht. Ich kann auch nur inszenieren, wenn ich einen Stoff für mich übersetze, also den *Faust*, diesen mittelalterlichen, diesen enzyklopädischen Stoff in einen anderen Sinnzusammenhang setze. Das hat immer damit zu tun, dass die Welt größer ist als unser Denken. Der Amazonas gehört immer zum Theatermachen dazu, das ist für mich immer eine Abenteuerreise, wo man im Prinzip am Anfang nur eine Richtung hat. Man will zum Beispiel nach Westindien und landet am Ende in Amerika. Diese Missverständnisse sind das Produktive, die größten Fortschritte, wenn man das so nennen will. Sie sind immer nur über den Umweg, über den Zufall möglich und nicht über noch so akribische Schreibtischtäterschaft. Konzeptionskunst, die etwas will, finde ich langweilig, vor allem in den darstellenden Künsten.

S Wenn du also erst mal nicht bewusst etwas willst, wenn du anfängst, an einem Stoff für einen Theaterabend zu arbeiten, wie kommst du dann zu der Entscheidung, was als Nächstes inszeniert wird?

F Ich will schon. Wir, also die realen Menschen, die auch Marc Hosemann oder Martin Wuttke heißen können, fallen in einen Zustand der Verwirrung, wenn wir einen Stoff bearbeiten, in einen Kunstzustand. Wo dabei der reale Mensch aufhört und die Kunstfigur anfängt, weiß man aber selbst nicht. Das ist ein pathologischer Prozess: Du weißt gar nicht mehr, wie viel Marc Hosemann und wie viel Teufel da ist. Beides ist immer nur gut, wenn es sich durchdringt, wenn das Abartige, wenn die eigene Obsession da ist und die andere, die man haben will. Bei Faust ist es das Gretchen, und das ist auch gar nicht so schlecht, aber bei ihr als vorher festgelegtes Gretchenklischee zu bleiben, ist für mich nicht drin. Also nehme ich in Kauf, dass da ein Mensch mich liebt, obwohl mein Verrat an dieser Person schon direkt am Anfang der Beziehung vollkommen klar ist. Diese Obsession ergibt dann eine Bewegung. Das ist dann nichts weiter als Psychoanalyse in einem rudimentären Sinn. Man versucht, mit erlebten Mustern, die man am eigenen Leib gespürt hat, auch eine politische, eine wirtschaftliche Welt zu erklären – aber ohne vorgegebenes Ziel. Das hat viel mit Bertolt Brecht zu tun, der auch mal Anfang der Zwanzigerjahre ein Dadaist war und später immer mehr das Gegenteil wollte, der die Welt nicht nur erkennen, sondern sie auch verändern wollte, woran ich nicht glaube, er möglicherweise auch nicht. Er hat ja, wie Heiner Müller feststellte, auch nur Tragödien geschrieben. Wegen dieser Offenheit der Analyse werden meine Abende auch immer so lang: Weil man ja auch hofft, dass das Leben möglichst lang dauert, sollen auch diese Abende möglichst lange dauern, bevor es endgültig vorbei ist. Und weil der Abend dabei immer auf der biologischen Qualität des Augenblicks verbleibt, also tatsächlich immer auf der Qualität der Jugend, ist die Theaterarbeit natürlich eine Droge, etwas, was nichts mit den Einsichten und Erwartungsmustern unserer Umgebung zu tun hat, sondern eher und immer mehr mit einem extremen Individualismus, man kann auch sagen: Egoismus. Ich will keinem Menschen die Welt erklären. Ich finde es schon viel, wenn ich mich selbst erkläre, aber auch das würde ich eher auf der Couch eines Analytikers machen als im Theater.

S Wenn die Welt ohnehin zu groß ist für unser Denken, ist man dann als Künstler automatisch zum Scheitern verurteilt? Und falls ja: Ist das überhaupt etwas Schlimmes?

F Christoph Schlingensief hat ja gesagt: »Scheitern als Chance«. Dasselbe sagt auch der Teufel. Alles, was geht, hat die Notwendigkeit, dass es nach seinem Bestehen vergeht, um etwas anderes möglich zu machen. Diesen Prozess will man natürlich möglichst lange herauszögern, auch bezogen auf eine Intendanz, aber es passiert halt, genau wie der Tod. Mit dem Scheitern umzugehen, kann man wie das Kind in dem Andersen-Märchen *Des Kaisers neue Kleider*: Jeder kann sehen, was die Wahrheit ist, und nur ein kleines Kind sagt, dass der Kaiser nackt ist. Erst heute ist offensichtlich, dass niemand was mit dem System in der DDR zu tun haben wollte. Und jetzt ist es auf eine andere Art wieder ähnlich. Man guckt da hin und fragt sich, ob die Torstraße wirklich der Lust letzter Gewinn ist? Das ist sehr provinziell. Geh einmal auf den Boulevard Haussmann oder fahr nach São Paulo, da siehste, wie das Leben ganz anders pulsiert. Dort ist es nicht nur mit Wärme, mit Hitze, mit Regen aufgeladen und mit Sinnlichkeit, sondern mit Sexualität. Alles ist da. Das gehört einfach zum Leben dazu: Lustbefriedigung. Hier sind wir natürlich immer noch in einer protestantischen Hölle der Übereinstimmung – ganz gleich, ob sie nun kapitalistisch oder kommunistisch ist. Da werde ich immer skeptisch, wenn ich sowohl die Denkgrößen in dieser Stadt sehe als auch die in der politischen Umgebung, im Bund. Das ist doch ein bisschen popelig, dafür werde ich mich jetzt nicht verbiegen.

S Merkst du, wenn du nach Brasilien reist, denn, dass du irgendwie selbst trotzdem in diesem Deutschen, Provinziellen, Kleinbürgerlichen gefangen bist?

F Ich bin Kronzeuge im Sinne der Anklage. Ich bin kein Bürger, aber ich hab immer gesagt, dass ich nie etwas anderes werden wollte als das, was ich bin, weil ich nicht glaube, dass ich durch Erziehung, durch Wollen, durch Ideologie jemand anderes geworden wäre. Werde mal ein anderer als der, der du bist, da fängt der ganze Wahnsinn doch an. Wäre der ein kleiner, von seinem Vater verprügelter Mensch geblieben, der einem leidgetan hätte, wäre der Welt einiges erspart geblieben – ich rede von Adolf Hitler. Er hätte bloß bleiben müssen, was er war: ein schlechter Maler. Vielleicht wäre es sogar gut gewesen, sie hätten ihn an der Uni immatrikuliert, dann hätte er wie tausend andere furchtbare Künstler dieser Zeit über Jahre dasselbe gemacht, und vieles wäre uns erspart geblieben. Der große Welterklärer muss man nicht sein, man kann sich auf das konzentrieren, was man gut kann. Demzufolge kriegt man aus mir auch das Protestantische nicht weg, obwohl meine Großmutter polnische Katholikin ist, insofern ist wenigstens ein gewisser Widerspruch in mir drin. Ich hab auch eine Zeit lang – jetzt nicht mehr – Voodoo-ähnliche Santeria-Zeremonien auf Kuba praktiziert. Die gibt's in allen Ausformungen, seit dort Menschen als nackte Körper von ihren eigenen Landsleuten verraten, verkauft und mit portugiesischen Schiffen nach Kuba gebracht wurden, wo sie mit einer Kette zur Disziplinierung um den Hals zu Sklavenarbeitern wurden. Das Einzige, was diese Menschen noch hatten, war die Vorstellung von ihren alten Naturgöttern. Das war alles, was sie dort am Leben gehalten hat: Sie hatten noch eine Ahnung davon, von woher sie kamen. Jeder Baum, der eine göttliche, spirituelle Qualität hatte, hat ihnen geholfen. Das meine ich damit, wenn ich sage, dass es gut ist, wenn man weiß, woher man kommt. Und wenn man dann dort ist, bei einer dieser Zeremonien, dann hat man eine Verbindung zu dieser, weiß aber stets, dass man ein ganz anderer, nämlich ein weißer Protestant ist, der eigentlich nicht in eine Séance gehört. Wenn man sich dem dennoch hingibt, kommt man in andere Sphären der Transzendenz. Dort wird mit viel Asche, mit Blut, mit Mehl, mit Exkrementen, mit Rum gearbeitet und man verzehrt gemeinschaftlich ein Tier. Das sieht manchmal aus wie ganz schlechte Inszenierungen von mir. Man macht dieselbe Scheiße, und das hat für einen Protestanten wie mich erst mal scheinbar keinen Sinn. Aber dann merkt man, dass es da etwas gibt, was wir nicht erfühlen können. Goethe sagt von der uns überschreitenden Natur: »Wenn du sie nicht erfühlst, du wirst sie nicht erjagen.« Du kannst sie nicht zwingen, du kannst nur ein Gefühl dafür haben, dass das, was der andere macht, obwohl es dir völlig fremd erscheint, ganz nah sein könnte. Allerdings nur für eine bestimmte Zeit, denn solche Übereinstimmungen und Gemeinschaften von Religionen, die gibt's wie die Liebe stets nur für Momente. Danach war's das, und dann muss man zum Nächsten übergehen. Verrat, also Infragestellung, gehört zum Leben als Mensch und ist insofern erotisch.

S Gab es in deiner Theaterlaufbahn Momente, in denen ein Verrat an dir selbst beziehungsweise daran, wie du dachtest, dass man Theater zu machen hat, nötig wurde?

F Da muss man als Therapeut selbst zum Therapeuten gehen. Das kann man nicht ehrlich beantworten. Ich kann bloß sagen, dass ich an die Kunst und das Theater eigentlich immer auch als Therapeut rangegangen bin. Als ich vor vierzig Jahren in einem quasidiktatorischen Umfeld in Anklam an der Ostsee anfing, da ging es nebenan bei den Polen gerade los, dass die sagten: »Nein, so machen wir nicht weiter«, womit sie letztlich auch für alle Ostdeutschen gekämpft haben. Ich hatte zu dieser Zeit Alkoholiker, Leute, die auf den Strich gingen, alle möglichen Persönlichkeiten im Ensemble, die es wegen ihrer Eigenheit, wegen ihrer zerrissenen Persönlichkeit wert waren, dass ich für sie etwas finde, wo sie sich durch Rollenspiele befreien können. Das war gar nicht politisch, das hatte mit den Leuten zu tun, für die ich einfach eine Grundsympathie hatte, weil sie schlecht behandelt wurden und sagten: »So wollen wir nicht weitermachen.« Ich wollte deshalb auch nie die, die in der Hierarchie unten stehen,

Maurice Ernst | fotografiert von Lukas Gansterer |
Das Wetter #11

Haiyti | fotografiert von William Minke |
Das Wetter #9

Bilderbuch-Collage | von Jonas Höschl |
Das Wetter #27

Ilgen-Nur | fotografiert von Svenja Trierscheid |
Das Wetter #18

Layla | fotografiert von Meklit Fekadu Tsige |
Das Wetter #23

Eckhart Nickel | fotografiert von Nadja Angermann |
Das Wetter #16

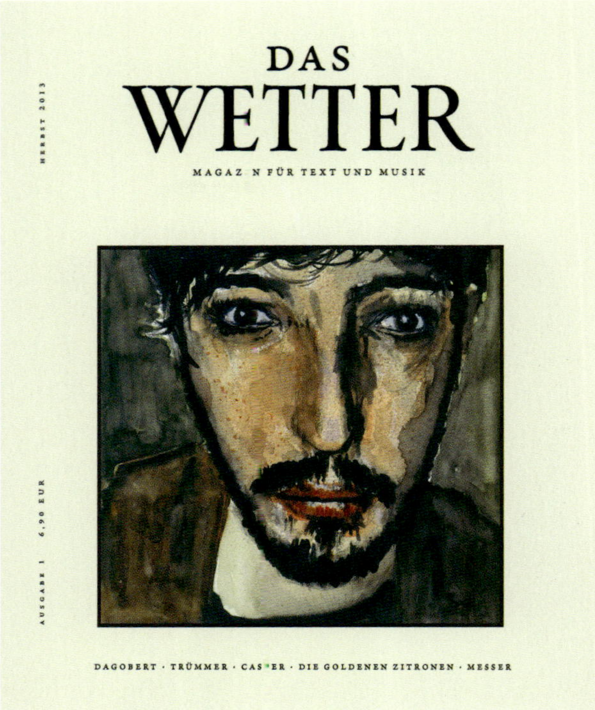

Casper | gemalt von Hendrik Otremba |
Das Wetter #01

OG Keemo | fotografiert von Paula Otten |
Das Wetter #20

Senthuran Varatharajah & Ralph Tharayil | fotografiert von
Amelie Amei Kahn-Ackermann | Das Wetter #29

Paula Hartmann | fotografiert von Meklit Fekadu Tsige | Das Wetter #27

Hengameh Yaghoobifarah | fotografiert von Bahar Kaygusuz | Das Wetter #24

bestrafen, verfolgen oder umbesetzen, weder Schauspieler noch Bühnentechniker. Stattdessen wollte ich oben nachfragen, bei den Regisseuren zum Beispiel. Ich wollte in diesem kleinen Modellbaukasten Theater Hierarchien infrage stellen. Wann dann bei mir der Verrat anfing, weil natürlich jede Institution nach Machtabsicherung schreit, das ist eine Frage, die man sich stellen muss. Es fängt immer ganz gut an, wie bei Leo Trotzki, und endet dann in der Vierten Internationale. Aber das muss ein anderer über meine Arbeit sagen, über sich selbst zu reflektieren und zu urteilen ist etwas sehr Schweres und macht auch keinen Spaß. Man ist, wie man ist, und das hat auch meistens eine Notwendigkeit.

S Man ist als Mensch also ohnehin in sein Dasein geworfen, dass man akzeptieren sollte, wie es ist, anstatt zu versuchen, es zu verändern?

F Beim Verändern kommt meistens nur Scheiße raus. Ja. Wer sagt, er habe sich verändert, dem würde ich (anders als Brecht) immer ganz grundsätzlich und gewalttätig misstrauen. Aber das Misstrauen ist gut, man findet auch zur Not immer einen Konsens. Man kann ja als kluger Mensch miteinander umgehen, wenn kein Konsens besteht. Auch die Volksbühne als Theater hat mir nicht immer nur gefallen. Aber dass ich das hier alles nur mit meinen Freunden mache, fand ich langweilig. Ich hab immer versucht, auch eine Kommunikation mit Leuten zu pflegen, die mir politisch oder körperlich oder gedanklich völlig fremd waren. Einen Konsens zu finden, ist immer mit der Frage verbunden, wer die Macht hat. Theater ist in Deutschland ja auch eine feudalistische Kunst, die wie alle Kunst nicht wirklich was mit Demokratie zu tun hat. Ich bin auch kein richtiger Demokrat, aber ich versuche schon, mich diesbezüglich infrage zu stellen. In den Sowjetgegenden gab es damals auch anarchistische Bewegungen wie die um Nestor »Väterchen« Machno in der Ukraine, der von den Kommunisten gehasst wurde, der selbst aber Macht ausgeübt hat und sich nach dem Machtausüben stets selbst infrage stellte. Er wurde dann dementsprechend auch in den 30er-Jahren von Stalin-Agenten liquidiert. Macht muss man sich nehmen. Man kann nicht sagen: Wir machen hier einen großen Kindergeburtstag. Ein Kindergeburtstag, der ganz frei anfängt, der endet am Schluss immer mit elementaren Prügeleien. Wer darf die Feuerwehr kaputt machen und wer nicht?

S Bist du eigentlich auf eine Art vielleicht auch froh oder erleichtert darüber, dass dir die Macht, die dir als Intendant der Volksbühne gegeben wurde, nun wieder genommen wird?

F Wenn etwas vergeht, entsteht dafür etwas Neues. In dem kleinen Theaterbereich ist es ja so: Da kommen besondere Menschen hin, die ziehen sich gegenseitig an, ob Schlingensief oder Marthaler. Ich wollte einen Apparat schaffen, einen Ort, wo so etwas möglich ist. Wo man nicht inhaltlich, nicht politisch und nicht von seiner Herkunft her gleich sein muss – wir kommen ja alle aus ganz anderen Dörfern. Entscheidend ist, dass man über eine Arbeit, die man macht, die immer etwas mit einem selbst zu tun hat, ein neues Kunstprodukt herstellen kann. Und zwar eines, das einen auch durch die Professionalität an so einem Haus dazu in die Lage versetzt, dieses zu reproduzieren, denn es soll ja mehr sein als ein einmaliger Akt, der mit seinem Entstehen schon verpufft ist. Verbunden ist das mit der Herausforderung, die darin liegt, dass die Produzenten stets sehr besondere, einzigartige Menschen sind. Heute ist ja über die Menschen eine viel stärkere Kollektivität ausgegossen als jemals in der DDR. Ob es nun Mode oder ein bestimmtes Vokabular und Sprachverhalten ist. Ich glaube, Besonderheit findet man immer mehr in kleinen Kampfeinheiten. Irgendwann haben sich große Armeen oft zurückgezogen, so wie die spanische Armee gegen Napoleon. Die hat der König aufgelöst, aber dann haben Guerillas trotzdem weitergekämpft und der französischen Armee die größten Niederlagen zugefügt. Darum geht es in der Zukunft bei mir. Die Zusammenhänge sind anders, temporär. Man trifft da oder dort mit bestimmten Leuten zusammen. Die Kraft, die man hier institutionalisiert hatte, muss man, wenn man so will, auf andere künstlerische Kampfeinheiten übertragen. Das hat viel mit Narzissmus und Schweiß zu tun und ist in jedem Einzelfall schwer zu realisieren. Von den Leuten, die mit mir arbeiten, kann jeder einen

Kriminalkommissar spielen, wenn das einzig Denkbare ist: dass ein deutscher Schauspieler in einer deutschen Serie einen deutschen Kriminalkommissar oder eine Kriminalkommissarin spielt. Ich glaube allerdings nicht, dass Schauspieler von diesem Karriereziel wirklich träumen. Die träumen von was ganz anderem. Die wollen Rock 'n' Roll oder welche Musikrichtung auch immer gerade am meisten der Zeit entspricht, die wollen etwas produzieren, was einmalig ist, weil natürlich kein Schauspieler so ist wie der nächste. In unserem *Faust* ist da tatsächlich der Teufel auf der Bühne – und der ist ein sehr individueller, vereinzelter Teufel. Man kann da auch viel von Antonin Artaud lernen, der immer von einer schwarzen Sonne mit ungeheurer Strahlkraft geredet hat und davon, dass der Ausnahmezustand in Zeiten der Pest so ist wie das Theater. Es geht im Theater demnach darum, dass der Einzelne in seinem sozialen Überlebenswillen völlig gefährdet ist, also wie in einer Kriegssituation ständig das Bedürfnis hat, das Letzte, was man fühlt, der Welt zu geben, bevor es zu spät ist. Das gewährt einem einen ungeheuren Grad an Freiheit.

S Wolltest du eigentlich bereits, als du mit Anfang zwanzig angefangen hast, Theaterwissenschaften zu studieren, auf den Regiestuhl?

F Das ist vielleicht das Einzige, wo ich vermute, dass es mich mit dem Regierenden Bürgermeister von Berlin, dem Michael Müller, verbindet: Ich wollte meiner Mama eine Freude machen. Das hat er bestimmt auch gemacht. Jetzt ist die Mama stolz, weil ihr kleiner Michi tatsächlich Regierender Bürgermeister ist. Bei mir war es ähnlich, ich wollte allerdings nur Professor an der Humboldt-Universität werden, aber dann ist es anders gekommen. Regie wollte ich eigentlich überhaupt nicht machen, ich wollte nur einen Platz finden, an dem ich für eine gewisse Zeit frei reden, frei denken kann. Das Wichtigste dabei war, dass man alles lesen konnte, wovon man mal gehört hatte, also ich sag noch mal Artaud und dann auch Trotzki oder Nietzsche. Alles, was in der DDR nicht so einfach war. Und Theaterwissenschaften sollten das möglich machen, da waren wir damals in der DDR zehn Studenten, wechselnd zwischen

Berlin und Leipzig. Das heißt, das war eine sehr kleine, exklusive Gruppe, natürlich durchwandert durch Sicherheitsinteressen, was mich damals nicht interessiert hat, wo man die eigene Vitalität ausleben konnte. Dazu gehörte Lesen, Lesen, Lesen als Suchtmittel. Einfach zur Kenntnis zu nehmen, was die Mehrzahl der DDR-Bürger nicht konnte, zum Teil auch nicht wollte, vor allem aber nicht durfte. Dieses Privileg war mir sehr wichtig. Was ich werden wollte? Ganz einfach: ausgebildeter Dramaturg. Nach dem Studium ging ich dann deshalb auch nach Senftenberg. Dort merkte ich allerdings, dass ich als Dramaturg in zu vielen Abhängigkeiten steckte, zu viel Anwesenheitspflicht hatte, zu früh aufstehen musste und Gebrauchsliteratur für irgendwelche Zuschauer schreiben sollte, die mich nicht interessierte. Da war es besser, Regisseur zu werden, weil ich da plötzlich mit den Proben anfangen konnte, wann ich wollte. Das war einfach das Leben, wie es mir am meisten gefiel: Ausschlafen. Regie führen. Zumindest Letzteres ist außerdem ein sinnlicher Akt der Kommunikation. Viele, die immer über etwas schreiben müssen, wollen ja irgendwann etwas anderes, nämlich selbst etwas machen. Ich meine, man kann doch nicht ernsthaft sein Leben lang über Theater schreiben. Die besten Kritiker sind immer früher oder später nach Amerika gegangen und haben Reiseberichte geschrieben. Fünfmal in der Woche mit anderen Schreibern im Zuschauer-KZ zu sitzen, ist auf die Dauer auch kein Lebensinhalt. Die Produktion eines Theaterabends ist da im Vergleich etwas sehr Erotisches. Man lernt andere Frauen und Männer kennen, man hat das ganze Reservoir an bildender Kunst, an Film, an Philosophie, an Sport, an Musik zur Verfügung, und man kann das alles so organisieren, dass man jemanden findet, mit dem man dann auch gerne ein paar Jahre arbeitet und lebt. Bevor die Erotik des Verrats ihre gesetzmäßigen Konsequenzen schafft, kann man so sehr gut zusammenleben.

S Nach dem Anschlag am Breitscheidplatz rufen nun auch die liberalen Zeitungen in ihren Leitartikeln verstärkt nach mehr Sicherheit, nach mehr Kameras und vor allem nach einem stärkeren Eingreifen durch die Politik. Ist das ein Indiz dafür, dass wir uns auf eine Zeit zu bewegen, in der es wieder produktiver und subversiver sein wird, Kunst zu machen, weil die Politik stärker versucht, Individualität zu unterdrücken?

F Wenn man Kunst zu machen versucht, dann kann man Ursachen und Lösungen ja nur dann finden, wenn man dahin geht, wo diese herkommen. Alles kommt irgendwo her, und ich finde, im Augenblick muss ich so arbeiten, dass ich, ob ich nun *Faust* inszeniere oder Journalismus mache, nach Ursachen für gegenwärtige Entwicklungen suche und versuche, Lösungen zu finden. Ich bleibe nicht bei den Symptomen stehen, warum auch? Die nächsten Anschläge werden nicht am Weihnachtsmarkt passieren und: Ich kann nicht schneller sein als die Gegenwart. Das wäre wie der Versuch, den Igel auszutricksen. Letztlich wird der Hase immer unterliegen, irgendwo wird jemand sagen: »Ich bin schon da.« Deshalb suche ich eine Haltung, die mit der benachteiligten Mehrheit der Menschen auf diesem Planeten menschenwürdig umzugehen vermag. Zu diesem Umgang gehört auch die Kultur, zum Beispiel die magisch spirituelle auf Kuba, von der wir vorhin sprachen. Sie beeinflusst dort die Entwicklung, natürlich. Es gibt pharmazeutische Entwicklungen und eine wunderbare Design-Entwicklung weg von der Militäruniform von Che und dem Maximo Leader, hin zu Fidel Castros Adidas-Anzug. Der, der in dem Anzug steckte, ist aber trotzdem der, der er war. Also, natürlich gehört zu der Welt, wie sie geworden ist, die Vergangenheit. Im Augenblick leben wir aber nur vom Status quo, von der Annahme, nach Leibniz' »Theodizee«, dass die bestehende Welt die beste aller möglichen Welten ist. Über diese Ideologie haben sich schon die Aufklärer lustig gemacht, und das kann man eigentlich wissen.

Wenn man die Geschichte wiederentdeckt und seine Performances damit verbindet, ist das gut. Aber die Bespiegelung des reinen Zeitniveaus als Performer, die ist einfach nur langweilig und verpufft in der Zusammenhangslosigkeit. Wo ist denn das Arsenal der Kunst? All diese künstlerischen Formsprachen wiederholen sich doch in jedem Bild, das kenne ich – wenn ich denn die Ursprungsgrößen kenne. Also muss ich wieder auf kunstfremde Inhalte gehen und über das Leben in bestimmten Gesellschaften, auch in Diktaturen, nachdenken können. Wenn ich das tue, kann ich sicherlich auch eine hochinteressante Performance machen. Wenn ich aber nur auf der Jagd nach dem nächsten Dissidenten bin, und ich weiß, was Dissidenz ist, dann finde ich den nicht im Herrn Bundespräsidenten Gauck. Der ist mir in seinem mecklenburgischen Dorf nie als Systemkritiker aufgefallen, und durch die Worte der *Zeit*-Redakteure ist er heute irgendwie auch wie eine schöne Marionette, die wir da an unserer Spitze haben. Aber anstatt dessen jeden Au Weiwei als Ultima Ratio zu sehen, empfinde ich wiederum einfach nur als Witz. Das ist einfach ein guter Verkäufer. Sich mit Flüchtlingen, die gerade durchs Mittelmeer geschwommen und in Griechenland angekommen sind, am Strand hinzustellen und sich kurz mal ablichten zu lassen, das ist einfach eine Form des liberalen Zynismus, der jetzt in der Kunst sein gemütliches Eckchen gefunden hat. Sein finanziell gut ausstaffiertes. Neuerdings kommen deshalb so viele Freunde aus Belgien, Frankreich und China zu uns, weil es hier aus einem durch die Gesellschaft gefüllten finanziellen Topf noch etwas zu holen gibt. Das ist nicht nur Freundschaft, das ist sicherlich professionelle Notwendigkeit. Natürlich kommt man hierher, wenn man eingeladen wird, das ist der ganz normale, professionelle Opportunismus. Mich stört nur die Unfähigkeit von Leuten, die hier als Politiker über Kunstpolitik urteilen dürfen. Das ist ein Skandal. Sie sind dumm. Niemand zwingt Herrn Müller dazu, etwas zu machen, wovon er keine Ahnung hat.

Marius Goldhorn ist Autor des Reiseromans *Park* (edition suhrkamp) und des esoterischen Gedichtbandes *yin* (Korbinian).

Marius Goldhorn

Meine Brüder

Prosa | 2023

Meine Brüder sind tot. Sie hießen Isman, Aram und Jakim. Mein Vater kam nicht aus dem Reuental. Er hatte seine Ziegen ins Reuental mitgebracht. Viel Trauriges ist mir widerfahren. Ich weiß, viel Trauriges wird mir widerfahren. Aber dieser Maler auf dem Römerberg. Er hat mich geheilt.

Vor zwei Jahren ist Isman gestorben. Er hat sich an einer Buche erhängt, kurz vor der Sonnenwende. Die Kornfelder waren golden. Die Ziegen haben ihn gefunden. Sie sind zu ihm gelaufen. Sie gingen am Morgen in den Wald und nicht hoch auf die Weide. Sie wussten es schon. Sie hatten keinen Hunger. Da standen sie vor Isman. Es war, als ob er schwebte. Nicht nur er. Es war, als ob alles schwebte. Dann sah ich, dass er hing. Die Zunge quoll ihm blau aus dem Gesicht wie ein Egel. Ich habe ihm verziehen. Ja, das habe ich. Ich habe ihm verziehen. Er konnte nicht mehr essen. Er konnte nicht mehr leben. Ich habe die Psalmen, die ich kenne, gesungen, als Jakim und Aram ihn frei banden. Wie sollen wir es fassen? Ich sang das Danklied der Hanna. Immer wieder, bis ich schlief.

Da schon hätten Aram, Jakim und ich unser Tal verlassen müssen. Als die Müllerin sagte, der Überrest von Isman sei Tierfraß. Sie fällten die Buche, an der Isman hing, obwohl Jakim und ich flehten. Fällt nicht den Baum. Wir würden sie gerne besuchen, auch mit den Ziegen. Die Buche, wo die Ziegen uns morgens hingeführt haben.

Wir hätten das Reuental mit den Ziegen damals verlassen müssen, aber Jakim hat gesagt: Dort in den Bergen ist nichts. Nur die Ziegen und wir. Und er hatte recht. Ich habe sie überquert. Wir hätten dort leben können. Jakim, Aram, die Ziegen und ich. Nur im Krieg wären Soldaten da gewesen. Und sie hätten uns von Jerusalem erzählt. Wir sind im Reuental geblieben.

Das nächste Jahr war das Jahr der Dürre. Schon an Ostern wurde das Wasser knapp. Die Bäche und Quellen fielen trocken. Die Mühle stand still, und die Felder vergingen. Die Wälder brannten, und der Himmel war rot, und wir schlachteten unsere Tiere. Aram, Jakim und ich aßen unsere Ziegen, ein ganzes Jahr. Wir vertrugen es nicht, das ganze Fleisch. Viele im Reuental wurden krank. Wir liefen einen Tag für einen Eimer Wasser. Fische zeigten ihre weißen Bäuche im See. Das Wasser war grün und dick. Als die Bäume im Herbst ein zweites Mal blühten, wurde Aram krank. Er starb im Herbst, als ich eine Ziege in den Tod streichelte. Wir konnten sie nicht mal mehr essen. Sie sah aus wie Geäst im Wald in der Nacht.

Jakim und ich hätten gehen müssen. Die Leute aus Reuental kamen und schrien ihn an: Jakim, du bist schuld. Ich schrie: Warum sollte Jakim seinen eigenen Bruder töten? Aber sie hörten nicht. Ich habe ihnen vergeben, sie hatten Hunger.

Jakim war im Jahr der Dürre oft auf dem Friedhof. Er sammelte dort Myrte. Ich werde nie vergessen, wie es roch an Arams Grab, als die Myrte brannte. Es waren nur Jakim und ich, noch nicht mal der Pfarrer kam.

Jakim war bei den Beerdigungen der Leute. Und er blieb, auch wenn die Trauernden gegangen waren. Der Müller bewarf ihn mit Erde, als er die Müllerin begrub. Er sagte: Geh, Hexer. Ich sagte zu Jakim: Was du tust, ist gefährlich. Aber er sagte: Nein.

Jakim brachte sich im Jahr der Dürre das Lesen bei. Er suchte sich Kreuze von den gerade Verstorbenen und entzifferte die einzelnen Zeichen. Es starben viele im Jahr der Dürre. Alle elf Kinder vom Johan Schumacher starben. Niemand konnte ihn trösten. Wir nahmen ihn auf. Er schlief im Bett von Aram. Er konnte nicht arbeiten. Er hörte Stimmen. Er war ein Golem aus den toten Stimmen seiner Kinder. Eine Ziege, die wir im Jahr der Dürre verkauften, war krank. Sie starb gleich nach dem Tausch gegen Wasser und Wein.

All das verschaffte Jakim den Ruf, mit bösen Mächten im Bunde zu stehen. Aber als der Regen kam, und der Winter, wurden die Leute ruhiger.

Es gab einen Drucker im Reuental. Sein Name war Sascha. Jakim ging zu ihm. Sie lasen Texte aus Antwerpen. Ich glaube, es waren Thesen eines Augustinermönches. Ich kenne sie nicht, die Thesen. Aber wie hätte ich Jakim aufhalten sollen? Er sprach davon, dass wir nach Antwerpen gehen sollen. Wie hätten wir überhaupt die Stadt betreten sollen? Ich weiß es nicht.

Im Sommer nahmen sie Jakim fest und sperrten ihn in die leere Speisekammer des Müllers. An Allerseelen feierten die Leute von Reuental die Toten des Jahres der Dürre. Jakim durfte zu mir. Er sah hungrig aus. Wenn ich jetzt darüber nachdenke: Ja, er sah aus wie ein Toter. Ich sagte: Flieh doch. Er sagte: Schau raus. Die Leute kamen vom Friedhof und umzingelten unser Haus. Johan Schumacher murmelte etwas. Und ich hatte Angst, Johan Schumacher würde einen dieser Anfälle bekommen. Dann schrie er für Stunden, bis er zusammenbrach. Jakim hatte keine Zeit. Er verbrannte Papiere und Tinte und schwor den Johan Schumacher und mich ein, auf das, was kam. Jakim lief in die Arme der Leute. Johan Schumacher war noch in der Nacht weg. Er war zum Sterben alleine in den Wald gegangen. Zuletzt nuckelte er an seinen Daumen. Gott erlöse ihn.

Ich hielt Nachtwache bei der Herde und trank Kamillentee, als ich mehrere Feuer bemerkte. Erst bei Sascha Drucker. Er verbrannte fast alle seine Manuskripte, sogar einen Tisch. Etwas später sah ich den Müller auf der Allmende ein großes Feuer zünden.

Als ich zurückkam, hatten sie unser Haus verwüstet. Es war das einfache Haus von Hirten. Es war nicht leer. Die Geister meiner Brüder bewohnten es. Aber nicht ihre schönen Geister. Sie waren nicht ruhig. Sie haben verhindert, dass die Leute es in Brand gesteckt haben.

Die Ankunft des Richters Titelmans, seiner Henker und seiner Soldaten geschah unter dem Jubel der Leute von Reuental. Es konnte ihnen alles nicht schnell genug gehen. Deswegen auch das Feuer. Titelmans führte das Blutschild. Er sah aus wie der Tod. Er brachte ja auch den Tod. Mit seinem Gesicht im Halbschatten. Ja, er brachte den Tod. Er hatte Handschuhe in der Hand wie zwei taube Hände. Die Anschuldigungen kamen aus dem Dorf. Titelmans sprach mit dem Pfarrer.

Den Richterspruch verkündete Titelmans in der Sprache der Römer, die hier außer dem Pfarrer und Sascha Drucker niemand verstand. Aber ich habe in Sascha Druckers Gesicht gesehen. Und da begann das Pfeifen in meinen Ohren, so laut, dass ich nichts mehr hören konnte. Nur später den Kuckuck, der rief. Kuckuck. Den konnte ich hören.

Weit weg vom Friedhof soll der Dämon sterben, sagte Titelmans, als er in seinen Wagen stieg. Ich fiel vor ihm zu Boden, sagte: Er ist ein einfacher Hirte. Aber Titelmans Kutscher trat mir ins Gesicht. Titelmans fuhr, seine Henker blieben.

Sie gaben ihm den Schwedentrunk. Und ich schmeckte den Kamillentee der Nachtwache. Sie banden Jakim auf ein Holz, dass sein Rücken ganz durchgedrückt war. Sie schlugen ihm ein Sperrholz ins Maul. Sie schütteten ihm einen Kübel altes Wasser in den Körper. Dann schütteten sie Menschenkot hinterher. Es war ein jämmerliches Gequake, das aus Jakim kam. Und dann Sand. Dann kam der Sand. Sie füllten ihn mit Sand. Sie banden ihn los, aber da konnte er sich schon nicht mehr bewegen. Ich habe sie alle verflucht. Reicht euch ein Sündenbock, dass ihr zusammenkommt? Opfert mich auch noch. Aber alles, was geschah, war, dass mir der Sohn des Müllers vor die Füße spuckte.

Ich habe um Gnade geschrien. Um etwas Gnade hab ich gebeten. Nur etwas Gnade. Erlöst ihn, mein Gott. Ich will singen von der Gnade. Die Leute lachten. Ich sang und er gewährte. Der Henker schnitt Jakim den Brustkorb auf. Sein Körper platzte von dem ganzen Wasser in ihm. Seine Gedärme klatschten nass auf den Boden. Und ich meinte, den Sand zu sehen, den sie ihm eingeflößt haben. Jedenfalls gab Jakim nach, sein Geist ging. Ich habe es genau gespürt.

Ich stand unter den Augen der Leute vom Reuental. Fühlten sie Schuld? Ich weiß es nicht. Sie trugen den Knebel des Schweigens. Was hätten sie sagen sollen? Sie waren stumm. Alles, was sie von sich geben konnten, war ein kurzes Glucksen der Vernichtung. Ich starrte sie an. Sie starrten mich an. Wenn einer gesprochen hätte, ich hätte ihn umgebracht. Wehe, schrie ich, wenn einer spricht.

Sascha Drucker und ich sammelten Jakim ein. Wir warfen sein Herz wieder in seinen offenen Brustkorb. Dann vergruben wir ihn an der abgeholzten Buche von Isman.

Am Abend wuschen wir uns. Es wurde kühl. Sascha Drucker sagte, er würde gehen. Und sagte: Geh du auch. Ich sagte: Ja, ich gehe. Ich gehe zu meinem Vetter nach Speyer. Er wird mich aufnehmen. Sascha Drucker sagte: Ich gehe nach Antwerpen. Ich weiß nicht, wo Sascha Drucker hingegangen ist. Ich weiß nicht, was das für eine Bewegung ist, der sich Sascha Drucker anschließen möchte. Ich glaube nicht, dass es nötig ist, für eine Bewegung zu sterben. Nur für Gott. Ja, für ihn.

Ich ging nachts. Ich nahm eine Ziege mit, eine junge graue Ziege. Die anderen trieb ich auf die Weide. Es sind nicht mehr viele. Sie kamen von weit her, mit meinem Vater. Der, der sie findet, soll sie haben.

Ich hätte lieber jemand anderen gesehen, als ich das Reuental verließ. Der Martin Bauer stand da. Ich weiß, dass jedes Mal, wenn die Bäuerin schwanger ist, er an ihrer Brust saugt und von ihr trinkt. Er sah mir hinterher. Ich spürte seinen Milchblick im Nacken. Gott vergib ihm.

Ich lief auf der Römerstraße. Es war keine gute Zeit. Nein, die ersten Tage waren keine gute Zeit. Es ging mir nicht gut. Aber es wurde besser. Mit jedem Tag. Nachts war es gut. Wenn ich die Ziege beim Schlafen beobachtete. Ich aß Schlehdorn und Pilze. Nachts kam der Frost.

Wo bin ich hier?, fragte ich einen Postkutscher am vierten Tag. Das hier sind die Ardennen, sagte er. Dabei wusste ich das doch. Ich will nach Speyer, sagte ich ihm. Ja, geh die Römerstraße und dann über den Hohen Venn, kleiner Satan.

Auf meinem Weg durch den Wald kam ich mir vor wie einer der Auserwählten bei den Theaterspielen. Als würde ich auf einer Bühne wandeln. Die Verzweiflung zeigen. Aber eigentlich bin ich jemand anderes. Eigentlich bin ich leer. Etwas ist verkehrt mit mir, als ob ich die Sommerlieder im Winter spiele. Und die Winterlieder im Sommer. Ich hörte meine Brüder in mir. Manchmal vergaß ich, wer ich war. Ich wollte nur frei sein von den Bildern in meinem Kopf. Im Wind hörte ich die Brüder sprechen: Komm zu uns. Auch du kannst es tun. Du kannst es entscheiden. Nimm deinen Geist zu uns. Aber dann gab es einen Ruck an der Kordel, und die Ziege blieb stehen und aß. Ich wollte leben. Etwas in mir wollte leben. Ich war noch Tier genug. Ich sah der Ziege in ihre eckigen Augen. Ich begann mit ihr zu sprechen und mied die Dörfer und Burgen.

Wir kamen gut voran, trotz des Regens. Ich fing einen Fasan. Ich schlief mit dem Kopf auf dem Rücken der Ziege. Wir gingen lange, jeden Tag. Wir durchquerten ein Moor. Die Täler. Graues Gestein, grüne Flächen, Felsen und Tannen. Es war nasskalt, das Wasser rieselte die Felsen hinunter und sprang über den Weg. Die Äste der Tannen hingen schwer herab. Die Luft war feucht. Am Himmel zogen graue Wolken, aber alles so dicht. Und morgens dampfte der Nebel herauf und strich träge und feucht durch die Sträucher. Und ich war aus Eis und immer leerer. Mir war nicht kalt. Nie. Einmal kam ein Sturm. Die Ziege weigerte sich. Ich ließ sie stehen und ging auf eine Lichtung. Ich hatte die Augen und den Mund weit offen. Ich meinte, ich müsse den Sturm in mich ziehen. Alles in mich fassen. Ich legte mich hin, in das Moos, dehnte mich aus und lag über der Erde. Ich wühlte mich in das All hinein. Ich schloss die Augen halb, und dann zog es unter mir und die Erde wich. Aber das waren nur Augenblicke.

Nach 26 Tagen setzten das Wetter und der Weg meiner Ziege zu. Einmal sah ich sie am ganzen Körper krampfen, da dachte ich schon: Jetzt kommt der Moment, an dem ich dich essen muss, obwohl ich es nicht will. Aber wir hatten die Berge hinter uns. Gott segne die Wäscherin, mit den vielen Tüchern. Sie war mein Engel. Sie erschrak und schrie so laut, dass auch ich aufschrie. Ich entschuldigte mich. Wie heißt der Bach?, fragte ich.

Das ist die Ill. Wie sprichst denn du? Kommst du westlich der Berge? Ja, ich kam westlich der Berge. Bist du allein?, fragte sie. Ich war allein. Warum hast du eine Ziege dabei? Ich habe nur sie.

Dann trank die Ziege aus dem Bach, und dann ich, und ich dankte Gott. Ich dankte ihm so oft, dass ich seinen Namen vergaß und bald schon der Ill selbst dankte. Reise vorsichtig, sagte die Wäscherin und gab mir eingelegte Trauben. Als hätte sie es gewollt, kam die Sonne. Der Weg wurde einfach.

33 Tage nach Jakims Tod, sieben Tage nach der Begegnung mit der Wäscherin, erreichte ich den Römerberg über Speyer. Ich hörte schon aus der Ferne das Gejohle, die Stimmen, die Tiere. Ich dachte, es seien die Geräusche der Stadt. Als Erstes habe ich den großen Fluss gesehen. Ich habe das erste Mal Schiffe ge-

sehen. Speyer lag weit unten. Da waren Soldaten, die sich mit Pferden und Vieh, Geräten und Kisten einen Pass hochkämpften. Silber schimmerten die Rüstungen. Ihr Wappen kannte ich nicht. Erst dann sah ich den Maler. Er hatte eine Staffelei vor sich.

Komm, sagte er, ohne sich umzudrehen. Er hatte mich schon gesehen. Er winkte mich heran. Er trug einen goldenen Ring. Er wandte sich zu mir, und ich musste lachen. Ich musste wirklich lachen. Er sah drollig aus. Ein bisschen wie ein Rebhuhn. Mit den zerzausten Haaren und der spitzen Nase. Er war so alt wie Isman.

Sie sind auf dem Weg in den Krieg, sagte er, und seine Stimme war tief. Woher kommst du?, fragte er.

Ich sagte, ich käme aus dem Reuental von der anderen Seite der Ardennen. Und er sagte, er komme auch von der anderen Seite der Ardennen. Sein Name sei Pieter aus der Nähe von Breda. Unsere Sprache war einander ähnlich. Ja, wir verstanden uns gut. Ich erzählte ihm alles, noch mit der Leine in der Hand. Er rührte sich nicht. In Ordnung, sagte er. Er hatte ein Pferd, und ich band meine Ziege neben sein Pferd.

Ich wollte auch nach Speyer, sagte er mir. Aber sie haben mich nicht eintreten lassen. Er gab mir Brot. Ich schlief noch beim Essen ein. Als ich nach wenigen Augenblicken aufschreckte, saß er vor der Staffelei. Er schlug mit einem Bleistift die kleinen Körper der Soldaten. In wenigen Strichen, ein Soldat.

Was machst du?, fragte ich.

Ich male von der Trauer über das Leben, das nicht gelebt werden kann. Ich male den Selbstmord von Saul, im Gebirge von Gilboa. Und ich male diese Soldaten. Sie sind die Soldaten vom Kaiser. Sie gehen in den Krieg. In meinem Bild sind es die Philister. Um Saul tobte heftig der Kampf. Seine drei Söhne waren gerade gestorben. Und er, umzingelt, nahm sein Schwert und stürzte sich hinein. Und weißt du, wer Saul ist? Du bist Saul. Wenn du willst. Willst du Saul sein?

Er erklärte mir, er bräuchte ein Modell, ein Vorbild, einen Spieler. Wir ließen unsere Sachen zurück und gingen auf ein kleines Plateau. Ich sollte mich hinlegen. Und er verdrehte meinen Kopf merkwürdig zur Seite. Dann legte er mir seinen langen Stock auf den Hals. Ja, es war ganz so, als hätte ich ihn mir in den Hals gerammt, das Schwert, wie bei der Schlachtung.

Es mussten einige Stunden vergangen sein, in denen ich sein Modell war. Ich lag als Saul da. Erst war ich am Sterben und dann bald schon tot.

Am Abend, als er fertig war, waren seine Augen finster. Er hatte Käse und Schinken und Nüsse, und ich aß von allem. Wir schwiegen. Er trank Wein. Ich machte ein kleines Feuer. Es war gut, Saul zu sein, sagte ich.

Wir werden alle Saul sein, sagte er. Seine Augen waren jetzt fast schwarz. Wir werden dein Isman sein, sagte er. Wir alle werden uns umbringen. Der Selbstmord wird keine Sünde mehr sein. Er wird die Erlösung sein. Es ist die Angst, die die Welt zerstören wird. Der Tod wird triumphieren. Schneelos wird es Mitternacht. Und wir werden bemerken, was wir angerichtet haben. Und wir werden erstaunt sein, was wir angerichtet haben. Wir werden nicht mehr essen wollen, nein. Wir werden gelassen sein. Nicht kalt, nur kühl, sterbenskühl. Und dann werden wir aus eigenen Stücken in den Tod gehen. Aus Angst. Eigener Angst. Fremder Angst. Müde. Schäumend müde. Es wird früher Abend sein, wenn wir uns in die Spiele retten. Wir werden leere Spieler sein, in einer Welt, die wir schon längst ausgelöscht haben. So werden wir gehen, nicht als Menschen, sondern als Geister.

Ich schwieg. Und dann sagte Pieter aus der Nähe von Breda: Du kannst bei mir im Zelt schlafen. Aber ich wollte nachdenken und bei meiner Ziege schlafen. Die Soldaten flossen weiter den Berg hinauf. Die ganze Nacht. Ich war noch wach, als ich hörte, wie Pieter aus der Nähe von Breda sein Zelt packte. Ich regte mich nicht. Meine Ziege schnarchte. Am nächsten Mittag verkaufte ich sie am Handelshafen am Rhein. Ein Schiffer zog sie aufs Schiff. Ich winkte ihr zu. Ich konnte nicht glauben, dass sie auf einem Schiff fahren wird. Eine Ziege auf einem Schiff.

Ich fand einen Schlepper. Er band mich unter das Räderwerk seines Karrens und brachte mich über die Stadtgrenze. Das war vor zwei Tagen. Ich habe meinen Vetter nicht gefunden. Ich schlief auf der Straße. 35 Tage, wenn es stimmt, nach Jakims Tod, betrat ich den Dom. Es roch nach Myrte, Minze und Gänseblümchen. Noch am selben Tag wurde ich festgenommen. Keine Papiere, keine Wohnung. Ich habe offen geredet. Das ist meine Aussage.

Nina Damsch ist Journalistin, Autorin, Moderatorin und Konzepterin für verschiedenste Redaktionen und Fernsehsender wie *VICE, Das Wetter, MTV, Boiler Room* oder *Spotify*. Ihr Podcast *Queens of Rap* beleuchtet die weibliche Seite von Deutschrap.

Nina Damsch

Hardliner Overliner

Prosa | Das Wetter #26 | 2022

Als Kind ist es mir schon immer schwergefallen, beim Ausmalen innerhalb des Randes zu bleiben. Ich bin ein Overlining-Hardliner seit ich einen Stift halten kann, sogar schon bevor es Lipliner, Kylie Jenner und Schönheitsideale gab, die einem sagen, nur eine volle Oberlippe sei eine schöne Lippe. Dabei hab ich eigentlich recht volle Lippen. Also overline ich heute wieder, bevor ich das Haus verlasse, wie alle anderen das auch tun. Außer Rihanna. Die ist so eine bad Bitch, dass sie ihre Lippen underlined. Das hab ich zumindest mal auf irgendeiner Instagram-Kachel mit einem Splitscreen-Zoom-Bild von ihr gelesen. Aber seit ich diese Narbe über meiner Lippe habe, diesen Hubbel genau an der Spitze meines Amorbogens, fällt das Overlinen, das aus meiner vorgegebenen natürlichen Kurve Ausbrechen, über sie Hinauswachsen, mich nicht von ihr limitieren zu lassen, schwerer, als innerhalb der mir vorgegebenen Linie zu bleiben.

Eigentlich dachte ich mal, dass so ne Narbe ganz cool kommen würde. Verwegen. Eine willkommene Besonderheit, ein sexy Bruch in meinem sonst so puppenhaften Gesicht. Das hat er ja damals auch gesagt. »Narben sehen cool aus«, und überhaupt sollte ich eigentlich auch gar nicht so oberflächlich sein. Es gibt schließlich wichtigere Dinge als hübsches Aussehen oder perfekt geschwungene Lippen. Hat er ja auch irgendwie recht. Na ja, ein Bruch ist da auf jeden Fall. Nur sieht der weder auf dem Herz noch in meinem Gesicht so sexy aus, wie ich es mir vorgestellt, erhofft hatte. Insert »When your Family hit you with just the right amount of trauma to make you more funny than suicidal«-Meme.

»Sieht aus, als ob du immer ein Fieberbläschen hättest«, hat meine Mama mal geantwortet, als ich zu ihr meinte, so schlimm sei's doch gar nicht (oder?). Deswegen wird die Narbe jetzt wieder overlined wie jedes Mal, wenn ich in den Spiegel blicke, bevor ich das Haus verlasse. Damit nicht die ganze Welt denkt, ich hätte Dauerherpes, sondern dass ich eine bad Bitch bin wie Rihanna. Auch wenn ich meine Oberlippe over- und nicht underline.

Eigentlich mochte ich das Unterwegssein immer. Wenn man ständig auf dem Sprung von einem Ort zum nächsten ist, kann man nicht fühlen, dass der Ort, wo man sich mentally befindet, gar nicht so cozy ist und dass man eigentlich *den* wechseln müsste, statt ständig auf der Autobahn Fahrstreifen zu zählen. Aber na ja, deswegen mag ich die Autobahn eigentlich bis heute. Sie bedeutet Aufbruch, Abenteuer. Die diffuse Vorahnung auf ein weiteres Wochenende voller Raubbau am eigenen Körper, Verschwendung und der Freude daran, etwas Schönes ein wenig kaputt zu machen.

»Wenn du eigentlich nur zu deiner Mutter willst, dann sag das doch einfach«, schreit er die Windschutzscheibe an, die auf der Innenseite leider keine Scheibenwischer hat, diese aber jetzt durchaus gebrauchen könnte. Na ja, wenigstens guckt er auf die Straße. Ich gucke verstohlen auf den kleinen orangenen Pfeil, auch wenn ich ihn nur verschwommen wahrnehmen kann. Verstehe nicht, wie manche Frauen das hinkriegen, pretty zu weinen. Ich seh nach einer Träne bereits aus wie Axel Schulz mit Bindehautentzündung. Vielleicht liegt das an meinen blauen Augen. Den Augen, die ich von ihm habe. Die sollen ja auch lichtempfindlicher sein als braune oder grüne Augen. Hängt irgendwie mit den Pigmenten zusammen, glaub ich. Hundertsechzig oder hundertachtzig Kilometer pro Stunde. Na juti.

»Immer deine Konjunktive! ›Ich bräuchte noch ne Stunde‹, ›Ich wollte später noch ne Freundin treffen.‹ Kannst du nicht einfach klar sagen, was du willst? Das wäre wenigstens mal ehrlich.«

»Ok, ich will ins Krankenhaus fahren.« Kurze Pause.

»Na gut, dann fahr ich dich eben zu deiner Mutter!«

»Das ist nicht, was ich gesagt habe. Aber das letzte Mal, als mich Hertha gebissen hat, meinte Annette zu mir, dass das eigentlich hätte genäht werden müssen. Und ich weiß nicht, ob es die beste Idee ist, mit einer Wunde im Gesicht erst mal in den Wald zu fahren.«

Es wird schon nicht so schlimm sein, und vermutlich könnte ich auch erst in ein paar Stunden zum Arzt gehen. Denn wie er ja bereits meinte: So stark blutet es ja gar nicht. Ich klappe meine Sonnenblende runter und betaste die Wunde, die die kleinen, spitzen Zähne des Bullterriers ins rosa Satinkissen meiner Lippe gerissen haben. Wie Federn aus einem kaputten Kissen quillt aus dem Riss ein wenig gelbes Fettgewebe hervor, aber Blut ist da tatsächlich nicht so viel. Himmel, meine Augen! Schnell klappe ich die Sonnenblende wieder hoch. Der Hund liegt auf der Rückbank und schläft, befestigt mit seinem Hundegurt, eingewickelt in seine Hundedecke aus dichter Schurwolle und der Liebe, die ihn beschützt. Man ist um seine Sicherheit besorgt. Er schläft mit dem Urvertrauen eines Kindes, das weiß, dass solange die Eltern da sind, ihm nichts passieren kann. Dabei stimmt das ja gar nicht. Also, dass einem nichts passieren könnte, sofern man bedingungslos geliebt wird. Und dass die Eltern einen immer so lieben. Aber so ist das mit der Liebe wohl. Sie ergibt nicht immer Sinn. Sie ist einfach da. Auch wenn einem alles sagt, dass man rennen sollte, bleibt man. Versucht es. Ja cringe, I know.

Ich blicke auf die Fahrstreifen, meine treuen Gefährten von damals, als ich noch ständig unterwegs sein musste, um nicht bei mir sein zu müssen.

»Die Enttäuschung meines Lebens! Ich dachte, mit dem Alter würdest du verstehen-«

Wusstet ihr, dass die Fahrstreifen sechs Meter lang sind? Und der Zwischenraum von Streifen zu Streifen sogar zwölf Meter? Wirkt immer gar nicht so, wenn man mit hundertzwanzig oder eben wie jetzt mit hundertachtzig an ihnen vorbeibrettert. Ich dachte immer, die sind maximal fünfzig Zentimeter lang! Aber das passt doch irgendwie, oder? Voll oft wirken doch die großen Ereignisse, die großen Dinge, Worte, Gesten, Momente in der Sekunde, in der sie passieren, gar nicht so bedeutsam wie sie sind.

»Kinder sind der Tod einer jeden romantischen Beziehung, aber dass du auch der Tod für meine persönliche ...« Wir überfahren einen meiner treuen Weggefährten.

Der Hund schreckt auf. Er schenkt ihm einen kurzen Blick durch den Rückspiegel.

»Wo fährst du denn hin?«

»Ich hab doch gesagt, du kriegst deinen Willen! Ich lass dich frei. Du kannst gehen. Mir ist ab jetzt scheißegal, was mit dir ist!«

Wir biegen scharf am Ausfahrtsschild Kleinmachnow vorbei, der Pilgerort für toxische Beziehungen. Passt eigentlich.

Mein Handy vibriert. Es ist schwer, dafür eine gute Onomatopoesie zu finden, sonst hätte ich damit den Sprung zurück zum Anfang eingeleitet. Ich stehe wieder vor dem Spiegel. *Vrrrm*. Seht ihr? Liest sich scheiße.

Ich öffne die Nachricht. »Mit Hertha ist das nicht so einfach – die geht am Ku'damm nur bis zum Baum gegenüber vom Hauseingang, weiter muss man sie auf dem Arsch langziehen, weil ihr das alles irgendwie zu laut ist. Ich bin ja meist mit ihr in Beelitz, und sonst gehe ich am Grunewaldsee oder an der Hundekehle spazieren. Komm doch her, und dann fahren wir zum Grunewald, da können wir uns in aller Ruhe angenehm und ausführlich aussprechen.«

Ich gucke auf das Datum der Nachricht, die mir über dieser letzten giftig grün entgegenleuchtet. 10.02.2021. Ein Foto. Darauf sieht man eine Buchseite, auf der wild mit Rotstift Sätze unterstrichen und Ausrufezeichen gesetzt wurden. Besonders ein Zitat ist hervorgehoben. »Ich war in einer ausweglosen Situation. Ob ich nun ihn umgehauen hätte oder nicht, ich wäre als Verlierer aus der Sache hervorgegangen.« Unter dem Foto prangt ein langer Textblock: »Verstehst du ihn? Dann musst du auch mich verstehen und das Problem, das ich habe. Mein großer Fehler war, dass ich die Menschen, hinter denen du dich versteckt hast, für deine Boshaftigkeit verantwortlich gemacht habe. Dabei hätte eigentlich ... « In blauer Schrift steht da »Mehr anzeigen« unter dem Textblock. Ich tippe nicht drauf. Stattdessen scrolle ich weiter nach oben.

20. 01. 2021. »Hey Süße. Was ich von deinem Buch halte? Kurz und knapp und klipp und klar: Obwohl mich Rap im Grunde null interessiert, habe ich deine zweihundertfünfzig Seiten mit schwer angeschwollener Visage und mit sieben (korrigiere, acht – weil der letzte im Unterkiefer kommt nächste Woche dran) gezogenen Zähnen und ordentlich müde machendem Novalgain in der Blutbahn in nur drei Rutschen runtergelesen! Falls du eine dezidierte Kritik von mir hören möchtest, musst du dich schon irgendwann mit mir treffen – weil ... Mehr anzeigen.« Ha ja, an die erinnere ich mich noch gut! Ich scrolle weiter nach oben, während ich nach wie vor in meinen Straßenschuhen im Flur stehe.

10. 01. 2021. »Hey Süße, danke für dein Buch! Jetzt nur nicht abheben und den nächsten Bestseller raushauen!« Ich scrolle weiter. Ich scrolle und scrolle, bis ich zu dem Tag komme. Jenem Tag, der mir immer in den Kopf schießt, wenn ich zum Lipliner greife und über das starre, harte Narbengewebe fahre. Vorsichtig und auf Gleichmäßigkeit bedacht. Jetzt nur keine falsche Bewegung.

25. 04. 2019. »Hi Süße, überlege doch noch mal, ob du nicht morgen mit nach Beelitz kommen willst. Birgit geht auf Dienstreise, Leon ist noch nicht da, und wir könnten zusammen bei herrlichem Sonnenwetter mit Hertha nach Beelitz fahren und uns in aller Ruhe angenehm (ich habe super Hasch) und ausführlich aussprechen. Ich glaube, das täte uns beiden

gut. Deine nachgeordneten B- und C-Freundinnen kannst du ja vielleicht dieses eine Mal deinem Vater nachstellen.«

Ich lege mein Handy weg und nehme abermals meinen Lipliner und einen Spitzer in die Hand. Was ist eine gute Onomatopoesie für Anspitzgeräusche? KrschKrschKrsch? Ich fang jedenfalls an zu spitzen. Ich spitz den ganzen Tag und spitz die ganze Nacht. Ich schlafe nicht, ich spitze, bis das Spitzerdöschen kracht. Mein Liner ist so scharf gespitzt, he could stab a bitch, und so muss ich vorsichtig sein, als ich ihn wieder an meinen Amorbogen ansetze.

Wusstet ihr, dass die Zeit, die man mit einem wichtigen Menschen verbringt, sechs Meter lang ist, und die Zeit, in der er absent ist, der Raum dazwischen, sogar zwölf Meter?

Jan Wehn ist Journalist und Autor unter anderem bei der *Juice,* De:bug und *Spex*. Seit der zweiten Ausgabe arbeitet er in der Redaktion von Das Wetter, 2013 gründete er das HipHop-Online-Magazin ALL GOOD und 2017 veröffentlichte er seine Novelle *Morgellon* im Korbinian Verlag.

Jan Wehn über RIN

Auf der anderen Seite

Portrait | Das Wetter #21 | 2021

Tausende ineinander verkeilte, im Takt der Musik wieder auseinanderdriftende Teenager-Körper. Schweißnasse Haare, offene Münder, rote Wangen. Der Schein der Smartphone-Screens und das Flackern der Stroboskope auf den glücklichen Gesichtern. Bass im Bauch und Kreischen im Ohr. Ohnmachtsanfälle und unvollständige Schuhpaare.

Ein Szenario, das beim Entstehen dieses Textes (Frühling 2021, Anm. d. Red.) undenkbar wirkt – mehr noch: Es ist ausdrücklich untersagt. Das wegen der Corona-Pandemie von Bund und Ländern ausgesprochene Veranstaltungsverbot macht auch vor der Musikindustrie keinen Halt: Die großen Festivals sind zu Redaktionsschluss abgesagt oder werden verschoben, ebenso Touren und Konzerte. Bevor es so weit kam, wagten wir allerdings einen ausführlichen Blick hinter die Kulissen einer der größten deutschen Konzert-Produktionen 2020: RIN's Nimmerland-Tour.

Deutscher Rap wird heute anders auf die Bühne gebracht als noch vor fünf Jahren. Wie genau, dafür ist RIN ein gutes Beispiel. Schon sein erster Auftritt beim splash!-Festival 2016 war anders. Anders insofern, als dass sowohl auf als auch vor der Bühne Dinge zu beobachten waren, die man von Rap-Konzerten so einfach nicht gewohnt war. Aus den Boxen dröhnten Songs wie *Blackout* oder *Bros*, über die RIN an den richtigen und auch mal richtig-falschen Stellen mit Auto-Tune auf Anschlag drüber rappte, schrie und sang. Was den Realkeepern und Golden-Era-Nostalgikern, die gerade auf dem Zeltplatz mit Bierbong-Exzessen beschäftigt waren, vermutlich die AF-1 ausgezogen hätte, sorgte hier vor der Bühne jedoch für Begeisterungsschübe. Ein riesiger Menschenmob grölte aus vollem Hals jede Zeile und jede Adlib unter das Zeltdach und pogte sich dabei an den Rand des kollektiven Kollapses.

Drei Jahre später ist RIN ein Superstar – vor allem, was den Status als auch die Zahlen angeht: jeweils vier Gold- und vier Platinauszeichnungen für Songs wie *Bros*, *Monica Bellucci* und *Dior 2001*, die 1LIVE-Krone für das Album *EROS*. Im Dezember 2019 stieg er mit seinem zweiten Album *Nimmerland* auf Platz drei der deutschen Albumcharts ein. Am gleichen Abend spielte er in der Hanns-Martin-Schleyer-Halle in Stuttgart, etwas mehr als zwanzig Kilometer von seinem Heimatort Bietigheim-Bissingen entfernt, vor zehntausend Leuten das bisher größte Konzert seines Lebens. Im Februar 2020 ging es schließlich auf die Tour zum Album durch Deutschland, Österreich und die Schweiz. Mit sechzehn Shows, über fünfundsiebzigtausend verkauften Tickets, hochverlegten Gigs und zwei Zusatzkonzerten in Köln die bis dahin erfolgreichste Tour seiner Karriere.

»RIN ist längst kein Hype mehr, sondern ein Live-Phänomen«, erklärt Ilke Ulusoy, Head of Touring & Festival-Booking bei Bomber der Herzen, der Agentur, die sich seit Jahren um die Touren und Konzerte von RIN, aber auch SSIO oder Joy Denalane kümmert. »Es gibt meiner Meinung nach nur wenige Künstler, die den Spagat zwischen einer nahbaren und trotzdem professionellen Performance so auf die Bühne bekommen und die Menschen von der ersten Sekunde an in den Bann ziehen können wie er. Ich habe selten erlebt, dass Fans schon Stunden, manchmal sogar Tage oder Wochen vorher derart im Modus sind und mit einem Künstler gemeinsam feiern wollen, und vor allem in eine eigene Welt eintauchen und alles, was sie sonst beschäftigt, kurz mal liegen lassen. RIN liebt, was er da im Studio und am Ende auch auf der Bühne tut. Das merkt man einfach und lässt sich davon mitziehen.«

Was er damit meint: RIN hat es geschafft, seine Musik auf die Bühne zu bringen und daraus mehr als einfach nur ein Konzert zu machen. Die *Nimmerland*-Shows sind nicht einfach nur die Aufführung eines Albums mit eventueller Zugabe und der Option auf den Kauf eines überteuerten T-Shirts oder der Möglichkeit, ein Foto mit seinem Star zu machen. Ein RIN-Konzert, das ist – so banal das auch klingen mag – ein Erlebnis.

1

Davon ist an diesem Nachmittag im Februar 2020 vor dem E-Werk in Saarbrücken noch nicht viel zu merken. Vereinzelt stehen erste Fans am Absperrgitter. In der Halle ist der Aufbau im Gange. Dafür, dass genau der Tag für Tag reibungslos abläuft, ist Produktionsleiter Tim Humpe zuständig. »Wir kommen mit zwei Bussen für die Crew und vier Trucks für die Technik an der jeweiligen Location an«, erklärt er. »Um acht Uhr geht es in die Halle, wo erst mal die Räumlichkeiten und Ladewege angeschaut, alles Wichtige mit dem örtlichen Veranstalter sowie dem technischen Leiter des Hauses besprochen und daraufhin der schon bestehende Tagesplan angeglichen wird. Um acht Uhr dreißig wird der erste Truck mit dem Rigging und dem Catering entladen. Das ist wichtig, damit der Kaffee für die Techniker schnell am Start ist. Um neun Uhr werden die Motoren im Dach der Halle angeschlagen, und bis neun Uhr dreißig gehen die ersten Traversen in die Luft, damit die Bühne schnell wieder frei ist. Dann werden die anderen drei Trucks mit Licht, Tontechnik und Bühnen-Set entladen und installiert.«

Ein erster Soundcheck wird anschließend vom FOH-Tonmann durchgeführt. Der hat diverse Shows von RIN aufgenommen, auf die er am nächsten Tag in einer neuen Halle zugreifen kann. So kann er, ohne dass RIN auf der Bühne steht und in ein Mikro rappt, schon mal checken, wie der Sound in der Halle ist, erste Anpassungen vornehmen und das Feintuning machen. RIN braucht dann erst am Nachmittag auf die Bühne kommen und kann noch mal einen richtigen Soundcheck machen. Während RIN am Abend auf der Bühne steht, hat Tim im besten Fall frei.

»Gegen Ende der Show bereiten wir dann den Load-Out vor. Die Helfer und Rigger werden eingeteilt, damit der Abbau reibungslos abläuft. Sobald die Show vorbei ist, muss der Bereich vor der Bühne möglichst schnell geräumt werden, damit der Abbau losgehen kann. Wir wollen die Leute natürlich nicht rausschmeißen, aber bis die Lkws nach der Show geladen sind, dauert es eben mindestens zwei bis zweieinhalb Stunden.«

Als Produktionsleiter weiß Tim auch über alle technischen Komponenten Bescheid. Als technischer Dienstleister für die Produktion wurde die Firma PRG beauftragt. Zur Beschallung ist ein Meyer-Sound LEO Line-Array System auf der Tour. Und wie steht es um das Licht? »Das dreidimensionale, in Weiß gehaltene Bühnenbild wird eingerahmt durch eine ganze Reihe von SGM P-6-Flutern und X4-Bar 20 von GLP. In jeder Rille der Kulisse sind mehrere TitanTubes von Astera verbaut. Die ›Monde‹ im Hintergrund bestehen aus circa hundert GLP X4 Impression Fixtures. Von den Seiten kommen PRG Icon Edge Hybrid Movinglights geflogen und gestellt an den jeweiligen Bühnenseiten zum Einsatz. Stroboskopeffekte erledigen die GLP JDC-1. RIN selbst wird durch Clay-Paky Scenius Profile Spots in Szene gesetzt, angesteuert durch ein ›Follow-Me‹-System, das ihn bei jeder Bewegung auf der Bühne verfolgt. Der Bühnenbelag ist ein rutschfester Hochglanz-Tanzboden, der das Licht reflektiert, was das Ganze noch ein bisschen außerirdischer wirken lässt. An Special Effects gibt es eigentlich nur CO_2-Jets, die für Nebel sorgen. Ansonsten ist alles sehr clean gehalten.«

Die Lichtshow ist dabei auf Timecode durchprogrammiert. »Das heißt, dass jeder Akzent der Show mit einem Lichteffekt synchronisiert wird. Eine Präzision, die RIN sehr wichtig war, weil so jeder Beat, jeder Hi-Hat-Akzent auch visuell wirkt. Von Menschenhand ist das nicht einfach zu machen. Das geht eben nur mit einer Timecode-Show.« Aber natürlich könne man auch während der Show am Lichtpult spontan reagieren, zum Beispiel, wenn RIN mit dem Publikum interagiert.

Anruf bei Clemens Loeffelholz, aus dessen kreativer Feder das Bühnendesign und Lichtkonzept stammt. Der Dreißigjährige entwirft die Bühnenbilder und Beleuchtungskonzepte für Bands wie Bilderbuch und AnnenMayKantereit, aber auch Trettmann, Tua, CRO und RIN, mit dem er schon für dessen *Megatron*-Tour zusammengearbeitet hat. Im Herbst 2019 schauten Clemens und seine Mitarbeiter Stefan Troendle und Taimur El Khorazaty zum ersten Mal bei RIN im Studio vorbei, um mit ihm über die *Nimmerland*-Tour zu sprechen. Mit im Gepäck: Jede Menge Eindrücke aus allen erdenklichen Peter-Pan-Filmen und natürlich Fragen: Wie sieht das Nimmerland von RIN aus? Muss man die Motive ganz direkt nutzen oder kann man sie abstrahieren? »Das Nimmerland«, sagt Clemens, »ist ja eigentlich eher romantisch und kindlich. Gleichzeitig hat RIN immer den Anspruch, dass alles ein bisschen drüber ist. Also haben wir überlegt, wie man aus diesen Vorgaben etwas konzipieren kann, das beiden Ansprüchen gerecht wird.«

Ein paar Moodboards später ist klar, dass sich vor allem an einem Bild orientiert werden soll: die Insel, der Baum und – aus Platzgründen – zwei der eigentlich drei Monde. Alles Elemente, die sich cool abstrahieren lassen, aber gleichzeitig trotzdem noch gut les- und nachvollziehbar bleiben. Cool abstrahieren, das heißt, dass sämtliche Elemente in Weiß gehalten sind und ihre eigentliche Struktur aufgefächert wird. Einflüsse dafür seien unter anderem die glühende, große Sonne aus dem Weather Project von Ólafur Eliasson in der TATE, verschiedenste Burning-Man-Installationen sowie der Modellbau und innenarchitektonische Entwürfe gewesen.

Das Bühnenbild erzählt also die Story – auch durch Licht. Das ist der Grund, warum Clemens und sein Team das Nimmerland nicht einfach eins zu eins – der Landschaft einer Modelleisenbahn oder einem Filmset gleich – nachbauen, sondern es weiß halten. Der Vorteil: Man kann das Bühnenbild einfärben. Insofern wichtig, als dass sich das Licht über das gesamte Konzert hinweg verändert und von einem hellen Sonnenaufgang zu einem roten und blauen Sonnenuntergang verläuft. Und noch einen Vorteil hat das blanke Bühnenbild: »Würde man einen grünen Berg auf die Bühne stellen, sähe er – egal, mit welcher Farbe er beleuchtet wird – nur weiß oder braun aus. Außerdem erlaubt das Weiß, verschiedene Farbkombinationen gleichzeitig – etwa einen roten Mond oder einen blauen Berg – zu realisieren.«

Das Licht sei aber längst nicht nur dafür da, unterstützend auf das Bühnenbild zu wirken. Es verstärkt vor allem auch die Musik – egal ob die heftigen Drops oder ruhige Passagen. Effektlicht nennt Clemens das. Mit dem szenischen Licht könne man außerdem die Kulisse und vor allem auch den Künstler beleuchten. »Eine Band wie Bilderbuch kannst du auch auf eine leere Bühne in einen leeren Raum stellen, und es passiert so viel, dass du immer genügend zum Gucken hast«, erklärt Clemens. »Aber bei Rap und RIN, wo es darum geht, komplett im Moment zu sein und sich für kurze Zeit selbst visuell und klanglich zu überfordern, muss mehr passieren. Es muss kurzzeitig mal laut und hell und grell, aber dann auch wieder leise, ruhig und still werden. Genau wie es die Drops und das Reinsteigern gibt, braucht es auch die Pausen. Es muss eigentlich die ganze Zeit von null auf hundert und wieder zurück und dann wieder auf hundert gehen.«

Aus all diesen Aspekten entwickeln Benjamin und sein Team einen groben Set- und Lichtplan, basierend auf dem daraufhin ein 3-D-Modell programmiert wird, mit dem im Anschluss jeder Song und die gesamte Show simuliert wird. Nachdem alle Komponenten beisammen sind, wird das Modell in die Realität und auf die Bühne übertragen und die gesamte Show noch einmal unter realen Bedingungen getestet. »Eine Farbe, die von einem Computer generiert wird, wirkt immer anders als eine Lampe, die im real life scheint«, sagt Clemens. »Da muss man dann eben schauen, ob das Blutrot wirklich so blutrot ist, wie wir es haben wollen und jede Farbe, jede Nuance und die entsprechenden Wirkungen durchgehen.«

Die große Frage, die sich stellt: Merkt der Zuschauer das alles eigentlich? Bekommt er mit, wie die Farben im Laufe der Show changieren, wie die Akzente in Licht und Musik zusammenspielen? Wie viel Arbeit in der Konzeption eines Konzertes liegt? Eher nicht. Das weiß auch Clemens Loeffelholz. Ihm ginge es vielmehr darum, dafür zu sorgen, dass alles so stimmig wird, dass gar nicht auffalle, wie die Show konzipiert worden ist.

Oben im Produktionsbüro sitzt Michi Ludes, seines Zeichens Tourleiter. Früher hatte er selbst eine Band, mit dem Namen Mikroboy, mittlerweile tourt er mit Künstlern wie RIN. Was er hier macht? In seiner Insta-Bio steht »Reiseleiter für gastspielreisende Künstler«. Michi lacht. »Was mein Job als Tourleiter ist, habe ich bis heute auch noch nicht so ganz verstanden. Ich laufe rum, unterhalte mich mit allen, spüre der Stimmung nach und sorge dafür, dass ich immer ganz genau weiß, was bei wem gerade los ist, wer noch was braucht, und sorge dafür, dass sich alle miteinander verstehen.« Außerdem sei er auch das Bindeglied zwischen RIN und der mittlerweile dreißigköpfigen Crew, die während der Tour Tag für Tag für ihn arbeitet.

»Dafür, dass RIN so ein großer Künstler ist, ist er immer noch wahnsinnig pflegeleicht«, sagt Michi. »Wenn man sich den Backstage anguckt, dann stehen da vier Dosen Fanta und vier Flaschen Wasser drin. Die krasse Obstplatte oder irgendwelche speziellen Wünsche sucht man vergebens.« Wichtig sei eigentlich nur das Frühstück: Rührei mit Brötchen – und zwar egal, ob um elf oder achtzehn Uhr. »Ein Tagesablauf auf Tour ist zwar routiniert, aber doch immer unterschiedlich. An manchen Tagen gibt es tausend Sorgen, an anderen ist überhaupt nichts los. Manchmal hängen die Jungs den ganzen Tag im Backstage ab, an anderen gehen sie noch shoppen oder in ein besonderes Restaurant.«

Was immer gleich bleibt: Vor der Show schaut Michi regelmäßig nach RIN. »Es gibt auch Künstler, die vor einem Auftritt total in the zone sein müssen. Das ist bei RIN ganz anders. Der verquatscht sich auf dem Weg zur Bühne oder steht noch Sekunden bevor es losgeht an der Treppe und checkt seine DMs. Vielleicht ist das sogar ganz gut, weil er manche Sachen sonst zerdenken würde.« Während der Show steht Michi am Bühnenrand und ist der Ansprechpartner für RIN: Mehr Handtücher, ein neues Wasser, kein Sound auf dem In-Ear. »Mittlerweile haben wir das alles aber so organisiert, dass eigentlich alles von alleine läuft, und ich stehe da nur noch für den Placebo-Effekt«, sagt Michi und lacht.

Michi begleitet RIN seit 2017 auf Tour. Bei den ersten Shows – Rock am Ring und Rock im Park, damals noch um zwölf Uhr mittags, seien er, RIN, Minhtendo und der FOH-Mann noch mit einer E-Klasse zu den Konzerten gefahren. Kein Vergleich zu heute. »Was bei den Konzerten von RIN vor der Bühne passiert, ist mit nichts zu vergleichen, was ich bis dahin aus dem Rap kannte«, sagt Michi. »Mich hat das viel mehr an die Hardcore-Shows in meiner eigenen Jugend erinnert: Nations on Fire im JuZ – und alle rasten komplett aus. Fast niemand hat auf die Bühne geschaut, weil nicht wichtig war, was dort passiert ist. Es ging vielmehr um die Energie im Raum. Das ist eigentlich ja eine total geile Rückbesinnung: Diese Menschen, die sich oft im virtuellen Raum aufhalten, stehen da plötzlich wieder Schulter an Schulter in der analogen Welt.«

2

Gestern war off day, also ein Tag ohne Konzert, deshalb kommen die Jungs heute direkt aus Bietigheim-Bissingen nach Saarbrücken. Der Erste, der den Backstage betritt, ist Martin Tamba, den meisten vermutlich eher als Brownshootta bekannt. RIN und er kennen sich seit zehn Jahren. Drei davon begleitet er ihn als Fotograf eigentlich überallhin – ins Studio genauso wie auf Tour. Genauso hat er auch schon Ufo361, Jorja Smith oder Yung Hurn vor der Kamera gehabt oder mit großen Firmen zusammengearbeitet. In Aachen geboren und ein paar Teenagerjahre in der Heimat seines Vaters, Gambia in Westafrika, verbracht, zieht Brownshootta zurück nach Deutschland. Genauer: Bietigheim-Bissingen, wo er Anschluss an den Freundeskreis von RIN findet.

»Ich war schon immer eher der visuelle Typ, während RIN sich mehr für Musik interessiert hat. Aber ich würde schon sagen, dass wir über die Musik eine Verbindung hatten«, erinnert sich Brownshootta. Man hängt rum, ein paar Jungs, wie zum Beispiel CAZ oder Lucky Looks, rappen auch und machen beim VBT mit. RIN ist da noch gar nicht involviert. »Dass

Freunde von mir bei diesem Turnier mitgemacht, ihre Videos auf YouTube gestellt haben und das die Szene auch noch interessiert hat, war für mich schon peak. Es ging gar nicht darum, damit erfolgreich zu werden.«

Während andere sich im Rap kreativ betätigen, interessiert sich Brownshootta mehr für Visuelles. Er zeichnet viel, macht sein Fachabitur im Bereich Grafikdesign und im Rahmen dessen auch einen Fotografiekurs. Der gefällt ihm so gut, dass er sich einen Ferienjob sucht und von den dort verdienten tausend Euro seine erste Kamera kauft. »Irgendwann hat mich nicht mehr nur die Fotografie an sich interessiert«, erinnert Brownshootta sich. »Ich wollte wissen, wie andere Musikfotografen arbeiten.« Chi Modu, den man für seine ikonischen Bilder von 2Pac kennt, aber genauso auch Gunner Stahl.

Brownshootta begleitet RIN mit ein paar Freunden durch den Festivalsommer 2017 und macht dabei immer wieder Bilder von den Shows und im Backstage. Am Ende der Saison fragt RIN, ob er nicht Lust habe, ihn bei seiner anstehenden Hallentour zu begleiten. »Zwischen RIN und mir gibt es eigentlich nicht so etwas wie ein Arbeitsverhältnis im eigentlichen Sinne«, sagt Brownshootta. »Ich bin einfach immer mit dabei und nutze fotografisch jede Möglichkeit, die sich mir bietet.«

Wer die Bilder zu diesem Artikel sieht oder jene Arbeiten kennt, die Brownshootta oder auch RIN immer wieder auf Instagram teilen, dem fällt stilistisch gleich die unumwundene Direktheit auf. Analogfotografie, viel Blitz, wenig Schnickschnack. »Viele Fotografen benutzen ungerne einen direkten Blitz, weil das ihrem Empfinden nach für einen unnatürlichen Look sorgt«, sagt Brownshootta. »Aber mich stört das nicht. Ich sehe keinen Anspruch darin, so realistisch oder natürlich wie möglich zu arbeiten. Im Gegenteil: Ich fotografiere die meiste Zeit ja eher RIN als Renato, weshalb ich denke, dass ich gut mit solchen künstlerischen Veränderungen arbeiten kann.«

Wichtig ist dafür auch die Hardware. Irgendwann tauscht Brownshootta die Digitalkamera gegen eine Leica Minizoom.

Mittlerweile habe er bestimmt zehntausend Euro für analoges Equipment ausgegeben. Woher rührt dieses Faible in Zeiten von Smartphones und Instagram? »Ich glaube, ich mag den Style, weil das ein bisschen der mood von uns allen ist«, sagt Brownshootta. »Wir sind Neunziger-Kinder und diese Ästhetik spricht uns deshalb besonders an.«

An der analogen Fotografie möge er aber noch etwas anderes: den Workflow und das Ergebnis. »Wenn ich arbeite, bin ich gerne in meiner Welt und mache das nur für mich. In dem Moment, in dem ich ein Foto mache, bin ich der Einzige, der durch die Kamera schaut, und auch derjenige, der das Ergebnis ein paar Tage später, nach der Entwicklung, als Erster zu sehen bekommt. Ich mag das. Bei Digitalkameras hat mich schon immer gestört, dass nach jedem Bild alle immer zu mir gekommen sind und das gemachte Foto auf dem Bildschirm anschauen wollten. Der Fotografierte hat ja meist einen ganz anderen Anspruch an das Bild als der Fotograf. Mir gefällt es, dass diese verschiedenen Ansprüche mit der analogen Fotografie wegfallen und das Ergebnis in Form des entwickelten Fotos am Ende einfach feststeht.«

Auch das anschließende Bearbeiten steht im Gegensatz zur Social-Media-Schnelllebigkeit. Jetzt gerade etwa arbeite er an Bildern, die er vor einem halben Jahr geschossen habe. »Ich mache die Fotos, entwickele sie, schaue alle durch und scanne sie anschließend selber ein. Wenn das mehrere Filme sind, kann das schon mal ein paar Nächte dauern.« Anschließend lässt er sie eine Weile liegen und schaut noch mal drauf. Dann werden die besten bearbeitet. Farbfindung, abdunkeln, aufhellen. »Durch das Liegenlassen kann ich viel besser bewerten, welche Bilder wirklich wertvoll sind. Ein Foto, das im ersten Moment relevant erscheint, ist ein paar Monate später schon wieder bedeutungslos – oder vielleicht fällt mir auf, dass ein Foto vielleicht technisch nicht besonders anspruchsvoll ist, aber ich einen besonders wertvollen Moment eingefangen habe.«

3

Im Backstage nebenan sitzt Minhtendo, seines Zeichens Live-DJ und Produzent in Personalunion. Er begleitet RIN nicht nur seit mehreren Jahren auf der Bühne, sondern hat sowohl Großtaten wie den Dizzee Rascal Type Beat-Beat auf dem *EROS*-Album als auch ein Gros der Produktionen auf dem aktuellen Album *Nimmerland* zu verantworten. Eigentlich kommt Minh aus Ludwigsburg, aber weil er das Berufskolleg in Bietigheim-Bissingen besucht und auch dort im H&M arbeitet, ist es nur eine Frage der Zeit, bis er vor Ort Kontakte knüpft und Beats für Rapper wie Lucky Looks produziert. »Irgendwann, das muss so 2012 gewesen sein, saß ich nach dem Arbeiten an der Bushaltestelle und habe auf den Bus nach Ludwigsburg gewartet, als RIN vorbeikam und mich nach einer Zigarette gefragt hat. Wir kamen ins Gespräch, und es stellte sich raus, dass er sogar wusste, wer ich bin«, erinnert sich Minh. Durch Lucky Looks laufen sich RIN und Minh im Studio von CAZ über den Weg – der Rest ist: Geschichte.

Ob er vor den Shows aufgeregt sei. »Nein, eigentlich nicht«, sagt Minh. »Ich gehe in Gedanken noch mal alles für mich Wichtige durch. Aber Lampenfieber habe ich gar nicht. Warum auch? Ich bin ja ohnehin im Hintergrund. Ich habe zwar ein Mic, in das ich ab und an etwas sage, um die Stimmung auf einem Level zu halten – aber ich bin nicht dafür da, um die Leute zu entertainen. Egal ob fünftausend oder fünfzigtausend Leute vor der Bühne stehen: Der Job ist eigentlich easy, und solange ich nicht irgendeinen Schwachsinn ins Mic rufe, kann eigentlich nichts passieren – und wenn doch, sprechen wir das gleich nach der Show kurz durch.«

Wenn man Minh so zuhört, wie er den Ablauf vor, während und nach den Shows schildert, dann klingt das im positiven Sinne nach Routine. Nach einem Job, den man gerne macht und der einem gut von der Hand geht. Dass er davor nicht nervös ist, glaubt man ihm. Das Problem sei ein anderes: RIN, Brownshootta und er seien trotzdem den ganzen Tag über mit der Show beschäftigt. In Gedanken genauso wie in Gesprächen zwischen den Türen und Angeln des Tourbusses und der jeweiligen Backstageräume. »Wir drei sind im Kopf eigentlich immer bei der Arbeit. Das heißt nicht, dass wir die ganze Zeit gestresst sind, aber eine gewisse Grundspannung ist schon da – einfach, weil man weiß, dass man jeden Abend auf die Bühne muss.«

Was – oder besser gesagt: wer – dagegen hilft, ist Dimos. »Dimos ist immer dabei – egal ob im Studio, bei der Entstehung der großen Hits oder jetzt auf Tour«, erklärt Minh. »Er ist der Ruhepol der Gruppe und außerdem eine große Hilfe, weil er sofort alles für uns klären kann.« Trotzdem sei Dimos mehr als nur ein Laufbursche, sondern vielmehr ein Teil der Gruppe. »Ich habe schon oft darüber nachgedacht, warum Dimos so wichtig ist. Ich glaube, es liegt daran, dass er mit der eigentlichen Show nichts zu tun hat. Dimos ist eine Art Verbindung in die normale Welt«, sagt Minh. »Wenn man auf ihn trifft, weiß man, dass man mal kurz chillen kann und alles andere egal ist. Ich muss mit ihm nicht über den Ablauf der Show oder meinen Job als DJ reden, sondern einfach über normalen Kram. Wenn wir ihn nicht hätten, wären wir viel nervöser und aufgeregter.«

Dimos kommt, natürlich, auch aus Bietigheim-Bissingen und kennt RIN, seit er zwölf oder dreizehn ist. »RIN war eine Generation jünger als ich, aber wir haben trotzdem immer zusammen in der gleichen Straße rumgehangen und Scheiße gebaut. Wir haben uns eigentlich auf Anhieb gut verstanden. Seine Eltern haben eine Gaststätte und meine auch – dementsprechend wussten wir beide, wie das Leben des anderen und von dessen Familie in der Gastronomie aussah. Bis frühmorgens arbeiten, am Wochenende arbeiten – eigentlich immer arbeiten«, sagt Dimos und lacht. Sein Vater betreibt die mittlerweile berühmte und in jeder Rap-Reportage über Bietigheim-Bissingen eine zentrale Rolle spielende Kneipe am Ort, in der auch die Goldenen Schallplatten von RIN und Bausa hängen.

Dimos erzählt davon, wie er, RIN und all die anderen Kumpels kurz nach dem Release von *EROS* gemeinsam im Italien-Urlaub waren und das Release gefeiert haben. Er hat noch Videoaufnahmen davon, wie sie an der Klippe saßen und das Album gehört haben. Manchmal filme er auch jetzt noch die Shows. Währenddessen konzentriere er sich total auf die Kamera, aber wenn er dann mal kurz ins Publikum gucke, kann er überhaupt nicht fassen, was da abgeht.

4

Aus dem Backstage geht es an der Bühne vorbei hinter das E-Werk, wo neben den vier Trucks für die Technik und das Bühnenbild auch die beiden Busse für Künstler, Entourage und Crew geparkt sind. Im unteren Bereich des einen Nightliners hat RIN es sich gemütlich gemacht. Auf dem gemuteten Fernseher läuft *Bares für Rares* mit Horst Lichter, vor ihm qualmt eine zu drei Vierteln gerauchte Zigarette der Marke Marlboro Rot im Aschenbecher. RIN wird sich – das dürfte keine große Überraschung sein – im Laufe des Gesprächs noch einige davon anzünden.

Das Gespräch dreht sich um dieses und jenes. Gute Playstation-Spiele wie *The Witcher 3*, Glaube, Spiritualität und Uhren. RIN hat sich gerade erst ein neues Exemplar gekauft: die Octo Finissimo Skeleton aus Keramik von Bulgari. Mit extraflachem mechanischem Manufakturwerk, Handaufzug, kleiner Sekunde, Finissimo-Kaliber und fünfundsechzig Stunden Gangreserve. Außerdem ein mit vierzig Millimetern extraflaches Gehäuse aus schwarzer Keramik, transparentem Gehäuseboden, einer Krone aus schwarzer Keramik mit Keramik-Intarsie sowie schwarzem Keramikarmband mit Faltschließe. Kostenpunkt: gut fünfundzwanzigtausend Euro.

»Eigentlich mache ich so etwas erst nach der Tour – um runterzukommen«, sagt RIN. »Natürlich weiß ich auch, dass das eigentlich nichts bringt – aber manchmal hilft es einem doch.« Er lacht. Eigentlich fahre er nach Tour aber eher in den Urlaub. Rausgehen, in die Sonne und sich aufladen. Manchmal setze er sich auch direkt an neue Musik und versuche, die

Eindrücke zu verarbeiten. Gemeint sind damit weniger die eigentlichen Konzerte als das ganze Drumherum. Vielleicht deshalb jetzt mit ein bisschen Abstand zu den letzten Auftritten die Frage: Wie fühlt man sich, nachdem man vor mehreren Tausend Menschen abgerissen hat?

»Das ist schon schwer zu fassen«, sagt RIN. »Eben sitzt du noch in einem kleinen Backstage-Raum mit deinen Jungs, dann stehst du vor Tausenden Leuten, die komplett durchdrehen, anschließend hockst du in einem Bus auf gefühlten fünf Quadratmetern, der dich in die nächste Stadt bringt. Die unterschiedlichen Gefühle und Emotionen, die man da innerhalb von drei Stunden erlebt, sind abnormal.« Mit der körperlichen Beanspruchung komme er mittlerweile klar. Wie ein Tag abläuft, wann man am besten essen und schlafen muss. Aber die psychische Beanspruchung sei krass.

»Du gibst diesen Menschen ja auch jeden Abend ein Stück von dir. Diese Leute zehren von deiner Energie. Wenn du abgehst, dann gehen sie auch ab – und auch wenn sie nach Hause gehen, haben sie noch ein Stück davon bei sich. Das will ich ja auch erreichen. Aber wenn ich nach der Tour zu Hause ankomme, bin ich innerlich einfach tot und leer. Die meisten lassen dieses Gefühl aber überhaupt nicht zu oder versuchen, mit Drogen und Party dagegen anzugehen. Nur damit verdrängt man das Gefühl ja auch nur, ehe es zu einem späteren Zeitpunkt wieder hochkommt. Das ist nichts für mich und auch der Grund, warum ich mich auf Tour, aber auch generell nur mit einem kleinen Umfeld von Menschen umgebe, die ich gut kenne und denen ich vertraue.«

Auch falls die Konzerte irgendwann mal nicht mehr ausverkauft sein sollten und die Streams nicht mehr acht- oder neunstellig sind. »Ich glaube, dass schlechte Zeiten einen positiveren Einfluss auf dich als Mensch haben«, sagt RIN. »Wenn du keinen Erfolg hast, lässt dich das klarer denken und zu dir selbst zurückkommen – die bedingungslose Akzeptanz und das Abfeiern durch die Fans hingegen blendet dich auf lange Sicht.« Der Anteil an echten Fans, die einen wirklich verstehen, die nachvollziehen können, warum man die Musik so macht, wie man sie eben macht, sei geringfügig klein.

»Wenn du Erfolg hast, erreichst du nun mal mehr Menschen und verlässt diesen kleinen Kreis aus Leuten, die das alles durchdringen. Wenn man den Mainstream erreicht, hat man es mit einer großen Masse an Menschen zu tun, die Musik ja auch ganz anders konsumieren und sich gar nicht so tiefgehend mit deiner Kunst beschäftigen. Der Großteil der Menschen hört einfach nur einen Song – und der gefällt ihm so gut, dass er den ein paar Wochen oder auch Jahre hört. Aber dann war es das auch. Am Ende muss man sich immer klarmachen: Nichts von dem, was du in deiner Karriere bekommst, ist echt – weder der Hass noch die Liebe.«

Es ist interessant, RIN in den letzten Jahren beobachtet zu haben. Das erste Mal laufen der Reporter und er sich im Februar 2016 in einer Altbauwohnung in Berlin-Neukölln, im Rahmen eines Interviews mit dem gesamten Live-From-Earth-Kollektiv, dem er damals angehörte, über den Weg. Der Fokus liegt zu der Zeit klar auf Yung Hurn. Als einen guten Monat nach dem Interview die *Genesis*-EP von RIN über das Label veröffentlicht wird und noch mal zwei Monate später *Bianco* erscheint, ändert sich das schlagartig. Noch im selben Jahr folgen erst die Trennung von LFE und dann das Signing bei DIVISON. Vier Jahre später ist RIN ein Star – mit Streams und Status, mit Gold- und Platinplatten, mit kollabierenden Fans bei ausverkauften Konzerten. Aber ihn derart reflektiert über diesen Zirkus sprechen zu hören und zu sehen, wie er sich mit seinen BFFs aus BB umgibt, ist schlicht bemerkenswert. Mag sein, dass die Uhren mittlerweile teuer geworden sind und der Mercedes jetzt von selbst hält – RIN lässt sich von all dem nicht beeindrucken.

Genauso wenig wie von den Unkenrufen, die immer wieder zu hören sind, wenn man von seinen Liveshows spricht: Was sei das denn bitte schön für ein Rap-Konzert, wenn der Künstler einfach nur seine eigenen Songs laufen lasse und ab und an mit effektverzerrter Stimme seinen eigenen Back-up mime. Lächeln bei RIN. »Ich weiß um die Limitierung meiner

Stimme. Ich weiß, dass ich kein krasser Sänger bin – also versuche ich auch gar nicht, das zu sein, sondern benutze die Waffen, die ich habe. Einerseits sind das die Effekte, die ich ohnehin in meiner Musik nutze, andererseits ist das die Gesamtheit der Show, die auffängt, was ich vielleicht stimmlich nicht leisten kann. Dafür schäme ich mich aber auch nicht, weil ich ja trotzdem alles, was ich habe, in die Musik und die Shows stecke.«

Entscheidend sei aber noch eine andere Sache. »Die Leute wollen überhaupt nicht, dass ich vorne am Bühnenrand stehe und jedes Wort aus jedem Song glasklar performe«, sagt RIN. »Denen geht es um das Gefühl. »Ich glaube, dass mir die Konzerte eine Möglichkeit geben, den Leuten die Alben noch ein bisschen näher zu bringen. Live ist das alles viel gewaltiger. Viel Licht, viel CO_2 – und viel Bass. So einen Bass wie hier spürst du ja nicht daheim, wenn du die Musik auf deinen AirPods hörst. Aber wenn du nachher im Publikum stehst und *Vintage* hörst, dann ist das einfach ein ganz anderer Song. Im Grunde ist die Tour eine Reinterpretation des Albums. Hier bin ich in Kontrolle und kann den Fans meine Vision von dem Album, seinem Sound, seinem Look und seiner Wirkung vermitteln. Wenn jemand das Album nach der Show mit anderen Ohren hört, dann wäre das für mich wirklich das Nonplusultra.«

Zurück im Backstage. RIN und die Jungs hängen gemeinsam in einem der Räume. Zigaretten werden angezündet, Insiderjokes machen die Runde und Brownshootta schnell noch ein paar Fotos. Durch die massiven Backsteinwände dringt der Bass des Warm-up-Sets von DJ D_Lane. Als es noch gut fünfzehn Minuten bis zur Show sind, verabschieden sich Minhtendo, Brownshootta und Dimos schon mal in Richtung Bühne. Man hört jetzt nur noch das Surren der Kühlschränke und das iPhone von RIN, auf dem *Horses* von PnB Rock, Kodak Black und A Boogie Wit Da Hoodie läuft.

Am Bühnenrand führt Minhtendo letzte Gespräche mit Tim und Michi. Brownshootta und Dimos gehen auf Position. Nebel schwebt aus den Maschinen ins Publikum, dessen ungeduldiges Murmeln sich mit dem Vogelgezwitscher aus den

Boxen vermischt. RIN kommt aus dem Backstage die Treppe herunter. Ein letzter Blick aufs iPhone. Handshakes, Umarmungen und Rückenklopfer mit dem Team - beruhigende Rituale gegen die angespannte Aufregung. Die ersten Töne von *Bietigheimication* ertönen. Willkommen im Nimmerland.

Jungstötter, alias Fabian Altstötter, ist Musiker und Songwriter. Nachdem er mit zwei Schulfreunden in der Pfalz die Band Sizarr gründete, veröffentlichte er ein paar Jahre lang mit dieser Lieder, bevor er eine Solokarriere anstrebte. Sein erstes Soloalbum *Love is* erschien 2019, sein zweites mit Namen *One Star* folgte 2023. In seinen Liedern textet Altstötter auf Englisch, hier zum ersten Mal auf Deutsch.

Fabian Altstötter

Was wurde aus dem Anorakmann

(im UNKLE-Musikvideo zu Rabbit in your headlights)

Prosa | 2023

Ihr könnt Gedanken lesen. Der kleine Kasten neben mir, der sich alle fünf Minuten mit einem leisen Piepsen neu vorstellt, könnte es vielleicht auch, wenn er ein paar Schaltkreise mehr hätte.

Ich kann es auch.

Früher ging es einfacher, jetzt beschränkt es sich auf ein formbar großes Fenster jeden Tag.

Da kommt ein Licht. Rot zuerst, natürlich, und sobald ich geöffnet werde, dann blendend weiß. Jetzt ist es offen, das Fenster.

Meinen Namen sagt er heute. Und dass ich ihn anschauen soll. Und er sagt es, als sei es anstrengend für ihn oder als habe ihm seine Frau in der Früh eine lang verjährte Affäre gestanden. Er schnippt dabei mit den Fingern oder klatscht in die Hände.

Hätte er es anders gesagt, ich hätte es vielleicht getan. Oder besser: Hätte er es anders gesagt, hätte er mich vielleicht genug bewegt, um es mich tun zu lassen.

Heute aber ist er angestrengt und schnippt, und immer wieder blitzt es dann draußen vorm Fenster.

Der Blitz ist die grelle Treibschnur eines Sturms, von dem ich früher auch immer wieder, die Haare zerzaust und aufgeladen, angetrieben wurde.

Man muss sich weder am Wetterbericht noch an sehenden Narben am Kinn kratzen, um zu wissen, dass er hinter dem nächsten Bergkamm auf uns alle wartet.

Hierzulande ist es genau diese Verlässlichkeit, die, als klopfendes Erbe, lass es mit der Faust oder dem Hammer sein, die Türen öffnet. Dann laufen wir raus ins Unwetter.

Jetzt, wo ich hier bin, sehe ich die Dinge anders. Es ist nicht so, dass es nicht stürmt, wenn es windstill oder trocken ist. Manchmal ist es still in unserem Nachtabteil, und beim Frühstück muss man feststellen, dass der Sturm hinter unserem Rücken bei den anderen gewütet hat. Ein nächstes Mal ist es vielleicht still für uns alle, aber unsere Stille bedeutet dann lediglich ein Donnern auf den Saiten kleinerer Teilchen und Tierchen.

Dann wacht man auf und schaut zufrieden in den klaren Himmel, weil man gar nicht gemerkt hat, wie der Filz des langen Dämpfers uns die Nacht zuvor noch zugedeckt hat. Vielleicht schläft man ja auch tatsächlich besser, wenn einem durch die Lodenblume eine homöopathische Dosis Sturm verabreicht wird. Nirgends schläft man so gut wie hier, im Auge des Sturms. Dort, wo ich bin. Auf den Kopf gedreht im Gelee eines Glaskörpers.

Ein Unterschied zu diesem Auge und unserem ist, dass es nicht weinen kann. Unsere Augen weinen, um einen Teil der Welt, den der Sturm in uns hineinwehen hat lassen, wieder rauszuspülen. In meinem Fall weinen meine Augen allerdings in sich hinein, weil der Sturm mich verschluckt hat.

Unnütz.

Weil man, was sich im Innern festgesetzt hat, nur mit der Hand wieder rauskratzen kann.

Genau genommen war es auch nicht der Sturm, der mich verschluckt hat, sondern das Licht. Das Letzte, was ich gesehen habe, war grelles Licht.

Die Grenze, hinter der es mich abgesetzt hat, kann man nur erreichen, wenn das Weinen schon vorbei ist, oder durch andere, undurchsichtige Gewässer.

Es gibt diese Grenze. Und solange ich nicht über sie hinausgehe, ist es fast schon gemütlich. Ein wenig eng, aber dementsprechend überschaubar und ruhig.

Und jetzt bin ich hier. Weil ich eine Grenze überschritten habe und mich das Licht dann aufgefressen hat.

Das, was sich hier lesen lässt, hat ihm geschmeckt. Und den Einband, samt Rücken, hat er im Tunnel verteilt, damit für die Bergung auch noch etwas übrig bleibt.

Brocken und Sand nämlich.

Alles wurde aufgekehrt und später dann in Höchstgeschwindigkeit wieder zusammengeschüttet. Jetzt stehen sie vor diesem neuen Bauwerk und warten, bis der Putz trocknet.

Die Wände müssen von Lichthochspringern bezwungen werden, damit sie auf der anderen Seite mit ihren schönen Körpern Bilder ins Gelee malen können.

Vom Talent dieser Athleten sind wir alle gleichermaßen abhängig.

Morgen tritt einer der Hochspringer wieder an. Und vielleicht hat er gut geschlafen und in der Früh statt Beichten einen Kuss abgenommen. Wenn er dann springt, werde ich versuchen, ihn aufzufangen und zurückzutragen – so weit ich kann.

Dann vergisst er vielleicht kurz seine Professionalität und jubelt und glaubt weiter. An mich und ans Licht.

Charlotte Krafft ist Gründungsmitglied der Rich Kids Of Literature, Entdeckerin der Hyperironie und war kurzzeitig Redakteurin der Literaturzeitschrift *Abwärts*. Außerdem schreibt sie mitunter Essays oder Erzählungen für *Das Wetter*, Metamorphosen und die SZ. *Die Palmen am Strand von Acapulco, sie nicken* und ihr Debütroman *Marlow im Sand* erschienen im Korbinian Verlag.

Charlotte Krafft

Die Hyperironie

Essay | Das Wetter #13 | 2017

Die Hyperironie – Ein tolles Wort für ein tolles Phänomen der deutschsprachigen Popkultur oder was Yung Hurn, Human Abfall, Frankfurter Hauptschule, Ultraromantik u. v. m. verbindet.

Kommt, regt euch nicht auf, falls ihr einer der oben aufgereihten Künstler seid oder zu Urhebern, Verfechtern und Vertretern einer der genannten Konzepte gehört. Ich will hier niemanden und nichts über einen Kamm scheren, und falls ich es doch tue, will ich mich nicht dafür entschuldigen. Mein zugleich emotionales und analytisches Interesse an eurem Schaffen ist der völlig kritikfreien Affirmation, der reinen und leichten Liebe entsprungen, die eine innere Haltung voraussetzt, die eurer gleicht. Lasst euch doch einfach drauf ein, und ihr werdet schon sehen, was ich zu sagen habe, hat Hand und Fuß!

Hyperironie bezeichnet nicht den Gegenstand der Kunst, sondern die mögliche innere Haltung des Künstlers sowie des Konsumenten zum Gegenstand. Es ist eine Haltung, die Produzenten und Rezipienten miteinander verbindet und eine neue Kommunikationsebene zwischen beiden eröffnet. Der hyperironische Künstler muss seine Rezipienten die hyperironische Betrachtungsweise nicht lehren, sie ist ihm unter Umständen nicht einmal bewusst. Die Hyperironie kann von jenen, die ihren Keim nicht in sich tragen, unter Umständen verstanden, aber nicht erworben oder erlernt werden. Man kann schließlich auch nicht lernen, ein Autist oder Synästhetiker zu sein. Der Künstler kann seine Rezipienten nur erwecken.

Die Hyperironie ist ein Zwischenergebnis kultureller Evolution und wird sich in Zukunft erst ausbreiten und zuspitzen, vom kulturellen zum gesamtgesellschaftlichen Phänomen werden und sich dann auf eine Art weiterentwickeln, die nicht vorauszusehen ist.

Schon jetzt ist dieses von vielen Fesseln befreite Kunstverständnis in sämtlichen Genres vertreten. Ein hervorragendes

Beispiel? Die Ultraromantik und ihr Schöpfer oder Entdecker – je nachdem! – Leonhard Hieronymi ist eine der ersten tatsächlich hyperironischen Figuren der Literaturszene. Das ultraromantische Konzept baut nicht nur auf einer hyperironischen Haltung auf, es fordert sie implizit, indem es eine Art von Zügellosigkeit propagiert, ja verlangt, die die hyperironische Grundhaltung voraussetzt. Die Ultraromantik ist demnach nicht nur ein hyperironisches Kunstwerk, sondern, da ihr Gegenstand die Hyperironie mit einschließt, eine hyperironische Idee.

Eine kleine Anekdote, um zu verdeutlichen, wie Hyperironie nicht funktioniert: Vor einigen Wochen war ich mal wieder im Beiruth, eines der einschlägigen Post-Punk-Etablissements gleich neben einem Club mit dem originellen Namen Internet Explorer, auch liebevoll »Billy's Sexklause« genannt – moderate Preise, hervorragende Unterhaltung und exquisite Stimmung. Ich war dort, um mir einige Jubis reinzutun, JFR Moon und seiner entzückenden Bassistin zuzuhören und ein bisschen vor mich hin zu schuckeln. Als Opener präsentierte sich ein Trio bestehend aus JFR Moon selbst, seinem Bruder 20Jobs (vermutlich weil Blut dicker ist als gute Musik) und einem DJ mit dem ohrblutenmachenden Namen DJ Nikezeichen. Tut das nicht weh? Es! War! Grausam! Wirklich, ich musste fast brechen vor Mitleid, aber das hier ist schließlich keine Konzertkritik. Also!

Das Problem war nämlich: Sie haben missachtet, dass man Hyperironie nicht nachahmen und nicht vortäuschen kann. Sie haben nicht verstanden, dass die Hyperironie eine Emulsion ist. Man kann nicht einfach Ernst und Ironie zusammenkippen, und damit hat es sich.

Erst durch Dynamik entsteht etwas Neues aus den beiden Ingredienzen und bleibt paradoxerweise, was es ist: Hyperironie.

Die Mischung ruhen lassen, wäre fatal ... (Denken Sie jetzt an Dressing.)

Doch was soll es denn nun sein, was soll das heißen? Hyperironie?

Einfach gesagt: Es ist eine Haltung, die zwei Dinge miteinander verbindet, die sich gegenseitig auszuschließen scheinen, und durch die Auflösung dieses Gegensatzes einen Freiraum schafft – einen Freiraum, in dem wir Kunst jenseits der Kategorien Ernst und Ironie betrachten können. Die Hyperironie erlaubt die unbelastete Art des Genusses, der kathartisch wirkt. Weil: Als Betrachter eines hyperironischen Kunstwerks müssen wir uns nicht entscheiden, auf welche Weise wir das Kunstwerk verstehen. Ob es ironisch oder ernst gemeint ist, ist gar keine Frage. Wir akzeptieren es so, wie es ist, was uns auch die Freiheit gibt, es ohne Einschränkung zu feiern oder ohne Begründung abzulehnen oder sich auch ganz und gar jeglicher Wertung zu verweigern. Auch die Kategorien Sinn und Unsinn, bei deren Erwähnung in einem Kontext wie hier jeder normale Mensch gleich Kopfschmerzen kriegt, drum Hoppa, schnell daran vorbei, also auch jene Kategorien zerfallen in sich, wenn nicht festzustellen ist, ob etwas ernst oder ironisch gemeint ist. Logisch.

»Ich ess ein Müsli mit Milch zum Frühstück ... Ich bin so healthy ... Müsli mit der Milch in meinem Breakfast-Bauch« – Zeilen des Rappers Money Boy, einer der ersten, der für die von Postmoderne und Postpost gebeutelte Popkultur die ersehnte Abkühlung brachte. Schnell war man versucht, seine Lieder als erquickend geschmacklosen, aber sonst weiter bedeutungslosen Schwachsinn abzutun, dessen ernsthafte Gewandung nur mit fantastischer Blödheit oder einer durch und durch ironischen Haltung zu erklären ist, doch wer so denkt, denkt nicht hyperironisch. Die Hyperironie kennt keine Formeln und Mengenangaben. Vielleicht fragen Sie sich jetzt: Was macht denn Schwachsinn eigentlich zum Schwachsinn? Und liegt Schwachsinn eigentlich im Auge des Betrachters? Ist es eine Wertung oder eine objektive Feststellung oder? Vergessen Sie diese Fragen! Googeln Sie nicht, schlagen Sie nirgendwo nach!

Versuchen Sie nicht krampfhaft zu durchschauen, ob etwas ironisch oder ernst gemeint ist, und überlegen Sie nicht länger, wie Sie es finden sollen. Und benutzen Sie Sonnencreme. Lassen Sie sich jetzt erst mal darauf ein, wenn die Künstler der Frankfurter Hauptschule sich öffentlich Heroin oder auch nicht spritzen, wenn Flávio Bacon mit Roboter-Gesicht »agitiert«: »Katzen mit ihren kleinen Tatzen schlendern an die Blumentöpfe der Bourgeoisie.« Fragen Sie sich nicht, warum Bands sich Pisse oder Zentralheizung of Death des Todes nennen und was Sätze wie »Zeitreisen sind keine Sünde, und lange Spaziergänge durch alte Wälder bedeuten Rechtschaffenheit« aussagen sollen. Spüren Sie es einfach, machen Sie sich frei, genießen Sie, statt auf Deubel komm raus verstehen und beurteilen zu wollen, um im Anschluss, seien Sie mal ehrlich, vor ihren Bildungsbürgerfreunden nicht in Verlegenheit zu geraten. Das alles erfordert Mut. Seien Sie mutig. Ich verspreche Ihnen jedenfalls: Es wird Sie bereichern, und eventuell werden Sie über den Weg des Nichtfragens über die hyperironische Haltung sogar zu Antworten finden. Denn: Manche Türen, die zu manchen Räumen hinter manchen Wänden führen, befinden sich eben auf einem anderen Stockwerk, und ehe man die Treppe hochgegangen ist, weiß man nichts von ihrer Existenz und kann sich nur fragen, was sich hinter dieser Wand wohl abspielt. Ist die Hyperironie etwa nur ein Mittel, um sie der Kritik zu entziehen, durch Ironisierung der Ironie? Ja und nein.

Früher war es die Ironie, die einen davor bewahrte, Stellung zu beziehen, doch seit der Postironie ist sie selbst zum Gegenstand der Kritik geworden. Kunstwerke des Postpost schützen sich, indem sie entweder mit ihrer offen dargebotenen Verletzlichkeit so viel Mitleid erregen, dass keiner es wagt, sie ernsthaft zu kritisieren, oder indem sie allen potenziellen Feinden mit ironisierter Selbstironie zuvorkommen. Doch die Hyperironie ist nicht defensiv wie die destruktive Ironie im Dienste des Egos oder die ironisierte Ironie des Postpost. Hyperironische Kunstwerke haben diesen Selbstschutz nicht nötig. Es stimmt, dass sie bisher wenig Angriffsfläche bieten, doch der Schutzeffekt ist nur ein Nebenprodukt, nicht der Zweck, und ich bin sicher, dass sich in Zukunft neue Formen von Kritik entwickeln werden, Kritik, die sich anders fortbewegt als auf den Füßen »Ernst« und »Ironie«.

JA! Die Hyperironie will mehr, als die Ironie den Klauen der Postmoderne zu entreißen, mehr als die Destruktion der destruktiven Ironie und mehr als die Reanimierung einer konstruktiven Ironie, die keine Stellungnahmen scheut und den beleidigten Ernst erobern kann, um dann donnerstags friedlich mit ihm paarzutanzen. Eine ihrer Stärken liegt darin, dass Kontingenzen für sie selbstverständlich sind, dort, wo Ironie den Widerspruch nur aushält. Vielleicht ist die Hyperironie das Gleiche wie die Postironie. Darüber hatte ich keine Lust nachzudenken. In diesem Fall wäre Postironie allerdings das falsche Wort. Ich sage lieber: Die Postironie ist nur ein hurtiger, leicht verwirrter Handlanger der Hyperironie.

Sie kennt ja ihre geistigen Eltern, die Hyperironie. Denken Sie zum Beispiel mal an Dada, aber nicht zu lange! Das Erbe hat sie ausgeschlagen. Das Alte abzulehnen, muss nämlich wirklich nicht bedeuten, sein Gegenteil zu begrüßen. Wir müssen nicht zwischen postmoderner Ironie und präironischer Einfachheit entscheiden, und auch die bekannten Zwischentöne, alles muffige Kompromisse, sind nicht das, wovon ich spreche.

Es ist die aufwühlende, begehrlichkeitenweckende Schwester des Postpost, die zwar mit den gleichen Genen wie ihr Bruder ausgestattet ist und doch so viel mehr daraus macht. Sie kennt ihn, aber sie braucht ihn nicht. Er kann ihr den Buckel runterrutschen. Er kann sie nicht aufhalten mit seinem ewigen Gejaule. Sie ist nie gleichgültig, verstehen Sie das nicht falsch, das Anything goes liegt ihr fern, stattdessen ist sie immer leidenschaftlich oder hält sich mit Leidenschaft heraus! Dem Hyperironiker sind seine Meinungen, Leidenschaften und Ungerührtheiten nie peinlich oder fremd – Er kann Bifi essen und dabei Ich liebe dich sagen.

Verzweifeln Sie bitte nicht, wenn Sie das alles nicht gleich begreifen. Bleiben Sie ganz ruhig. Vielleicht sind Sie einfach zu verbohrt oder ein bisschen humorlos. Alles kein Problem. Die Hyperironie braucht sie nicht. Und sie brauchen die Hyperironie nicht. Vielleicht ist es aber auch so: Ich sehe Gespenster, und die Hyperironie ist eines davon. Sie können sich nicht sicher sein, entscheiden Sie selbst, und überhaupt ist die Realität doch nichts weiter als eine Vereinbarung. Am schönsten wäre es, Sie vertrauten mir einfach und gebrauchen den Begriff, bis Sie sich an ihn gewöhnt haben, und wenn nicht, ist es eben ein Begriff für etwas, das Sie nicht verstehen, so wie Supraleiter oder Gravitationswellen.

Hyperironie.

Denken Sie drüber nach!

Charlotte Krafft

HYPERIRONIE REVISITED

Ein Nachwort

Essay | 2023

2023: Also stell dir vor, du sollst, nein *darfst*, in sechs Jahren ein Nachwort zur Hyperironie schreiben. Was würdest du schreiben?

2017: Einen Brief, in dem ich mir aus einer besseren Zukunft erzähle, in der der ÖPNV kostenlos ist, jeder Häuserblock eine öffentliche Toilette hat und einem auch sonst die gebratenen Hähnchen direkt in den Mund fliegen (kross, vegetarisch).

2023: Klar.

2017: Warum schreibst du nicht einfach ein ganz normales Nachwort.

2023: »Einfach«. Schön für dich, dass du so noch denken kannst. Aber um dir aus einer besseren Zukunft zu erzählen: Weil ich gerade lieber Antworten geben will, als Geschichten erzählen. Das Problem ist nur, dass einem die richtigen Fragen oft (einfach) nicht gestellt werden. Und wenn sie einem doch gestellt werden, hat man gerade vielleicht zu viel gegessen oder zu wenig geschlafen oder Angst, dass die Antworten, die man schon so lange geben wollte, doch wieder nur neue Fragen aufwerfen, auf die man nicht vorbereitet ist, und das ist dann natürlich peinlich.

2017: Von wegen bessere Zukunft.

2023: Sorry.

2029: Sorry.

2017: Was wäre denn eine richtige Frage?

2023: Warum kann man die Hyperironie nicht nichthyperironisch erklären?

2017: Wenn ich diese Frage beantworten könnte, müsstest du sie nicht stellen.

2023: Punkt?

2017: Punkt.

2023: Es ist wirklich viel passiert in sechs Jahren.

2017: Deine Antwort?

2023: Es stimmt, was du über Salatsoße gesagt hast. Jedes Mal, wenn ich anfange, über die Hyperironie nachzudenken oder versuche zu erklären, was genau ich damit meinte und wollte, entsteht die Emulsion von Neuem, heißt: Ich gerate unwillkürlich in den hyperironischen Modus.

2017: Unwillkürlich. Oho.

2023: Ach, lass mich.

Vielleicht ist es ein bisschen, als würde man versuchen, jemandem den Konjunktiv zu erklären, der keine Vorstellung vom Möglichen besitzt, oder als würde man versuchen, Science-Fiction zu erklären, ohne über Zukunft zu sprechen.

2017: Apropos Zukunft. Was kommt denn nun auf mich zu?

2023: Der Internet Explorer macht zu. Unter anderem.

Du wirst nächstes Jahr einen zweiten Essay mit dem Titel *Utopie der Hyperironie* in einer Anthologie mit dem Titel *Mindstate Malibu* veröffentlichen, in dem du versuchst, noch einmal in aller Ruhe, differenziert und ausführlich vorzuführen (show), was Hyperironie ist und wieso man sie nicht (einfach) im Ernst erklären (tell) kann. Aber weil dann immer noch den wenigsten klar sein wird, was das alles soll, wozu man diesen Modus braucht, wirst du 2019 noch einen dritten Essay[1] schreiben, diesmal für die SZ – über die Hyperironie als Modus utopischen Denkens.

2017: Und die Reaktionen???

2023: Es wird auf jeden Fall einige geben, die die Hyperironie hyperironisch »feiern« werden. Dein »Wir«. Es wird sogar ein Seminar an der Uni Hildesheim über Ultraromantik und Hyperironie geben. »Wie kommen wir wieder heraus aus der ironischen Hölle? Liegt die Zukunft in der Utopie der Hyperironie?« So fängt die Seminarbeschreibung an.

2017: OMG. Da muss ich hin.

2023: Aber es wird auch viel Unverständnis geben und Hohn.

2017: Und Kritik?

2023: Die Hyperironie sei nur eine besonders »ausgebuffte«[2] Methode, sich der Kritik zu entziehen, indem man sie immer schon mitdenkt bzw. mitgedacht haben will.

2017: Das ist ja wie in der Fabel von dem Geist, der behauptet, es gäbe keine Geister. Dann hält ihm jemand einen Spiegel vor, und er sagt: Das ist kein Geist, das ist das Spiegelbild eines Geistes.

2023: Nur ohne Geist gäbe es kein Spiegelbild vom Geist. Das hast du dir doch ausgedacht.

1 *Poetisches Egohacking*. In: Süddeutsche Zeitung. 18.6.2019 (https://www.sueddeutsche.de/kultur/gegenwartsliteratur-poetisches-egohacking-1.4490829)

2 Samuel Hamen: *Ultraromantische Hyperironie*. In: Zeit Online. 28.8.2018 (https://www.zeit.de/kultur/literatur/2018-01/rich-kids-of-literature-berlin-kollektiv)

2017: Ja. Eben.
2023: Das Interessante ist aber eigentlich, wie emotional diese Kritik teilweise vorgebracht wurde. (Ich kann mich an mehrere Auseinandersetzungen in Kneipen erinnern, bei denen Leute sich angeschrien haben.) Mit einer Wut, die irgendwie fehlgeleitet wirkte zu dem Zeitpunkt, die mir im Nachhinein aber auch Hoffnung macht. Joanna Russ hat mal gesagt, sie traue niemandem mehr, der nicht wütend sei.
2017: Wie erklärst du dir diese Wut? (Auf die Kneipenbrüllereien freu ich mich ja fast ein bisschen.)
2023: Hyperironie und Ultraromantik wurden ja immer im Kontext der RKOL-Selbstinszenierung wahrgenommen. Als Manifeste der Rich Kids of Literature. Dabei hatte beides anfangs eigentlich, wenn überhaupt nur, eine indirekte Verbindung zu dem Selbstverständnis der RKOL. Leo hat die Ultraromantik für einen Open Call der Metamorphosen erfunden, soweit ich weiß. Und ich hab die Hyperironie geschrieben, weil ...
2017: Ja, warum eigentlich?
2023: Warte, dazu kommen wir gleich. Was ich noch sagen will: Wir als RKOL haben es uns damals teilweise tatsächlich leicht gemacht - aber genau darum ging es -, wir wollten hyperironisch fun haben, und das schloss auch mit ein, gesehen zu werden. Nichts von dem, was wir gesagt oder getan haben, war mehr fake als ein Samuel Hamen, der in der Zeit erklärt, RKOL hätten mehr zu zeigen als zu sagen.
Vielleicht haben wir einige der Illusion beraubt, man könne sich in diesem Literaturbetrieb noch länger dem Zwang zur Selbstvermark(t)ung entziehen, durch unsere tatsächlich eher intuitive als geschickte Selbstinszenierung. Eigentlich haben unsere Kritiker*innen uns inszeniert. Wir haben nicht viel mehr getan als Textilien zu bedrucken und Sekt zu saufen. Für das, was wir geschrieben haben zu der Zeit, hat sich ja paradoxerweise niemand interessiert. Das ist *eine* Art, die Geschichte zu erzählen.
2017: Ich dachte ja, du würdest die Geschichte anders erzählen.
2029: Ich würde sie anders erzählen.
2023: Bitte, lass uns nicht weiter über RKOL reden. Eigentlich

will ich frühestens in sechs Jahren wieder über RKOL reden. Sag mir lieber: Was willst du eigentlich?
2017: Also, ich hab gerade Mark Fisher gelesen, und …
2023: Das stimmt nicht. Das kommt viel später.
2017: Ja, aber so ist es logischer.
2023: Eben. Noch so ein Grund, nicht »einfach« zu »erzählen«.
2017: Dann so: Ich hab gerade kapiert, dass es »im Datenkapitalismus nichts Kommerzielleres gibt als ›Gesellschaftskritik‹ und eine ›klare Haltung‹ und man mit diesen Instrumenten an den Verhältnissen folglich genau gar nichts ändert«[3], wie Felix Stephan es in seiner Rezension zu *Mindstate Malibu* ausdrücken wird. Boltanski und Chiapello nennen es die »Endogenisierung der Kritik«[4] durch den Kapitalismus.
Gleichzeitig nehme ich wahr, dass in meinem Umfeld viele Künstler*innen sich in einem ähnlichen ironischen Modus ausdrücken, der vielleicht wirklich anders funktioniert als die Ironie unserer Eltern. Für diesen Modus wollte ich einen Namen finden und ein Beispiel geben.
Ich dachte: Wenn es mir gelänge, einen Text zu schaffen, der so funktioniert wie das, was er beschreibt, funktioniert er auch als Beleg. Wäre es dann nicht egal, ob das, was er beschreibt, schon vorher existiert hat? Das ist ja eine Frage, die du auch immer wieder gestellt hast. Mit dem Manchester Theorem[5] zum Beispiel. Eigentlich, könnte man auch sagen, ist die Hyperironie radikaler Konstruktivismus, einmal hyperironisch durchgespielt/durchgedreht: Was wir konstruieren – die Hyperironie –, existiert und verändert Realität. Aber Hyperironie ist selbst ein Modus der Konstruktion, mit dem wir uns also die Bedingungen der Realitätskonstruktion selbst konstruieren. Und ich sag »Wir«, weil: Natürlich wollte ich auch, wenn denn so was wie die Hyperironie existiert, ein gegenseitiges Erkennen anstoßen, ich wollte erkannt werden, als eine von denen, die nicht verstehen müssen, aber nachvollziehen können, warum man sich dafür entscheidet »Ich esse Müsli mit Milch zum Frühstück … ich bin so healthy … Müsli mit der Milch in meinem Breakfast-Bauch«[6], zu singen.

3 Felix Stephan: *Performance am Limit*. In: SZ. 26.11.2018 (https://www.sueddeutsche.de/kultur/literatur-und-internet-performance-am-limit-1.4217249)
4 Luc Boltanski, Eve Chiapello: *Der neue Geist des Kapitalismus*
5 Charlene Starck (alias Charlotte Krafft): *The Manchester Theory* (https://futuristech.info/posts/the-manchester-theory-a-discussion-on-artificial-super-intelligence-asi)
Das Werden und Das Verschwinden. In: Die Palmen am Strand von Acapulco, sie nicken
Das Manchester Theorem. Fake Interview. In: *Das Wetter* Nr. 21
6 Money Boy: *Müsli* (https://www.youtube.com/watch?v=kY6pPLOz7qQ)

Erst durch das hyperironische Schreiben habe ich dann das Potenzial dieses Modus' erkannt oder den Impuls, dem dieser Modus folgt – der Versuch, einen Weg oder ein Vehikel raus aus der *Ironic Hell* zu finden. Eine Möglichkeit zu finden, Kritik zu äußern, Aussagen zu treffen (auch über sich selbst) oder Vorstellungen zu entwickeln, die man im Modus der Ernsthaftigkeit nicht (mehr) äußern, nicht (mehr) treffen und nicht (mehr) entwickeln könnte, weil sie einem sinnlos erscheinen müssten, *zwangsläufig* verkürzt, beschränkt, oder du würdest sagen: *vorläufig*. Ich wäre zum Beispiel gar nicht imstande gewesen, ein bestimmtes »Phänomen der deutschsprachigen Popkultur« zu beschreiben, ohne dabei in genau diesen Modus zu verfallen, den ich beschreiben wollte.

Aber jetzt sag: Wird die Popkultur zu deiner Zeit noch hyperironisch sein? Bzw. wird Kunst noch hyperironisch rezipiert? Hatte ich recht? Was bringt euch die Hyperironie noch?

2023: Ehrlich, ich bin mir nicht sicher.

2017: Na toll. Wessen bist du dir überhaupt noch sicher? lol

2023: Neulich habe ich zwei Wiener Kunststudenten auf Acid kennengelernt und uns wieder erkannt – mich und diejenigen, über und für die ich *Die Hyperironie* geschrieben hatte. Aber ich bin nicht in der Lage zu erkennen, ob ihr hyperironischer »Stil« (so vielleicht, wie Eva Illouz von einem therapeutischen »Stil« spricht) immer noch ein Phänomen der Gegenwart ist oder ob es sich um eine individuelle, nostalgische Vorliebe handelt oder eine bloße Laune oder Stimmung oder einfach um eine Lebensphase.

So oder so oder so oder so: Bevor ich mich auf die Hyperironie eines Fai Baba eingelassen habe, der mit einem Reisigbesen einen Hof fegt und zwischen Disteln und Sonnenblumen davon singt, dass er zwar schöne Bilder macht, aber eigentlich gerne Kiosk-Verkäufer[7] wäre, kann ich kaum nachvollziehen, welche Tragik sich darin ausdrückt. »Eigentlich möchte ich wirklich gerne Kiosk-Verkäufer sein«, meinte einer der Wiener, nachdem er mir den Song gezeigt hatte, und ich hab gedacht und gesagt: »Ich eigentlich auch«, und darum geht es: Um die-

7 Fai Baba: Fotograf (https://www.youtube.com/watch?v=YQfGSBfoYAo&list=RDYQfGSBfoYAo&start_radio=1)

ses *eigentlich*, und das Lächeln, mit dem man »eigentlich« sagt und dann, nach dieser kurzen Pause, ernsthaft aufsteht, sich ernsthaft anzieht und tut, was man im Ernst nicht lassen soll, ohne dabei zu vergessen, dass man *eigentlich* gerne Kiosk-Verkäufer*in wäre.

Als Rezeptionsmodus möchte ich die Hyperironie also nicht aufgeben, auch für die Rezeption viel älterer Werke wie, nur zum Beispiel, die feministischen Utopien der 70er – Valerie Solanas *SCUM*, Joanna Russ' *The Female Man*, Alice Sheldons *Houston, Houston, Do You Read*? Unabhängig davon, wie diese Texte »gemeint« waren, kann man sie heute als hyperironische Utopien lesen, was einem sicher mehr bringt, als sie (einfach) wörtlich zu nehmen.

Als Stil dagegen ist die Hyperironie, zumindest in meiner Bubble, nicht mehr sehr präsent. Hyperironie war sicher auch ein Trend. Und eine Form des notwendigen Eskapismus, der sich seiner selbst bewusst ist. Für diese Form des Eskapismus gibt es heute vielleicht weniger Raum und Verständnis. Ich bin mir nicht sicher, was ich davon halten soll. Die Hyperironie wollte ja eine »dritte Option« sein zwischen »präironischer Einfachheit« und dem »unironischen und unreflektierten Dagegen, das wir schon aus der 68er-Bewegung kennen«[8] und das seine Wirksamkeit lange verloren zu haben schien, eine »Haltung, die nicht auf unhinterfragten Letztbegründungen basiert, [...] die Ironie, Reflexion und Selbstaufklärung genauso erlaubt wie politisches Engagement, Kritik«[9] usw. Das Interesse an diesem Dritten ist vielleicht ein wenig geschwunden in den letzten Jahren. Es dominiert jetzt ein Stil und ein Schreiben, der/das sich nicht mehr auf das ewige Spiel der Selbstreflexion und auf die potenziell endlose Begriffskritik einlassen will oder kann – ein neues Dagegen, mit einer anderen Dringlichkeit vielleicht auch.

2017: Läuft das neue politische Schreiben manchmal Gefahr, gerade durch die Ablehnung jeder Ironie wieder zu verhärten, Widersprüche zu leugnen oder nicht zu erkennen, weil man das Dauerreflexionsspiel nicht mehr gewohnt ist?

2023: Ja, wahrscheinlich. Aber das gilt immer genauso für die

8 Utopie der Hyperironie
9 Ebd.

vermeintliche »*Gegen*position«. Vom hyperironischen Schwebezustand zwischen Affirmation und Negation ist da nicht viel zu spüren.
Einige haben sicher gerade (einfach) keine Zeit für »Urlaub«. Andere erkennen nicht die Notwendigkeit, obwohl sie es könnten.

2017: Und du?

2023: Ich glaube, im Grunde ist alles, was ich tue und schreibe und sage hyperironisch. Aber ich würde es nicht mehr so nennen. Auch hat sich die Tonalität ein wenig geändert und der Druck, mit dem ich schreibe.
Ich habe keine Lust mehr auf diese kunstvoll vorgeführten und natürlich immer zum Scheitern verurteilten Versuche, sich aus der *Ironic Hell* hinauszuschrauben bzw. sich durchzudrehen. Wie in *Utopie der Hyperironie*, wo dann im Idealfall irgendwann, wie Felix Stephan schreibt, »Jenseits der Hermeneutik [...] so etwas wie Sinn erkennbar« wird.
Aber die Frage, wie man aus dieser Hölle hinausfindet, wie sich zum einen Kritik üben lässt an einem System, das jede Kritik zur Stabilisierung nutzt, und zum anderen, wie Verständigung funktionieren kann – wie wir Nähe empfinden können, in einer Welt, in der »jeder immer und überall Verstellung und Künstlichkeit«[10] wittert, über diese Frage komme ich nicht hinweg.
Marlow im Sand war der Versuch, diese ironischen Höllenzirkel zu schildern, die das postmoderne »Ich« im »dauerreflexiven Modus«[11] zu beschreiben verdammt ist – den Egozentrismus, der sich selbst erkennt und dessen Selbsterkenntnis immer schon zur Verdammnis geworden ist. Ein veritabler Teufelskreis: Ich erkenne mich als Egozentriker*in, also bin ich Egozentriker*in. Eine Hölle, in der man nicht nur die Verstellung und Künstlichkeit der »Anderen« wittert, sondern auch des »Ich« als Anderes. Das ewige misstrauische Kreisen um dieses »Ich«, das einen nicht los und niemandem nahekommen lässt. Dazu gehört auch das Wissen um den Verlust eines Konsens, einer gemeinsamen semantischen Basis, auf der man sich verständigen kann.

10 Utopie der Hyperironie
11 Anja Kümmel: Raus aus der Hölle der Ironie. In: Zeit Online. 25.11.22 (https://www.zeit.de/kultur/literatur/2022-11/marlow-im-sand-charlotte-krafft-roman-rezension)

Auf kein Wort scheint mehr Verlass zu sein, und Verständigung scheint, wenn nicht unmöglich, so doch im wahrsten Sinne des Wortes *unendlich* anstrengend und aufhaltsam, so anstrengend und aufhaltsam, dass man versucht ist, es gleich bleiben zu lassen, vor allem angesichts der Möglichkeit, dass andere es bleiben lassen wollen, bevor man selbst es bleiben lassen will.

Gleichzeitig wollte ich für und mit China einen Weg hinaussuchen, aus diesen Kreisen, oder zumindest nach den Voraussetzungen für einen Ausbruch suchen.

Eva Illouz schreibt in *Gefühle in Zeiten des Kapitalismus*: »Die soziale Entfernung [...] entspringt nicht dem Fehlen gemeinsamer Eigenschaften, sondern der abstrakten Natur dieser Eigenschaften. Ferne tritt folglich nicht dann ein, wenn die Menschen nichts miteinander gemeinsam haben, sondern weil die Dinge, die sie gemeinsam haben, zu allgemein [...] geworden sind. [Oder:] Die Ferne entspringt der Tatsache, dass die Menschen mittlerweile eine gemeinsame, aber zugleich hochgradig standardisierte Sprache sprechen. Nähe entspringt andererseits der Spezifizität und Exklusivität von Ähnlichkeiten zwischen zwei Entitäten. In diesem Sinne impliziert Nähe ein Teilen ›existenziell generierter Bedeutungen‹. Es ist also die Tatsache, dass wir zunehmend über kulturelle Techniken der Standardisierung intimer Beziehungen, des Sprechens über sie und ihrer verallgemeinerten Handhabung verfügen, die unser Vermögen schwächt, Nähe herzustellen, die Kongruenz von Subjekt und Objekt herbeizuführen.«

Illouz bezieht sich hier auf den therapeutischen Stil im Speziellen. Andere sprechen von »semantischen Krisen«[12], von frei flottierenden Zeichen usw. – ohne diesen Bezug. Aber egal, worauf man es zurückführt und wie man es beschreibt: Es gibt offensichtlich ein Problem bei der Verständigung. Es fehlt eine gemeinsame semantische Basis. Die Idee, dass diese Basis vielleicht außerhalb des im Ernst Sagbaren liegt, lässt mich nicht los.

Das Einzige, von dem wir sicher sein können, dass wir es gemeinsam haben, ist, dass wir nicht sicher sein können, was wahr und was wirklich ist und was der Andere meint. Der Hyperironie

12 Jan-Philipp Kruse: Semantische Krisen

geht dieses einzig sichere Wissen voraus, aber auch das Bewusstsein darüber, dass wir trotzdem mit bestimmten vorübergehenden Wahrheiten operieren müssen, um handlungsfähig zu bleiben.

Gegenseitiges Erkennen, Momente der Nähe, der Ekstase – des Absehens von sich selbst – sind also vielleicht nicht oder zumindest schwieriger durch ernsthaftes Reden herzustellen, weil mit Worten immer neue Missverständnisse und Unsicherheiten entstehen (können), sondern entweder durch hyperironisches bzw. ekstatisches Sprechen, wie in *Utopie der Hyperironie,* oder im Schweigen und in der Berührung. Beim Sex zum Beispiel – darum geht's dann in meinem nächsten Roman. Ja, ja, Sex!

2029: Na ja.

2023: Titel?

2029: *Was ihr wollt.*

2023: Jedenfalls. Dieses ekstatische Sprechen oder Schweigen – diese Momente – sind kein Ziel, kein Dauerzustand, sondern Pausen, Urlaube von sich selbst, die notwendig sind, um überhaupt ein Ziel festlegen zu können.

2017: Die Hyperironie ist ein Urlaubsmodus.

2023: Genau, ein Modus, in dem das Ich Urlaub machen kann von sich selbst, Urlaub von der Hermeneutik, Urlaub von Sinn und Unsinn. Urlaub von der Inszenierung und dem unendlichen Relativismus. Um entspannt etwas zu erkennen, etwas »wie der schwimmende Punkt im Auge, den man nicht fixieren kann, den man nur schaut, solange der Blick locker und unangestrengt schweift«[13].

2029: Vielleicht ist Hyperironie auch ein Zauberwort, ein magisches Wort, wenn man Magie als Metapher für einen Vorgang versteht oder eine Erkenntnis, die jenseits des Sagbaren liegt.

2023: Ein flottierender Signifikant, nach Lévi-Strauss.

2017: Jaja, ok. Aber warum würdest du deine Arbeit nicht mehr als hyperironisch bezeichnen?

2023: Wegen der Assoziationen, die der Begriff auslöst. Es bringt mir nichts, wenn mein Motto von den meisten nicht verstanden und eingeordnet wird und vor allem polarisiert, oder aber als

13 Utopie der Hyperironie

bloßes Label verwendet wird. Ich würde meine Arbeit und auch die vieler anderer Künstler*innen heute eher als ein Schreiben »im Modus des Trotzdem« beschreiben. Ein Versuch, das, was im Wort *trotzdem* steckt, literarisch nachzuvollziehen: das Bewusstsein dessen, wessen man trotzt, das Bewusstsein darüber, dass es nötig ist, dem zu trotzen, die Haltung des Trotzes, das Vorwärtsgewandte, ohne das, was zurück- oder besser *zugrunde* liegt, abschütteln zu können.

2017: Trotzdem ist dein neues Motto?

2029: Ein Neues ist gerade im Begriff zu entstehen.

2017: Welches?

2023: Kennst du diesen Witz mit dem Typen im Wald, der sich wünscht, dass sich seine Arme und sein Kopf drehen?

2017: Nein, noch nicht.

2023: Erzähl ich demnächst. Dieser Witz ist mein neues Motto.

Katharina Holzmann

Gewalt schlägt Witz

Essay | Das Wetter #05 | 2015

Es herrscht zweifellos in unserer Gesellschaft (...) eine tiefe Logophobie, eine stumme Angst vor jenen Ereignissen, vor jener Masse von gesagten Dingen, vor dem Auftauchen all jener Aussagen, vor allem, was es da Gewalttätiges, Plötzliches, Kämpferisches, Ordnungsloses und Gefährliches gibt, vor jenem großen unaufhörlichen und ordnungslosen Rauschen des Diskurses.«[14]

»Azzlacks sterben jung / Reiche leben lang / das ist der Werdegang / und ich wollt mich bei Merkel bedanken / kannst du mich hören du Schlampe?« Der Gesang des jungen Mannes, der im Anzug und mit Hut auch auf einem 20er-Jahre-Chanson-Abend hätte auftreten können, tönt durch die geöffneten Fenster einer West-Berliner Altbauvilla in ihren früh sommerlich blühenden Garten mit pittoreskem Teepavillon. Gerade ist das mehrgängige Dinner zu Ende gegangen – Dresscode großbürgerlich schick, im Garten haben sich einige der Jüngeren unter den Gästen über ihre Erfahrungen an Berliner Privatgymnasien ausgetauscht. Nun findet der Abend durch von einem Klavier begleiteten Gesang seinen Ausgang. Die Gästeschar drängt in den kleinen Salon neben dem Esszimmer.

Im darauffolgenden Winter veröffentlicht Haftbefehl sein Album *Russisch Roulette*. Schon im Vorfeld sorgt das für Furore. Sicherlich auch wegen der bewusst provozierenden Videokampagne für das neue Album, in der, neben saufenden orthodoxen Juden und einer Louis-Vuitton-Burka, vor allem der Offenbacher Alltag, bestehend aus Drogen und Gewalt, inszeniert wird. Schon merken um das Wohl unserer Gesellschaft bemühte Bürger auf: Werden hier unmündige und »grobschlächtige« Jugendliche zur Gewalt angestachelt? Kann unserer Gesellschaft so real dargestellte Gewalt (wie im Video zu *Lass die Affen aus'm Zoo*) zugemutet werden? Auf der anderen Seite brechen meinungsführende Feuilletons in Begeisterung aus, sie reden von einer neuen Gegenwartsliteratur, »Endlich

14 Aus: *Die Ordnung des Diskurses* – Michel Foucault

auch mal wahre Kunst aus dem unteren sozialen Milieu!« ruft so mancher.

Das klang vor gar nicht langer Zeit noch ganz anders: »Deutscher Rap leidet an Stumpfsinn«[15] und ist »musikalisch belanglos«, so stand es in der Zeit und ganz speziell Straßenrap, in diesem Fall Bushido, sei »Musikmüll«[16], so der Tagesspiegel. Meinungsäußerungen dieser Bauart gibt und gab es neben diesen beiden Beispielen viele weitere, ganz gleich ob in deutschen Leitmedien, in Szenezeitschriften oder auch nur als Kommentar auf Facebook veröffentlicht. Ihnen gemeinsam ist eines: Straßenrap, Battlerap oder Gangsta-Rap wird prinzipiell nicht als anderen Kunstformen gleichwertig aufgefasst. Sofern ihm überhaupt zugestanden wird, eine Form von Kunst zu sein. Straßenrap wird zunächst einmal im Generalverdacht abgewertet und seine Aussagekraft negiert. Wohlwollendes Interesse fanden in den letzten Jahren Veröffentlichungen fast ausschließlich, wenn ein Rapper Straßenrap humorvoll-ironisch aufarbeitete oder sich von einer Live-Band begleiten ließ. Ob sich die davon betroffenen Rapper (zum Beispiel K. I. Z.) von diesen Interpretationen adäquat verstanden fühlten, sei jetzt einmal dahingestellt, aber die Mainstream-Medienlandschaft war sich zumindest einig: »Witz schlägt Gewalt«[17]!

Nun sind aber die eben genannten Arten des Raps vor allem eines: gewaltvoll. In ihrem Gebaren, in ihren Videos, im Auftreten der Rapper selbst und vor allem in ihrer Sprache. Gewalt findet jeden Tag statt, mal offensichtlicher als direkte körperlich geäußerte Gewalt (auf YouTube, auf Handyvideos, vor oder hinter der eigenen Haustür), mal weniger offensichtlich als eine verbale, schriftlich oder mündlich, geäußerte Gewalt (in einer Sitzung des Berliner Senats, in der über die Zukunft von einigen Hundert Flüchtlingen getagt wird, in einer Schlagzeile der ZEITUNG in einem satirischen Witz). Nun würden nicht wenige Sprachforscher und Philosophen mit der These mitgehen, dass Gewalt nicht nur eine Sonderform der Sprache ist, sondern ihr natürlicherweise innewohnt. Zu einfach und natürlich ist es dem Menschen, mit seinen Worten Gewalt auszuüben: Dazu

15 Schönebäumer, Matthias: Witz schlägt Gewalt. In: Zeit online. Stand: 26.08.2007. http://www.zeit.de/2007/35/KIZ-Rapp (abgerufen am 25.03.2014)

16 Müller-Neuhor, Jost: Das Ende vom Lied. In: Der Tagesspiegel. Stand: 23.03.2014. https://www.tagesspiegel.de/meinung/das-ende-vom-lied-6338521.html (abgerufen am 25.03.2014)

17 Schönebäumer, Matthias: Witz schlägt Gewalt. In: Zeit online. Stand: 26.08.2007. http://www.zeit.de/2007/35/KIZ-Rapp (abgerufen am 25.03.2014)

bedarf es keiner expliziten Beleidigung, es reicht schon zu kritisieren, Recht zu sprechen, einen Diskurs zu führen. Verbale Gewalt muss also nicht a priori etwas Negatives sein, im Gegenteil, ohne sie könnte keine Gesellschaft aufrechterhalten werden, ja ohne sie würde die wahrhaftig furchterregende Gewalt, die körperliche, Körper, Leben und Seelen zerstörende, viel häufiger ausbrechen. Ohne sie könnten keine Werte, Ideale oder Moralvorstellungen in die Welt getragen werden. Sprache dient also unserer Gesellschaft unter anderem als ein direktes Mittel der Regulation, als eine Macht, die, wie Foucault in der »Ordnung des Diskurses« feststellte, den Ausfluss des gesellschaftlichen Diskurses »kontrolliert, organisiert und kanalisiert«. Das tut unsere Gesellschaft, weil sie nach Foucault an einer grundlegenden Angst vor möglichem Gesagtem und seinen Auswirkungen leidet. Das ist sicherlich in manchen Fällen gerechtfertigt – zu groß kann die Macht des Propagandistischen, Unüberlegten, Bedrohlichen, Verführerischen sein, die manchen Aussagen innewohnt.

Doch wieder hinaus aus der Sprachphilosophie und Diskursanalyse, zurück zum Rap und den Medien: Wenn gefordert wird, die Kunst bestimmter Rapper durch Justiz, Medienprüfstellen oder öffentliche Debatten einzuschränken, wird damit eins zum Ausdruck gebracht: Angst. Sollten diese Maßnahmen nicht ergriffen werden, so fürchten sich die Tagesthemen, dann »(…) entstehe eine neue Realität – Bushidos Realität«[18]. Doch wovor hat die bürgerliche Mitte eigentlich Angst? Wirklich davor, dass die musikalische und intellektuelle Qualität deutschsprachiger Musik durch Straßenrap tatsächlich noch tiefer rutscht als durch Freiwild und DSDS? Davor, dass sich eine Gruppe von Künstlern der Sprache der Masse nicht mehr bedient und lieber ihre eigene spricht? Dass die Leitmedien nicht mehr das ausschlaggebende Urteil darüber liefern, was die Kriterien für »wertvolle« Kunst sind? Davor, dass unter dem Einfluss gewaltsamen Straßenraps außer Kontrolle geratene Jugendliche mit Migrationshintergrund marodierend durch die Straßen ziehen?

18 Beitrag von Jarasch, Oliver. In: ARD Tagesthemen vom 15. 07. 2013

Oder ist es die alte Angst des Establishments davor, durch die Kunst den Spiegel vorgehalten zu bekommen? Die Angst davor, dass etwas zur Kunst erhoben wird, das sich nicht nur erhabenen Themen der Zivilisation zuwendet, sondern der schnöden Beleidigung, dem Streben nach Konsum, Sex, der uns umgebenden Gewalt, verbal und nicht verbal geäußert? Den Dingen, die durch unsere Gesellschaft produziert werden und tagtäglich stattfinden? Doch es gibt kaum einen Kanal, der diese Realitäten abbildet, und wenn, dann wird geurteilt, positiv oder negativ, von außen und von oben. Aber die Protagonisten dieser Realitäten, die möchte man lieber nicht unkommentiert selbst berichten lassen. Zu groß scheint die Angst davor zu sein, dass unmündige Bürger der Gewalt, dem Konsum und anderen Sünden ohne Wenn und Aber verfallen. Aber Gewalt und Konsum existieren, auch und vor allem in den Medien des Establishments. Inszeniert und verschönt: in Filmen, in der Werbung, in den RTL-II-News. Wie können wir die zum Menschen gehörende Gewalt besser verstehen und beherrschen lernen? Indem wir uns direkt mit ihr konfrontieren oder indem wir Realität verwischen oder verfremden? Ist es nicht einen Versuch wert, den Diskurs des Raps, jener Kunst, die sich direkt und ungeschönt mit gesellschaftlichen Realitäten auseinandersetzt und ihnen Ausdruck verleiht, ernst zu nehmen, statt Fiktion, abgrenzende Inszenierung und Ironie von ihr zu fordern? Anzuerkennen, dass eine Kunstrichtung, die sich selbst als eines ihrer höchsten Ziele Realness, also Wahrhaftigkeit, auf die Fahne geschrieben hat, auch eine Wahrheit zu vertreten imstande ist? Wäre das nicht ein Diskurs, auf den eine Gesellschaft wahrlich stolz sein könnte, weil er den Austausch miteinander, das Verständnis füreinander und die Solidarität untereinander fördert?

Sebastian von Gumpert ist Produzent von Musikvideos, Werbung und Dokumentationen u. a. für Haftbefehl, Peter Fox oder Miss Platnum.

Sebastian von Gumpert

Die Welt als Spielfeld an Ungerechtigkeiten

Dossier | Das Wetter #25 | 2021

In Juri Sternburgs 2015 erschienener Novelle *Das Nirvana Baby* verzweifelt ein Attentäter auf der Suche nach einem passenden Anschlagsziel an einer so umfassend und diffus ungerecht empfundenen Welt, dass seine Wahl am Ende auf Boxlegendchen Axel Schulz und seine Fackelmann-Mütze fällt. Zwei Jahre später schreibt Lena Brasch im *Wetter*-Magazin über das Gefühl, politisch und gesellschaftlich in Watte gebettet zu sein, und sehnt sich nach einer Mauer, an der sie sich den Kopf blutig rennen könne. Auch wenn ein Attentat auf einen Beinahe-Boxweltmeister und den eigenen Kopf blutig rennen, die Wut unterschiedlich kanalisieren, so beziehen sich doch beide auf ein unterschwelliges Ohnmachtsgefühl, das einhergeht mit der Sehnsucht nach konkreten politischen Gegner*innen und zielgerichtetem Engagement.

Keine vier Jahre später wirken diese Gefühle weit weg, bestimmen politische Themen doch Freund*innenkreis und Instagram-Storys so vieler von uns. Von Social Media bis ins Feuilleton wird so intensiv über Formen politischer Kritik und konkrete gesellschaftliche Wut gestritten, dass Autor*innen wie Mirna Funk oder Iljoma Mangold den politisch denkenden, diskriminierungsbewussten Menschen bereits zur Epochenfigur erheben, in einer Linie mit den Hippies der Siebziger, Punks der Achtziger, Raver*innen der Neunziger oder denen erst kürzlich ihrer soziokulturellen Hegemonie enthobenen Hipster*innen.

Doch was bedeutet dieses »Politischsein« eigentlich in einer Zeit, in der Individuen wie Großkonzerne sich gerne politisch geben, doch ihren schwarzen Instagram-Kacheln und regenbogenfarbenen Stadien häufig der Vorwurf oberflächlicher Symbolpolitik entgegengebracht wird? Selbstverständlich kann es auf diese Frage nicht die eine richtige Antwort geben. Ich möchte trotzdem versuchen, mich ihr zu nähern – und dabei abstrakte Debatten über in Leitartikeln und Kommentarspalten heiß gekochte Kampfbegriffe wie Identitätspolitik oder Cancel Culture unbedingt vermeiden. Vielmehr möchte ich mich dem »Politischsein« annähern über die Frage, wie man denn eigentlich politisch wird und wie politisches Engagement aussehen kann. 2021 gibt es dafür schließlich mehr Möglichkeiten denn je, egal ob Parteien, NGOs, politische Kunst oder das geliebte und verdammte Internet. Ich habe daher Protagonist*innen zu Gesprächen getroffen, die ich aufgrund ihrer Tätigkeiten als über jeden Zweifel erhaben »politisch« einschätze. Moheb Shafaqyar, Mareike Geiling, Rocco und seine Brüder und Özge İnan haben einiges gemeinsam: Alle sehr links, sehr Berlin, sehr unter vierzig. Doch ist es bei einem derart großen Begriff wie dem altehrwürdigen »Politischen« sicher ratsam, sich einem Ausschnitt zu nähern, um die Konstitution des großen Ganzen besser verstehen zu können.

Moheb Shafaqyar kann sich an kein konkretes politisches Erweckungserlebnis erinnern. Die Frage des wie und ob überhaupt stellte sich ihm nicht. Als Kind afghanischer Kommunist*innen hat er früh eine marxistische Schulung erfahren, die ihn Parteien als politische Notwendigkeit und progressive Form politischen Engagements verstehen lassen. Nie hat er den Mief empfunden, der vielen seiner Altersgenoss*innen beim bloßen Gedanken an Partei-Plena und Infostände in Fußgänger*innenzonen in der Nase flattert. Mit seinen achtundzwanzig Jahren sieht er selbst im Ortsverband der Kreuzberger Linken das besondere Erbe der Arbeiter*innenbewegung. Überhaupt nicht infrage käme für Moheb, seine Partei den Wagenknechts und Bartschs zu überlassen, die für viele Linke im Land Grund genug sind, dieser Partei niemals ihre Stimme zu geben, geschweige denn ihr beizutreten. Für ihn wäre das, als würde man wegen zu hoher Mieten von Berlin nach Leipzig ziehen – es würde sich anfühlen wie ein Rückzug. Sein Weg ist jedoch nicht der Rückzug, sondern Kampf und Konfrontation. Insbesondere in einer Gesellschaft, die sich nicht gerade offen gegenüber sozialistischen Alternativen zeigt. Als Jurist hat er sich schon im Jahr 2018 *Deutsche Wohnen & Co enteignen* angeschlossen, dem Volksbegehren gegen die Mietpreisexplosion in der Hauptstadt. Durch die Lohnarbeit in der Bundestagsfraktion seiner Partei weiß er, wie selten politische Arbeit öffentliche Aufmerksamkeit und Wertschätzung erfährt. Umso mehr freut er sich auf den sechsundzwanzigsten September. Der Tag, auf den er und seine Mitstreiter*innen seit Jahren ehrenamtlich hinarbeiten: Über 2,5 Millionen wahlberechtigte Berliner*innen sind aufgerufen, über einen Gesetzesentwurf abzustimmen, den Moheb mitgestaltet hat. Natürlich gibt es da eine gewisse Fallhöhe – Politik ist für ihn keine Karriere, sondern trifft ihn immer wieder mit emotionaler Wucht. Nach dem Scheitern des Mietendeckels im Frühjahr 2021, eines weiteren Projektes, für das er sich engagierte, schloss er sich volle drei Tage zu Hause ein. Ein reizvoller Gedanke sei es, sich nicht die ganze Zeit Gedanken über das Geschehen in der Welt zu machen und einen gänzlich unpolitischen Kanzleijob anzunehmen, so Moheb. Doch so richtig glaubt er wohl selbst nicht daran, dass das für ihn wie eine realistische Option erscheint.

Mareike Geiling wiederum gibt offen zu, früher gedacht zu haben, politisch sein bedeute, alle Ministerpräsident*innen zu kennen. Auf Demos ist sie erst spät gegangen, insgesamt wirkte das Geschehen dort auf sie oft eher verwirrend als inspirierend. Dann kam das Jahr 2014. Geflüchtete müssen auf dem Kreuzberger Oranienplatz campen, während in Mareikes WG ein Zimmer frei wird – sie geht nach Kairo, um an der dortigen Uni zu arbeiten. Die fixe Idee von ihr und ihrem Freund: »Dann kann doch eine Person von da bei uns wohnen.« Nur wenige Monate später entsteht ihre erste NGO Zusammenleben Willkommen, die freie WG-Zimmer an geflüchtete Menschen vermittelt. Die Idee wirkt so naheliegend und gut, dass man das Gefühl hat, es hätte so eine Plattform schon lange geben müssen. Leute miteinander in Kontakt bringen, die Möglichkeiten des Internets nutzen – das zeichnet auch ihre späteren Kampagnen aus, die sich mit Themen wie sexueller Belästigung, Bewegungsfreiheit und rassistischer Diskriminierung auseinandersetzen. Durch die Arbeit an solchen Projekten beginnt Mareike überhaupt erst zu verstehen, dass es nicht um Einzelschicksale, sondern um Strukturen geht. »Okay krass, es gibt einfach ein fucking Lagersystem in Deutschland – das habe ich nicht gewusst!« Ab diesem Punkt war für sie dann quasi alles im Leben irgendwie politisch. Und weil Vertrauen in Parteien und Politiker*innen nicht vorhanden war und ist, musste sie sich eben selbst an Lösungen machen.

Özge İnan teilt das fehlende Vertrauen in Parteien und kann es so pointiert ausdrücken, dass man sich als Zuhörer*in nur schwer ihrer Argumentationslinie entziehen kann. »ich wünschte ich könnte mein wahlrecht an einen ausländer oder minderjährigen abgeben der noch hoffnung in die linke hat.« Sätze wie diese packen ihre politischen Analysen und Forderungen in maximal zweihundertachtzig Zeichen und haben ihrem »reiche leute und springerjournalisten diskriminierungs- und diskreditierungsaccount« fast fünfzigtausend Follower*innen auf Twitter eingebracht. Das mit der Parteimitgliedschaft in der Linken hat Özge sogar mal versucht. Lange hat sie es dort allerdings nicht ausgehalten. Im Zuge der weltweiten BLM-Proteste im Sommer 2020 sah sich Dietmar Bartsch genötigt, öffentlich darauf hinzuweisen, man dürfe bitte nicht alle Polizist*innen unter Generalverdacht stellen. Dabei hatte selbst der *Spiegel* wenige Tage zuvor erörtert, warum dieses Argument an sich ein unpolitisches sei. »Es kann doch nicht sein, dass der *Spiegel* als Sprachrohr der Bourgeoisie ein differenzierteres Bild hat von rassistischen Strukturen in diesem Land als mein Parteivorsitzender. Da dacht ich mir: Ciao, ich bin raus!« Sich heute derart pointiert ausdrücken zu können, hat sicherlich damit zu tun, dass Özges politische Prägung schon lange vor Twitter und ihren Twitch-Streams gereift ist, in denen sie politischen Content live vor der Webcam kommentiert. Als Kind erschien es ihr normal, alle paar Wochen auf Demos abzuhängen, schon mit dreizehn Jahren wusste sie, dass sie Strafverteidigerin werden will, heute arbeitet sie mit vierundzwanzig Jahren an ihrer Doktorarbeit zum Thema Umweltkriminalität. Im Gespräch über unterschiedliche Politikbereiche wirkt sie so sachkundig und überzeugend, dass man ihr sofort abnimmt, wenn sie auf die Frage nach ihrer politischen Selbstbezeichnung antwortet: »Ich bin Kommunistin!«. Sowohl Mareike als auch Moheb sind erklärtermaßen Fans ihrer Tweets. Während Mareike allerdings die Inspiration betont, die Özge ihr liefert, bedauert Moheb, in ihr (wieder einmal) jemanden verloren zu haben, die mit ihm gemeinsam seine Partei hätte zukunftsfähig gestalten können.

Auch für Rocco und seine Brüder kam eine Partei als Ausdrucksform politischen Engagements nie infrage. Sie bevorzugen die Anonymität. Wie Rocco nun da sitzt, in einem Schöneberger Biergarten – groß gewachsen, zurückgegelte Haare, Tätowierungen –, sieht man ihn wohl eher beim Kampfsport oder in der Eckkneipe als auf einem politischen Plenum. In der Graffiti-Szene, deren harter Kern sehr klein und verschlossen ist und in der die Anzahl gemalter U-Bahn-Systeme als harte Währung gilt, ist er eine*r der respektiertesten Sprüher*innen Europas und jüngstes Mitglied der Ghettostars, einer DER Graffiti-Crews des legendären Berlins der Neunzigerjahre. Entsprechend den szenetypischen Klischees von gewaltbereiten Männerbünden artikulierte sich seine politische Tätigkeit früher vor allem durch Steine schmeißen, in besetzten Häusern abhängen, Nazis klatschen und gegen Autoritäten auflehnen. Erst vor wenigen Jahren reifte in ihm und seinen Brüdern (wobei Brüder hier unbedingt als geschlechtsneutrale Hommage an den Visconti-Klassiker von 1960 zu verstehen ist) der Gedanke, die eigene Skrupellosigkeit zu mehr einsetzen zu können als egoistisch den eigenen Namen auf Züge zu sprühen und somit politisch nicht mehr auszusagen als »Fuck The System!«. Im Jahr 2016 bauten die Brüder ein komplett eingerichtetes Schlaf- und Arbeitszimmer im U-Bahn-Tunnel unter dem Bahnhof Schloßstraße in Berlin-Steglitz. Als BVG-Mitarbeiter Norbert Schmidt das Zimmer entdeckt, rätselt der Boulevard: Wohnen hier Obdachlose? Ist das Harald Juhnkes Rückzugsort zum ungestörten Rauschausschlafen? Oder doch Symbol gegen den Wohnungsnotstand? Rocco und seine Brüder entdecken den Reiz der künstlerischen Intervention. Kunstkritiker*innen würde ihre Arbeiten wahrscheinlich »Soziopolitische Werke mit satirischen Elementen« nennen, die Brüder selbst verwehren sich jeglicher Selbstbezeichnung. Als Reaktion auf die selbst bei Minusgraden verschlossenen U-Bahnhöfe verteilen sie nachgemachte Schlüssel für Bahnhofseingänge an Obdachlose. Im Afrikanischen Viertel in Berlin montieren sie Straßenschilder ab und erstellen mit ihnen einen Kolonialismus-Kompass. Und vorm entscheidenden Spiel um die Meisterschaft plakatieren sie die Dortmunder Innenstadt mit höchst offiziell aussehenden Plakaten, die sich im Namen der ortsansässigen Borussia mit radikalen Worten gegen die Nazi-Szene im Ortsteil Dorstfeld wendet. Menschen abseits elitärer Räume und Diskurse dazu bringen, sich über gesellschaftliche und politische Fragen Gedanken zu machen – das ist ihr Ziel, die durchs Graffiti antrainierte Skrupellosigkeit ihr Werkzeug, und ihr Spiel mit den Medien sorgt dafür, dass das Ganze nie langweilig wird.

Alle vier Gesprächspartner*innen eint, dass sie die Ungerechtigkeit der Welt als Hauptmotivation sehen, überhaupt politisch aktiv zu werden. Doch wie wählen sie die Felder aus, in denen sie sich engagieren, wo die Welt doch häufig einfach voll umfassend ungerecht erscheint? Mareike beschreibt es folgendermaßen: »Die Welt ist ein Spielfeld an Ungerechtigkeiten und du kannst wahllos irgendwo hintippen und sagen ›Du kannst die Bäume retten. Du kannst Frau sein und für Feminismus.‹ Es ist alles ungerecht, das allermeiste im Leben und auf der Welt ist ungerecht – nur wo fängst du an? Du fängst bei dem an, was dir vor die Füße fällt!« Elementar, um überhaupt eine Chance zu haben, politisch etwas zu erreichen, scheint dabei, Verbündete zu finden. Moheb hat Genoss*innen, mit denen er sich Aufgaben teilen kann, Özge ihre Twitter-Bubble, innerhalb derer sie sich gegenseitig inspirieren und retweeten und Rocco kann sich bei seinen Aktionen jenseits der Legalität blind auf seine Schwestern und Brüder verlassen. Auf einen wichtigen Punkt weist dabei Mareike hin: Verbündete müssen nicht zwangsläufig Freund*innen sein. Golde, mit der sie Zusammenleben Willkommen initiierte, lernte sie erst Monate nach Gründung persönlich kennen, vorher waren sie ausschließlich online vernetzt.

Als Sozialarbeiterin auf dem Oranienplatz brachte Golde Knowhow mit, das Mareike und ihrem Freund fehlte. Ganz ähnlich lief es bei der wohl bekanntesten von ihr mitbegründeten Organisation: Die Seebrücke ist eine überregionale Dachorganisation, die sich auf politischer Ebene gegen die menschenunwürdigen Zustände an den europäischen Außengrenzen einsetzt. Ihr Anfang war eine Chatgruppe von über siebzig Leuten, die das Gefühl teilten, »etwas tun zu müssen«. Zum ersten Treffen im Real Life kamen zwanzig von ihnen. Und als es hieß: »Morgen treffen wir uns wieder«, waren noch fünf dabei. Die fünf Menschen, die sich damals Zeit nehmen konnten und vor allem wollten, bildeten das erste Kernteam einer Initiative, die heute bis zur europäischen Ebene hinauf zu einem relevanten politischen Player geworden ist. Mareike selbst ist allerdings schon länger nicht mehr in der täglichen Arbeit dabei. Als ihr zweites Kind geboren wurde, hatte sie nicht mehr die nötigen Kapazitäten, zudem hatte sie das Gefühl der Initiative all die Dinge gegeben zu haben, in denen ihre persönlichen Stärken liegen: Ideen für Namen, Logo, Framing und das Wissen, wie man eine Bewegung aufbauen kann. Die langfristige Basisarbeit, das Tagesgeschäft und die Plena haben dann andere übernommen, und das sehr erfolgreich.

Plena sind dabei etwas, mit dem Mareike grundsätzlich ihre Probleme hat. Schnell zehrt an ihren Nerven, wie wenig zielorientiert dort häufig diskutiert wird. Zudem stört sie sehr, wenn Menschen, die antirassistische Arbeit machen, sich nicht ausreichend mit post-kolonialer Theorie auseinandergesetzt haben. Oder wenn in linken Kreisen feministische Basics noch immer so sehr ignoriert werden, dass trotz proklamierter Gleichberechtigung achtzig Prozent der Redezeit an Männer geht. Derartige Treffen meidet sie mittlerweile. Mit ihrem Bedürfnis, sich vor allem mit Gleichgesinnten zu vernetzen und krassen Widersprüchen somit irgendwo auch aus dem Weg zu gehen, ist sie in der linken Berliner Polit-Bubble sicher nicht allein. Moheb allerdings betont die Gefahren und ausschließenden Mechanismen, wenn sich Leute nur in abgeschlossenen Kreisen, Organisationen und Algorithmen bewegen. Personen würden diskreditiert, weil sie anders ticken, anders formulieren, anders sozialisiert sind. Er nimmt sich selbst davon nicht einmal aus, doch gerade bei Deutsche Wohnen & Co enteignen oder auf Parteitagen spürt er, wie notwendig es ist, mit Leuten aus ganz unterschiedlichen Kontexten zusammenzukommen. Erst im Gespräch mit Menschen aus Marzahn oder Spandau hat er verstanden, wie wichtig diesen ein Gefühl von Sicherheit auf der Straße oder das Auto als Verkehrsmittel sein können und warum sie daher Forderungen wie eine Abschaffung der Polizei oder eine autofreie Innenstadt ablehnen, die in Mohebs Kreisen eher cool und progressiv erscheinen. Und selbst wenn er persönlich weiter an solchen Forderungen festhalten mag, ist es ihm wichtig, gegenteilige Meinungen nicht einfach abzutun, sondern Wege zu finden, mit Leuten aus unterschiedlichsten Kontexten gemeinsam an einer besseren Gesellschaft zu arbeiten.

Zugegebenermaßen bezieht sich Moheb an dieser Stelle auf Menschen, die gewisse politische Grundüberzeugungen und Gruppenzugehörigkeiten mit ihm teilen, auch wenn Parteien mehr inneren Widerspruch aushalten müssen als in sich homogene NGOs oder die Twitter-Bubble deines Vertrauens. Eingangs interessierte die Frage, wie die als sehr politisch wahrgenommenen Gesprächspartner*innen damit umgehen, dass es heute ein Phänomen des Zeitgeistes ist, sich politisch zu geben. Ein wichtiger Unterschied liegt für alle vier darin, ob es um Einzelpersonen oder um Firmen geht. Letzteren nimmt niemand ein ernsthaftes politisches Interesse ab, Profitmaximierung stehe hier stets an oberster Stelle. Bei Individuen wiederum ist Özge oft etwas back and forth: »Lange habe ich gedacht: ›Macht Euch mal gerade und entwickelt ne Haltung!‹, doch als so viele auf einmal damit angefangen haben, habe ich mir das irgendwie dann doch ganz anders vorgestellt.« Natürlich können sich Menschen ändern, und dann sei es in jedem Falle auch zu begrüßen, selbst wenn sich ein politisches Interesse erst spät entwickelt. Eine Entschuldigung, sich überhaupt nicht mit der Ungerechtigkeit der Welt zu befassen, gibt es für Özge allerdings niemals. Entsprechend definiert Moheb den Begriff des ›Politischsein‹: »Die Welt nicht als hoffnungslos und gottgegeben betrachten, sondern daran glauben, dass die aktuellen Verhältnisse immer Ergebnis von historischen Umwälzungen und Kämpfen sind oder waren; und aktiver Teil von solchen Kämpfen zu sein, das ist für mich politisch sein.« Mittlerweile empfindet Mareike beinahe jeden Aspekt ihres Lebens als politisch, egal ob den Einkauf von Balkonfliesenplattenhölzern oder die Gespräche mit anderen Kita-Müttern, die sie darin bestärken, auch mal abgefuckt von Mann, Kind und Leben sein zu dürfen. Diese sehr weitreichende Definition des Politischen unterscheidet sich von klassischen Politikdefinitionen eines Machiavelli (Politik als »die Summe der Mittel, die nötig sind, um zur Macht zu kommen, sich an der Macht zu halten und von der Macht den nützlichsten Gebrauch zu machen«) oder Niklas Luhmann (Politik als »Komplex sozialer Prozesse, die speziell dazu dienen, das Akzept administrativer (Sach-)Entscheidungen zu gewährleisten«). Vielmehr geht es hier schon auf der Mikroebene um die Austragung vom ewigen Kampf des Fortschritts gegen den Rückschritt, den Özge in einen Tweet gießt, der pointiert zusammenfasst, warum es am Ende des Tages wohl ganz okay ist, dass politisch sein aktuell ein bisschen in ist: »jede fortschrittliche entwicklung wird so lange als ›anderen die eigene ideologie aufzwingen‹ geframet, bis der zeitgeist sich ändert und dann tut man so als wäre man schon immer dafür gewesen. / wir habens bei der ehe für alle gesehen, wir sehen es so langsam bei liberalem antirassismus und wir werden es bald beim gendern sehen.«

In respektvoller Distanz zu Macchiavellis Machtanalyse, Luhmanns Systemtheorie und Özges Polit-Twitter empfinden auch Rocco und seine Brüder Politischsein als en vogue. Auch bei ihnen haben Prozesse gewachsener Selbstreflektion eingesetzt, selbst wenn sie sich immer noch nicht nehmen lassen möchten, durchaus mal einen Pimmel an die Wand zu malen. Aber ist es denn eine logische Folge der immer intensiveren Auseinandersetzung mit den Ungerechtigkeiten der Welt, aktivistisch zu werden? »Nö, überhaupt nicht. Wobei ... Puuuh, das sind ja Fragen!« Rocco muss an dieser Stelle nach zwei frisch gezapften Bieren erst einmal kurz seine Gedanken kreisen lassen. Aktivismus bedeutet für ihn, Dinge zu riskieren. Und das geht nicht nur im U-Bahn-Schacht oder auf öffentlichem Straßenland, sondern definitiv auch online. Der Begriff ›Online-Aktivismus‹ wird ja häufig etwas despektierlich in Opposition zum klassischen Aktivismus benutzt. Auch Özge würde sich aufgrund ihrer Online-Performance niemals als Aktivistin bezeichnen. Ihrer Sozialisation nach findet Aktivismus auf der Straße statt, und es würde sich anmaßend anfühlen, sich selbst ein solches Label zu geben, nur weil sie ab und zu auf Retweet drückt, während jemand wie Moheb neben seinem Jura-Studium Demos, Parteiarbeit und Volksentscheide organisiert. Ihre eigene Position nennt sie »Reichweitenverstärkerin«. Ein politisch unverbindliches Wort, gleichzeitig aber eine enorm wichtige Position, um Menschen für politische Themen zu interessieren, zu mobilisieren und ihnen Argumente an die Hand zu geben. Entsprechend kann auch das Teilen politischer Inhalte auf sonst unpolitischen Accounts einen Effekt haben, obgleich Sharepics zum brennenden Regenwald zwischen Makeup-Tutorials und LoveMyLife-Selfies in Instagram-Storys zwiespältige Gefühle hervorrufen, wie Rocco und seine Brüder betonen. Wenn jedoch Blogger*innen in Ländern wie China, der Türkei oder Bangladesch bereit sind, für ihre Überzeugungen ins Gefängnis oder Exil zu gehen, dann wirkt das auf die Brüder äußerst inspirierend. Die Bereitschaft, das eigene Wohl den politischen Überzeugungen unterzuordnen, stellt für sie das Nonplusultra von politischem Aktivismus dar. Mareike treibt diese Begriffsdefinition auf die Spitze, indem sie sagt, für sie ziehe der Aktivist*innen-Begriff quasi erst, wenn sich jemand vorm Bundestag anzünde. Solange sie selber nur irgendwas im Internet herumtippe, werde sie sich weiter unverfänglich als ›Projektmanagerin‹ vorstellen. Aktivismus dagegen hänge mit Körperlichkeit zusammen.

Einige Tage nach unserem Gespräch meldet sie sich allerdings per Sprachnachricht, um ihre Wortwahl zu korrigieren:

Es gehe um Verletzlichkeit, nicht um Körperlichkeit. Für sie seien Menschen wie die*der Political Geographer Sinthujan Varatharajah, die Rechtsextremismus-Forscherin Natascha Strobl oder die Bloggerin Jasmina Kuhnke (besser bekannt als Quattromilf) auch hierzulande Aktivistinnen. Schließlich haben diese für ihre Online-Auftritte massive Konsequenzen von Drohungen bis zum Wechsel des Wohnorts erfahren. Auch Mareikes Privatadresse tauchte irgendwann in rechten Foren auf. Ihren Kampf für eine gerechtere Welt konnte das nicht stoppen – ohne Kampf würde sie sich aus Verzweiflung an der Welt »wahrscheinlich früher oder später die Kugel geben«. Stattdessen freut sie sich mittlerweile schon über kleine gesellschaftliche Fortschritte. Das Gendern in der Kita, Klimaschutz als Hauptthema im Wahlkampf und vor allem, dass marginalisierte Stimmen sich dank des Internets sehr viel größere Räume und Reichweiten erkämpft haben als noch vor wenigen Jahren. Was an dieser Stelle herausscheint, ist etwas, das Moheb als »das ständige Hin- und Hergerissensein zwischen die Welt verändern und an der Welt verzweifeln« beschreibt. Projekte wie der Mietendeckel oder DW-Enteignen motivieren ihn, weil ihr Erfolg zeigen würde, dass eine Gesellschaft abseits kapitalistischer Wachstumszwänge möglich sein kann. Entsprechend groß ist die Frustration, wenn das Bundesverfassungsgericht ein Projekt wie den Mietendeckel schallend abschmettert. Seine große Hoffnung ist daher, dass politisierte Zeiten über die kleinen Kämpfe hinaus irgendwann zur Systemfrage führen. Doch für eine derart fundamentale politische Umwälzung braucht es starke Verbündete in Feldern wie Kunst, Kultur, Wissenschaft und Ökonomie, die von Mohebs Parteigenoss*innen häufig als Nebenschauplätze der viel beschworenen Lifestyle-Linken abgetan werden.

Der Erfolg linker Inhalte wird in den kommenden Jahren wohl entscheidend davon abhängen, wie sehr es gelingt, in Feldern abseits klassischer politischer Partizipationsmechanismen Leute abzuholen. Rocco, Moheb, Mareike und Özge sind Beispiele für Menschen, die sich Gedanken darüber gemacht haben, wie sie mit ihren persönlichen Stärken zu diesem Erfolg beitragen können. Egal, ob mit krimineller Energie oder juristischem Elan, der Vernetzung von Leuten oder der pointierten Weitergabe politischer Inhalte. Ihr Engagement und ihre Gedanken können inspirierend wirken. Allerdings wird ihre Arbeit im gesamtgesellschaftlichen Kontext leider (noch) häufig als Phänomen der linken Berlin-Bubble wahrgenommen. Frustrierend kann daher der Blick aus der Berliner Innenstadt hinaus auf ein Land wirken, in dem Männer wie Ulf Poschardt und Friedrich Merz uns beständig versuchen, mit dem Narrativ der »Linken Meinungsdiktatur« eine Hegemonie linker Ideen weiszumachen, am Ende jedoch selbst die politische und mediale Macht in ihren Kreisen zu konzentrieren wissen. Natürlich ist Freude nachvollziehbar, wenn es Rocco und seinen Brüdern mal wieder gelingt, dass AfD-Wähler*innen oder der Boulevard die Wände hochgehen. Doch nur wenige Kilometer außerhalb Berlins müssen linke Jugendklubs fürchten, dass ihnen von einer starken AfD-Fraktion im Stadtrat bald komplett der Geldhahn zugedreht wird. Schlussendlich können wir daher nicht über politisch sein im Jahr 2021 sprechen, ohne auf die Erfolge der Neuen Rechten einzugehen, ihr internationales Netzwerk und die damit einhergehenden Gefahren beim Kampf für Fortschritt und gegen Ungerechtigkeit in der Welt. In diesem Artikel soll ihnen dennoch ganz bewusst kein Platz eingeräumt werden. Stattdessen schließe ich mit einem Zitat von Özge über die Zukunft linker Politik, das Hoffnung geben kann: »Ich glaube nicht an ›Wir müssen aufhören, uns zu streiten‹, weil ich nicht denke, dass so eine Bewegung wächst, sich entwickelt und vorwärts kommt. Wir dürfen uns den Diskurs niemals ersparen oder uns mit Kritik verschonen. Es muss Leute auf der Straße geben. Es muss Leute wie mich geben. Es muss linke Journalistinnen und Journalisten geben, die stabile Arbeit machen. Es muss linke Intellektuelle geben. Aber wenn wir – sorry für das militaristische Bild – die linke Bewegung historisch als Block sehen wollen, der sich vorwärts bewegt, hat jeder im Block eine Aufgabe!«

Ralph Tharayil ist Autor, Theaterschaffender und Musiker. 2023 erschien sein erster Roman *Nimm die Alpen weg*. Bereits vor Erscheinen wurde seine Arbeit mit der Alfred-Döblin-Medaille ausgezeichnet.

Senthuran Varatharajah ist Schriftsteller, Philosoph und Theologe. 2016 erschien sein Debütroman *Vor der Zunahme der Zeichen,* 2022 folgte *Rot (Hunger).* Sein literarisches Schreiben war und ist für viele Preise nominiert. 2023 arbeitet Varatharajah an seinem ersten Gedichtband.

Ralph Tharayil und
Senthuran Varatharajah
im Gespräch

»Ich kenne diese Sprache nicht, aber diese Sprache kennt mich.«

R Ralph Tharayil
S Senthuran Varatharajah

Teil 01*

R Senthuran, am 08. 08. 2020, vor mehr als zwei Jahren, hast du mir den Anfang dieses Textes per Mail geschickt. Damals wusste ich noch nicht, was ich öffnen würde, was ich in den Händen halten würde. Ich wusste nicht, zu welcher Empfindsamkeit, zu welcher tiefen Trauer du fähig bist. Ich habe nicht gezweifelt, ich wusste es nur nicht besser. Ich hätte es besser wissen müssen. Nun ist dieser Text, diese Schrift, da – *Rot (Hunger).* Du schreibst immer wieder: »Durch diese Sprache müssen wir kommen.« Welche Sprache ist das?

S Zwischen dir und mir liegt nicht nur ein vermessbarer Abstand, der Abstand der Geometrie, die Elle zwischen diesen Stühlen, und der Abstand der Anatomie, den wir Haut nennen, den wir Fleisch nennen, den wir Knochen nennen, alle unsere gesammelten Haare, sondern auch der Abstand der Wörter. Der Grammatik. Der Leerzeichen und des angehaltenen, stockenden, pausierenden Atems. Ein Abstand geht von der Gewissheit zweier Punkte aus. Wenn es aber diese beiden Punkte nicht mehr gibt, ist das, was uns miteinander verbindet, die Einsamkeit des Abstands. Die Einsamkeit einer Sprache, die keinen Mund und keine Ohren findet. Eine Linie am Himmel. Ein abgestürzter Horizont. Die Sprache, durch die der Roman kam, ist die: eine Sprache ohne Gewissheit. Die Einsamkeit einer Sprache und des Sprachkörpers. Eine Sprache und ein Körper ohne Ankunft. Eine Sprache und ein Körper, die immer im Abschied begriffen sind. Durch diese Sprache und durch diesen Sprachkörper, durch ihre Sehnen und Fasern, durch ihre Venen und Halsschlagadern – müssen wir kommen.

* *Dieser Text basiert auf einem Gespräch, das die beiden Autoren im Rahmen des Literaturfestivals Buchbasel im November 2022 in der Schweiz führten.*

R Du zeigst diese Sprache auf, indem du sie sezierst. Du zeigst sie auf, indem du zwei Geschichten erzählst. Zwei Liebesgeschichten. Eine Geschichte der Trennung und eine Geschichte der Vereinigung. Du beschreibst die Beziehung zwischen A und B, die eine kannibalische Beziehung ist und die in Deutschland in den Medien ausgeschlachtet wurde; verzeih die Wortwahl. Ich habe als Kind viel RTL geschaut, hier in der Schweiz, auch RTL2. Aber ich habe die Bilder dieses Falls als Jugendlicher nie gesehen. Ich hab diese Bilder auch nie gegoogelt, sie interessieren mich nicht. Und ich habe das Gefühl, dass sie dich auch nicht interessiert haben. Warum hast du dich entschieden, diese Geschichte als Liebesgeschichte zu beschreiben?

S Der Roman besteht formal aus zwei Geschichten, die abwechselnd erzählt werden – die Geschichte eines Jahres, von 2019, die Geschichte nach einer Trennung, und die Geschichte eines Tages, vom 9. März 2001, die Geschichte einer Verbindung. Beide Geschichten sind in zwei Tafeln organisiert worden, die wiederum aus jeweils zwölf Kapiteln bestehen – Tafel A und B. A steht für Armin Meiwes, B für Bernd Brandes; das sind ihre Namen im Roman, so heißen sie. Armin Meiwes ist der Name des Mannes, der von den Boulevardmedien der Kannibale von Rotenburg genannt wurde, Bernd Brandes hieß der Mann, der sich von ihm auf seinen eigenen Wunsch töten, zerteilen und essen ließ. A und B ergeben zusammen ein Alphabet: ein vollständiges, Alpha Beta, so, wie ein unvollständiges – das Fehlen von 27 Buchstaben. Und vom Fehlen des Menschen, den wir lieben, von allem, was auf seine Abwesenheit und Unansprechbarkeit hinweist und hindeutet, erzählt der Roman: von der Trauer einer Entfernung, für die wir keinen Maßstab besitzen, keine Stunde oder eine Hand. Als ich zum ersten Mal von diesem Fall gehört hatte, am 10. Dezember 2002, im Jahr, in dem ich volljährig geworden war, konnte ich in dem, was an diesem einen Tag geschehen ist, keinen Skandal sehen, kein Spektakel; keine Monstrosität – aber Menschliches, allzu Menschliches; ein urmenschliches Bedürfnis, das sich aussprach und das einmal gehört worden war. Wir sprechen aus Einsamkeit, und in diese Einsamkeit kehren wir zurück. Wir kommen aus einer Einsamkeit, und in diese Einsamkeit kehren wir zurück. Der Roman erzählt davon: von der Einsamkeit, aus der unser Hunger kommt, und von der entsetzlicheren Einsamkeit, in die er wieder zurückkehrt. In der Geschichte von Armin Meiwes und Bernd Brandes fand ich, auf eine fast exemplarisch zu nennende Form, das Sprechen und die Versprechen, die Kadenzen, Motive und Symbole, die physischen und metaphysischen Voraussetzungen unserer allgemeinen Idee von Liebe und Begehren versammelt, ihr andauerndes Geheimnis, ihr Verzehren, Verehren und Verheeren, und auch die Gnade und Trauer ihres Willens. »Ein Teil von mir bleibt bei dir«, sagte Bernd Brandes zu Armin Meiwes. »Ich werde ganz in dir sein. Ich werde dich nicht verlassen.«

R Der Text handelt auch von einer Trennung. Der Erzähler sagt es selbst: Er verlässt seine Partnerin. Du sagst in einem deiner Gespräche zu *Rot (Hunger)*: »Dichtung ist wie Vernichtung. Die Dinge rücken so nah aneinander, dass man sie irgendwann nicht mehr unterscheiden kann.« Ist es dem Erzähler und seiner Partnerin auch passiert, dass sie so nah aneinandergerückt sind, dass sie verschwommen sind? Dass sie nicht mehr voneinander zu unterscheiden waren?

S Wir kennen dieses Gefühl: auf der Brust eines Menschen zu liegen, den wir lieben, dieser Mensch liegt auf unserem Schoß. Und mit der Deutlichkeit des Schmerzes empfinden wir diesen plötzlichen Abstand, das Wissen um eine Grenze, die wir auch immer selbst sind: zu viel Haut. Zu viel Fleisch. Zu viele Knochen. Unsere Sprache spricht uns aus. Unsere Sprache der Liebe und unsere Sprache des Begehrens sind kannibalische Sprachen. Wir sagen: »Ich habe dich zum Fressen gern«, »Ich verzehre mich nach dir«, »Ich will dich mit Haut und Haaren«. »Im Türkischen sagen wir »yerim seni«, auf Englisch »I want to eat you out«, auf Albanisch »ta ha zemrën«. Der Roman ruft diese Redewendungen als Zeuginnen auf, er beruft sich auf die Menschheitserfahrung, die als Form sedimentierten und trauernden Wissens sich in ihnen verdichten konnte. Aber auch die Bilder und Metaphern, in denen wir uns Sex und erotische Liebe vorstellen, träumen von der Aufhebung, der Entfernung unserer anatomischen Grenze, die definiert, aber nicht definitiv ist: von der Vernichtung unserer Körper. Wir sprechen von »Vereinigung«, von »Verbindung«, von »Verschmelzung«. Der Mensch, den wir lieben, ist der abwesendste Mensch von allen; weil er nie nah genug sein kann; weil er immer zu weit entfernt ist. Wenn wir einen Menschen lieben, wissen wir nicht mehr, wo unser Körper endet und wo sein Körper beginnt. Wenn wir einem Menschen sagen, dass wir ihn lieben, bitten wir ihn, dass er sich uns öffnen möge. Dass er unser Zuhause wird. Dass er uns nicht zurückweist. Dass er zu unserem Tempel wird, zu unserer Synagoge, zu unserer Kirche und Moschee. Wenn wir einen Menschen lieben, sagen wir das, was Moses Gott als Antwort gab, nachdem Gott ihn aus dem brennenden Dornbusch zweimal bei seinem Namen rief: Hineini. »Hier bin ich«. So stehe ich jetzt vor dir: mit meinen Zweifeln und meiner Zweiflung, durch meine Ängste und Hilflosigkeiten, durch meine ganzen Wunden und meine Unerlöstheit hindurch. Wenn wir einen Menschen lieben, wird unser Körper zu diesem Hunger. Unsere Hände und unser Mund, jede Ader zeigt nur in seine Richtung. Wir existieren unbedingt für ihn, nur für ihn – bis zu dem Punkt, dass er den Grund und auch die Gründe unserer Geburt revidiert: Wir wurden nur geboren, damit dieser eine Mensch uns findet. Wir sind nur für ihn auf dieser Welt. Und darum sind wir zu allem bereit: Wir geben uns hin, wir geben uns auf, wir ergeben uns vor diesem einen Menschen: Wir geben, was wir nicht haben. Wir wollen ihn in uns aufnehmen, diesen Körper annehmen, von ihm aufgenommen, angenommen und gesehen werden. Diese Sprache der Liebe und der Hunger, den sie ausspricht, haben nur einen Sinn: den Abstand zwischen uns zu verringern; ihn aufzuheben. Jede Entfernung zu entfernen. Der Roman reflektiert aber nicht nur verschiedene Formen des Hungers – den Hunger der Begierde, den Hunger der Mutter des Erzählers während des Krieges, den Hungerstreik eines tamilischen Freiheitskämpfers, den Hunger Gottes und den Hunger der Wörter –, sondern auch auf formale Formen der Trennung und Verbindung, in verschiedenen Modulationen und Variationen. Wenn es keine Grammatik gibt, die uns sagt, wie wir uns mit einem Menschen verbinden, wie wir einen Menschen verlassen, wie er sich von uns trennt, dann darf es im Roman auch nicht das Gesetz der Silbentrennung geben; eine Regel, die vorgibt, wann, wie und wo ein Wort am zuverlässigeren Ende einer Zeile gebrochen wird. Jedes Wort wird am zufälligen Rand der Seite geteilt, und dieses Wort muss sich über die Entfernung einer Zeile hinweg erst zerreißen, um wieder ein Wort sein zu können, um einen anderen Sinn zu empfangen; dieses Wort bleibt auch dann, wenn es wieder zu sich gefunden hat, wenn es wieder zu sich kam, verletzt; eine Wunde. Der Roman ist ein Gedicht, ein Gebet – ein Gesang. Und wie ein Gedicht, das eine Wunde ist, bricht er auf: an unerwarteter Stelle. Zu seiner Zeit. Dieses Verfahren erlaubt es, die Wörter zu verlangsamen, zu verunsichern; sie so zu sehen wie in einem Vers: in ihrer Einsamkeit und in ihrem Ausgesetztsein; in ihrer Ratlosigkeit und Geduld. Wir müssen sie mit zitternden, mit zerreißenden Augen lesen; mit Augen, die zerrissen sind, weil sie bereits zerrissen wurden. Durch diese Wörter müssen wir kommen. So, wie wir gekommen sind. Wenn man zwölf Generationen, also 400 Jahre zurückgeht, muss es 4094 Menschen gegeben haben, die uns vorausgingen, die notwendig waren, damit wir jetzt, hier, hier miteinander sprechen können; 4094 Menschen – und noch mehr als nur diese Zahl –, deren Hoffnung, deren Leiden, deren Zuversicht und Glück, deren Schmerz und Sorgen, deren Leben und Tod sind unsere Bedingung der Wirklichkeit. Wenn wir einen Menschen lieben, sind wir bereit, diesem Menschen zu folgen, ihn zurückzuverfolgen, durch alle Generationen hindurch, deren Namen wir nicht kennen, und denen wir seine Anwesenheit, das Wunder, das ein jeder einzelne Mensch ist, verdanken; wir sind bereit, ihm zu folgen, ihn zu begleiten, nicht nur in die Tiefe seiner unermesslichen Vergangenheit, von der weder wir noch er etwas weiß, sondern auch in die Ungewissheit einer Zukunft: Wir willigen ein, ihn zu begleiten, sein Zeuge zu sein, ihm, diesen unendlichen und unverrückbaren, unverfügbaren Fremden uns anzuvertrauen, uns ihm zu widmen, bei ihm zu sein, in allen Verwandlungen, die noch kommen werden. Kein Bild und kein Bildnis, kein Ebenbild und kein Abbild aus ihm zu machen, sondern ihn aus jedem Stein zu befreien; das ist die alchemistische Kraft der Liebe. Dass wir Fremde füreinander bleiben, so, wie die Wörter in einem Gedicht uns als fremde, als Fremdwörter begegnen – anders als die Wörter, die wir in den Mund nehmen; anders als die Wörter einer Sprache unseres Alltags. In einem Gedicht begegnen sie uns wie zum ersten und zum letzten Mal. So, wie der Mensch, den wir lieben. Im Vokabular des Kannibalismus gibt es ein Wort: Nullifikation. Das wünschte sich Bernd Brandes von Armin Meiwes: restlos ausgelöscht, vernichtet zu werden. Damit er in Armin Meiwes wiederauferstehen kann. Dichtung heißt: in einem Wort die ganze Welt zu versammeln. Lieben heißt: in einem Menschen die ganze Welt zu verdichten. Aber in dieser Konzentration: vernichten wir den Rest; alles, was außerhalb dieses Wortes, außerhalb dieses Menschen steht; indem wir alles nur durch ihn sehen: um eine andere Welt in ihm und durch ihn erkennen zu können.

R Ich habe dich eben bei der Einführungsveranstaltung des Festivals gesehen, wie du in diesen Text hineingeschrieben hast. Wie du die Zwischenräume in diesem Textkörper mit deinen Marginalien gefüllt hast, fast so, als wäre es nicht dein Buch. Fast so, als könntest du ändern, was bereits geschehen ist. Kafka schreibt in seinen Tagebüchern an einer Stelle, die ich nicht kenne, weil ich sie zitieren kann: »Wenn man mich fragt, ob ich schreibe, kann ich mir selbst immer nur fragend antworten: Schreibst du?« Wer hat dieses Buch geschrieben, Senthuran?

S Vor einigen Tagen, als ich in Wien gewesen bin, erinnerte ich mich an ein Lied, an ein Lied aus meiner Kindheit, das ich vergessen habe, aber das mich nicht vergessen hat. »Schließt jede Tür vor mir«, aus Andrew Lloyd Webbers Musical *Joseph and the amazing technicolor Dreamcoat,* das die biblische Geschichte von Joseph, dem Sohn Jakobs und Rahels, und damit den Übergang von den Vätergeschichten der Genesis zur Geschichte Israels aus dem Buch Exodus erzählt. Als ich dieses Lied dort, in Wien, in dieser erwartbaren Kälte beim Rauchen vor dem Hotel hörte, war alles wieder da: das Weinen meiner Mutter aus der Küche. Die Geräusche meiner Geschwister aus dem Zimmer über mir. Der blaue Teppich in meinem Kinderzimmer. Das beschlagene Fenster in jedem November. Diese Einsamkeit. Die ganze Sehnsucht in einem kleinen Körper: woanders, jemand anderes zu sein. »Schließt jede Tür vor mir / Nehmt all die Welt von mir / Gitter am Fenster / so fern ist das Licht. / (…) Wenn mein Leben so wichtig wär / würd ich fragen, kommt noch mehr? / Die Antwort, sie wiegt erst schwer / nach dieser Welt.« Dieses Lied – hat sich an mich erinnert. Dieses Lied – erinnert mich an mich. In diesem Lied: ist meine ganze Kindheit eingeschlossen gewesen, wie in den gefalteten Händen eines Gebets. Der Mensch, der dieses Buch geschrieben haben sollte, dieser Mensch, der notwendig war, um dieses Buch zu schreiben, ist verloren und vergessen. Aber dieses Buch: erinnert mich an ihn. In diesem Buch, unter seinen Leerzeichen und gebrochenen Wörtern: ist dieser Mensch begraben.

Teil 02

R Senthuran, sprechen wir Deutsch?

S Wir müssen diese Sprache biegen, wir müssen sie an ihre Ränder bringen, dort, wo die Asylbewerberheime stehen, an die Stadtränder. Wir müssen die Grammatik aufbrechen, die Wörter, die Formen aufbrechen, damit in dieser Sprache etwas gesagt werden kann, was in dieser Sprache vorher so noch nicht ausgedrückt worden ist. Das ist ein literarischer Imperativ. Ich glaube, dass in jeder Sprache alles gesagt werden kann, wir müssen nur wissen, wie wir die Wörter ordnen können, damit die Wörter uns anders arrangieren. Wir müssen eine Empfindsamkeit und Empfänglichkeit entwickeln für die Zähne der Sprache, für die Klauen der Wörter, für die Messer der Interpunktion. Vielleicht ist das die erste poetische Erfahrung: dass nicht eine Hand uns bricht, kein Gürtel, kein Bambusstock – kein Baseballschläger und auch nicht ein Fuß, sondern ein Wort; nur ein Wort bricht uns, zerbricht uns, bricht uns auf, lässt uns aufbrechen. Das Wort aufbrechen besitzt im Deutschen diese Doppeldeutigkeit, die wesentlich sein könnte für die Poetik, die in meinen beiden Romanen formuliert worden ist: Einmal: sich auf einen Weg machen; einen Ort verlassen. Wir brechen auf. Dann aber auch: das Aufbrechen einer Sache, eines Gegenstandes, der vorher verschlossen gewesen war. Brich den Körper, brich den Sprachkörper auf. Unter dieser Bauchdecke der Sprache schreiben wir. Und unter unserer Bauchdecke: schreibt uns die Sprache weiter. Dafür müssen wir aufmerksam und offen sein: einladend – die ganze Welt in uns aufnehmen, ihr es erlauben, uns die Knochen brechen zu lassen. So zerbrechlich zu sein wie ein Vers. Diese Sprache: ist durch unseren Körper gegangen. Diese Sprache: veränderte unser Gesicht und unsere Schultern. Diese Sprache, dieses Deutsch, das gesprochen wird und das immer über uns entschied, ist nicht unsere Sprache. Wir sprechen kein Deutsch, nein – wir sprechen die Sprache, die vom Deutschen verdrängt wird und auf deren Schweigen und Verschweigen das Deutsche beruht.

R Félix Guattari und Gilles Deleuze schreiben in ihrer Schrift *Kafka – Für eine kleine Literatur* von der »Deterritorialisierung des Mundes« und beziehen sich dabei auf das von den Prager Juden gesprochene Deutsch. Meyrink, Brod, Kafka. Sie meinen damit, dass der Mund, die Zunge und die Zähne keinem oder einem neuen Territorium angehören, weil sie dem eigentlichen Sinn des Essens und des Kauens entledigt werden, aber trotzdem zu einer Artikulation, zu einer Sprache finden. Welchem Territorium, welchem Ort können unsere Zunge, unser Mund oder unsere Zähne noch angehören?

S Wir müssen uns von der Idee des Territoriums und den dazugehörenden Metaphern und Bildern verabschieden; weil sie koloniale Metaphern und Bilder sind. Das »unentdeckte Land«. Der »dunkle Kontinent«. Das »andere Ufer«. Wir Tamil*innen besitzen kein Land, und nach dem gegenwärtigen Stand der Dinge werden wir auch niemals einen Ort finden, der es uns erlaubt, in Würde und mit Selbstbestimmung, in Freiheit und in einem Frieden zu leben. An unserer Stelle ist ein anderer gestorben. An unserer Stelle: stirbt immer jemand anderes. Der Tod ging uns voraus. Auf diesem Grund spreche ich. Er ist die Bedingung der Möglichkeit, Wahrscheinlichkeit und Wirklichkeit dafür, dass ich Deutsch spreche, dafür, dass ich Deutsch verstehe, dafür, dass ich Deutsch lesen und auf Deutsch schreiben kann; dafür, dass ich am Leben bin. Der Tod war physisch, wie ein Bruder in meiner Familie, anwesend wie ein Schatten, der uns vorausging und der bei uns, in uns bleibt. Der Tod begleitet mich, seitdem ich denken kann; bevor ich denken konnte. Es gibt Schriftsteller*innen, die schreiben, um den Tod zu überwinden. Es gibt Schriftsteller*innen, die schreiben, weil sie Angst vor dem Tod haben. Ich schreibe, um den Tod, der mir durch unsere Flucht erspart geblieben ist, nachzuholen: um noch einmal richtig in den Wörtern zu sterben. Wenn Gott das Wort ist, das am Anfang steht, weil das Wort bei Gott und weil Gott das Wort selbst war, dann kann nur ein Wort mich töten. Tamil Eelam ist kein Ort, kein Territorium, kein Land – sondern ein Gebiet der Imagination, eine Gegend der Zuversicht, eine Zukunft jenseits aller Karten und Meere. Es muss eine Sprache geben, die nichts zeigt und nichts verbirgt. Die keinen Anspruch erhebt und nur sich selbst ausspricht. Ein Land jenseits der Länder; eine Sprache jenseits der Sprache – davon träume ich. Dieser Traum: hält mich nachts wach. Das Lied, von dem ich gesprochen habe, »Schließt jede Tür vor mir« endet mit diesen beiden Versen: »Denn uns ward verheißen / ein Land, so wird's sein.«

Teil 03

R Ich würde gerne mit dir über Musik sprechen. Und somit auch über Lyrik. Wenn wir im Wedding sind, bei dir zu Hause sind in der Wohnung, dann spielen wir manchmal Gitarre. Du spielst Gitarre, ich hab gesagt, ich werde meine mal mitbringen, das hab ich nie getan. Tanasgol und du, ihr singt Nirvana, ihr singt Rihanna, und Fabian singt manchmal mit. Der Erzähler in diesem Text zitiert Lyrics. Der Erzähler zitiert Radiohead, Bob Marley, Hozier, Nina Simone. Der Text macht jedoch noch mehr:

Er wird selbst zum Gesang. Das liegt daran, dass du diesen Text bis ans Äußerste, bis an den Rand der Zeile, wo der Buchstabe abfällt, durchgearbeitet hast, bis ins diakritische Zeichen. Und diese Zeichen werden während unserer Lektüre, während wir diesen Text in unserem Sinn erschaffen, zu, wie Ted Hughes sagt, innerer Musik. Was ist Musik für dich?

S Was ist ein Vers? Ein Vers ist ein Merkmal des Gedichts und des Gesangs. Das Wort »Lyrik« spricht bereits diese grundsätzliche Verbindung aus: die zum Spiel der Lyra, dem antiken Saiteninstrument gehörende Dichtung. Das Wort »Vers« leitet sich vom Lateinischen versus, vertere ab: von der Wende und dem Umwenden, oder, wie Paul Celan sagen würde: der Atemwende. Unsere Sprache des Alltags ist eine Sprache der Kommunikation, der Mitteilung; und um uns mitteilen zu können, müssen wir unsere Erfahrungen und Empfindungen an diese Sprache angleichen, sie in sie übersetzen, um verständlich zu sein; um zu sagen, was und wer ich bin. Wir greifen auf dieses bereits bestehende Repertoire an Sätzen zurück, auf das sich Menschen vor uns geeinigt haben und das wir wiederholen, um verstanden zu werden. Die literarische Arbeit beginnt für mich allerdings dann und dort, wenn wir nicht mehr in den Redewendungen, in dieser Sprache unseres Alltags sprechen, sondern zurückgehen in die Einsamkeit unserer Erfahrungen und Empfindungen, die nur in einer einsameren, unverständlicheren Sprache, die nicht dem Gesetz der Mitteilung, sondern der Tatsache unseres individuellen Geteiltseins folgt, formuliert werden kann; wenn wir in einer Sprache sprechen, die unser Schweigen sucht, wenn wir die Rede zu wenden, den Atem zu wenden beginnen und uns in dem Verdrängten, Vergessenen, Verleugneten, im Verneinten, Verschwiegenen und Vertagten der Wörter erkennen und zur Sprache bringen können; uns hinter ihrer Rückseite versammeln. Aber hinter der Rückseite der Wörter, hinter ihrem Verdrängen, Vergessen und Verleugnen, hinter dem, was sie verneinen, verschweigen und vertagen, wartet eine andere Rückseite auf uns. Sich dem hinzugeben, dieser endlosen Sorge und Fürsorge, sich vor den Wörtern zu ergeben, aufzugeben, ihnen zu geben, was wir nicht haben, ist für mich eine Bedingung zur Literatur. Im Roman zitiere ich Herta Müller, die in einem Interview mit der Paris Review sagte: »It's the words that are hungry, I am not hungry for words. But they have a hunger, they have a hunger of their own. They want to consume what I have experienced. And I have to make sure, that they do that.« Der Roman erzählt davon: sich einem Menschen so zu schenken, wie wir uns den Wörtern schenken, wenn wir schreiben. Bis ihr Wille geschehe: wie im Himmel so auf Erden. Um schreiben zu können, müssen wir diesen Punkt der Zerbrechlichkeit erreichen. Von diesem Punkt aus: gibt es kein Zurück. Wir müssen so zerbrechlich sein wie ein Vers: das Gebrochene. Das Brechende. Der Bruch – die Zerbrechlichkeit selbst. Wenn wir singen, öffnen wir uns anders vor einem Menschen; wir öffnen anders unseren Mund. Wenn wir singen, so, wie wir es bei uns zu Hause im Wedding tun, sind wir unsicherer als im Sprechen; wir haben Angst: nicht den richtigen Ton zu treffen. Uns zu versingen. In der falschen Stimme gesungen zu haben. Und dennoch: sammeln wir unseren ganzen Mut, den wir nicht haben, und wagen es, unsere Zunge einer Melodie und uns einander anzuvertrauen. Rhythmus ist eine Form, die Zeit zu zerschneiden; auch darum legt der Roman größte Vorsicht auf Satzzeichen, auf diese unterschiedlichen Arten musikalischer Pausierung, auf Wort- und Satzabstände, in denen etwas anderes sich artikuliert, das Schweigen in und zwischen der Stimme. Hölderlin sagt in seinem Gedicht *Friedensfeier:* »Bald sind wir aber Gesang.« Das Wesen, wenn ich einmal so sprechen darf, des Gedichts liegt für mich gerade darin: dass ein Gedicht immer im Aufbruch begriffen ist, einsam und unterwegs, wie Celan sagen würde, um Gesang werden zu können – im Wissen, niemals Gesang in der ganzen sinnlichen Fülle dieses Begriffs sein zu können. Der Roman wurde in einer Tonlage geschrieben, die aus der katholischen Liturgie kommt und dort recto tono genannt wird – der gerade Ton. Der Ton, in dem ein Priester zur Gemeinde spricht, aber eigentlich singt; dieser Ton, in dem ein Priester zu uns singt, aber eigentlich spricht. Die Spannung des Romans wird nicht durch einen Spannungsbogen erzeugt, sondern durch die Spannung und Anspannung der Zeichen, Leerzeichen und Satzzeichen selbst, durch das formale Arrangement des Romans, um Sapphos Wunsch, Wörter schreiben zu können, nackter als Fleisch, stärker als Knochen, widerständiger als Sehnen und empfindlicher als ein Nerv zu entsprechen. Wenn wir uns einem Menschen öffnen, sind wir auf dem Weg, bald Gesang zu sein. George Michael singt in *Jesus to a Child,* aus seinem Album *Older* von 1996: »So the words you could not say, I'll sing them for you.« Das ist nicht nur eine der bestürzend schönsten Paraphrasen eines »Ich liebe dich«, sondern auch der Moment, in dem das Versprechen und die Verwandtschaft von Gedicht und Gesang noch einmal ausgesprochen sind.

R Wenn dieser Text eine Partitur ist, die er ist, wenn die Buchstaben Noten sind, die variiert werden zu Themen und zu Motiven, zu Refrains – welches Lied wird bleiben, wenn der letzte Ton dieser Partitur verklungen ist?

S Wenn dieser Roman aus einer Stille spricht, in dieser Stille bleibt und in diese Stille zurückkehrt, dann ist das, was von ihm bleiben soll, nur das: die Einsamkeit einer Linie. Ein einziger Ton. Die Einsamkeit einer Sprache, die keinen Mund und die keine Ohren finden wird.

Dankbarkeit

Zunächst gilt unser Dank vor allem all jenen, die seit 2013 (in vielen Fällen unentgeltlich, auf jeden Fall immer mit dürftigem Lohn) als freie Mitarbeitende für *Das Wetter* geschrieben, fotografiert, illustriert oder uns irgendwie anderweitig unterstützt haben. Mittlerweile sind mehr Menschen Teil dieses Dings namens *Das Wetter*, als wir irgendwo auflisten könnten: Aber ihr alle macht dieses Magazin zu dem, was es ist.

Ganz unersetzlich sind aber auch: alle Kunstschaffenden, die uns über die Jahre vertraut haben und alle, die *Das Wetter* lesen und mögen.

Völlig undenkbar wäre das jetzt nun zehn Jahre andauernde Existieren dieser Zeitschrift ohne Anne Stiefel und Hanna Osen, die mit der Unterstützung von (erst) Benjamin Stracker und (später) Caspar Reuß wesentlich dafür sorgen, dass aus viel Text und Bild so ein schönes Objekt entsteht.

Enorm dankbar sind wir überdies Jan Wehn und Caroline Elsen, die den winzigen Redaktionskern des *Wetters* mit Ideen, Urteilskraft und Leidenschaft so wunderbar angereichert haben. Unersetzlich auch: wie erst Onkel Dirk und dann Oma Christel *Das Wetter* finanziell unterstützt haben; ohne diese Hilfe hätte dieses Projekt nie werden können, was es heute ist und noch wird. Genauso wie Heike Ehlert, die die erste Ausgabe des Magazins Korrektur gelesen hat und seitdem immer mehr zu der Person wurde, deren unermüdliche Arbeit jenes Fundament darstellt, ohne die jegliche Kreativität und alles Schreiben nicht auf fruchtbaren Boden fallen könnte.

Zuletzt danken wir allen Abteilungen des KiWi Verlags, die an Lektorat, Gestaltung, Promotion und Vertrieb dieses Buches beteiligt sind. Es macht Spaß mit euch.

Und die ihr dies lest: Danke für die Aufmerksamkeit!

Jetzt wird es kompliziert mit der Erzählstimme!

Sascha: Ich möchte vor allem diese Zeilen nutzen, um den drei Menschen zu danken, ohne die ich dann und wann zweifelsohne so stark verzweifelt hätte, dass ich nach zwei, sechs oder acht Jahren damit aufgehört hätte: Natürlich Katharina Holzmann, die nicht nur dieses Buch mit mir zusammen herausgibt, sondern *Das Wetter* durch ihren Glauben, ihren Starrsinn, ihren Geschmack und nicht zuletzt ihren unermüdlichen Arbeitseinsatz extrem geprägt hat (Julie for ever <3). Die zweite Person ist meine Mutter Heike – danke für deinen Glauben an und deinen nimmermüden Einsatz für *Das Wetter*. Meine Dankbarkeit ist größer als diese Worte. Die letzten Worte wiederum gehören Zeynep, die meine große Stütze in allen Dingen ist, die mein Denken mehr prägt als sie je wissen wird, und (natürlich) Clea und Lewin.

Katharina: Mein persönlicher Dank gilt zuallererst Sascha – Danke, dass du mir ermöglicht hast, so zu arbeiten, wie ich mir nie erträumt hätte, arbeiten zu können: frei von Vorgaben, festen Arbeitszeiten oder gedanklichen Barrieren. Mein ewiger Dank gilt außerdem David, Sebi, Nina, Julian, Anna, Amelie, Juri, Pola, Malia, Lukas, Tara, André, Charlotte, Leo, Johannes, Timm, Sophie, Lisa, Thilo, Hansi, Suki, Mama, Chouchou, Julie und allen anderen, ihr tragt mich durch die Jahre.

Inhalt

Der Verlag Kiepenheuer & Witsch hat sich zu einer nachhaltigen Buchproduktion verpflichtet. Gemeinsam mit unseren Partnern und Lieferanten setzen wir uns für eine klimaneutrale Buchproduktion ein, die den Erwerb von Klimazertifikaten zur Kompensation des CO_2-Ausstoßes einschließt. Weitere Informationen finden Sie unter www.klimaneutralerverlag.de

FSC www.fsc.org
MIX
Papier | Fördert gute Waldnutzung
FSC® C083411

1. Auflage 2023

Covergestaltung Anne Stiefel
Gesetzt aus der ITC Century, der Edita und der Helvetica Neue
Satz Buch-Werkstatt GmbH, Bad Aibling
Druck und Bindung CPI books GmbH, Leck

ISBN 978-3-462-00509-7